A IDÉIA DE LEI

A IDÉIA DE LEI

Dennis Lloyd

Tradução
ÁLVARO CABRAL

Martins Fontes
São Paulo 2000

Título original: THE IDEA OF LAW.
Obra originalmente publicada por Penguin Books,
Harmonds Worth, Middlesex, England.
Copyright © by Dennis Lloyd, 1964, 1970, 1973, 1976, 1979, 1981.
Copyright © 1985, Livraria Martins Fontes Editora Ltda.,
São Paulo, para a presente edição.

1ª edição
julho de 1985
2ª edição
maio de 1998
2ª tiragem
novembro de 2000

Tradução
ÁLVARO CABRAL

Revisão da tradução
Cristina Sarteschi
Revisão gráfica
Ana Luiza França
Ivete Batista dos Santos
Produção gráfica
Geraldo Alves
Paginação/Fotolitos
Studio 3 Desenvolvimento Editorial
Capa
Katia Harumi Terasaka

Dados Internacionais de Catalogação na Publicação (CIP)
(Câmara Brasileira do Livro, SP, Brasil)

Lloyd of Hampstead, Dennis Lloyd, Baron, 1915-
 A idéia de lei / Dennis Lloyd ; tradução Álvaro Cabral. – 2ª ed.
– São Paulo : Martins Fontes, 1998. – (Ensino Superior)

Título original: The idea of law
Bibliografia.
ISBN 85-336-0878-0

1. Direito – Filosofia 2. Leis I. Título. II. Série.

98-2006   CDD-340.13

Índices para catálogo sistemático:
1. Leis : Direito   340.13

Todos os direitos para a língua portuguesa reservados à
Livraria Martins Fontes Editora Ltda.
Rua Conselheiro Ramalho, 330/340
01325-000 São Paulo SP Brasil
Tel. (11) 239-3677 Fax (11) 3105-6867
e-mail: info@martinsfontes.com
http://www.martinsfontes.com

Índice

Prefácio..	IX
1. A lei é necessária?......................................	1
2. Lei e força...	21
3. Lei e moral...	47
4. Direito natural e direitos naturais...............	79
5. Positivismo legal..	111
6. Lei e justiça...	137
7. Lei e liberdade..	165
8. Lei, soberania e o Estado..............................	209
9. Lei e sociedade...	247
10. Lei e costume..	283
11. O processo judicial......................................	323
12. Pensamento conceptual em direito..........	361
13. Alguns importantes conceitos jurídicos..	383
14. Conclusão: alguns problemas para o futuro..........	419
Bibliografia adicional..	439

Para RUTH

Prefácio

A lei é uma das instituições básicas da natureza social do homem sem a qual ele seria uma criatura muito diferente. Um simples olhar de relance ao índice deste livro deve ser suficiente para indicar ao leitor as vastas áreas de pensamento e ação em que a lei desempenhou e continua desempenhando um papel de destaque nos assuntos humanos. Importantes filósofos, de Platão a Marx, podem ter alegado que a lei é algo ruim de que a humanidade faria muito bem em livrar-se. Entretanto, apesar de todas as dúvidas filosóficas, a experiência mostrou que a lei é uma das grandes forças civilizadoras na sociedade humana, e que o desenvolvimento da civilização esteve geralmente vinculado ao gradual desenvolvimento de um sistema de normas legais, em conjunto com os mecanismos para sua observância regular e efetiva.

As leis, entretanto, não existem num vazio, mas são encontradas lado a lado com códigos morais de maior ou menor complexidade ou definibilidade. A relação da lei com as normas e padrões morais é, obviamente, de grande e permanente importância em toda e qualquer sociedade humana, e ainda mais na nossa, por certo, como pode ser exemplificado por muitas questões controvertidas na atualidade. Para mencionar apenas algumas delas, os adultos do sexo mascu-

X   *A IDÉIA DE LEI*

lino são passíveis de instauração de processo pela prática de homossexualidade, mesmo quando realizada em privacidade e por consentimento; a candente questão da pena capital e toda a filosofia subjacente, sob cuja inspiração tal pena é imposta pelo direito penal; problemas legais no tocante à inviolabilidade da vida humana, como no caso de eutanásia, aborto e suicídio; se o divórcio deve basear-se na noção de culpa ou depender da desintegração do casamento; todos esses problemas servem para indicar as tensões que surgem entre as idéias morais correntes numa determinada comunidade e as regras que procuram estabelecer direitos precisos e deveres legais.

Além disso, a crença numa Lei Moral tem tido um tremendo impacto sobre o pensamento do homem acerca da lei que prevalece na prática da sua própria sociedade. A noção de que além e acima de todos os sistemas individuais de lei que funcionam em diferentes sociedades existe uma lei mais alta pela qual a mera lei feita pelo homem pode ser julgada e, ocasionalmente, considerada imperfeita ou falha, gerou significativas conseqüências em muitas fases cruciais da história humana. Pois a conclusão aduzida foi de que não só essa lei mais alta se sobrepõe e anula as regras de uma determinada sociedade que provadamente a violam, mas, além disso, infere-se dessa conclusão que o cidadão individual pode ser desobrigado de seu dever de obediência à lei real e possuir até uma base justa para rebelar-se contra a autoridade legítima do Estado. Tampouco deve ser pensado que esse tipo de argumento deixou de ser exaustivamente examinado nos dias atuais ou carece de implicações práticas. Aqueles que argumentam, por exemplo, que existem certos direitos humanos básicos que são garantidos pela Lei Moral ou pelo Direito Natural podem insistir – e insistem, de fato – em proclamar que as leis segregacionistas, as quais discriminam certos segmentos de uma comunidade, com base na raça ou na religião, são de tal modo contrárias à moralidade fundamental que não têm o direito de ser tratadas como leis válidas e que a recusa em obedecer-lhes está legal e moralmente justificada. Faz-se neste livro uma tentativa de explorar essas questões fundamentais, que são de interesse para todos os cidadãos no mundo moderno.

Talvez a questão mais vital no Estado moderno seja o que entendemos por liberdade do cidadão e que medidas devem ser aceitas a fim de preservar essa liberdade. A relação entre lei e liberdade é, obviamente, muito estreita, uma vez que a lei pode ou ser usada como instrumento de tirania, como ocorreu com freqüência em muitas épocas e sociedades, ou ser empregada como um meio de pôr em vigor aquelas liberdades básicas que, numa sociedade democrática, são consideradas parte essencial de uma vida adequada. Em tal sociedade, não basta que a lei confira meramente segurança ao cidadão em sua pessoa e propriedade. Pelo contrário, ele deve ter liberdade para expressar suas opiniões sem constrangimento e para associar-se a seus concidadãos; deve ter liberdade para ir e vir como lhe agrade e procurar emprego do tipo que quiser; deve ter direito a usufruir dos benefícios do que passou a ser conhecido como o Império da Lei; e deve estar livre das inseguranças básicas decorrentes de privações e infortúnios. Todas essas questões suscitam problemas legais de grande complexidade, dentro do quadro de referência do moderno Estado de Bem-Estar; e no presente livro faz-se uma tentativa no sentido de analisar algumas das mais prementes dessas questões.

Em tempos modernos, o funcionamento da lei tem estado intimamente associado à idéia de um poder soberano localizado em cada Estado e detentor de autoridade para fazer e desfazer leis a seu bel-prazer. Essa teoria revestiu-se de importantes conseqüências no tocante aos sistemas jurídicos nacionais e também na esfera internacional. Se um Estado é soberano, como, por exemplo, pode-se argumentar que esse Estado soberano está sujeito a um sistema prevalecente de direito internacional? E suponhamos que tal Estado se obrigue, por tratado internacional, a aceitar a autoridade legal de algum órgão internacional supremo, como ocorreu, por exemplo, no caso do Tratado do Mercado Comum Europeu. Quando recentemente foi ventilada a questão do ingresso do Reino Unido no Mercado Comum, sérias indagações foram formuladas na época quanto aos efeitos de tal decisão sobre a soberania suprema do Parlamento britânico. Isto é apenas um outro exemplo ilustrativo das formas em que uma filosofia do Direito pode passar por cima das grandes questões de política estatal.

Em nossos dias, as ciências sociais, talvez ainda em sua infância, granjearam um importante lugar para si mesmas em muitas esferas do pensamento e da atividade humanos. Seu impacto sobre o pensamento e a prática legais já provou ser considerável, e o sociólogo do Direito depara com um imenso campo para a pesquisa, grande parte do qual permanece virtualmente inexplorado. No entanto, houve importantes tentativas para vincular o pensamento jurídico a desenvolvimentos registrados em áreas de estudo como a antropologia, psicologia, sociologia e criminologia. O advogado, como um homem prático do mundo, tem sido propenso, sobretudo em países pautados pelo direito consuetudinário, a mostrar-se algo impaciente com a teoria e adotar a atitude de que a sua tarefa consiste em resolver problemas práticos; para tal fim e em virtude de sua experiência legal, considera-se mais bem equipado do que aqueles que, por muito versados que sejam em outras disciplinas, carecem da compreensão e do domínio que ele possui dos elementos essenciais da lei. Em último recurso, entretanto, as reivindicações das ciências sociais para serem ouvidas, mesmo nos arcanos da lei, devem depender da luz que sejam capazes de projetar sobre as instituições legais e da assistência que possam prestar na solução dos problemas legais concretos de nosso tempo.

O papel do Judiciário num sistema jurídico moderno reveste-se de imenso significado social e, por conseguinte, tentaremos no presente livro indicar a natureza do processo judicial e a contribuição vital que tem de dar para o funcionamento efetivo da lei. Estreitamente ligados a essas questões estão o caráter e a estrutura do raciocínio jurídico. O direito está em constante processo de fluxo e desenvolvimento e, embora boa parte desse desenvolvimento se deva a atos promulgados pelo legislativo, os juízes e os tribunais têm um papel essencial a desempenhar no desenvolvimento da lei e em sua adaptação às necessidades da sociedade. Não só o modo geral como esse resultado é obtido será examinado nas páginas que se seguem, mas também serão fornecidas ilustrações detalhadas, em número considerável, a fim de habilitar o leitor a discernir o que está envolvido no processo de aplicação e interpretação das normas legais, no contexto de um moderno sistema jurídico.

Em conclusão, o livro fornece uma breve recapitulação crítica dos problemas mais urgentes que a Idéia de Lei será chamada a enfrentar no futuro mais imediato. É enfatizada a necessidade de uma abordagem mais criativa da Idéia de Lei em nosso tempo, se quisermos que a lei se aproxime, em distância mensurável, do desempenho das funções sociais a que deve servir. É certamente a tarefa de todos os que estão interessados na exposição da lei, ou em sua aplicação na prática, realizar esforços contínuos para reavivar a imagem da lei, de modo que ela possa manter-se em contato com as realidades sociais do nosso tempo.

Finalmente, gostaria de expressar minha gratidão a I. H. Jacob, *Master* da Suprema Corte, sem cujo encorajamento este livro nunca teria sido encetado; ele teve a grande amabilidade de ler todo o trabalho datilografado e depois em prova e fez muitas e valiosas sugestões. Seria desnecessário acrescentar que ele não é responsável por nenhum erro ou opinião que o livro contenha.

DENNIS LLOYD
Professor de Jurisprudência
Universidade de Londres

Abril de 1964

Capítulo 1
A lei é necessária?

> *Que veux-tu, mon pauvre ami, la loi est nécessaire, étant nécessaire et indispensable, elle est bonne, et tout ce qui est bon est agréable.* – Ionesco, *Victimes du Devoir**. *A perfeição suprema da sociedade encontra-se na união da ordem e da anarquia* – Proudhon.

Poderá parecer estranho que, no início de nossa investigação sobre a Idéia de Lei, seja suscitada a indagação se a lei é realmente necessária. De fato, porém, essa é uma questão de primordial significado que não devemos e, na verdade, não podemos considerar ponto pacífico. Pois ela decorre de uma dúvida incômoda e desconcertante não só sobre se a lei pode ser "sacrificável", na medida em que seria desnecessária à criação de uma sociedade justa, mas também se a lei não é, porventura, algo positivamente pernicioso *per se* e, portanto, um perigoso impedimento à plena realização da natureza social do homem. Por muito fantástico que esse ponto de vista possa parecer aos membros de uma sociedade democrática bem ordenada – sejam quais forem suas deficiências ou imperfeições específicas –, é útil recordar que em muitas sociedades menos bem regulamentadas o funcionamento da lei pode apresentar-se num aspecto mais desfavorável. Além disso, o sentimento de que, inerentemente, a lei é ou deve ser necessária ao homem numa sociedade adequadamente ordenada recebe pouco encorajamento da lon-

---

* Que queres, meu pobre amigo, a lei é necessária, sendo necessária e indispensável ela é boa, e tudo o que é bom é agradável. – Ionesco, *Vítimas do desejo*. (N. do T.)

ga sucessão de notáveis filósofos ocidentais de Platão a Karl Marx que, de um modo ou de outro, deram apoio à rejeição da lei. A hostilidade para com a lei também desempenhou um importante papel em muitos dos grandes sistemas religiosos do Ocidente e do Oriente e foi um elemento crucial na ideologia da Igreja Cristã em seu período formativo. E, à parte os marxistas, ainda se encontrarão outros adeptos sérios de uma doutrina de anarquismo como resposta aos problemas pessoais e sociais que assediam o homem. Todas as eras – e certamente a nossa não é exceção – produzem indivíduos ou grupos que sentem uma intranqüilidade geral com relação a toda a autoridade e que reagem a esse sentimento dando margem a vários atos ou manifestações contra as forças da lei e da ordem. Sem dúvida, tais pessoas são, com freqüência, sinceramente motivadas pela vaga noção de que, de algum modo misterioso, suas manifestações levarão a uma vida melhor e mais feliz para a humanidade, mas tais erupções esporádicas tiveram geralmente escassa influência sobre as correntes principais do pensamento e do sentimento humanos[1]. Cumpre-nos, portanto, ir mais fundo do que as manifestações externas de intranqüilidade social ao tentarmos explorar os alicerces ideológicos do descontentamento com a própria idéia de lei e ordem, a fim de apurar o que foi que impeliu tantos, em civilizações geográfica e culturalmente tão separadas umas das outras, e ao longo de toda a história humana, a rejeitarem completamente a lei ou, na melhor das hipóteses, a considerá-la um mal necessário, só aceitável num estado profundamente imperfeito de sociedade humana.

---

1. Considere-se, por exemplo, o movimento anabatista no início da Reforma; ver L. von Ranke, *History of the Reformation in Germany* (trad. ingl. de Sarah Austin), Livro VI, capítulo 9. Mas tais movimentos ainda podem ser influentes ou servir como um estímulo à reforma social e jurídica, ou, talvez, com maior freqüência, ao provocarem uma reação em favor da repressão.

A LEI É NECESSÁRIA?

Mais adiante, neste livro, o papel da lei como fenômeno social absorverá a nossa atenção, assim como a sua função como parte do cimento do controle social e sua relação com uma concepção de sociedade justa. Não anteciparemos aqui as discussões desses assuntos, mas nos concentraremos nas linhas de pensamento que levaram, por um lado, à rejeição total da necessidade da lei ou, por outro, à noção de que a lei é algo ruim, que só pode ser tolerado como expediente temporário, enquanto o homem permanece relutante ou incapaz de realizar uma sociedade justa.

A natureza do homem

Quando nos referimos a alguma idéia ou conceito como sendo de caráter "ideológico", queremos dizer com isso que faz parte de nossa concepção do mundo, da relação do homem com o mundo e com a sociedade em todas as suas manifestações. A idéia de lei certamente participa desse caráter ideológico e o nosso ponto de vista será, inevitavelmente, influenciado pelo nosso pensamento geral acerca do lugar do homem no mundo, pela opinião que adotemos sobre a natureza do homem ou da "condição humana", como alguns autores modernos preferem chamar, e sobre as finalidades ou propósitos que o homem pode ser chamado ou solicitado a realizar. Quando afirmamos que a lei é ou não necessária ao homem, é claro que não estamos apenas tentando enunciar um fato físico, como o de que o homem não pode viver sem comer nem beber – estamos, outrossim, engajados num processo de avaliação. O que estamos realmente dizendo é que a natureza do homem é tal que ele só pode atingir uma condição verdadeiramente humana dada a existência ou inexistência da lei. Tal afirmação contém, implícito, um pressuposto quanto ao objetivo ou propósitos fundamentais do homem, e quanto àquilo de que ele necessita para a consecução desses objetivos.

É, sem dúvida, por causa da preocupação perene e intensa do homem com tais questões, que pensadores de todas as épocas e sociedades foram atraídos para a interminável disputa em torno da qualidade ou potencialidade ética da natureza do homem. Na verdade, essa disputa pode ser hoje considerada por muitos não só interminável mas também absurda; porém, que assim seja ou não, a posição assumida formou a principal premissa que levou à dedução sobre se, ou em que medida, a lei é necessária ao homem e, portanto, a sua importância para esse fim permanece indiscutível. Aos que vêem no homem a encarnação do mal ou, na melhor das hipóteses, um amálgama de bons e maus impulsos constantemente em conflito, tendendo os maus a prevalecer repetidamente sobre os bons, parece evidente que existem forças sombrias e perigosas implantadas na própria natureza do homem, as quais precisam ser inflexivelmente reprimidas e que, se não o forem, acarretarão a total destruição daquela ordem social em cuja ausência o estado do homem não seria superior ao dos animais. Portanto, nessa concepção, a lei constitui o freio indispensável das forças do mal, e a anarquia ou a ausência da lei, o supremo horror a ser repelido. Por outro lado, aqueles que vêem a natureza do homem como inerentemente boa procuram descobrir as fontes dos males da condição atual do homem em situações exteriores ao próprio homem e, por conseguinte, buscam algum defeito fundamental no meio social em que ele vive como verdadeira causa de todos os males que o afligem. E como as características mais notórias desse meio são, é claro, o governo dos poderes reinantes e o sistema jurídico através do qual eles exercem sua autoridade política, não chega a causar surpresa que as críticas recaiam precisamente sobre esses poderes como verdadeira fonte das tribulações humanas.

A LEI É NECESSÁRIA?

Numa era de reforma social, como os últimos cem anos no ocidente, poder-se-ia dizer que tais críticas teriam sido mais eficazes se dirigissem seus dardos para a reforma da lei vigente, em vez de terem por alvo a total eliminação da lei; mas, por outro lado, tenha-se em mente que em muitas sociedades os males do regime legal devem ter parecido inevitáveis às pessoas de mentalidade religiosa ou filosófica e que substituir um regime baseado na repressão legal por um outro só poderia resultar numa série comparável de aflições e opressões. O único caminho era, portanto, condenar radicalmente a coerção legal.

A lei e as forças do mal

Dois pontos de partida muito diferentes foram adotados por aqueles que consideram a lei um meio de obtenção da harmonia social através da repressão das paixões malignas do homem. Por um lado, alguns postularam que a natureza humana era intrinsecamente má e que nenhum progresso social poderia ser obtido sem as restrições da lei penal. Por outro lado, aqueles que sustentam ter sido o homem originalmente criado bom por natureza mas que, devido ao pecado, à corrupção ou a algumas outras fraquezas internas, como a avareza, a natureza original e verdadeira do homem acabou sendo distorcida e desvirtuada, exigindo assim, para seu controle, os rigores de um sistema legal punitivo. Os que favoreciam essa avaliação mais otimista das fraquezas humanas eram propensos a recordar uma pretérita Idade de Ouro de inocência primeva em que os homens viviam vidas simples, felizes e bem ordenadas, sem necessidade de qualquer sistema externo de regras ou coerções legais para restringir seus impulsos, os quais eram totalmente isentos de egoísmo e dirigidos para o bem comum da humanidade. Tal foi a idílica cena primitiva descrita por muitos autores, de Sêneca a Rousseau e mesmo em nossos dias, e essa visão rósea do passado remoto do homem tem freqüentemente servido como padrão para um movimento em prol do retorno à natureza, no sentido da natureza primitiva e indene do homem, e aberto, portanto, para uma perspectiva futura de uma sociedade mais feliz, na qual os impulsos naturais e não corrompidos substituam um regime coercivo imposto pela lei.

Exemplos dessas concepções ideológicas da natureza e do destino do homem podem ser colhidos em fontes largamente dispersas. Basta mencionarmos aqui algumas delas. Na China antiga do século III a.c. encontramos, por exemplo, a importante escola dos chamados "legistas", que argumentavam ser a natureza humana inicialmente má e que se os homens agiam, com freqüência, de maneira boa, isso era devido à influência do meio social, sobretudo o ensino dos rituais e as restrições das leis penais. "Uma única lei, reforçada pela imposição de severas penalidades, vale mais para a manutenção da ordem do que todas as palavras de todos os sábios", era uma das suas principais máximas[2]. Mais ou menos no mesmo período, os escritores *shastra* na Índia estavam afirmando que os homens são por natureza impulsivos e gananciosos, e que, se entregues a si mesmos, o mundo assemelhar-se-ia a uma "oficina do diabo", onde a "lógica do peixe" reinaria, isto é, os grandes devorariam todos os pequenos[3]. Pontos de vista comparáveis não são difíceis de localizar entre alguns dos autores mais influentes da moderna Europa ocidental. Assim, para Bodin, o estado original do homem era de desordem, força e violência, e a descrição

---

2. Ver Becker e Barnes, *Social Thought from Lore to Science*, 3.ª edição (1961), vol. I, pp. 69-70.

3. *Ibid.*, p. 78.

A LEI É NECESSÁRIA? 7

por Hobbes da vida do homem primitivo como um estado de guerra permanente, em que a existência individual era "brutal, repugnante e breve", tornou-se clássica. Também para Hume a sociedade humana não poderia existir sem lei, governo e coerção, e assim, nesse sentido, a lei era uma necessidade natural para o homem. Maquiavel baseou seu célebre conselho aos príncipes para que ignorassem seus compromissos quando estes conflitassem com seus próprios interesses, no argumento de que os homens "são naturalmente maus e não respeitarão sua lealdade e sua palavra para convosco, assim que, da mesma forma, não devereis respeitar as vossas para com eles"[4].

A hipótese de uma primitiva Idade de Ouro também desempenhou, de uma forma ou de outra, um importante papel na história da ideologia ocidental. Dois dos mais conhecidos enunciados dessa hipótese na antiguidade clássica encontram-se nas páginas de Ovídio e de Sêneca. No primeiro livro das *Metamorfoses*, Ovídio refere-se-lhe nestes termos:

> A Idade de Ouro nasceu primeiro, a qual, sem repressão, sem leis, praticava espontaneamente a boa-fé e a virtude. Os castigos e o medo eram ignorados; não se liam escritos ameaçadores afixados no bronze; a multidão súplice não tremia diante do seu juiz; um tribunal era inútil para a segurança das gentes, pois não havia causas a dirimir[5].

A famosa descrição de Sêneca, como convinha a um filósofo, foi mais circunstancial:

> Em seu estado primitivo, os homens conviviam em paz e felicidade, tendo todas as coisas em comum; não existia a propriedade privada. Podemos inferir que não podia ter exis-

---

4. *O príncipe*, capítulo 18.
5. Tradução de Dryden para o inglês.

tido escravatura nem governo coercivo. Aí, a ordem era da melhor espécie, pois os homens seguiam a natureza sem desfalecimento, e os homens mais sábios e melhores eram seus guias. Eles orientavam e dirigiam os homens para o seu bem, e eram obedecidos de bom grado pois suas ordens eram sábias e justas... Com o passar do tempo, a inocência primitiva desapareceu; os homens tornaram-se avaros e descontentes com a fruição comum das boas coisas do mundo, desejando retê-las em sua posse particular. A avareza despedaçou a primeira sociedade feliz... e a realeza dos sábios deu lugar à tirania, de modo que os homens tiveram de criar leis que controlassem seus governantes[6].

Embora Sêneca afirme que essa inocência primitiva foi o resultado mais da ignorância do que da virtude, ele atribui os males sociais subseqüentes e a necessidade de introdução de um regime de lei à corrupção da natureza humana do seu estado inicial de inocência, e explica tal corrupção como sendo devida, especificamente, ao desenvolvimento do vício da avareza. Essa idéia de vício e corrupção como o motivo gerador do estabelecimento de instituições coercivas tornou-se uma característica essencial do pensamento ocidental por muitos séculos, já que foi adaptada pelos primeiros Santos Padres à versão judaico-cristã da Queda do Homem. A descrição bíblica do paraíso foi equiparada ao estado primitivo de inocência de Sêneca, e a necessidade de lei humana e todas as suas conhecidas instituições, como o Estado coercivo, a propriedade privada e a escravatura, derivaram da natureza pecadora do homem, a qual resultou da Queda. A lei era uma necessidade natural após a Queda para mitigar os efeitos malignos do pecado. Até mesmo a família foi tratada como uma conseqüência da Queda, pois representava o

---

6. Da II Epístola do livro XIV da *Epistulae morales*, de Sêneca, citado por A. J. Carlyle em *A History of Mediaeval Political Theory in the West*, vol. I, pp. 23-4.

domínio coercivo do homem contra a liberdade e a igualdade do paraíso primitivo. Também a escravatura foi considerada uma das conseqüências inevitáveis da Queda, porquanto o homem, embora livre e igual em seu estado incorrupto, converteu-se, como resultado do pecado, num indivíduo apto para a escravidão; e, assim, numa idade corrupta, a escravatura era uma instituição legítima.

Essa teoria da lei e do governo alcançou sua reiteração clássica nos escritos de Santo Agostinho. A lei e a coerção do Estado não eram pecaminosas *per se* e eram parte da ordem divina como um meio de restringir os vícios humanos devidos ao pecado. Logo, todas as instituições legais estabelecidas e todos os poderes do Estado eram legítimos, e a coerção podia ser apropriadamente usada para impor o respeito a esses poderes. Santo Agostinho viu a esperança futura para a humanidade, não na esfera da reforma social pela promoção de um regime social mais justo na terra, mas antes pela realização de uma comunidade de eleitos de Deus, uma sociedade mística, a qual, em última instância, substituiria a seu tempo o regime existente dominado pela natureza pecadora do homem.

A asserção de Santo Agostinho de que a lei era uma necessidade natural para reprimir a natureza pecadora do homem predominou por muitos séculos. Ele escreveu numa época em que o grande sistema do Império Romano estava em vias de desintegração e parecia haver escassas perspectivas de surgimento de uma sociedade ordenada e, muito menos, justa, por meras providências humanas. Mas, gradualmente, a vida tornou-se mais estável e propiciou margem para progressos sociais e econômicos. Além disso, no século XIII, algumas das mais científicas e filosóficas reflexões da antiguidade clássica sobre a condição social do homem, sobretudo as de Aristóteles, tinham-se infiltrado e obtido divulgação na Europa ocidental. Amadurecera o momento para uma mudança de ênfase. A natureza humana podia ser corrupta e pecadora, mas, apesar de tudo, o homem possuía uma virtude natural que era suscetível de desenvolvimento. Apoiando-se substancialmente na concepção aristotélica do desenvolvimento natural do Estado a partir dos impulsos sociais do homem, Santo Tomás de Aquino sustentou que o Estado não era um mal necessário, mas um alicerce natural no desenvolvimento do bem-estar humano. Santo Tomás de Aquino, como um pilar da ortodoxia da Igreja Católica medieval, esforçou-se por reconciliar essa posição com a teologia institucionalizada de seu tempo. Não obstante, ele também forneceu uma importante base para a concepção secular ulterior da lei como uma força benéfica, pelo menos potencialmente, não apenas para refrear os impulsos ruins do homem mas ainda para colocá-lo no caminho da harmonia e do bem-estar sociais. Destarte, a lei passou a ser considerada não uma força puramente negativa, para coibir o mal, mas antes um instrumento positivo para a concretização daquelas metas para as quais os impulsos bons ou sociais do homem tendem a dirigi-lo.

O homem é naturalmente bom?
O ponto de vista do anarquista

Vimos como a tentativa de considerar a lei uma necessidade natural para coibir, do único modo possível, os instintos maléficos do homem deu lugar a uma nova concepção da lei como meio de racionalizar e dirigir o aspecto social da natureza do homem. Entretanto, houve em todas as épocas pensadores que rejeitaram profundamente esse enfoque das forças coercivas da lei e da ordem. Para esses pensadores, a natureza humana é e continua sendo basicamente boa, mas é o meio social o responsável pelos males da condição humana[7], e sobretudo a existência de um regime de lei imposto pela forma de cima para baixo.

Um estado de espírito de primitivismo melancólico, uma nostalgia da Idade de Ouro primeva, impregnaram boa parte do que pode ser chamado de pensamento anarquista, desde os tempos antigos aos modernos. Platão, por exemplo, mostrou forte inclinação para o primitivismo, conforme é ilustrado por sua asserção de que "os homens dos antigos tempos eram melhores do que nós e estavam mais perto dos deuses"[8]. Entretanto, essa abordagem tende a ser, em seu todo, mais refinada, concentrando-se muito menos num passado mítico do que na potencialidade do homem, no futuro, para criar uma sociedade idealmente justa. Além disso, tal sociedade não será dotada de um regime legal idealmente concebido mas, pelo contrário, estará livre de todas as imposições legais, em que a harmonia racional prevalecerá como resultado do bom senso e dos impulsos sociais de seus membros.

Um quadro idealista de um Estado sem lei, cuja harmonia interna deriva da razão humana levada ao seu potencial máximo de desenvolvimento por uma sucessão de reis-filósofos, escolhidos por sua sabedoria e prudência, é apresentado por Platão em sua *República*. Platão deposita toda a sua confiança num sistema de educação que não só produzirá governantes adequados mas também servirá para condicionar o resto da população ao estado apropriado de obediência. A experiência moderna certamente apóia Platão em sua crença de que a educação ou a "lavagem cerebral" podem

---

7. A atitude otimista em relação aos problemas sociais do homem, que os atribui primordialmente, senão inteiramente, ao resultado de causas ambientais (por exemplo, a delinqüência juvenil é imputável à pobreza, maus antecedentes familiares, etc.) influenciou boa parte do moderno pensamento sociológico. Mas a tendência da sociologia moderna foi para favorecer mais e não menos o controle legal; cf. abaixo, capítulo 9.

8. *As leis*, 890 d.

condicionar as pessoas à subserviência, mas permanece dividida em torno da noção de que qualquer sistema de educação pode fornecer a estrada real para a sabedoria, ou de que exista qualquer método infalível de selecionar ou treinar pessoas que estão naturalmente predestinadas ao exercício do mando. Poderíamos dizer que as inclinações de Platão não eram tanto para o anarquismo quanto para o que hoje chamaríamos de "totalitarismo", como suas propostas para um sistema jurídico inflexível e rigorosamente aplicado, em seu diálogo ulterior, *As leis*, suficientemente demonstram. Por outro lado, embora houvesse inegavelmente um sabor anárquico em certos aspectos do Cristianismo primitivo, isso manifestou-se mais num desdém do que numa rejeição da lei humana e, de fato, a injunção para dar a César o que é de César acabou aceita como tendo conferido legitimidade divina aos poderes estabelecidos. Ao mesmo tempo, o culto da não-violência pareceu ser a muitos adversários dos primeiros cristãos uma ameaça à autoridade do Estado e proporcionou uma base para as doutrinas anarquistas de alguns autores modernos influentes, como Bakunin e Tolstoi.

O período moderno, a partir do século XVII, foi marcado pela ascensão da ciência e da tecnologia e, com isso, desenvolveu-se a ideologia do progresso humano, uma visão de mundo que rejeita a crença num paraíso primitivo e preconiza um futuro cada vez mais brilhante para a humanidade. Durante largo tempo, essa doutrina esteve associada à noção de que se podia deixar a evolução social do homem entregue ao livre jogo das forças econômicas, as quais, se não sofressem interferências, era lícito supor que atuariam no sentido da realização da harmonia social. Essa era a teoria do *laissez-faire*, a qual, embora aplicada por Adam Smith especialmente aos assuntos econômicos, trouxe em sua esteira a mais ampla doutrina de que todo o governo e toda a lei eram, em princípio, perniciosos, na medida em que coibiam ou distorciam o desenvolvimento natural da economia e da sociedade. Bem longe de ser anarquista, entretanto, essa teoria favoreceu substancialmente o uso da lei coerciva para proteção da propriedade privada, a qual é considerada uma característica indispensável de um mercado livre.

O século XIX representou, talvez, o apogeu dos autores anarquistas mais refinados, embora a célebre contribuição de Godwin, *Political Justice*, fosse originalmente publicada em 1793. Godwin argumentou que os males da sociedade não resultam da natureza corrupta ou pecadora do homem, mas dos efeitos perniciosos de instituições humanas opressivas. O homem é inerentemente capaz de progresso ilimitado e somente as instituições coercivas e a ignorância se erguem como obstáculos nesse caminho. Com uma tocante fé na razão e na perfectibilidade humanas, Godwin sustentou que a cooperação voluntária e a educação habilitariam a abolição de todas as leis. As normas sociais e morais requeridas para manter a ordem e o progresso sociais seriam efetivas na medida em que sua violação incorreria na censura moral dos indivíduos livres de que a sociedade se comporia. Esse tipo de anarquismo filosófico seria depois exposto pelos líderes da escola russa de anarquistas, Bakunin e Kropotkin, para quem Estado, lei, coerção e propriedade privada eram inimigos da felicidade e do bem-estar humanos. Esses autores sublinharam o papel benéfico da cooperação na história humana e acreditavam que, no curso inevitável da evolução, o princípio de ajuda mútua substituiria as atribulações e os sofrimentos da comunidade coerciva. Tolstoi, por outro lado, propôs uma forma de anarquia baseada em sua concepção da vida cristã simples, inspirada por Deus, que caracterizava as primeiras comunidades cristãs. Muitos de seus entusiásticos adeptos tentaram instalar "colônias de Tolstoi", de acordo com essas diretrizes, em várias partes do mundo, mas os resultados nada tiveram de animadores. Em seu livro muito indulgente, *Life of Tolstoy*, Aymer Maude relata alguns dos estranhos e cômicos modos como essas sociedades rapidamente se desintegraram. Numa dessas colônias, por exemplo, um rapaz roubou um colete de um de seus companheiros. Esse jovem tinha sido previamente doutrinado por seus companheiros na teoria de que a propriedade privada é iníqua e de que a política e os tribunais fazem parte de um regime imoral de coerção. Quando foi exigida a devolução do colete, o jovem apenas provou que aprendera a lição bem demais. Se a propriedade é injusta, perguntou ele, por que detê-la é mais errado para um rapaz do que para um homem? Ele queria o colete tanto quanto o homem que era o dono dele. Estava disposto a discutir o assunto, mas não alteraria sua opinião de que ia ficar com o colete e seria profundamente errado tirá-lo dele[9].

Uma outra dessas colônias chegou ao fim de um modo bastante drástico. A propriedade da colônia tinha sido adquirida no nome de um membro que a mantinha para uso de seus companheiros. Certo dia, um indivíduo excêntrico apareceu em cena e, após alguma discussão com os colonos, levantou-se de súbito e anunciou o seguinte: "Cavalheiros! Tenho a informá-los que de hoje em diante a sua colônia não tem casa nem terra. Estão surpreendidos? Então falarei mais claramente. A sua casa de campo, com seus anexos, hortas e campos, pertence-me agora. Dou-lhes três dias para saírem!" Os colonos ficaram estupefatos, mas nenhum deles resistiu e todos abandonaram o lugar. Dois dias depois, o proprietário legal ofereceu a propriedade à Comuna local[10].

---
9. A. Maude, *Life of Tolstoy* (World's Classics Edition), vol. 11, p. 223.
10. *Ibid.*, pp. 226-7. O atual e generalizado recurso à ocupação de casas por "posseiros" tem um elemento anarquista na medida em que envolve, por vezes, uma rejeição da sociedade existente.

Um cínico poderá muito bem rir em face dessa corroboração de sua descrença na bondade natural do homem, mas o desfecho desses ingênuos exercícios anarquistas assinala, sem dúvida, o fundamental dilema que deve ser enfrentado pelos que acreditam que a sociedade humana pode funcionar sem o cimento externo da lei coerciva. Como observa Maude: "Elimine-se a lei e induzam-se os homens a acreditarem que nenhum código ou sede de julgamento fixa deve existir, e as únicas pessoas que estarão aptas a prosseguir decentemente serão aquelas que, como o campesinato russo pré-revolucionário, obedecem a um modo tradicional de vida..."[11] O mal de raiz do tolstoísmo é que ele despreza e condena o resultado da experiência adquirida por nossos antepassados, que criaram um sistema que, apesar dos muitos defeitos que ainda o embaraçam, tornou possível aos homens cooperarem praticamente e realizarem suas diversas ocupações com um mínimo de atrito."[12]

Talvez a mais notável das teses dos anarquistas modernos e certamente a mais influente de todas é a de Karl Marx. Previu ele a derrubada da sociedade capitalista por uma revolução violenta do proletariado oprimido. A lei nada mais era do que um sistema coercivo criado para manter os privilégios da classe proprietária; pela revolução, nasceria uma sociedade sem classes, a lei e o Estado "definhariam" até desaparecerem por serem desnecessários à manutenção de um regime opressivo. O marxista, em vez de voltar seus olhos para uma Idade de Ouro do passado, situa-a no futuro, quando a harmonia social estará afinada com a bondade natural do homem, livre de ciladas ambientais, como a instituição da propriedade privada. Tal paraíso social não pode, entretanto, surgir de um dia para o outro e, por conseguinte, temos

---

11. Sobre a relação de costume com a lei, ver adiante, capítulo 10.
12. A. Maude, *op. cit.*, vol. 11, p. 222.

o paradoxo de que, durante um período intermédio – passível de ser de duração infinita –, haverá a necessidade de um vasto recrudescimento de atividade do Estado, apoiado por todos os mecanismos de coerção legal tão odiosos para o anarquista. Voltaremos a falar mais adiante[13] sobre a teoria marxista do direito, mas parece incontestável que a introdução do socialismo marxista até agora acarretou, mais do que aboliu, a repressão legal.

Bondade inata e o preço da civilização

Apesar dessas experiências desencorajadoras, ainda subsistem alguns ilustres expoentes do ponto de vista de que o homem, no nível primitivo, era inatamente bom e de que foi a organização social e política da vida civilizada que introduziu as sementes da violência e da desordem, as quais, por seu turno, levaram à criação de sistemas de coerção legal. Uma das principais teses do livro de Elliot Smith[14], *Human History,* publicado originalmente em 1930, é a bondade e o pacifismo inatos da espécie humana. "A evidência é tão definitiva e abundante que passa a ser um problema de interesse psicológico investigar por que os homens persistem em negar o fato do pacifismo inato do Homem. Cada um de nós sabe, por sua própria experiência, que seus semelhantes são, em geral, amáveis e bem intencionados. A maior parte dos atritos e discórdias de nossas vidas é, obviamente, o resultado das exasperações e conflitos que a própria civilização cria. Inveja, malevolência e todas as formas de iniqüidade têm usualmente por objeto de sua expressão

---
13. Ver adiante, capítulo 9.
14. Sir Grafton Elliot Smith foi professor de Anatomia no University College, Londres, de 1919 a 1936.

algum propósito artificial, de cuja busca o Homem Primitivo está isento."[15]

Poucos negarão que numerosos males de que sofremos são o resultado direto das tensões e dos conflitos característicos do modo civilizado e, portanto, complexo de existência. De qualquer forma, o contraste de Elliot Smith entre homem natural e civilizado parece tendencioso e por demais simplista. Os leitores de *Frankenstein*, de Mary Shelley, recordarão como Frankenstein cria um monstro em forma humana, o qual, embora possuidor de sentimentos humanos, acaba por voltar-se contra o seu criador, matando-o. O romance parece simbólico da dualidade da natureza humana. O homem pode possuir tendências inatas para o que chamamos "bondade", ou seja, aquelas relações que decorrem da simpatia e cooperação, pois sem elas toda a vida social – o caráter distintivo do homem – seria impossível. Mas também existe um lado dinâmico na natureza humana, o qual pode ser dirigido para fins criativos ou destrutivos.

O anarquista filosófico bem intencionado, mesmo quando está primordialmente interessado em oferecer oportunidades aos impulsos criativos do homem, é suscetível de passar por alto ou ignorar o lado mais sombrio da natureza humana. Sir Herbert Read, por exemplo, argumenta que grupos humanos sempre se associaram espontaneamente para ajuda mútua e satisfação de suas necessidades e, portanto, podemos estar certos de que organizarão voluntariamente uma economia social que assegure a satisfação dessas necessidades[16]. O anarquista, diz-nos ele, concebe a sociedade como um equilíbrio ou uma harmonia de grupos. A única dificuldade está em sua inter-relação harmoniosa. Mas não é a pro-

---

15. *Human History* (ed. Academy Books, 1933), p. 189.
16. Ver "The Paradox of Anarchism", reimpresso em *A Coat of Many Colours* (1947), de Sir Herbert Read, pp. 62-5.

moção de tal harmonia uma função que deve ser conferida a alguma organização estatal? A resposta de Sir Herbert Read é dupla. Em primeiro lugar, ele acredita que essa função desapareceria quase totalmente com a eliminação da motivação econômica na sociedade. O crime, por exemplo, é predominantemente uma reação à instituição da propriedade privada. E, em segundo lugar, questões como a educação infantil e a moralidade pública são questões de senso comum, a serem resolvidas por referência à boa vontade inata da comunidade. Com a descentralização universal da autoridade e a simplificação da vida, incluindo o desaparecimento de "entidades desumanas" como a cidade moderna, quaisquer disputas podem ser resolvidas numa base local. "Associações locais podem formar seus tribunais, e esses tribunais são suficientes para administrar uma lei comum baseada no senso comum." Assinale-se que Read difere de alguns anarquistas no reconhecimento da necessidade de algum tipo de lei geral, e insiste apenas na rejeição de todo o mecanismo coercivo de controle centralizado. Explica ele: "Anarquismo significa literalmente uma sociedade sem um *arkhos*, ou seja, sem um governante. Não significa uma sociedade sem lei e, portanto, não significa uma sociedade sem ordem. O anarquista aceita o contrato social mas interpreta esse contrato de um modo particular, que ele acredita ser o modo mais justificado pela razão."[17]

O reconhecimento de que mesmo na mais simples forma de sociedade é necessário algum sistema de regras parece quase inevitável. Em qualquer sociedade, seja ela primitiva ou complexa, será necessário ter regras que estipulem as condições em que homens e mulheres possam se acasalar e viver juntos; que governem as relações de família; que fixem

---

17. Herbert Read, *op. cit.*, pp. 59-60. Ver também G. Baldelli, *Social Anarchism* (1971). Ver também Nozick, *Anarchy, State and Utopia* (1974).

as condições em que devem ser organizadas as atividades econômicas de caça e coleta de alimentos; que determinem a exclusão de atos considerados contrários ao bem-estar da família ou de grupos maiores, como a tribo ou a comunidade toda. Além disso, numa complexa comunidade civilizada, ainda que simplificada a grau tão caro ao coração de um anarquista como Read, terá ainda de haver um vasto sistema de regras governando a família e a vida social e econômica. A idéia de que a sociedade humana, em qualquer nível que se considere, poderia concebivelmente existir com base em que cada homem deve simplesmente fazer aquilo que julga estar certo nas circunstâncias particulares, é por demais fantasiosa para merecer uma análise séria. Tal sociedade não seria meramente, nas palavras de Read, "uma sociedade sem ordem", mas a própria negação dela mesma.

Neste ponto, portanto, podemos transferir a discussão da necessidade de lei na sociedade humana para a questão intimamente relacionada sobre se a idéia de lei pode ser divorciada de um regime de coerção. Essa é a questão a que dedicaremos nossas atenções no capítulo seguinte.

Capítulo 2
Lei e força

No panteão da antiga Mesopotâmia, duas deidades eram destacadas para especial reverência. Eram elas Anu, o deus do céu, e Enlil, o deus da tempestade. O universo era visto como um estado em que os deuses governavam, mas uma distinção crucial foi estabelecida entre o papel das duas principais divindades na hierarquia. Por um lado, o deus do céu promulgava decretos que exigiam obediência pelo próprio fato de emanarem da divindade suprema. A obediência era, pois, uma necessidade inelutável, um imperativo categórico que não admitia discussão. Anu era o próprio símbolo da autoridade na ordem cósmica. Entretanto, esses antigos adoradores da autoridade divina, por mais absoluta e irrestrita que pudesse ser, reconheciam, mesmo assim, que não existia nenhuma garantia de obediência automática às ordens vindas do alto. Portanto, disposições tinham de ser tomadas para punir os recalcitrantes, fossem eles deuses ou mortais. Logo, foi invocado o poder da tempestade, o poder compulsório, o deus da coerção, que executa as sentenças dos deuses e os conduz na guerra[1].

Se penetrarmos abaixo da superfície, encontraremos na mitologia muita coisa que é fundamental nas atitudes e nos

---

1. Ver H. e H. A. Frankfort, *Before Philosophy*, p. 156.

propósitos humanos. Os mitos de Anu e Enlil revelam a necessidade humana profundamente sentida de ordem, e a crença concomitante em que tal ordem, seja em nível cósmico ou terrestre, exige a combinação de dois elementos essenciais, autoridade e coerção. Sem o reconhecimento de alguma autoridade cujos decretos e sentenças determinem a estrutura de ordem no mundo, não pode existir sociedade organizada e, por conseguinte, a autoridade da lei divina possibilita o funcionamento do universo como um todo social. Mas sem o elemento de força para garantir obediência ao decreto divino o universo jamais poderia alcançar as condições requeridas para que o Estado cumpra seu papel na organização da sociedade. Assim, no vasto painel do universo, os antigos mesopotâmios viram refletidas as essenciais condições prévias de sua própria sociedade humana e procuraram fornecer uma base cosmológica para o vínculo entre a autoridade legítima e a força aqui na Terra.

A idéia de que até os próprios deuses precisam invocar a força para impor sua autoridade é um fenômeno suficientemente conhecido nos primeiros e menos refinados estágios da religião. Zeus, como os leitores de Homero recordarão, não poupava seus raios contra os seus companheiros olímpicos ou os humildes mortais que desrespeitavam suas injunções ou de alguma outra forma incorriam em seu desagrado. Mas preferimos enfatizar aqui essa característica do pensamento humano na menos conhecida forma da mitologia mesopotâmica primitiva, porque parece destacar, com excepcional clareza, os dois elementos de autoridade e força sem os quais nenhuma ordem, divina ou humana, pode sobreviver. É necessário dizer agora algo mais sobre cada uma dessas concepções no contexto da teoria da lei.

Autoridade

Há muito mais envolvido na idéia de lei do que a simples obediência, mas o fator de obediência é, não obstante, crucial. Cumpre-nos, entretanto, distinguir a espécie de obediência que é característica das relações legais. As vítimas de um assalto a banco podem obedecer rapidamente às ordens de bandidos armados de revólveres, mas tal submissão tem pouca ou nenhuma ligação com a obediência de um vassalo a seu senhor feudal, ou com a de um litigante sem êxito à sentença do tribunal que julgou seu caso. Esse contraste não é apenas entre obediência dócil e relutante, pois o vassalo, o cidadão e o litigante derrotado podem sentir-se todos tão relutantes em anuir à autoridade superior, no caso particular ou mesmo de um modo mais geral, quanto os funcionários do banco em passar os valores para as mãos de seus assaltantes. Portanto, a distinção deve ser procurada em alguma espécie mais profunda de motivação.

O que a noção de autoridade subentende é que alguma pessoa *tem o direito de* exigir a obediência de outras, independentemente de essas outras pessoas estarem preparadas ou não para considerar aceitável ou desejável a ordem ou a lei que são intimadas a acatar. É claro, a pessoa com direito a tal obediência não necessita ser um simples ser humano, como no caso de um monarca absoluto, mas pode, em algumas ordens de sociedade, ser concebida como uma entidade sobrenatural ou como uma organização humana coletiva, por exemplo, a Rainha em Parlamento, na Inglaterra, ou o Congresso, nos Estados Unidos. Entretanto, para maior conveniência da presente análise, limitar-nos-emos ao caso do indivíduo singular que tem direito à obediência[1a].

[1a]. Experimentos recentes realizados por Milgran demonstram a importância da autoridade. Ver seu livro *Obedience to Authority* (1974).

É óbvio, quando consideramos os exemplos dados anteriormente, que o vassalo vê no seu senhor alguém com pleno direito à obediência, e a mesma pressuposição pode ser também feita a respeito do cidadão e do policial ou do litigante e do juiz. Por outras palavras, existe algo a que poderemos chamar uma aura ou mística peculiar envolvendo o suserano, o policial ou o juiz, a qual suscita uma certa reação da outra parte, ou seja, esta sente que o superior (pois assim podemos chamar-lhe para este fim específico) pode dar-lhe legitimamente ordens que ela, a parte inferior, se considera, de alguma forma, obrigada a obedecer, de bom grado ou não. Esse sentimento de subordinação legítima é, evidentemente, de grande significado no direito e requer uma explicação mais ampla.

Por que razão uma pessoa se sentirá, de uma certa e curiosa maneira, obrigada a reconhecer a autoridade de uma outra pessoa e, assim, coagida a obedecer às ordens dessa pessoa? Ou, por outras palavras, qual é a origem da obrigação que é, segundo parece, imposta ou que se presume ser imposta à parte súdita (ou parte obrigada)?

Uma resposta preliminar que pode ser sugerida é que, fundamentalmente, a obrigação é moral, no sentido de que o que a parte obrigada realmente sente é que está sob o dever moral de obedecer às ordens do senhor, do policial ou do juiz, segundo for o caso. O conceito de moralidade e sua relação com a lei envolvem muitas dificuldades que terão de ser examinadas mais adiante. O que convém enfatizar desde já é que existe claramente uma ligação bem definida entre a idéia de autoridade legítima que tem de ser obedecida por causa de sua própria legitimidade, e a obrigação moral, a qual impõe uma regra que requer adesão voluntária em virtude de sua retidão intrínseca. Ambas são tratadas como vinculatórias porque nelas existe algo que parece requerer obediência, sem necessidade de força ou coação física de qualquer espécie. Daí o sentimento de que existe o dever moral de obedecer à lei, porque a lei representa a autoridade legítima.

Existem, porém, consideráveis perigos quando se procura levar esse argumento longe demais, já que pode conduzir à crença errônea em que, de algum modo, legitimidade e moralidade se equiparam. De fato, em algumas sociedades, foi essa a conclusão a que se chegou, sendo sustentado que o direito divino dos reis acarreta o corolário necessário de que o rei é infalível e não pode cometer erros. Quando passarmos a examinar mais adiante, e em detalhe, a relação da lei com a moralidade, veremos que existem razões convincentes para rejeitar essa visão monolítica e para reconhecer que as duas esferas, da autoridade legítima e da moralidade, embora estreitamente interligadas, são, no entanto, separáveis e distinguíveis. Tudo o que estamos enfatizando neste ponto, portanto, é que a noção de autoridade reconhecida como legítima deriva sua força em grande parte do seu vínculo com a obrigação moral. Tanto assim é que, em rebeliões contra a autoridade estabelecida, os rebeldes procuraram usualmente reforçar sua posição provando que a autoridade é, de fato, ilegítima, por esta ou aquela razão, privando desse modo os governantes de qualquer pretensão legal ou moral à obediência. Tais argumentos foram particularmente comuns e eficazes nos séculos XVI e XVII, quando o governo se considerava estabelecido por um contrato social e quando uma violação fundamental desse contrato pelo governante, como no caso de Jaime II, pôde ser representada como eximindo seus súditos da obrigação de se submeterem à sua autoridade.

Carisma

A análise mais esclarecedora dos processos pelos quais a autoridade se estabelece na sociedade humana foi proporcionada pelo eminente sociólogo alemão Max Weber, falecido em 1920. A autoridade, ou o domínio legítimo, como Weber a descreve, pode assumir uma de três formas, a saber, carismática, tradicional ou legal[2]. A palavra "carismático" é formada do grego *charisma*, que significa "dom" ou "graça", e é usada por Weber em referência àquela forma peculiar de ascendência pessoal que um indivíduo pode adquirir numa determinada sociedade e que confere a todos os seus atos uma aura indiscutível de legitimidade. Tal posição é freqüentemente associada a um conquistador militar, podendo Alexandre, o Grande, Júlio César e Napoleão ser considerados os protótipos. Em nossos dias, vimos o bastante dessa forma de domínio carismático, em ditadores como Hitler, Mussolini e Stalin, para termos poucas dúvidas quanto à sua realidade e ao caráter que provavelmente assumirão na moderna era tecnológica.

Nenhuma ilustração mais impressionante pode ser dada do efeito hipnótico exercido pela característica carismática de certos indivíduos, não só sobre os seus seguidores imediatos, mas em nações inteiras, do que a extraordinária história revelada na descrição do professor Trevor-Roper dos últimos dias de Adolf Hitler, virtualmente impotente nas profundezas de seu *bunker* e ainda dando ordens insanas que ninguém se atrevia a questionar e muito menos a desobedecer[3].

---

2. Ver Max Weber, *Law in Economy and Society*, org. de Rheinstein (1954), capítulos 12 e 13.
3. Ver H. R. Trevor-Roper, *The Last Days of Hitler* (Ed. Pan Books), p. 171. ("Sitiado na capital em ruínas, encurralado 15 m abaixo da superfície, cortadas todas as comunicações regulares, um destroço físico e mental, sem poder para se impor ou razão para persuadir ou mecanismos para criar, Hitler ainda permanecia, no caos universal que causara, o único senhor, cujas ordens eram implicitamente obedecidas.")

Domínio tradicional

Num certo sentido, a idéia de carisma pessoal constitui realmente a chave para se compreender a concepção de legitimidade, porque enfatiza, em forma extrema, as forças psicológicas subjacentes nessa concepção. O ponto importante, porém, é que enquanto o carisma pode criar autoridade pela pura ascendência pessoal de um novo líder, e embora possa haver uma tendência natural para que se extinga com a morte dele, não se segue, em absoluto, que tal carisma esteja associado somente à sua pessoa. Como sublinha Weber, a autoridade derivada, na primeira instância, da personalidade do líder pode transmitir-se, ainda que em forma atenuada, a seus sucessores. Esse fenômeno será observado no caso de novas monarquias quando os descendentes do fundador carismático da dinastia derivam sua autoridade legítima de sua ascendência, muito embora lhes faltem todas ou a maioria das qualidades de seu ancestral. A mesma situação pode ser observada em outras esferas que não a política. De um modo geral, os fundadores de religiões possuem uma qualidade carismática que faz suas palavras serem tratadas como investidas de autoridade; e, após sua morte, seus discípulos estão aptos a reter e mesmo ampliar o alcance dessa autoridade, embora partilhem muito pouco do carisma pessoal que habilitou o fundador a dominar seus adeptos. Se essa situação se mantiver por tempo razoável, o carisma original tornar-se-á "institucionalizado", ou seja, será consubstanciado em certas instituições permanentes que serão formadas, predominantemente, por usos e costumes tradicionais.

Um exemplo claro desse tipo de institucionalização é uma monarquia estabelecida numa ordem feudal de sociedade. O carisma ainda existe, mas prende-se não tanto ao rei quanto à própria realeza, ou à "Coroa", como ainda se diz na prática constitucional inglesa. O domínio ainda permanece pessoal, no sentido de que o rei conserva um vasto campo de poder arbitrário que ele pode exercer legitimamente; mas, ao mesmo tempo, o caráter institucional da realeza criou uma massa de costumes tradicionais que são considerados vinculatórios, restringindo assim a liberdade de ação do detentor das funções régias. Essa concepção recebeu sua mais conhecida expressão do jurista medieval Bracton, na sentença: "o rei tem de estar sob Deus e a Lei".

Domínio legal

Tal forma de domínio, que Weber descreveu como "tradicional" e que é um complexo de elementos pessoais e institucionais, pode fundir-se gradualmente na forma mais desenvolvida que Weber chamou de domínio "legal". Essa terminologia é um tanto enganosa, na medida em que sugere que a lei, *stricto sensu*, somente se origina no segundo tipo de autoridade. Não é assim, nem essa implicação foi pretendida pelo próprio Weber. Mesmo sob o governo de um tipo puramente carismático, nenhuma razão existe para que não se instituam regras passíveis de serem razoavelmente consideradas legais, ainda que dependam inteiramente da vontade do líder carismático. A esse respeito, talvez seja útil recordar que a codificação do direito romano por Justiniano, a qual exerceu tão grande influência no desenvolvimento do moderno direito europeu, ocorreu sob um regime cuja máxima constitucional básica era "o que o imperador quiser é lei". A um sistema tradicional de domínio tampouco faltarão normas legais, embora elas possam ser mais consuetudinárias do que legislativas. O que Weber desejou enfatizar ao aplicar especificamente a palavra "legal" apenas ao terceiro tipo de domínio foi que, sob esse sistema, o domínio legítimo tornou-se impessoal e legalista, de modo que o caráter institucional da autoridade desalojou em grande parte, senão totalmente, o caráter pessoal. Por exemplo, o Estado democrático moderno abandonou amplamente a autoridade carismática em favor de um corpo legislativo, uma burocracia e um judiciário institucionalizados, que operam impessoalmente sob uma ordem jurídica, à qual está ligado um monopólio do uso legítimo da força[3a].

Em tal estado de coisas, o domínio legal pode prescindir do carisma pessoal, mas repousará ainda numa crença em sua própria legitimidade. Pois sem essa crença, tão largamente disseminada que, na maioria dos casos, é incontestada ou incontestável, o funcionamento automático e impessoal da autoridade legal deixaria de operar e seria substituído pela anarquia e a desordem.

Deve-se considerar que essa crença na legitimidade, tão fundamental ao funcionamento do Estado moderno quanto foi para o império de Carlos Magno, não é realmente lógica, no sentido de que possa ser justificada em termos lógicos. Isso pode ser suficientemente demonstrado se tivermos em mente que a crença na legitimidade do domínio legal envolve um argumento circular: as leis, dizem-nos, são legítimas se são promulgadas; e uma promulgação é legítima se obedece àquelas regras que prescrevem os procedimentos a serem seguidos. Talvez não precisemos ir tão longe quanto Weber, quando diz que essa circularidade é intencional, a fim de dar margem a uma crença na legitimidade divorciada de quaisquer ideais ou juízos de valor[4]. O que parece mais pertinente é o fato de que a sociedade humana assenta em crenças que podem ser racionais ou irracionais, mas preci-

---

3a. Cf. R. M. Unger, *Law in Modern Society* (1976), que argumenta estar a sociedade ocidental caminhando para uma ordem "pós-liberal" que se caracteriza pelo poder econômico e político das grandes empresas (*corporations*), pelo direito discricionário e pelo raciocínio jurídico politicamente orientado.

4. Ver R. Bendix, *Max Weber: an Intellectual Portrait*, pp. 413-4.

sam ser entendidas claramente em seu funcionamento. Muita reflexão foi dedicada por juristas modernos a se alguma fórmula essencial pode ser criada ou demonstrada como alicerce lógico ou necessário do domínio legal numa dada sociedade ou, inclusive, no nível internacional; e examinaremos esse problema fundamental em seu devido lugar. Por agora, será suficiente dizer que a autoridade, tanto em seu contexto mais amplo quanto no especificamente legal, repousa numa sólida crença em sua legitimidade.

Para que não se pense que a análise de Weber é demasiado perfeita para ser aplicável à situação histórica de quaisquer sociedades reais, cumpre enfatizar que o próprio Weber não estava, neste ponto, empenhado numa avaliação histórica mas, sim, em estabelecer o que chamou de "tipos ideais", representativos, por assim dizer, do pleno desenvolvimento de possibilidades inerentes em certas espécies de organizações sociais. Tais tipos não são "ideais" em qualquer acepção moral ou platônica; são, antes, simplificações que fornecem uma estrutura analítica em cujo âmbito a pesquisa sociológica pode ser conduzida. Portanto, a análise é tipológica, não de desenvolvimento, dado que, na opinião de Weber, a sociologia somente se ocupa de tendências gerais; de que modo, por exemplo, a sociedade ocidental se desenvolveu historicamente é tarefa não para o sociólogo mas para o historiador. Weber reconhece inteiramente que seus tipos ideais não ocorrem na história como tais, mas sempre em combinações de variável grau de complexidade[5]. Assim, para dar um exemplo, o Estado nazista alemão combinou em grau extraordinário as características do carisma pessoal com as da moderna burocracia, as quais estão associadas ao domínio legal. Tal análise, entretanto, contribui para um entendimento dos vários caminhos que confluem para dar for-

---

5. *Op cit.*, pp. 379-80.

ma à estrutura legal de qualquer sociedade, assim como da natureza geral daquela autoridade que deve, inevitavelmente, constituir um dos seus principais pilares.

Força

Tendo examinado assim, em termos gerais, o elemento de autoridade legítima, que é tão essencial ao funcionamento da lei em qualquer comunidade – o papel de Anu na lenda mesopotâmica –, falta-nos ainda dizer alguma coisa acerca de sua contraparte, a força, simbolizada na lenda por Enlil, o deus da tempestade.

E, em primeiro lugar, podemos destacar a relação entre a força e a autoridade, chamando a atenção do leitor para sociedades em que ocorre a "dominação" plenamente efetiva, mas sem qualquer crença, ao menos por parte de seus súditos, em sua legitimidade. Isso não se aplica necessariamente a todas as sociedades compostas, em grande medida, de populações súditas ou escravas, como por exemplo, a antiga Esparta e seus hilotas ou o império romano com sua enorme população escrava. Pois, mesmo em tais sociedades, apesar de todas as misérias que acarretavam, o povo, como um todo, ainda acreditava na legitimidade da autoridade exercida pelo Estado.

Entretanto, podem existir sociedades que, sem cair numa situação de desintegração anárquica, carecem, mesmo assim, no que tange à grande maioria de suas populações, de uma crença na legitimidade da autoridade que as controla. Por exemplo, durante a ocupação por tropas nazistas de muitos países europeus, na II Guerra Mundial, é evidente que os nazistas tinham o poder para impor sua vontade às populações, mesmo quando os povos ocupados rejeitavam totalmente a legitimidade da dominação de seus opressores nazistas. É certo que isso foi uma situação temporária e que, se tivessem alcançado a vitória final, os nazistas poderiam acabar por induzir uma crença na legitimidade de sua autoridade, tal como fizeram os conquistadores normandos da Inglaterra anglo-saxônica. De fato, é discutível até que ponto a dominação pode ser mantida somente pela força bruta e pelo medo, sem o elemento de legitimidade; mas que, em certas circunstâncias e por períodos limitados, ela pode ser conseguida, está fora de dúvida.

Implicará isso, portanto, que a lei, em última instância, pode ser explicada em termos exclusivos de força e que, como argumentou Trasímaco na *República* de Platão, a respeito da justiça, ela é simplesmente "a lei do mais forte"? Será verdade que o direito nada mais é do que aquele conjunto de determinações legais que a coerção pode impor?

Existem muitas objeções a tal ponto de vista, mas talvez a mais convincente seja a de que basear esse ponto de vista no caso das forças nazistas de ocupação é tentar encaixar a lei no molde de uma situação marginal e inteiramente excepcional, em vez de a compreender em seu padrão típico e característico. Na verdade, alguns argumentaram que os regulamentos impostos nas condições de ocupação nazista, faltando-lhes a base de moralidade ou legitimidade, não podiam ser absolutamente qualificados como lei, mas eram mais equivalentes a ordens impostas por organizações de gângsteres ou terroristas, como a Máfia na Sicília. Seja como for – e reverteremos mais adiante a esta forma de argumento –, basta sublinhar por agora que o fato de, em períodos excepcionais de guerra ou revolução, uma sociedade poder ser temporariamente dominada pela força bruta ou pelo terror não constitui razão, por certo não uma razão convincente, para tratar a lei como nada mais sendo, em última análise, senão a encarnação da força.

LEI E FORÇA 33

Entretanto, por outro lado, será a lei realmente concebível ou, no mínimo, possível em qualquer sentido prático, quando não é basicamente apoiada pela força efetiva? Por certo, a força da lei está e parece ter estado sempre vinculada a normas capazes de serem impostas e respeitadas pela coerção; o carrasco, o carcereiro, o meirinho e o policial fazem todos parte do aparelho aparentemente familiar de um sistema legal. Essa noção popular está bem consubstanciada na frase de um juiz inglês para quem o melhor teste sobre se uma pessoa pretensamente insana é legalmente responsável por seu ato é se ela teria feito o que fez caso houvesse um policial por perto.

Um argumento contra o caráter essencialmente coercivo da lei merece consideração neste ponto: é afirmado por pessoas de indiscutível sinceridade que qualquer força ou violência é errada em si mesma e que a lei que se assenta fundamentalmente na violência deve, portanto, ofender os princípios da verdadeira moralidade. Tais pessoas dispõem-se a afirmar que a força é a própria negação ou o próprio colapso da lei e que o recurso à violência está, portanto, à margem da própria lei como elemento estranho, o qual é invocado precisamente quando o império da lei foi derrubado. É evidente, porém, que esse gênero de enfoque, por bem intencionado que seja, envolve confusões que, longe de contribuírem para a nossa compreensão do funcionamento da lei, servem meramente para ofuscar importantes distinções, sem as quais a ação da lei na sociedade humana dificilmente poderá ser apreendida.

Em primeiro lugar, o que pode estar sendo enfatizado por alguns proponentes desse ponto de vista é que a única lei que eles reconhecem ser *realmente* lei é a lei moral e, para eles, tal lei moral é aquela que rechaça toda e qualquer coerção e recorre unicamente à consciência da humanidade. Semelhante abordagem pode ser meramente semântica, no sentido de que tudo isso pode reduzir-se a uma recusa em aceitar qualquer definição de lei que não constitua unicamente uma extensão da lei moral, entendida esta como uma regra baseada não na força, mas na consciência ou seja qual for o nome que se dê à mola real da moralidade. Mais fundamental é o ponto de vista de que nenhum sistema de regras tem o direito de qualificar-se como lei se não coincidir com a regra moral ou a menos que possa, no mínimo, ser nela englobado. Os que desejam argumentar que a força é a antítese da lei precisam ir um passo mais além e estabelecer que o império da moralidade exclui a coerção. Subsiste o fato de que esse tipo de argumento está claramente dirigido no sentido do estabelecimento de um tipo particular de relações entre lei e moralidade, e a questão do papel da força num sistema legal torna-se assim uma questão subsidiária dessa questão principal. Quer dizer, subsidiária não no sentido de ser relativamente despida de importância, mas tecnicamente secundária. Pois o que tem de ser primeiro demonstrado é que a lei acarreta necessariamente uma certa relação com a moralidade e só depois que esse obstáculo tenha sido transposto é que surge a questão adicional sobre qual é o conteúdo de moralidade que afeta a lei e sobre se esse conteúdo abrange o uso ou não-uso de violência. Este aspecto pode, assim, ficar reservado até o momento de examinarmos, mais adiante, a relação da lei com a moral, quando veremos que grandes dificuldades se levantam no caminho daqueles que procuram estabelecer um vínculo necessário entre uma coisa e outra, e que, mesmo se tal relação puder ser estabelecida, talvez dificuldades ainda maiores aguardem qualquer tentativa de estabelecer um conteúdo necessário de moralidade, tanto a respeito da regra de não-violência como de qualquer outra coisa.

Nem toda a oposição à abordagem coerciva da lei provém do moralista. Uma outra e importante atitude consiste em afirmar que qualquer ênfase sobre a coerção no funcionamento da lei é entender de forma inteiramente errônea seu *modus operandi*. Pois, como se argumenta, as pessoas obedecem à lei não porque sejam coagidas a fazê-lo pela força, mas porque consentem ou, pelo menos, aceitam o seu funcionamento; é esse consentimento que faz o sistema legal funcionar e não qualquer ameaça de emprego de força. Tal ponto de vista esteve, no passado, particularmente associado à idéia de que a sociedade e sua lei se baseiam num contrato social subjacente ao consentimento de homens livres num estado natural, que assim concordam em submeter-se à lei e ao governo. Nessa forma, o "consentimento" era predominantemente, se não inteiramente, uma ficção legal e, nos dias atuais, como a ficção de um contrato social foi abandonada[5a], foi substituído nas sociedades democráticas pela idéia de que o sufrágio universal e o governo da maioria são os meios pelos quais o indivíduo pode, de tempos em tempos, manifestar sua adesão ao sistema operante de governo. Deixando de lado a questão sobre se essa última posição não envolverá, à sua maneira, tanta ficção quanto a mais antiga teoria do contrato social, pode-se ver que o que esse modo de pensamento está procurando alcançar não é a eliminação da força no processo legal, mas, antes, transferir a ênfase da subordinação coerciva para o consentimento ou aquiescência voluntária. Mais especialmente, o que se busca é uma demonstração de que a lei, longe de depender de aplicações regulares e bem-sucedidas de força aos súditos que desafiam ou desrespeitam seus preceitos, existe, em última análise, por sua autoridade e prerrogativas próprias, independentemente de a força poder ou não recair sobre os que violam suas regras. Assim, a existência da coerção legal é relegada para uma simples questão de procedimento eventual, não essencial, em absoluto, à sua própria existência.

5a. Uma reformulação moderna e influente da teoria do contrato social pode ser encontrada em Hawls, *Uma teoria da justiça*.

A força no direito internacional

No mundo moderno, esse ponto de vista é considerado de especial significado mais na esfera internacional do que na puramente nacional. Nesta última esfera, poucos negariam o papel real da coerção no processo legal, se bem que, mesmo aí (como veremos mais adiante), há quem afirme que a ênfase indevida sobre a força envolve a imposição do modelo do direito penal à totalidade do direito nacional, distorcendo assim a sua verdadeira natureza. No domínio das relações internacionais, entretanto, desenvolveu-se em tempos modernos um sistema de regras jurídicas, que se reconhece nem sempre serem definidas com clareza, aceitas por todos os países civilizados como vinculatórias mas que não podem ser impostas pela coerção, dado que não existem forças regulares internacionais investidas de poderes para desempenhar o papel do policial e do oficial de justiça num sistema de direito nacional. Essas regras jurídicas são, no entanto, tratadas como um sistema de *direito* internacional, e grande parte da argumentação precedente está dirigida no sentido de justificar esse tratamento, não obstante a ausência de qualquer sistema regular de coerção internacional. É algo bastante irônico que os ocasionais e muito tímidos esforços para fazer cumprir coercivamente as normas de convívio internacional, esforços esses que representaram os primeiros e hesitantes passos no sentido de tornar o direito internacional verdadeiramente eficaz, tenham sido acolhidos em alguns setores como um repúdio da lei em favor da força por parte das Nações Unidas. Essa crítica foi feita, por exemplo, ao emprego de forças internacionais pela ONU para liquidar as crises de Suez e do Congo Belga.

Ver-se-á que os adversários da coerção estão realmente procurando descrever o processo legal em termos exclusivos de autoridade, na medida em que desprezam, quando não rejeitam, o elemento de força; ao passo que os adeptos da solução coerciva na esfera da lei visam a colocar a força em primeiro plano, deixando para trás a autoridade. De fato, ambos os elementos têm de ser considerados se quisermos obter uma concepção abrangente de lei, embora isso não implique que devamos ater-nos a uma posição semântica em que não pode ser tratado como lei o que não possuir no mais alto grau esses dois elementos. A lei, como a moralidade, é uma concepção sumamente flexível e, como veremos, existem muitas situações marginais em que pode ser plenamente justificável e desejável empregar o mecanismo conceptual da lei, ainda que algumas características da lei, vistas na terminologia de Weber como um "tipo ideal", estejam ausentes ou, pelo menos, apenas presentes em forma atenuada. Assim, por exemplo, podemos ter boas razões para considerar a coerção uma característica da lei como "tipo ideal", embora reconheçamos também, por outras razões, que o direito internacional é assim denominado apropriadamente, a despeito da escassa medida de coerção organizada que esse sistema obteve até agora. Também veremos que em sociedades menos desenvolvidas a coerção tende a assumir a forma, não das forças centralizadas do Estado, mas, antes, a de cada homem tratar de impor o respeito a seus direitos, com a ajuda de seus parentes. Do ponto de vista do moralista, a vendeta pode parecer a antítese da lei, ao passo que, para o jurista, podem existir ainda razões decisivas para classificar esse processo aparentemente anárquico dentro da terminologia legal, por mais distante que possa parecer do "tipo ideal" de lei que é o objeto teórico de estudo da ciência jurídica.

O teórico jurídico, à semelhança dos que se dedicam a outros estudos sociais, está preocupado em expor a estrutura geral do seu campo de investigação; para tanto, ele necessita de um sistema conceitual que lhe forneça um esquema limitativo dentro do qual possa expor e correlacionar os vários fenômenos com que depara em sociedades humanas. É esse o gênero de categorização descrito por Weber como "tipo ideal". Este nada mais é do que um "construto *analítico* unificado. Em sua pureza conceptual, essa síntese mental não pode ser encontrada empiricamente em nenhuma parte da realidade. É uma *Utopia*... Tem o significado de um conceito puramente *limitativo*, com o qual é *comparada* a situação ou ação real."[6] Que a ciência jurídica precisa ser vista como um processo contínuo é suficientemente ilustrado pela observação do lugar que a coerção ocupa em direito internacional. Pois, assim como existem infinitas gradações de força, desde a vendeta familiar até a instauração de processo por desacato, em decorrência do não-cumprimento de um mandado emitido por um tribunal moderno, também no sistema internacional há a possibilidade de desenvolvimento de uma vasta gama de diferentes processos em que uma ou outra forma de coerção pode ser acionada. Entretanto, a coerção entre nações nunca poderá ser idêntica ao modelo que emerge da legislação de um Estado, em que a coerção é aplicada a indivíduos. A própria natureza do problema é diferente quando nações inteiras têm de ser compelidas à obediência, pois o uso da força, em último recurso, poderá acarretar, nesse caso, a destruição de vida e propriedade em vasta escala. É verdade que, mesmo em direito nacional, a lei obriga-se, em condições modernas, a aplicar a coerção tanto a grupos inteiros quanto a indivíduos – quando, por exemplo, se instauram ações penais contra grandes companhias, detentoras de riquezas tão vultosas quanto a de muitos países independentes. Subsiste o fato de que a legislação interna de um Estado

---

6. Max Weber, em H. S. Hughes, *Consciousness and Society* (1959), p. 13. Acrescente-se que a sociologia mais recente prefere o termo "modelo" a "tipo ideal" de Weber.

poderá sempre, em última instância, impor o respeito a seus decretos contra indivíduos transgressores – por exemplo, os administradores ou diretores de uma grande empresa – e seqüestrar os bens tanto de uma pessoa jurídica quanto de uma pessoa física[6a]. Que processos comparáveis, embora diferentes em caráter e extensão, possam ser gradualmente desenvolvidos em esferas internacionais parece razoavelmente provável, embora a evolução possa ser longa e difícil, e nem sempre numa só direção. Será tarefa da ciência jurídica acomodar essas reformulações, e ela poderá ser realizada com maior êxito, não pela insistência numa definição de lei que estipule ou não a necessidade de coerção, mas, antes, pela contínua reavaliação das formas de coerção e do papel que os processos coercivos desempenham nas relações legais. Tal estudo, levando em conta a evolução das relações humanas, poderá exigir a contínua reavaliação dos modelos ou conceitos a cuja luz a lei humana é analisada e classificada. Em outras palavras, a moderna teoria de direito requer uma abordagem dinâmica e não estática.

Podemos prescindir da força?

Subsiste a questão da justificativa que se pode dar atualmente para a inclusão do elemento de coerção em nosso modelo de direito. Na esfera internacional, como vimos, a coerção desempenha um papel secundário, e mesmo no direito nacional é geralmente reconhecido que as pessoas obedecem usualmente à lei porque é a lei e não porque receiem ser punidas se desobedecerem. Por que, então, toda essa ênfase

---

6a. A imposição de multas contra sindicatos recalcitrantes por meio de confiscação, sob a hoje rejeitada lei de 1971 (o *Industrial Relations Act*), fornece uma ilustração pertinente.

sobre a força, que a muitos parece ser uma característica mais da tirania do que da lei, e que pode ser considerada passível de abalar a autoridade moral da própria lei? Neste ponto, é importante ter em mente que, embora o nosso modelo ou padrão "ideal" de lei possa não corresponder com exatidão ao realmente observado em qualquer sociedade, ele deve ser construído, não obstante, a partir de elementos que correspondam, de fato, à experiência humana, visto que, se assim não for, o modelo será tão inútil quanto irrelevante. O que é, pois, que a experiência nos mostra? Por certo, em todos os níveis de sociedade humana a lei tem dependido, para sua eficácia fundamental, do grau em que recebe apoio da coerção organizada. Poderá parecer que a sociedade primitiva repudia isso, mas essa crença, outrora firmemente sustentada, é hoje, como veremos mais adiante em nosso estudo do direito consuetudinário, geralmente rejeitada pela antropologia moderna, a qual explicou e esclareceu minuciosamente o papel de sanções em muitas comunidades primitivas do passado e do presente[6b]. Além disso, quando comparamos a relativa anarquia de uma sociedade feudal, em grande parte dependente, para o respeito à lei, de grupos de parentesco complementados pelo braço forte de barões feudais, com a maquinaria centralizada de um Estado moderno, podemos ver quanto a autoridade da lei ganha pela acessibilidade dos mecanismos que fazem cumprir a lei.

  Mas a explicação do papel da coerção na lei humana reside, talvez, num nível mais profundo. A psicanálise ensinou-nos a respeito de fatores inconscientes na constituição psicológica do homem. Entre esses fatores inconscientes a levar em conta estão não só as forças propícias à cooperação social e que exemplificam a famosa máxima de Aristóteles de que o homem é um animal político, mas também podero-

---

  6b. Ver Barkun, *Law without Sanctions* (1968).

sos impulsos agressivos que têm de ser efetivamente reprimidos a fim de submeter o homem às necessidades da disciplina social. Daí a necessidade de coerção, como o próprio Freud reconheceu. Acreditava Freud que esses impulsos agressivos podiam ser reprimidos e sublimados, mas não eliminados, de modo que a civilização envolveria sempre uma luta entre os impulsos sociais e as pulsões básicas de agressão. Referindo-se à possibilidade de eliminar essas últimas, Freud escreveu: "Isso seria a Idade de Ouro, mas é discutível que semelhante estado de coisas possa alguma vez ser alcançado. Parece mais provável que toda e qualquer cultura tenha de ser construída sobre uma base de coerção e renúncia instintiva."[7] E mais adiante escreve o seguinte: "Os homens não são criaturas gentis e amistosas... que simplesmente se defendem quando atacadas...; uma poderosa medida de desejo de agressão tem de ser levada em conta como parte integrante da dotação instintiva do ser humano."[8] Além disso, o próprio processo de repressão dos impulsos anti-sociais gera frustrações que são um importante fator causal em muitas e conhecidas formas de *mal-estar* de uma civilização desenvolvida. Um autor recente, referindo-se ao papel das regras éticas na sociedade humana, resumiu a atitude de Freud nos seguintes termos: "Esses preceitos éticos tinham sido indispensáveis – sem eles a civilização nunca poderia ter sido construída –, mas, ao mesmo tempo, tinham contrariado seriamente as mais profundas pulsões do homem. Foi por essa razão que Freud insistiu tão veementemente na necessária conexão entre sociedade civilizada e ordem social coerciva."[9] Pode ser acrescentado que a história recente enfatizou de tal forma a existência e o poder dessas pulsões agressivas,

---

7. *Future of an Illusion*, pp. 4-6 [O futuro de uma ilusão].
8. *Civilization and its Discontents*, p. 85 [O mal-estar na civilização].
9. H. S. Hughes, *Consciousness and Society*, p. 127.

assim como as frustrações fundamentais que acossam a nossa civilização, que o diagnóstico de Freud, por sombrio que seja, não pode ser repelido, embora não se possa afirmar que foi estabelecido num sentido plenamente científico[10].

É verdade que podemos sempre alimentar a esperança de que a natureza humana mude e de que uma nova e mais harmoniosa ordem social acabe provando sua viabilidade. "Mesmo que De Maistre estivesse certo e que a estrutura da sociedade civil se tivesse baseado sempre no carrasco, é sempre possível retorquir que isso não é necessariamente assim, que não tem por que ser sempre assim."[11] Sendo as coisas como são, e com base no que conhecemos da história humana, um modelo de direito como fator operante de controle social que ignore ou despreze o elemento de coerção seria muito pouco relevante para a sociedade atual. É claro que, se acreditarmos que uma nova ordem de sociedade acabará surgindo, a qual banirá a necessidade de repressão, então o nosso modelo exigirá uma revisão radical. De momento, porém, uma forte dose de ceticismo parece justificada.

Regras acerca da força

Uma importante seção do nosso sistema legal "modelo" compreenderá, assim, regras que governem o uso da violência como um modo de fazer respeitar outras seções do sistema, nas quais estão estipuladas as regras que governam a conduta dos indivíduos submetidos a esse sistema. Pode-se afirmar que essa seção contém as regras acerca da força; estas podem variar desde uma ordem primitiva, em que pouca coisa

---

10. Cf. J. A. C. Brow, *Freud and the Post-Freudians* (1961), pp. 13-6. E ver A. Storr, *Human Aggression* (1968).
11. D. Macrae, *Ideology and Society*, p. 211.

mais figura além de regras para regulamentar uma vendeta; uma ordem internacional, na qual podem figurar apenas providências um tanto rudimentares conferindo poderes a algum organismo, como as Nações Unidas, para criar uma força internacional *ad hoc* com o objetivo de tentar controlar uma situação que envolva uma ameaça à paz, como por exemplo as desordens no Congo; até um sistema estatal altamente desenvolvido, com todos os seus mecanismos regulamentados de tribunais, funcionários, policiais, oficiais de justiça, etc.

Tem sido uma característica da lei num Estado desenvolvido o fato de o uso da força ter sido relegado a segundo plano, à medida que foi sendo mais rigorosamente regulamentado e mais eficientemente aplicado ao recalcitrante. E, assim, o Estado burocratizado tende a assemelhar-se, nesse aspecto, à ordem de que teoricamente ele mais difere, ou seja, o governo pessoal carismático, em que o elemento de autoridade se avantaja à necessidade de força. Isso, com o tempo, leva ao ponto de vista, que já analisamos, segundo o qual a força nunca foi ou, pelo menos, deixou de ser uma característica essencial da lei. Tal ponto de vista foi descrito, por um jurista moderno, como uma "ilusão fatal", numa passagem que merece ser aqui citada:

> A violência autêntica é, entretanto, mantida no *background*. Quanto mais isso é feito, mais o funcionamento da maquinaria legal se processa com regularidade e sem perturbações. A esse respeito, muitos Estados modernos têm sido bem sucedidos ao ponto de parecer quase um milagre, considerando a natureza do homem. Sob condições adequadas, o uso da violência, no sentido correto, está de tal modo reduzido que passa quase despercebido.
> Um tal estado de coisa é suscetível de criar a crença em que a violência é estranha à lei ou de importância secundária. Isso, porém, constitui uma ilusão fatal. Uma condição essencial para reduzir a aplicação da violência em considerável

medida é que se disponha de uma força organizada de irresistível poder, em comparação com a de quaisquer adversários possíveis. Esse é geralmente o objetivo de todo o Estado organizado em linhas modernas. Portanto, a resistência será reconhecidamente inútil. Aqueles que estão incumbidos da aplicação da força em questões penais e civis do tipo corrente são numericamente poucos, é verdade, mas estão totalmente organizados e, em cada caso, têm de haver-se apenas com um único indivíduo ou com poucos indivíduos[12].

Dois pontos finais precisam ser mencionados antes de abandonarmos o tema deste capítulo. O primeiro é que, no caso de um sistema legal desenvolvido, as chamadas regras acerca do uso de força podem ser licitamente ampliadas de modo a abranger toda a maquinaria processual da lei. Pois as regras que governam o uso da violência no Estado, como o encarceramento ou a pena de morte, representam puramente a fase final – uma fase que, em muitos casos, e em questões civis praticamente em todos os casos, raras vezes é atingida – de um longo processo cujos trâmites estão institucionalizados, regulamentados e resultam numa sentença, com base na qual são emitidas ordens para que as forças do Estado sejam aplicadas aos indivíduos sentenciados[13]. Tais processos não são necessariamente judiciais ou puramente judiciais, pois sob a lei do Estado a coerção pode resultar de um processo executivo ou administrativo: por exemplo, na Inglaterra, quando o Ministério do Interior* ordena a deten-

---

12. K. Olivecrona, *Law as Fact* (1ª edição), pp. 124-5.
13. Para uma demarcação mais exata entre as regras *primárias*, que estabelecem padrões de comportamento, e as regras *secundárias*, que especificam o modo como as regras primárias podem ser apuradas, apresentadas, variadas e sobre elas se basear uma sentença, ver H. L. A. Hart, *The Concept of Law* (1961), capítulo 5.
* O *Home Office*. No Brasil as atribuições nessa área cabem ao Ministério da Justiça. (N. do T.)

ção e deportação de um imigrante clandestino[14]. As regras acerca da força podem, pois, ser consideradas como formando meramente um capítulo, embora um capítulo muito vital, no mais vasto livro de regras que definem o funcionamento do aparelho processual através do qual direitos e deveres primários são traduzidos em ação efetiva. Isto não quer dizer que os sistemas legais se encontrarão, de fato, com suas regras minuciosa e metodicamente categorizadas desse modo; mas tais distinções são valiosas para o objetivo de formar uma visão efetiva daquele "tipo ideal" de lei a que os sistemas procuram corresponder na prática, em maior ou menor grau.

O segundo ponto é que a importância do elemento de coerção em direito tem sido por vezes mal compreendida ou ampliada de modo a implicar que nenhuma regra cuja violação não possa acarretar a aplicação da força do Estado (ou uma "sanção", para empregarmos a palavra geralmente usada por advogados) deve ser considerada uma regra legal. Este é um ponto de vista particularmente associado à chamada "teoria imperativa da lei", exposta pelo jurista John Austin, a qual exerceu grande influência em países de direito consuetudinário e, especialmente, na Inglaterra. Podemos deixar essa teoria para ser tratada em seu lugar adequado; basta observar por agora que, embora a coerção possa ser parte indispensável de um sistema eficaz de lei, não parece haver razão para se insistir em que isso acarreta necessariamente a incorporação de conseqüências penais a cada regra individual contida num sistema legal. Pelo contrário, a tendência crescente dos sistemas modernos, como veremos, é para definir importantes deveres aos quais nenhuma sanção é anexada; seria deveras estranho se fôssemos forçados a tratar essas obrigações como não-legais.

---

14. Um direito de recurso pode existir e, de fato, existe contra tais ordens.

Capítulo 3
Lei e moral

Vimos no capítulo precedente que grande parte da aura de legitimidade que cerca a autoridade da lei está associada a uma crença na obrigação moral de obedecer à lei, mas, ao mesmo tempo, foi adicionada a advertência de que a relação da lei com a moral está longe de ser simples. O objetivo deste capítulo é explorar essa relação de modo mais completo, em termos gerais. Os quatro capítulos subseqüentes abordarão características mais específicas do problema, a saber, em primeiro lugar, a abordagem do direito natural, consubstanciando a principal concepção de uma lei superior que regula e controla o direito positivo criado pelo homem; em segundo lugar, a teoria positiva, a qual considera que o direito positivo desfruta de uma esfera autônoma, dentro da qual sua validade não pode ser impugnada por nenhum outro direito, natural ou não; em terceiro lugar, o problema da lei e da justiça; e, por último, a relação da lei com a liberdade. No âmbito desses cinco capítulos examinaremos, em seus vários aspectos, o problema permanente de como a lei feita pelo homem (que os juristas descrevem usualmente como "direito positivo" e assim será aqui designada) está relacionada com os sistemas de valor que conferem à vida humana seu significado e propósito e lhe dão sua qualidade distintamente humana.

Lei e religião

Habituamo-nos em tempos modernos à concepção puramente secular da lei como feita pelo homem para o homem e a ser julgada, portanto, em termos puramente humanos. Muito diferente era a atitude de eras pregressas, quando a lei era considerada detentora de uma santidade que denunciava sua origem celestial ou divina. Lei, moralidade e religião eram tratadas como inevitavelmente interligadas. Algumas leis, de fato, podiam ser diretamente atribuídas a um legislador divino, como no caso dos Dez Mandamentos; outras, embora devendo claramente sua origem direta a fontes humanas, receberiam uma aura de santidade divina mediante a atribuição de uma certa medida de inspiração divina ao legislador humano. Além disso, os legisladores em tempos antigos tendiam a ser tratados como figuras míticas, semidivinas ou heróicas. Uma concepção característica da abordagem grega antiga da legislação ocorre no trecho inicial de *As leis,* de Platão, quando o ateniense faz esta pergunta ao cretense: "A quem é atribuído o mérito de instituir as vossas leis? A um deus ou a algum homem?" Ao que o homem de Creta responde: "Ora, a um deus, indubitavelmente a um deus."[1]

Esse sentimento elementar de que a lei está, de algum modo, enraizada na religião e pode recorrer a uma sanção divina ou semidivina para sua validade, concorre claramente, em grau considerável, para aquela aura de autoridade que a lei é capaz de impor e, mais particularmente, para a crença, a que já nos referimos, no dever moral de obedecer à lei. Ninguém que esteja persuadido de que os deuses nas alturas decretaram diretamente, ou indiretamente através de um agente humano, o próprio conteúdo das leis, em imperecíveis letras de fogo, ficará muito impressionado com a opi-

---
1. Ver *The Laws of Plato* (trad. ingl. de A. Taylor), p. 1.

nião de um jurista moderno como Austin de que a lei depende, para sua validade, de ter alguma pena ou sanção legal devidamente incorporada nela. Não é que as penalidades humanas fossem de escassa importância nas fases iniciais da lei; muito pelo contrário, pois os antigos sistemas deram sobejas provas de fértil inventiva na criação e aplicação de penas dos tipos mais estarrecedores, desde as várias formas de tortura e mutilação até curiosas invenções tais como a pena romana de jogar os parricidas ao mar dentro de um saco, acompanhados em sua triste sorte por um cão, um galo, uma víbora e um macaco. E mesmo que o delinqüente lograsse escapar à vigilância das penas humanas, podia-se confiar em que os deuses lhe infligiriam uma punição à sua moda e a seu devido tempo. A conhecida história de Orestes, tão dramaticamente exposta nas obras dos antigos trágicos gregos, ilustra suficientemente a crença na intervenção divina por delitos contra as leis. Orestes, para vingar o assassinato de seu pai, mata sua mãe e o amante dela. As Fúrias divinas aparecem então e perseguem implacavelmente Orestes pelo crime, embora finalmente consentissem em ser apaziguadas pela intervenção de Atena. Essa história também enfatiza o grau de flexibilidade na administração da justiça divina que podia resultar de um sistema de politeísmo, em que um deus podia contrariar um outro e assim mitigar todo o rigor da lei. Com o desenvolvimento da noção hebraica de monoteísmo, a vontade austera e inflexível de Deus apresentava muito menos margem para os fáceis compromissos morais de outras fés baseadas na crença em um panteão de divindades briguentas.

Embora a religião desempenhasse um papel decisivo no investimento da lei com sua peculiar santidade, não se deve pensar que todas as leis que regem um Estado fossem necessariamente consideradas direta ou indiretamente dadas por Deus. Uma distinção era normalmente estabelecida entre as partes da lei consideradas fundamentais e virtualmente imutáveis, uma vez que consubstanciavam a própria estrutura da sociedade e a relação de seus membros com seus governantes, e o universo em geral, quando comparado com outras leis que eram caracteristicamente feitas pelo homem e isentas de significação cósmica. Sem dúvida, numa sociedade como a do Egito antigo, onde o faraó era considerado a encarnação de deus na Terra, essa distinção não sobressaía facilmente, pois todos os decretos do monarca reinante, por mais trivial que fosse a matéria, continham autoridade divina. Em sua maior parte, entretanto, as sociedades antigas não identificaram seus governantes com os deuses e, por conseguinte, havia uma distinção nítida entre o divino e o meramente humano na esfera da lei.

Influências hebraicas e gregas

Dos povos do mundo antigo, os hebreus e os gregos, em particular, foram os que colocaram esse contraste entre o divino e a vida humana em maior destaque, de um modo que influenciou desde então o conceito ocidental de lei. Os hebreus rejeitaram todos os sistemas de politeísmo e de governantes divinos, e instalaram em seu lugar um monoteísmo inabalável em que a vontade de Deus ditou o padrão moral para toda a humanidade, e a obediência a essa vontade era assegurada pela punição divina dos delinqüentes, fossem eles indivíduos ou povos inteiros. Os profetas hebreus, em linguagem de insuperável sublimidade, reiteraram incansavelmente o caráter imperativo da lei de Deus; o caráter obrigatório dessa lei para governantes e governados; e a punição condigna que Deus infligiria aos que desobedecessem a seus decretos. Podiam existir governantes humanos – e os hebreus reconheceram reis que eram considerados legitimamente

LEI E MORAL   51

ungidos do Senhor e, portanto, fruíam da santidade divina – e esses reis podiam impor, e impunham, leis ao seu povo em virtude de sua realeza. Mas o que acontecia se essas leis estivessem em conflito com a vontade de Deus? E, de qualquer forma, como averiguar a vontade de Deus? Durante o grande período profético da religião hebraica, conforme foi documentado nos livros mais recentes do Antigo Testamento, há poucas dúvidas quanto à resposta a essas perguntas. Os reis podiam propor, mas Deus dispunha; nenhum decreto meramente real podia prevalecer contra a vontade de Deus Onipotente, consubstanciada nas Leis de Moisés, e o Antigo Testamento está repleto de histórias sobre a punição condigna aplicada indistintamente a reis e seus súditos quando repudiavam essas leis a favor de outros deuses ou de modos alienígenas de vida. Além disso, a vontade de Deus, quando não era diretamente revelada nas próprias escrituras divinas, era declarada pelos profetas – um grupo de homens dos mais extraordinários que surgiram em qualquer período da história humana. Esses homens, completamente destituídos de qualquer posição oficial, tanto na hierarquia do Estado como na sacerdotal, pela força pura e simples de seu carisma pessoal e seu ardente sentimento de comunhão religiosa com a vontade de Deus, foram capazes, ao fim e ao cabo, de estabelecer a idéia de uma ordem divina da lei moral no universo, cujo alcance e decretos não assentavam em afirmações de governantes e sacerdotes, mas na inspiração ou intuição de indivíduos ébrios de Deus, a quem Deus escolhera como instrumentos humildes para transmitir suas mensagens à humanidade. Que a lei moral tivesse de ser revelada desse modo era prova cabal de que as leis ditadas por governantes humanos podiam conflitar e freqüentemente conflitavam com os decretos divinos formulados por Deus para governo da humanidade. Também demonstrava que quaisquer leis meramente feitas pelo homem não podiam arrogar-se ou possuir validade de nenhuma espécie, em face de leis divinas que os próprios governantes não eram competentes para revelar ou interpretar.

A possibilidade de as leis humanas, mesmo quando emanadas de governantes ordenados por Deus, conflitarem com as próprias leis divinas redundou no dilema moral em que o homem se encontra. A lei, por um lado, a moralidade e a religião, por outro, podem falar com vozes divididas e, apesar de toda a aura de que a lei feita pelo homem pode desfrutar e de toda a autoridade moral que pode exercer, ela é suscetível, mesmo assim, de se opor à própria moralidade em que grande parte de sua autoridade assenta. É impossível superestimar o valor dessa contribuição hebraica para o espírito humano, na medida em que rejeitou a lei humana como necessária consubstanciação da moralidade; mas duas observações precisam ser feitas sobre a posição a que assim se chegou.

Em primeiro lugar, a concepção hebraica de lei divina resultou realmente na equiparação de lei e moralidade. A única lei verdadeira era aquela que consubstanciava os decretos da vontade de Deus e quaisquer outros decretos feitos pelo homem não mereciam qualificar-se sequer como leis. Portanto, a lei significa simplesmente a lei moral ou religiosa decretada por Deus ou desenvolvida por seres humanos divinamente inspirados; e o caminho estava assim aberto para aquela forma de governo teocrático que encontramos no Estado judeu pós-profético e nas fases iniciais do calvinismo, em que lei e moral são una e nenhum reconhecimento pode ser concedido a nenhuma lei carente de inspiração divina. Por conseguinte, a possibilidade de conflito entre leis humanas e morais é resolvida de forma draconiana, tratando todas as leis humanas válidas como meras expressões da lei moral e nada mais do que isso. Os perigos inerentes a essa situação podem ser destacados por referência à nossa segun-

LEI E MORAL 53

da observação sobre a concepção hebraica. Consiste ela em que a fonte da lei moral, salvo na medida em que está diretamente contida em escrituras de inspiração divina, assenta na autoridade daqueles que podem persuadir-se a si mesmos e aos outros de sua inspiração pessoal. Além disso, até as escrituras estabelecidas estarão cheias de dúvidas e obscuridades de linguagem, as quais precisam ser interpretadas de forma competente para que possam ser tratadas como de caráter legislativo. Logo, há um campo ilimitado para as interpretações pessoais, quando a fé ou o fanatismo competem para impor sua vontade aos seus adeptos e denunciar (e punir, se puderem) aqueles cuja inspiração ou inclinação favorecem outras interpretações da lei. Ademais, como toda e qualquer rejeição de uma interpretação aprovada da lei será considerada um repúdio da vontade de Deus, é claro que as diferenças de opinião sobre pontos controvertidos assumirão uma gravidade de ofensa que nenhuma disputa em torno de leis feitas pelo homem tem probabilidade de alcançar. Semelhante enfoque resultará, possivelmente, ou no triunfo de uma rígida ortodoxia, impondo seus princípios morais a todos os aspectos da vida da comunidade, como na Genebra de Calvino, ou numa virtual anarquia de indivíduos, cada um interpretando a lei de acordo com sua própria inspiração pessoal. Esta última situação, de fato, ocorreu com freqüência em muitos lugares da Alemanha nos primeiros tempos da Reforma, quando líderes fanáticos de seitas como os anabatistas tentaram impor suas convicções apaixonadas a comunidades inteiras, empolgados pelos fermentos religiosos do período.

A abordagem hebraica da lei moral, com seu apelo à inspiração pessoal e ao sopro divino, enfatizou inevitavelmente os elementos irracionais e místicos da fé. Os caminhos de Deus eram misteriosos e não inteiramente compreensíveis ao homem, como o Livro de Jó demonstra, mas o homem deve submeter-se fervorosamente à vontade divina, mesmo que ela transcenda o seu entendimento. "Ainda que Ele me mate, confiarei mesmo assim nEle."[2] Tal atitude, longe de pressupor uma ordem moral racional, inteligível à razão humana, apela mais para a própria incompreensibilidade do universo como justificação para recorrer somente à fé. "*Credo quia absurdum*" é suscetível de ser a máxima para esse tipo de irracionalidade.

Foi neste ponto que a forma grega de fé numa ordem racional do universo, governada por leis inteligíveis e determináveis por investigação racional, forneceu uma tão importante força compensatória para esse misticismo moral. Havia, certamente, fortes elementos místicos e irracionais na religião e na filosofia grega, como é evidenciado pelos ritos secretos órficos e pelo pitagorismo. O Destino também desempenhou um misterioso papel nas questões cósmicas e humanas, decidindo o destino humano de um modo inescrutável (como é atestado, por exemplo, pela lenda de Édipo), e estava até acima do poder dos deuses alterá-lo. Mas, em contraste com esses fatores no pensamento grego, desenvolveu-se uma fixação muito poderosa no racionalismo, uma crença em que a ordem física e moral do mundo baseava-se em princípios racionais, e que a razão humana participava nessa natureza racional do universo e era, portanto, capaz de a entender. A esse enfoque se deve muito da crença moderna nas leis científicas e na possibilidade de uma filosofia racional que pode elucidar os princípios essenciais da estrutura física do mundo e da ordem moral que regem a conduta humana, e também a relação dos seres humanos entre si e com o universo. Tal crença na razão humana na esfera moral acarreta claramente a idéia de uma lei moral de tipo racional, cujo caráter imperativo deriva do fato de que a razão do

---

2. Jó, XIII, 15.

homem deve necessariamente aceitar a solução racional como a moral ou verdadeira. Pois, estando o próprio universo racionalmente ordenado, a razão requer a aceitação de regras que suportam o teste da racionalidade.

Os filósofos gregos estavam conscientes de que as leis humanas que realmente funcionam em sociedades distintas diferiam enormemente entre elas e que muitas dessas leis eram contrárias à razão ou não eram, por certo, inteiramente justificáveis em bases racionais. A identidade necessária, segundo o modelo hebraico, não podia ser sustentada entre as leis de Deus e dos homens; portanto, nem os gregos afirmaram que a validade ou existência de leis humanas estava diretamente controlada ou era afetada, de algum modo, por uma lei superior da razão. Voltaremos a falar, em capítulo subseqüente, sobre o desenvolvimento das idéias de direito natural no pensamento especulativo grego; por agora, basta sublinhar que a tendência do pensamento grego era para reconhecer que a lei humana, quer devesse quer não sua origem, em parte, a fontes divinas ou semidivinas, possuía uma posição autônoma na sociedade humana. Não dependia, para o reconhecimento de sua validade, de nenhuma origem divina, se bem que, quando e se esta existisse, a lei ver-se-ia naturalmente investida de uma peculiar santidade. Ao mesmo tempo, a lei humana, ainda que autônoma, podia ser submetida a escrutínio moral, e tal escrutínio significava, em último recurso, compará-la com o critério de racionalidade ideal que se considerava ser inerente ao universo como um todo.

O dever moral de obedecer à lei

As concepções hebraica e grega de lei tinham em comum esta importante característica: elas sublinhavam, cada uma à sua maneira, a necessidade de enfrentar um possível conflito entre a obrigação imposta pela lei meramente humana e a exigida pela lei moral. Na concepção hebraica, nada podia ser mais claro do que uma lei humana; no momento em que ditasse algo contrário à lei divina (por exemplo, permitindo o incesto), seria profundamente desvestida de validade e deveria, portanto, ser ignorada, fosse qual fosse o preço da desobediência, pois nenhuma penalidade ou sanção humana podia prevalecer contra a lei de Deus, e podia confiar-se em que a justiça de Deus se manifestaria (embora, possivelmente, de um modo inescrutável) no ajuste final de contas entre governante e súdito e o seu Criador.

Menos simples era a posição grega, porquanto era óbvio existir aí um sentimento muito intenso da obrigação moral de um homem de obedecer à lei do Estado, mesmo quando acreditava ser ela errada ou imoral. Além disso, tal concepção não era enfraquecida, como no caso da fé profética dos hebreus, por uma crença na identidade necessária de lei e moralidade, nem por qualquer segurança claramente sentida de que a lei humana, mesmo se contrária à razão, deixava por esse motivo de ser atuante e eficaz. Isso foi bem sublinhado no conhecido trecho do *Críton*, de Platão, em que Sócrates explica a seus companheiros por que motivo, embora sua condenação possa ter sido injusta, ele deve mesmo assim submeter-se à decisão do Estado, e estaria agindo erradamente se tentasse escapar à pena que lhe foi imposta:

> SÓCRATES: ...Se concedemos a alguém que uma coisa é justa, devemos nós fazê-la ou vamos faltar-lhe à palavra?
> CRÍTON: Devemos fazê-la.
> SÓCRATES: Posto isto, considera o seguinte. Saindo eu daqui sem ter obtido o assentimento da cidade, faremos ou não mal a alguém, precisamente àqueles que menos o merecem? E manter-nos-emos fiéis ou não ao que reconhecemos como justo?

CRÍTON: Não sou capaz de responder à tua pergunta, Sócrates, porque não a entendo.

SÓCRATES: Pois bem, acompanha a minha explicação. Supõe que, no momento em que nos vamos evadir, ou seja qual for o termo com que se haja de qualificar a nossa saída, as leis e o Estado vêm apresentar-se perante nós e assim nos interrogam: "Diz-nos, Sócrates, que projetas fazer? Que procuras com o golpe que vais tentar senão destruir-nos, a nós, as leis e o Estado inteiro, tanto quanto estiver em teu poder fazê-lo? Acreditas que um Estado possa continuar a subsistir e não ser abatido quando os julgamentos dados deixarem de ter qualquer força e os particulares os anulam e aniquilam?" Que responderemos nós, Críton, a esta pergunta e a outras semelhantes? Que não teria a dizer, sobretudo um orador, em favor dessa lei destruída, a qual prescreve que as sentenças dadas sejam cumpridas? Responder-lhes-emos: "O Estado fez-nos uma injustiça, julgou mal o nosso processo?" Será isso que responderemos ou diremos outra coisa?

CRÍTON: Certamente que seria isso, Sócrates.

SÓCRATES: E se as leis nos disserem: "É isso, Sócrates, o que estava estipulado entre ti e nós? Não será teu dever acatar os julgamentos dados pela cidade? Pois bem, uma vez que assim nasceste, assim foste criado e assim foste educado, serias capaz de pretender, para começar, que não és nosso filho e nosso escravo, tu e os teus ascendentes? E, se de fato assim é, supões ter os mesmos direitos que nós, e imaginas que tudo o que quisermos fazer de ti, também tens o direito de o fazer de nós? Então como? Não existia igualdade de direitos entre ti e teu pai ou teu mestre, se acaso tiveste algum, e não te era permitido fazer-lhe o que ele te fazia, nem de lhe pagar injúria com injúria, agressão com agressão, nem nada de parecido; e, em relação à pátria e às leis, ser-te-ia isso permitido! Se nós te queremos matar porque achamos isso justo, também tu havias de poder, na medida dos teus meios, tentar destruir-nos a nós, às leis e à tua pátria! E, assim fazendo, pretenderias fazer só o que é justo, tu, que praticas realmente a virtude! Afinal, que sabedoria é a tua, se ignoras que a pátria é mais preciosa, mais respeitável, mais sagrada, que uma mãe, que um pai e que todos os antepassados, e que ela ocupa um altíssimo lugar entre os deuses e entre os homens sensatos? Que é necessário ter por ela, quando se encoleriza, mais veneração, submissão e respeito do que por um pai e, neste caso, ou convencê-la pela persuasão ou fazer o que ela ordena e sofrer em silêncio o que ela manda sofrer, deixar-se bater, ou prender, ou conduzir à guerra para aí ser ferido ou morto? Que importa fazer tudo isso porque assim o quer a justiça? Que não se deve nem ceder nem recuar nem abandonar o próprio posto, mas que na guerra, no tribunal e em qualquer outro lado, importa fazer o que ordenam o Estado e a pátria, ou fazê-los mudar de idéia pelos meios que a lei autoriza? Quanto à violência, se ela é ímpia em relação a uma mãe ou a um pai, ainda mais o é em relação à pátria." Que responderemos a isto, Críton? Dizem as leis a verdade ou não?

CRÍTON: Dizem a verdade, penso eu[3].

Tal era o doloroso dilema apresentado aos cidadãos de Atenas do século IV a.C. pela idéia de que viver de acordo com as leis era a mais alta lei não-escrita, emanada da tradição, pois isso poderia, como o próprio Platão mostrou no caso de Sócrates, resultar naquelas leis que prescrevem a morte do mais justo dos homens. Para esse dilema propôs o próprio Platão, mais tarde, uma solução: que só quando o próprio Estado consubstanciava a idéia do Bem podia a vida do indivíduo ser legitimamente sacrificada ao Estado. Em outras palavras, Platão argumentou a favor de uma identidade de lei e moralidade, mas uma identidade baseada não na fé

---

3. *Crito* (trad. de F. J. Church), pp. 50-1. [O texto em português foi transcrito de Platão, *Diálogos*, vol. III, Edições Europa-América, Lisboa, s.d., tradução de Fernando Melro.]

cega, mas na sabedoria e na razão humanas. Voltaremos a falar sobre isso mais adiante[4]; mas, de momento, merecem ser enfatizados aqueles pontos da posição grega que emergem do *Críton*. O primeiro é o reconhecimento de que a obediência à lei do Estado constitui, *per se*, um princípio da mais alta moralidade; e, para esse propósito, não é de muito peso que Sócrates baseie seu argumento preponderantemente numa espécie de acordo (uma forma incipiente de contrato social) entre os cidadãos e o Estado para a observância dessas leis, sejam quais forem as conseqüências que possam daí advir para um determinado indivíduo. Ao mesmo tempo, destaca-se o segundo ponto, que é a existência de uma lei moral, independente da lei do Estado, pela qual pode ser demonstrado que uma determinada lei do Estado é imoral ou injusta. Em terceiro lugar, essa lei moral, entretanto, de modo nenhum se sobrepõe à lei do Estado no que se refere ao cidadão individual, pois seu dever limita-se a tentar persuadir o Estado de seu erro moral e, se o intento fracassar, então o seu dever inexorável é obedecer à lei do Estado. Pois a própria lei de Deus requer obediência mesmo a uma lei injusta[5]. Nada poderia indicar mais claramente o contraste com a idéia hebraica de que não só deve a lei do Estado submeter-se à lei de Deus, mas que os decretos de Deus, por mais insondáveis que sejam, não podem sustentar a injustiça contra a justiça.

Portanto, a concepção hebraica insiste em que a lei humana só será obedecida quando corresponder à lei divina; a concepção grega, por outro lado, é de que a lei humana

---

4. Ver capítulo 4.
5. Este ponto de vista não era, evidentemente, defendido de maneira uniforme na Atenas dos séculos V ou IV a.C. Assim, na *Antígona*, de Sófocles, há o reconhecimento de uma lei superior à lei do Estado, feita pelo homem. Mas o conflito permanece por resolver, salvo como o símbolo da tragédia do destino do homem.

pode conflitar com a lei moral, mas o cidadão deve, mesmo assim, obedecer à lei do seu Estado, embora possa e deva esforçar-se por persuadir o Estado para que mude sua lei, a fim de harmonizar-se com a moralidade[5a].

A relação da lei com a moral

Dessas duas concepções, a grega parece ser a mais próxima da opinião predominante no mundo moderno, com certas modificações. Existem certamente aqueles que argumentam que o dever de obedecer ao Estado é, em todas as circunstâncias, preponderante. Na filosofia de Hegel (que provou ser tão influente em relação às doutrinas totalitárias subseqüentes), o indivíduo é tratado como submerso na realidade mais alta do Estado, de cuja sabedoria superior dificilmente se poderá esperar (como pensava Sócrates) que seja acessível aos argumentos persuasivos, partidos de um cidadão individual, de que ela está errada, ou de que seus tribunais foram injustos ou imorais, uma vez que o próprio Estado representa a corporificação da moralidade. Mas entre os democratas e antitotalitários, em geral, embora possam concordar até certo ponto com Sócrates no reconhecimento do dever moral de obedecer à lei, maior ênfase deverá incidir sobre as limitações dessa doutrina àqueles casos em que a moralidade está em conflito com as prescrições do direito positivo[6]. Ainda que em

---

5a. Contraste-se com a obrigação de desobedecer à lei encontrada em alguns autores contemporâneos que advogam ou justificam a desobediência civil, por exemplo, Walzer, *Obligations* (1970).

6. A questão formulada por lorde Parker, juiz-presidente, no caso relativo ao privilégio de um jornalista de se recusar a revelar suas fontes de informação (cf. acima, p. 133) parece ser, deste ponto de vista, excessivamente absoluta. Perguntou lorde Parker: "Como pode dizer que é desonroso para você fazer o que é sua obrigação, como cidadão comum, colocar os interesses do Estado acima de todas as coisas?" (ver *The Guardian*, 7 de março de 1963).

muitos desses conflitos o dever moral preponderante possa ser a obediência à lei (como pensava Sócrates) até que a persuasão se mostre suficientemente eficaz para ocasionar mudanças legislativas, podem existir situações extremas em que a lei dita atos de tão evidente imoralidade (como no caso das leis nazistas, à sombra das quais a morte e as mais pavorosas torturas foram infligidas a milhões de pessoas inocentes) que, seja qual for a posição no direito positivo, o dever moral é a rejeição e não a obediência à lei.

A característica distintiva dessa abordagem é o reconhecimento de que, embora a lei e a moralidade possam ocupar, e normalmente ocupem, muito espaço em comum, não existe uma coincidência necessária entre os ditames da lei e da moralidade. E embora haja um dever moral de obediência à lei, quer o seu conteúdo específico esteja quer não de acordo com a moralidade, no caso de um conflito agudo e fundamental de princípio entre as duas, a moralidade requer e justifica a desobediência. As implicações dessa abordagem, a qual suscita questões de primordial importância, não só para juristas e moralistas, mas também para os cidadãos comuns em toda a parte, serão analisadas no próximo capítulo. De momento, será adequado dizer um pouco mais sobre os aspectos em que eles podem esperar que lei e moral coincidam, e apontar as razões pelas quais os juristas modernos justificam-se ao rejeitarem a idéia de uma identidade total entre essas duas esferas.

A relação da lei com a moral é descrita, por vezes, como dois círculos que se entrecortam, representando a parte interior das interseções, o campo comum entre as duas esferas e as partes exteriores, as áreas distintas em que cada uma detém o domínio exclusivo. Entretanto, esse quadro é enganoso na medida em que sugere a existência de um terreno comum às duas, a existência de uma espécie de identidade. Não é esse geralmente o caso. Pode-se dizer que a lei de homicídio, por exemplo, refere-se a proibições enraizadas na moralidade comum, mas, não obstante, podem ocorrer consideráveis divergências entre o que a lei e a moralidade reputam merecer a qualificação de homicídio. Na lei inglesa, se a morte sobrevém mais de um ano e um dia após o ato que a causou, não há homicídio; entretanto, pode-se dizer que, moralmente, não há distinção válida entre atos que resultam na morte 366 e 367 dias depois. Contudo, os sistemas legais podem estar justificados ao estabelecer distinções e até, em alguns casos, linhas arbitrárias, com base na conveniência prática, seja qual for o ditame preciso da moralidade em contrário.

Todavia, a razão por que subsiste um vasto terreno comum à lei e à moralidade não precisa ser procurada muito longe. Ambas se empenham em impor certos padrões de conduta, sem os quais a sociedade humana dificilmente sobreviveria e, em muitos desses padrões fundamentais, lei e moralidade reforçam-se e complementam-se mutuamente como parte da tessitura da vida social. Se não nos abstivermos da agressão física a outros e da apropriação indébita do que pertence a outros, não pode haver segurança na vida ou nas transações que favorecem a vida e promovem o bem-estar na sociedade humana. Os códigos morais, ao reconhecerem que devemos geralmente abster-nos de tais atos, complementam a força da lei que igualmente os proíbe. E a reprovação moral que tais atos inspiram é reforçada pelas sanções penais e outras, impostas pela lei. O próprio código moral pressupõe a existência de um sistema legal subjacente em seus preceitos, pois uma regra moral exigindo o respeito à propriedade alheia pressupõe necessariamente a existência de normas legais que definem em que circunstâncias a propriedade existe (dado que "propriedade" é uma concepção legal que subentende regras quanto ao que é passível de ter dono; como um indivíduo se torna

# LEI E MORAL

ou deixa de ser dono; como se procede à transferência de dono, etc.)[7]. E como é um pressuposto dos sistemas jurídicos que elas existem, em termos gerais, para sustentar os padrões morais das comunidades a que se aplicam, o dever moral de obedecer à lei é geralmente aceito e desempenha um importante papel no estabelecimento da autoridade legal e nas garantias de obediência a esta, na maioria dos casos sem o recurso concreto a medidas coercivas.

O estreito paralelismo entre códigos de moral e de lei é suficientemente realçado pela semelhança da linguagem normativa que cada um deles emprega. Ambos se interessam em estipular regras ou "normas" de conduta para os seres humanos e isso expressa-se na linguagem moral e legal em termos de obrigações, deveres ou do que é certo ou errado. Tanto as leis como a moral estabelecem que o meu dever é fazer isto ou aquilo, ou que eu devo fazer assim e assim, ou abster-me de fazer alguma outra coisa, e que tenho o direito de agir de uma certa maneira ou que é errado proceder de tal e tal modo. Essa correspondência de linguagem, embora destaque a inter-relação das duas esferas, também é perigosa, na medida em que tende a induzir o incauto a pensar que a lei deve necessariamente conotar uma obrigação moral (parece que uma confusão desse tipo ocorre na fala de Sócrates já citada) ou que a obrigação moral precisa ser traduzida em lei.

Onde lei e moral divergem

Isso nos leva naturalmente, portanto, a um exame das divergências entre lei e moral e das razões para tais divergências. Comecemos com um ou dois exemplos simples que

---

7. Cf. adiante, p. 409.

podem indicar como lei e moral, mesmo quando partem de premissas semelhantes, podem, no entanto, desenvolver-se por caminhos diferentes e, na verdade, contrários. A lei pode condenar e até punir a imoralidade sexual de várias formas, mas pode abster-se de agregar conseqüências legais a algumas espécies de imoralidade, como a prostituição, a manutenção de uma amante, a fornicação isenta de qualquer elemento de violência entre adultos de sexos opostos, etc. Além disso, o dever moral de salvar ou preservar a vida pode, em muitos casos, não dar origem a um equivalente dever legal. Um pai pode estar sob o dever legal de assistir e proteger seu filho pequeno, mas não há nenhum dever legal que o obrigue a acudir e resgatar uma outra pessoa que está se afogando, mesmo que isso pudesse ser feito sem risco para si próprio. E uma pessoa que pediu emprestada uma faca a um amigo pode não ter o "direito" por lei de se recusar a devolvê-la a pedido, embora tenha boas razões para suspeitar de que o seu amigo pretende usar mais tarde essa faca para cometer uma agressão violenta contra uma terceira pessoa. Em todos os casos desse gênero, a lei abstém-se, por uma razão ou outra, de enveredar pelo que pode, no entanto, ser reconhecido como o caminho autêntico da moralidade.

As razões para tais discrepâncias são várias e talvez nem todas elas sejam de igual validade. Há muitos casos em que a atitude ética superior pode não estar suficientemente consubstanciada no sentimento popular para suscitar a produção de uma ação legal em conformidade com ela. Neste caso, a lei poderá refletir a moralidade popular, embora esta última esteja sendo lentamente levada a submeter-se a uma abordagem mais refinada ou humanitária. Grande parte da atividade do direito penal primitivo, com suas punições bárbaras para delitos triviais, e a evolução gradual (ainda longe de completa) para um sistema penal mais humano, refletem esse tipo de relação da lei com o sentimento popular e o gradual aperfeiçoamento dos padrões morais e legais, cada um refletindo-se no outro e interatuando reciprocamente. Em tais casos, o impulso para reformar a lei depende em geral de uma seção relativamente pequena de indivíduos decididos, que possuem a força moral suficiente para produzir uma mudança apreciável no sentimento popular, de modo a serem levadas a efeito mudanças na lei. O desenvolvimento na Inglaterra da legislação relativa à proteção de crianças e animais contra a crueldade foi quase inteiramente devido a esse tipo de pressão, e ilustra como novos deveres morais podem passar a ser reconhecidos e, a seu tempo, traduzidos para deveres legais, e como, por sua vez, esses deveres legais podem produzir e propagar sentimentos e padrões morais mais humanos.

Por outro lado, podem existir campos de atividade humana em que a lei prefere deliberadamente abster-se de apoiar a norma moral por considerar que os mecanismos adequados são complicados demais para o cumprimento viável da tarefa, e que mais danos sociais podem ser criados em vez de prevenidos por sua intervenção. Exemplos nos tempos modernos são a recusa em apenar a fornicação ou a embriaguez na intimidade. De fato, em alguns lugares (como em certos estados norte-americanos) onde o adultério é tratado como delito penal, a lei é virtualmente letra morta e, assim, tende a causar dano na medida em que acarreta desprestígio para a lei em geral. Grande parte da argumentação exposta em 1957 pela Comissão Wolfenden[8], recomendando que o delito de relações homossexuais entre adultos aquiescentes do sexo masculino na intimidade fosse retirado do código penal[8a], baseou-se na convicção de que tal lei era

---

8. *Report on Homosexuality and Prostitution* (1957), Cmnd 247.
8a. Ver agora *Sexual Offenses Act*, 1967.

extremamente difícil de fazer respeitar e, quando aplicada, era suscetível de causar mais dano do que bem, ao encorajar outros crimes, como a chantagem. Procurou-se também apoio num outro e mais abstrato argumento em favor da não-intervenção da lei em tais casos, ou seja, a proposição libertária, cuja origem é atribuível a John Stuart Mill, segundo a qual a lei não deve intervir em assuntos de conduta moral privada mais do que o necessário para preservar a ordem pública e proteger os cidadãos contra o que é pernicioso e ofensivo. Por outras palavras, existe uma esfera de moralidade que é preferível deixar entregue à consciência individual, como, por exemplo, no caso da liberdade de pensamento ou de crença.

Esse ponto de vista libertário foi veementemente criticado com o argumento de que o direito penal depende, para sua eficácia, de sua incorporação aos padrões morais da comunidade e que o não dar expressão a esses padrões deve debilitar a autoridade moral da lei e enfraquecer a sociedade que a lei tem por função defender. Não reconhecer essa necessidade imperiosa é assim estigmatizado como "erro de jurisprudência" no Relatório Wolfenden[8b]. Entretanto, quando se pára a fim de indagar como esses padrões morais serão determinados, a resposta dada, que devemos recorrer ao que o direito chama "o homem razoável comum", o homem (ou mulher) com assento no reservado do júri, parece muito aquém de adequada. Pois esse modelo fictício de perfeição, se é que realmente existe, pode ser um feixe de preconceitos, ignorâncias e conflitos irresolvidos, embora a opinião do homem comum, em algumas questões de moralidade simples (se é que a moralidade alguma vez é simples), possa

---

8b. Ver Sir Patrick Devlin, *The Enforcement of Morals* (1959). Para uma resposta consistente, ver H. L. A. Hart, *Law, Libert and Morals* (1963). *Gollins versus Gollins* [1964], A. C. 644.

fornecer um critério tão bom quanto qualquer outro. Subsiste o fato de que muitas dessas questões requerem um grau de conhecimento detalhado, laboriosa investigação e raciocínio refinado que dificilmente se podem esperar do jurado comum.

Um exemplo da Lei de Divórcio

A moderna legislação sobre divórcio fornece uma ilustração útil. Até 1969, ela baseava-se geralmente na prova de algum delito matrimonial, sobretudo o adultério, a crueldade ou a deserção. No tocante à crueldade, os tribunais ingleses, durante um certo tempo, adotaram o ponto de vista de que a conduta do marido tinha que "visar" à esposa, no sentido de ele realizar aquilo que era passível de ter um sério efeito sobre a saúde dela. Subseqüentemente, a Câmara dos Lordes rejeitou esse critério em favor de um teste objetivo, ou seja, se a conduta era tão má que o outro cônjuge não tinha condições de suportá-la. O *Divorce Act* de 1969 aboliu a antiga base para solicitação de divórcio, ao estabelecer que a base exclusiva era a desintegração irrecuperável do casamento[9]. Entretanto, isso só pode ser estabelecido mediante prova de certos fatos previstos na lei, três dos quais são semelhantes, embora não idênticos, aos anteriores argumentos de adultério, crueldade e deserção. Os fatos particulares que se assemelham à antiga base de crueldade são que um cônjuge comporta-se de tal modo que o outro cônjuge não pode razoavelmente esperar conviver com ele.

Os tribunais experimentaram algumas dificuldades no desenvolvimento de testes apropriados a serem aplicados em tais casos. Em primeiro lugar, aceita-se que compete ao tri-

---

9. Ver agora *Matrimonial Causes Act*, 1973.

bunal e não ao cônjuge lesado em seus direitos decidir se a parte suplicante pode razoavelmente esperar conviver com o acusado. Portanto, o tribunal tem de examinar a conduta e seu efeito sobre o queixoso (ou queixosa), à luz de toda a história do matrimônio. Como disse um juiz: "Chegaria qualquer pessoa ponderada à conclusão de que *este* marido se comportou de tal modo que *esta* esposa não pode esperar conviver razoavelmente com ele, levando em conta a totalidade das circunstâncias e o caráter e a personalidade das partes?"[9a] É instrutivo comparar casos em que foi proferida uma sentença de divórcio aplicando um teste dessa ordem com outros casos em que tal sentença foi negada. Assim, um marido recebeu uma sentença favorável com base na associação de sua esposa com um homem, embora não tendo chegado a configurar-se o adultério[9b]. Por outro lado, foram negadas sentenças de divórcio quando a queixa do marido era a incapacidade da esposa para demonstrar por ele a afeição que lhe implorava[9c], e quando a queixa substancial de uma esposa era de que a doença de seu marido o tornara irascível e impelia-o a perturbá-la durante a noite[9d]. Outras decisões deixaram claro (de acordo com a anterior lei sobre crueldade) que a doença mental não fornecerá necessariamente uma justificação[9e], embora possam surgir dificuldades quando as causas de queixa são realmente involuntárias, por exemplo, se ocorrem durante uma crise epiléptica[10].

Talvez haja quem pense que uma saída fácil seria deixar todas essas questões ao bom senso de um júri, para di-

---

9a. Dunn, J., em *Livingstone-Stallard v. Livingstone-Stallard* [1974], Fam. 47, 54.

9b. *Wachtel v. Wachtel* [1972], *Times*, 1º. de agosto.

9c. *Pheasant v. Pheasant* [1972], Dam. 202.

9d. *Richards v. Richards* [1972], 3 All E. R. 695.

9e. Ver *Williams v. Williams* [1964], A. C. 698 (sobre crueldade) e *Richards v. Richards*, acima.

10. Ver Rees, J., em *Thurlow v. Thurlow* [1976], Fam. 32.

zer em qualquer caso particular se se pode razoavelmente esperar que um cônjuge tolere o comportamento do outro cônjuge. Isso permitiria, sem dúvida, alguma espécie de solução, e uma que provavelmente, na maioria dos casos, levaria ao mesmo resultado que já é produzido hoje pelas decisões judiciais mais minuciosamente ponderadas. O fato é, porém, que uma das finalidades do processo judicial é, tanto quanto possível, tentar obter uma uniformidade geral de resultado em casos de tipo semelhante. Isso é feito (embora não seja invariavelmente bem sucedido) mediante a aplicação de vários critérios distintos a casos concretos levados a juízo e, desse modo, são gradualmente desenvolvidos princípios racionais que podem ser aplicados a um grande número de situações diferentes, sem sacrifício de qualquer medida substancial de justiça. Assim, a sociedade é dotada de um meio mais sutil e refinado para colocar a lei em contato com as necessidades da moralidade corrente, em vez de deixar simplesmente cada questão para ser tratada de acordo com o senso comum ou o discernimento moral de jurados.

A história da reforma da lei não se apresentará muito elucidativa se nenhuma iniciativa puder ser tomada, por mais desejável que se comprove ser, enquanto o sentimento popular não for totalmente mobilizado a favor da mudança, no temor de que toda a autoridade da lei decline gradualmente. Na verdade, como já vimos, ocorre com freqüência que só com a mudança na própria lei seja a opinião popular gradualmente remodelada para um ponto de vista mais esclarecido. É duvidoso, por exemplo, se os numerosos casos a que a pena capital foi aplicada teriam sofrido qualquer redução ou se essa pena teria sido finalmente abolida, se uma maioria popular tivesse de ser primeiro assegurada.

O caso do Ladies' Directory

A noção de que a lei deve estar diretamente relacionada com padrões de moralidade convencionalmente estabelecidos é uma daquelas a que não faltam conseqüências práticas. Num caso geralmente mencionado como o caso do *Ladies' Directory*, o editor de um folheto dando informações sobre endereços, números de telefone e outros detalhes de várias prostitutas foi considerado culpado de concorrer para a corrupção da moral pública. Sua condenação foi confirmada pela Câmara dos Lordes e referência aprovadora foi feita pelos juízes ao papel do tribunal como guardião da moral pública e ao seu dever de preservar o bem-estar moral do Estado[11]. A Câmara dos Lordes não se intimidou com o fato de que isso significava, com efeito, conferir ao juiz e aos jurados o poder arbitrário de criar novos delitos de acordo com as exigências da moral pública, na medida em que esta varia de tempos a tempos. O papel que a legislação judicial desempenha no direito em geral terá de ser examinado numa fase ulterior, já que ele representa uma faceta vital do funcionamento global da lei, sobretudo numa comunidade desenvolvida; o caso do *Ladies' Directory* também tem importantes implicações no domínio da liberdade e do império da lei, a que nos referiremos quando, mais adiante, for tratada a relação da lei com a liberdade. No tocante a esse caso, basta sublinhar que a definição do requisito de moral pública num dado momento é, com efeito, confiada àquele júri que por acaso estiver encarregado de dar o veredicto num determinado processo. De acordo com o procedimento inglês, entretanto, a lei é previamente explicada ao júri pelo juiz que preside ao julgamento, o qual se empenhará, sem dúvida, em transmitir

---

11. *Shaw v. Director of the Public Prosecutions* [1962], A. C. 220. E ver *Knuller v. D. P. P.* [1972], 2 All E. R. 898.

sua própria visão pessoal quanto ao conteúdo de moral pública dominante na comunidade. Dificilmente esse mecanismo será o ideal para o desenvolvimento do direito penal. É apenas surpreendente que juízes que em outras áreas repudiaram a legislação judicial como um meio de "usurpar a função da legislatura"[12] aceitem com tanta equanimidade a perspectiva de criação de novos crimes por decisão judicial, baseada nas conclusões algo tênues de jurados acerca do que a moralidade pública dita.

Crime e castigo

A dificuldade em chegar a qualquer acordo sobre as verdadeiras exigências da moralidade levou, em alguns setores, a uma reação em favor da tentativa de eliminação dos juízos morais do direito penal, e a uma concentração de esforços na realização de seus propósitos sociais, a saber: a proteção da sociedade e a regeneração do preso, em vez de se visar à meta algo nebulosa de estabelecimento da culpa do preso e do grau de sua responsabilidade moral pelo crime. Argumenta-se que o grau de responsabilidade moral pela conduta ilegal é algo cuja atribuição está além do poder humano e que, se a lei se ativesse aos mais limitados objetivos sociológicos que é capaz de alcançar, então muitas das atuais confusões referentes às tão debatidas questões de crime e castigo desapareceriam[13].

Não é, evidentemente, uma resposta a essa tese que, para fins legais, considerar um homem "culpado" de um determinado delito envolve meramente um julgamento legal,

---

12. Ver capítulo 9.
13. Ver Barbara Wootton, "Diminished Responsibility", em *Law Quartely Review*, vol. 76 (1960), p. 224. Ver também M. Ancel, "Social Defence", em *Law Quartely Review*, vol. 78 (1962), p. 491.

ou seja, que ele teve uma conduta que se enquadra no crime, tal como se encontra definido na lei. Pois isso omite a consideração de três aspectos vitais em que a moralidade se relaciona com a lei. Em primeiro lugar, toda a idéia de "culpa" no direito penal está vinculada à idéia de responsabilidade moral e, deste modo, a moral reforça a autoridade da lei e o dever de acatar seus decretos. Em segundo lugar, a "responsabilidade" em direito é tratada como excluindo a possibilidade de culpa se existem algumas circunstâncias de desculpa que nos levem a julgar o acusado como moralmente não implicado no ato que constitui o delito. Por exemplo, o acusado pode ter ficado tão insano que não se deu conta de que o que estava fazendo era um crime (por exemplo, se ele mata um policial sob a delusão psicótica de que a vítima é um soldado estrangeiro participando na invasão armada de seu país), ou pode ter sido coagido por uma força irresistível a cometer o ato, ou tê-lo cometido durante uma privação momentânea de sentidos ou num estado de "automatismo" mental[14]. A *raison d'être* de todas essas diferenças é que a responsabilidade por um crime acarreta um certo elemento mental (chamado pelos advogados *mens rea* ou mente culpada) e que as circunstâncias que contradizem esse estado mental podem atenuar o acusado de responsabilidade legal. Existem exceções a esse princípio – por exemplo, crimes em que um homem pode ser absolutamente responsável, seja qual for o seu estado mental –, mas isso, em geral, aplica-se apenas a delitos relativamente menores[14a]. Numa recente decisão da Câmara dos Lordes[15], foi até reconhecida, de um

---

14. *The Homicid Act*, 1957, introduziu na Inglaterra, pela primeira vez, a defesa de "responsabilidade diminuída", pela qual a anormalidade mental, sem atingir o grau de insanidade, pode resultar em condenação por homicídio culposo em vez de homicídio de primeiro grau.

14a. Ver *Sweet v. Parsley* [1970], A. C. 132.

15. *Director of Public Prosecutions v. Smith* [1961], A. C. 290. O *Criminal Justice Act*, 1967, foi agora revogado, permitindo a prova de intenção real ou previsão do acusado. Ver agora *Hyam v. D. P. P.* [1974], 2 All E. R. 41.

modo algo surpreendente, uma exceção a respeito do mais grave de todos os crimes, o homicídio, ao sustentar-se que uma pessoa podia ser declarada culpada de homicídio se agiu em relação ao morto de tal modo que uma pessoa razoável teria percebido que seus atos eram suscetíveis de infligir sérios danos ao morto, e que o estado mental real do acusado, no tocante à previsão dos danos que causaria à vítima, era irrelevante. Essa decisão foi, de fato, seriamente criticada na Inglaterra e em outros países, por toldar a necessidade de estabelecer a responsabilidade pessoal do delinqüente.

O terceiro modo como a moral influi na responsabilidade legal consiste em decidir sobre a punição a ser imposta. Quanto a isso, é argumentado que, ao ser eliminada a idéia de responsabilidade moral pelo crime, uma forma mais racional de normas de sentença pode funcionar mais do que quando (como agora) os tribunais se preocupam em avaliar o fator incalculável do grau de culpa moral. Embora esse seja, por certo, um argumento sedutor[16], parece ser vulnerável à objeção de que ignora o fator (talvez excessivamente enfatizado, como vimos, pela escola "moralista" de pensamento, mas, não obstante, de grande significação no funcionamento do sistema jurídico) de que a lei necessita, a fim de usufruir de sua plena autoridade, estar amparada nas convicções morais da comunidade[17]. Além disso, não é fácil ver como a idéia de responsabilidade moral pode ser eliminada da questão de culpa legal pelo delito imputado sem abalar toda a base de responsabilidade pelo crime, substituindo-a por uma investigação sobre se o acusado cometeu os atos em questão e, no

---

16. Pode-se dizer que promana parcialmente de uma visão determinista da conduta humana e, em parte, do ponto de vista de que a saúde mental e a doença mental não podem ser definidas em termos científicos objetivos.
17. Ver H. L. Hart, *Punishment and the Elimination of Responsibility* (1962); *The Morality of the Criminal Law* (1965).

caso afirmativo, qual é a melhor solução social a ser aplicada ao seu caso. Parece improvável que, pelo menos no estágio atual da sociedade humana, tal substituto do direito penal moralmente fundamentado seja inteligível para a comunidade como um todo ou pareça estar de acordo com o senso de justiça de pessoas comuns, do qual depende em tão elevado grau a administração efetiva da lei.

Talvez possa ser encontrada, em última instância, uma solução de compromisso, retendo a concepção de culpa e responsabilidade em relação ao cometimento real do delito, mas eliminando-a da consideração da pena a aplicar. Desse modo, o tribunal estaria apto a evitar envolver-se na desagradável, quando não impossível, tarefa de determinar graus de responsabilidade moral, em favor de um exame do efeito que a pena é suscetível de ter sobre a pessoa sentenciada, levando em conta as provas psiquiátricas existentes e em que medida ela poderá ser beneficiada pela pena. Não se deve pensar, entretanto, que esse método signifique inevitavelmente que, se uma pessoa sentenciada for considerada incapaz de colher um benefício de sua pena, ela tenha de ser automaticamente solta. Pois o tribunal também teria de levar em consideração, como faz atualmente, a proteção do público e, caso parecesse que a condição do acusado fosse tal que sua soltura envolveria sério perigo para outros membros do público, então o tribunal estaria em seu pleno direito e mesmo obrigado, como está hoje, a requerer a detenção do acusado. Portanto, a soltura do preso dependeria de sua condição ser considerada como já não constituindo um perigo para o público, uma posição semelhante à dos lunáticos criminosos sob o atual sistema.

É muito possível que, se tal procedimento de sentença fosse introduzido e se fosse comprovado que funcionava a contento sem colocar em perigo o bem-estar público em qualquer grau superior ao que se verifica no sistema vigente, isso pudesse desempenhar uma função educativa e ajustar gradualmente a mente das pessoas à idéia de que o direito penal, como um todo, poderia converter-se numa investigação dos fatos de um determinado crime e dos aspectos sociais, mentais e outros do *background* da pessoa acusada, sem necessidade nenhuma de introduzir a noção de responsabilidade. Se assim se fizesse, então poderia muito bem acontecer, como argumentou Barbara Wootton[18], que ao conceito de responsabilidade se permitisse "definhar" gradualmente até desaparecer da esfera do direito. Há indício de um movimento gradual nessa direção em algumas democracias sociais avançadas, sobretudo nas escandinavas. Seja como for, cumpre admitir que essa abordagem ainda se assenta num certo número de pressupostos não provados, como a capacidade da psiquiatria moderna para fornecer uma substancial contribuição na área da reabilitação de criminosos ou de desajustados sociais. Para muita gente, os riscos envolvidos na eliminação ou na redução do senso de responsabilidade moral do indivíduo continuam sendo marcadamente maiores do que as óbvias imperfeições do sistema vigente.

Conflitos entre direito positivo e lei moral

Sugere-se que o que sobressai das considerações precedentes é que a lei e a moralidade estão interligadas e interatuam mutuamente de um modo altamente complexo. Além disso, resta sempre a possibilidade de séria divergência entre o dever imposto pela lei e a moralidade numa dada situação. Vimos existirem três atitudes principais que

---

18. Ver *Law Quarterly Review*, vol. 76 (1960), p. 239.

podem ser adotadas em relação à possibilidade de tal divergência, as quais pensamos ser conveniente recapitular agora.

Em primeiro lugar, pode-se afirmar que lei e moral devem necessariamente coincidir, ou porque a lei moral dita o conteúdo real da lei humana, como no caso das teocracias hebraica e calvinista, ou, alternativamente, porque a própria moralidade é meramente o que a lei estipula. A primeira alternativa leva à proposição de que, com efeito, só a lei moral é válida e de que nada que não se ajuste à própria lei moral pode ser considerado lei efetivamente vinculatória. A segunda alternativa foi proposta por vários filósofos. Thomas Hobbes, por exemplo, argumentou que a moralidade nada mais é, realmente, do que a obediência à lei, pelo que uma lei injusta constitui uma contradição em termos. A teoria mística de Hegel acerca da superioridade moral do Estado sobre o indivíduo também reconheceu que o indivíduo não poderá reivindicar um direito mais alto do que o de obedecer à lei do Estado, do qual ele forma uma parcela insignificante.

A segunda atitude consiste em reconhecer que a lei feita pelo homem e a lei moral possuem, cada uma, um domínio próprio, mas que a lei moral é uma lei superior e fornece, portanto, um critério para a validade da lei feita meramente pelo homem. Logo, os conflitos precisam ser resolvidos, pelo menos em último recurso, a favor da lei moral, embora as conseqüências que podem advir dessa solução variem muito. Por exemplo, pode ser sugerido que a lei humana é, em caso de conflito, certamente anulada e, assim, o cidadão é desobrigado de seu dever moral de obediência. Por outro lado, pode-se dizer que isso é uma questão que deve ficar entre Deus e o governante injusto, mas que o dever do cidadão é, mesmo assim, o de simples obediência. Obviamente, existem muitas outras variantes que podem ser e têm sido propostas em diferentes épocas, com maior ou menor teor de lógica ou autoridade. Em termos gerais, porém, essa teoria das duas leis – a moral e a humana – tem sido discutida na jurisprudência ocidental, desde os gregos helenísticos até os dias de hoje, principalmente em função do chamado direito natural, o qual é considerado como contendo preceitos de uma ordem superior, seja ela ordenada por Deus ou parte integrante da ordem natural do mundo. Essa doutrina, em várias épocas e sobretudo no período moderno, foi vinculada à importante idéia dos "direitos naturais" do homem, os quais desempenharam grande papel no pensamento democrático desde os tempos das Revoluções Americana e Francesa.

Em terceiro lugar, temos a abordagem que trata a autonomia de cada uma das esferas da lei e da moralidade como exclusiva, de modo que nem uma nem outra pode resolver questões de validade, exceto em sua própria esfera. Essa teoria é comumente denominada, nos dias atuais, "positivismo legal". Insiste em que a validade de uma norma legal depende exclusivamente de critérios legais, assim como a validade moral pode ser determinada pela aplicação daqueles critérios que foram necessários ou apropriados em relação a um sistema de moralidade. Aqueles que apóiam esse ponto de vista adotam geralmente uma concepção pragmática da lei moral, baseando-a em algum princípio como utilidade, conveniência, tradição ou costume social. Para eles, qualquer conflito entre as duas esferas não pode impugnar a validade legal da lei feita pelo homem ou alterar o dever de obediência à lei, embora suscite o problema moral sobre se a lei tal como está, deve ou não ser mudada. E, em casos extremos, um conflito entre dever legal e moral pode ter de ser resolvido de acordo com os ditames da consciência do indivíduo e sua coragem moral para uma lei que ele acredita ser contrária ao que é moralmente correto ou justo.

Propomos nos dois capítulos seguintes examinar em maior detalhe os antecedentes e as implicações, para a nossa sociedade atual, das duas teorias opostas do direito natural e do positivismo legal. A teoria da identidade da lei e da moral ficará para exame mais adiante, no capítulo sobre o hegelianismo[19], que é a principal forma em que se revestiu de significação nos tempos modernos.

---

19. Ver adiante, pp. 251-2.

Capítulo 4
Direito natural e direitos naturais

A idéia das duas leis, uma exclusivamente assente na autoridade humana e a outra reivindicando origem divina ou natural e, portanto, com direito à supremacia sobre as leis meramente humanas, possui uma longa e variegada história, e ainda goza de vitalidade no século XX. De fato, pode-se afirmar que, embora o progresso científico e tecnológico durante o século XIX e na época atual tenha desempenhado um papel decisivo no surgimento e ascensão do positivismo e na rejeição das idéias do direito natural, os tumultos, revoluções, guerras e barbarismos da história recente e sua estreita associação, em muitos espíritos, com aqueles avanços tecnológicos que parecem ter servido aos propósitos da tirania cruel tanto ou mais do que aos de promoção da felicidade humana, resultaram em uma espécie de ressurreição do pensamento do direito natural.

A finalidade deste capítulo será explorar brevemente o significado do pensamento do direito natural no passado; resumir as formas em que ele se manifesta nos dias atuais; e tentar avaliar a contribuição que é capaz de dar para os problemas do direito no mundo moderno.

O significado de natureza

Na sociedade primitiva, assim como nas formas iniciais de civilização, não se fazia uma distinção clara entre o mundo natural, animado ou inanimado, e o mundo dos seres e problemas humanos. Deuses e espíritos sobrenaturais dirigem, quando não consubstanciam realmente, os poderes e as forças que governam tudo no mundo, incluindo o homem e a conduta de suas atividades na terra. Nenhuma distinção é feita entre aquelas leis físicas da natureza que regem a ordem do universo e os decretos dos deuses ou de seus representantes na terra que determinam a ordem da sociedade humana. Os deuses ou poderes sobrenaturais reinam sobre todas as coisas e depende do arbítrio deles tanto suspender ou alterar o curso físico normal dos eventos, converter a noite em dia ou mudar o curso dos corpos celestes, quanto intervir em assuntos humanos, mudar os resultados de batalhas, destruir governantes, impérios e povos, criar uma nação e eliminar uma outra, perseguir povos e indivíduos com a ira ou vingança divina, matar e restituir a vida.

Nesse nível de pensamento, até onde nos é possível traduzi-lo adequadamente para a terminologia moderna, a natureza está realmente em contraste com o sobrenatural e é inferior a este último, estando submetida a seu constante controle e a seus caprichosos decretos. Pode, por exemplo, ser da natureza do sol nascer e girar de uma certa maneira, mas, se Deus assim desejar, pode perturbar esse movimento natural e fazer com que o sol pare a fim de conseguir seus propósitos, como Deus fez para ajudar Josué a vencer sua batalha contra os amoritas[1]. A natureza, portanto, na melhor

---

1. Josué, X, 12-3. É claro, nesse estágio do desenvolvimento, nenhuma distinção nítida é feita entre o que é natural e o que é sobrenatural; ver Durkheim, *Elementary Forms of Religious Life* (Ed. Collier Books), pp. 41-3.

das hipóteses, é o modo como se pode esperar que as coisas e pessoas normalmente sejam ou se comportem; mas, como o sobrenatural pode intervir em qualquer momento, é para os deuses e os poderes sobrenaturais que devemos voltar nossas atenções, em busca da verdadeira explicação para o curso dos eventos divinos e humanos.

Poucos povos chegaram a uma abordagem da natureza essencialmente diferente da que foi descrita anteriormente em termos gerais. Mesmo os chineses, por exemplo, apesar de seu tremendo desenvolvimento em civilização e cultura, abrangendo muitos séculos, não chegaram à noção de leis físicas imutáveis da natureza, governando o universo. Os chineses não aceitaram a idéia de um legislador divino e pessoal que pudesse promulgar leis para o universo ou para o homem, baseando-se antes na idéia de harmonia como princípio orientador. Essa harmonia, no domínio do mundo físico e nos assuntos humanos, não era alcançada pela lei natural ou positiva. Ou surgia espontaneamente ou tratava cada situação com base em seus méritos particulares. Por conseguinte, não existiam leis preordenadas numa ou outra esfera, mas a justiça e a harmonia podiam ser preservadas se fossem obedecidas as apropriadas formalidades rituais e consuetudinárias. Foi por essa razão, como sugerido por um autor[2], que os chineses nunca lograram desenvolver uma perspectiva científica segundo os moldes ocidentais, os quais pressupõem a aceitação de leis causais predeterminadas.

O exemplo dos chineses demonstra que, se a idéia da vontade dos deuses como força perpétua e caprichosa tende a diminuir o *status* da natureza em contraste com o sobrenatural, o vínculo entre a vontade e a natureza também pode, sob outras condições, servir para colocar a própria natureza num pedestal. Esse desenvolvimento pode ligar-se especial-

---

2. Ver J. Needham, *Science and Civilization in China*, vol. 2 (1956), cap. 18.

mente à ênfase sobre o monoteísmo nas religiões judaico-cristãs. Pois a eliminação do politeísmo serviu para remover grande parte da volubilidade da intervenção divina e substituí-la pela noção de um propósito ou padrão divino que se desenrola gradualmente na história humana. Por sua vez, isso encorajou a crença numa ordem natural das coisas divinas e humanas, inexoravelmente estabelecida por desígnio de Deus. Assim, Deus pôde passar a ser concebido como um legislador divino que, por um lado, determinou de uma vez para sempre a ordem física do universo e, por outro, estipulou as leis que governam os assuntos humanos. É certo que ainda ficou certa margem para ocasional intervenção divina, mas essas interposições milagrosas, por mais freqüentemente que pudessem ocorrer, eram encaradas como excepcionais e, como tal, não interferiam no plano ou ordenação do universo, mas, pelo contrário, favoreciam ainda mais esse plano.

Essa nova abordagem teve numerosas e importantes conseqüências. Possibilitou o enfoque científico das leis como princípios fixos e imutáveis que regem o mundo físico, embora só muito mais tarde a questão da fonte ou origem dessas leis passasse a ser tratada como uma questão distinta de sua existência e funcionamento, excluindo assim a ciência do domínio da teologia. Também colocou a natureza no centro do palco como uma ordem fixa e que tinha direito a especial reverência, uma vez que era criação de Deus. Além disso, não traçou uma linha nítida de demarcação entre a ordem imutável da natureza decretada por Deus para o funcionamento do universo – como, por exemplo, a revolução da Terra e dos planetas ao redor do Sol, a posição das estrelas fixas, etc. – e o padrão de conduta humana igualmente estipulado para toda a eternidade como lei de Deus outorgada ao homem.

Os primeiros filósofos gregos

A abordagem científica da natureza também recebeu uma contribuição vital dos chamados filósofos pré-socráticos. Embora alguns deles fossem indubitavelmente influenciados pelas atitudes místicas e teológicas, seu principal objetivo era explorar o mundo natural a fim de descobrir algum princípio ou princípios que governassem o universo e fossem capazes de explicar sua estrutura e funcionamento. Tais investigações eram, em parte, o que poderíamos chamar hoje em dia de especulação filosófica e, em parte, investigação científica, mas sua singularidade reside no fato de que esses filósofos não se apoiavam apenas na inspiração ou intuição para guiar seu pensamento, mas acreditavam, sobretudo, no poder da razão humana orientada pela observação para adquirir uma verdadeira compreensão do mundo. Daí nasceu aquela crença no racionalismo, isto é, a idéia de que o universo é governado por leis inteligíveis capazes de serem apreendidas pela mente humana, que viria a desempenhar um papel tão importante na ciência e na filosofia ocidentais subseqüentes. Além disso, tal abordagem também teve profundas conseqüências a respeito do lugar do homem no mundo, uma vez que, como o universo era considerado racional e a razão humana compartilhava dessa racionalidade, devia ser possível determinar princípios racionais para governar a conduta do homem, como indivíduo e em sociedade.

Essa tendência grega para procurar a estrutura do mundo em termos exclusivos de natureza conferiu obviamente uma aura peculiar à ordem natural de coisas, no domínio da física e nos assuntos humanos, pois o que era natural podia ser identificado com a verdade e a retidão.

Quando, porém, esse raciocínio foi aplicado à conduta humana, surgiram imediatamente dificuldades. Observando o curso dos corpos físicos, podia ser possível determinar a que leis naturais eles deviam obedecer ou obedeciam; mas o que era "natural" para o próprio homem? Poder-se-ia argumentar, por exemplo, que a natureza habilita os fortes a predominar sobre os fracos; portanto, é a lei dos primeiros sobre os segundos o que a natureza estabelece como o que é certo para o homem? Ou poderia ser argumentado que a tentativa de cada homem para predominar sobre seus irmãos mais fracos só pode redundar em anarquia e, por conseguinte, que a natureza requer, nos interesses da autopreservação, que cada homem renuncie ao seu poder de infligir danos a seu semelhante e que as leis protejam os mais fracos contra os mais fortes. Também poderia ser dito que não existem realmente normas reguladoras da conduta humana que sejam naturais no homem, uma vez que elas diferem acentuadamente de comunidade para comunidade; portanto, as leis são mera questão de arranjo convencional e nada existe na natureza que estipule o que essas leis devem conter. A natureza no homem nada mais é do que instinto e grande parte das leis humanas é dirigida não no sentido de facilitar, mas, antes, no de reprimir os instintos do homem, como seus impulsos sexuais, por exemplo.

Essas e outras opiniões passaram a fazer parte das discussões correntes na Grécia do século V a.C. Um rumo inteiramente novo foi imprimido à controvérsia pelos dois principais filósofos do antigo mundo grego: Platão e Aristóteles.

Platão e Aristóteles

A resposta de Platão a esses problemas foi em termos de sua filosofia idealista. Para ele, a experiência direta dos nossos sentidos nada mais era do que um mundo de sombras, um pálido reflexo de realidade que reside no domínio dos absolutos, além do alcance das impressões sensoriais imediatas. Essa filosofia algo mística estava, entretanto, vinculada a uma crença caracteristicamente helênica no poder do racionalismo, porquanto Platão acreditava ser possível ao homem sábio adequadamente educado em filosofia (a dele próprio, é claro) alcançar uma visão do perfeito domínio que se situa além do mundo dos sentidos.

Essa abordagem idealista, que considerava a "idéia" uma espécie de coisa absoluta em si mesma, dotada de um grau de verdade e realidade superior às meras aparências físicas de um mundo imediato, foi aplicada por Platão tanto ao domínio da moral quanto dos fenômenos físicos. Com efeito, a sua obra mais famosa, a *República*, dedica-se à exposição da "idéia" de justiça, na medida em que pode ser apreendida pela filosofia idealista. A justiça é apresentada como uma espécie de absoluto que só pode ser apreendido pelo filósofo e só pode ser plenamente realizado num Estado ideal governado por reis-filósofos. A justiça, tal como representada pelas leis de determinados Estados, pode equivaler, no máximo, a uma pálida sombra da justiça real. É evidente, pois, que Platão se distanciou da posição de seu antigo mestre, Sócrates, com sua reverência pelas leis de sua terra pátria. Entretanto, Platão não concebeu a idéia superior de justiça como uma forma de lei decretada pela natureza, à qual estava subordinada a lei feita pelo homem. É verdade que, em sua velhice, ele se empenhou em mostrar em detalhe no seu livro *As leis* como uma aproximação da justiça ideal poderia ser concretizada por leis formuladas para governar o Estado. Mas estava fora de questão regulamentar a validade das leis vigentes mediante um tal conjunto de leis ideais, as quais tinham, com efeito, de ser inteiramente absorvidas. Ademais, a concepção estática de justiça de Platão, como a da maioria dos utopistas, envolvia uma concepção totalitária de lei e de governo da mais rígida e inflexível espécie.

Aristóteles começou como discípulo de Platão, embora viesse a rejeitar gradualmente a filosofia idealista de seu mestre. Embora intensamente preocupado com a teologia, Aristóteles também se destacou por sua tentativa de desenvolvimento dos domínios do conhecimento num espírito científico, apoiado na observação e na experiência. Como naturalista, chegou a uma visão dinâmica da natureza como a capacidade para o desenvolvimento inerente em determinadas coisas. Ele expressou isso em termos da finalidade ou propósito de uma coisa e, tal como Platão nesse aspecto, aplicou sua abordagem aos fenômenos tanto do universo moral quanto do mundo físico. No domínio das questões humanas, Aristóteles reconheceu que a justiça podia ser convencional, variando de Estado para Estado de acordo com a história e as necessidades de certas comunidades; ou natural, isto é, comum a toda a humanidade, porque baseada na finalidade ou propósito fundamental do homem como ser social ou político. Entretanto, Aristóteles não se alargou muito nesse tema, conquanto tenha feito a importante observação de que, embora entre os deuses nada possa mudar, entre os seres humanos tudo está sujeito a mudança, inclusive a justiça natural.

Um contraste se impôs entre as posições platônica e aristotélica que provaria ser de grande importância no pensamento do direito natural até o momento presente. A noção de justiça natural ou de direito natural pode, em termos gerais, adotar duas atitudes divergentes em relação ao conceito de "natureza". Por um lado, a natureza pode ser encarada como um ideal que expressa a aspiração fundamental do homem em atingir a plenitude de suas potencialidades. Por outro, a natureza pode ser simplesmente considerada o modo como o homem se comporta em virtude de sua constituição psicofísica. Na primeira concepção, a natureza funciona normativamente como um padrão ideal pelo qual podem ser aferidos os padrões não-naturais ou puramente convencionais. A segunda concepção é mais essencialmente fatual, baseando-se num estudo do homem tal como ele realmente é, em vez de como a especulação ou intuição poderia imaginá-lo capaz de vir a ser idealmente. Entretanto, ao mesmo tempo, a segunda concepção contém implicitamente um elemento normativo porque, ao examinar o comportamento real do homem, algum modelo terá de ser inevitavelmente aplicado a fim de decidir o que é natural e o que não é natural no homem. Para tanto, vários critérios podem ser adotados, como saúde, bem-estar físico ou mental ou, no plano social, coisas como a harmonia ou o bem-estar social. Mas todas essas concepções envolvem valores de diversas espécies e, portanto, são de caráter intrinsecamente normativo.

Do ponto de vista de colocar em evidência o conteúdo da lei natural, entretanto, ainda há consideráveis diferenças entre a abordagem que considera tal lei um padrão puramente ideal a ser suscitado pelo raciocínio, a revelação, a intuição ou algum outro processo desse gênero, e a abordagem fatual que parte, primordialmente, do estudo da conduta do homem. Pois esta última é capaz de considerar como a melhor prova do que é natural para o governo do homem em sociedade as normas e os padrões que se verifica serem comuns à humanidade em todos os tipos de sociedade. Se, portanto, existe realmente tal direito natural, é lícito esperar que o estudo comparado da humanidade forneça importantes pistas sobre o seu conteúdo. Quanto à primeira abordagem, porém, tem sido propensa, como no caso de Platão, a uma visão puramente idealista do direito natural, como algo que pode ser vislumbrado por intuição racional, mas, no entanto, nunca foi e talvez nunca venha a ser concretizado na terra.

Veremos que a maioria das concepções subseqüentes de direito natural oscilaram entre essas duas idéias diferentes de natureza como fatual ou como ideal, buscando freqüentemente derivar alguma sustentação de cada uma dessas abordagens. Com efeito, já podemos ver em Aristóteles indícios de uma certa indistinção entre as duas abordagens, fatual na medida em que ele considera a justiça natural baseada em regras comuns a toda a humanidade, mas ideal enquanto julga natural no homem aquilo que melhor o habilita a realizar seus propósitos como ser social.

A filosofia estóica

A história subseqüente do direito natural deve muito à filosofia estóica que surgiu depois de Aristóteles. Embora Aristóteles se referisse à justiça natural como algo comum a todos os homens, a sua concepção de justiça ideal, assim como a de Platão, estava essencialmente vinculada à idéia da relativamente pequena cidade-Estado grega. De fato, Aristóteles estava tão longe de pensar em termos de uma lei universal governando indistintamente todos os homens, em virtude de sua humanidade comum, que justificou a escravatura como instituição natural baseada no fato de que alguns homens são escravos por natureza. No máximo, a justiça ideal era algo que podia ser aplicado a gregos livres, mas não a escravos ou bárbaros. Com o colapso do antigo mundo grego de cidades-Estados independentes, em virtude das conquistas de Alexandre, o Grande, uma concepção menos exclusiva começou a prevalecer na filosofia grega. Surgiram duas doutrinas principais, a epicurista e a estóica. A primeira tinha muito em comum com o positivismo utilitário, que será examinado no próximo capítulo. O estoicismo, por outro lado, sublinhou a universalidade da natureza humana e a irmandade dos homens. Uma importante característica dessa doutrina foi sua ênfase sobre a razão como traço essencial da humanidade[3]. Assim, quando no estoicismo, em sua última fase, foi proposta a doutrina das duas leis, isto é, a lei da cidade do homem, a *polis*, e a lei da cidade universal, a *cosmopolis*, esta última foi considerada uma lei puramente racional e, como tal, com direito a reivindicar superioridade moral sobre as normas locais e convencionais que governam cada Estado. Para os estóicos, portanto, havia uma lei universal da natureza determinável pela razão, a qual fornecia um crédito para determinar a justiça das leis feitas pelo homem. Ainda não era aduzido, porém, que o conflito entre as duas devesse resultar na rejeição da última em favor da primeira.

Esse estoicismo novo coincidiu com a expansão do poder romano por todo o mundo mediterrâneo e as especulações filosóficas dos estóicos acabaram sendo associadas, embora não identificadas, com uma importante concepção jurídica romana, a de *jus gentium*, as normas de direito que eram aplicadas no Estado romano tanto aos próprios romanos quanto aos estrangeiros. A idéia de um direito comum aplicável a toda a humanidade, pelo menos dentro dos limites do extenso mundo romano, proporcionou claramente um certo formato concreto à até então algo abstrata concepção estóica de uma lei universal da natureza. Os juristas romanos, entretanto, fizeram pouco ou nenhum uso direto da idéia de direito natural, embora referências a essa idéia, tanto no *corpus* dos escritos jurídicos romanos como nos de autores retóricos, como Cícero, propiciassem o veículo pelo qual a especulação em torno do direito natural da antiguidade foi transmitida a épocas subseqüentes.

---

3. Ver, por exemplo, Marco Aurélio, *Meditações*, livro IV, § 4.

Cristianismo e direito natural

A extensão e a paz do *imperium* romano em seu apogeu permitiram a propagação não só das doutrinas universalizantes do direito natural estóico e da *jus gentium* mas também da nova fé universal do cristianismo. Foi realmente a combinação da teologia cristã, atuando a partir de um substrato de filosofia grega e direito romano, que se fundiu na doutrina escolástica medieval do direito natural, a qual desempenhou tão importante papel na filosofia do direito do ocidente desde então.

Uma grande dificuldade era, porém, inerente à abordagem cristã da lei e que só foi superada mediante um longo e penoso processo. A concepção judaica da lei, como vimos, era a de que ela representava a vontade de Deus na terra. Assim, a lei era supremamente boa. Os cristãos primitivos, entretanto, foram ensinados a desprezar as coisas terrenas e a esperar a destruição do mundo, com o estabelecimento final do reino de Deus. Por conseguinte, embora os governantes terrenos tivessem de ser obedecidos até serem derrubados por decreto de Deus, as leis terrenas eram males resultantes da culpabilidade pecaminosa do homem, derivada da Queda do Homem. Portanto, embora os primeiros cristãos adotassem a crença estóica na irmandade dos homens, eram indiferentes à idéia de uma lei universal da razão na terra. O impacto do cristianismo sobre o platonismo é revelado na famosa obra de Santo Agostinho, *A Cidade de Deus*, no século IV, em que ele equipara a república platônica de justiça ideal com a concepção da Cidade de Deus na terra, quando a justiça cristã enfim reinará soberana.

Ao mesmo tempo, os autores cristãos reconheceram que mesmo nos Estados imperfeitos deste mundo havia necessidade de justiça, tal como decretada por Deus. "Sem justiça", observa o próprio Santo Agostinho, "o que é o

Estado senão um bando de ladrões?"[4] Tal justiça é, realmente, parte da lei divina, que Deus criou para governar a humanidade enquanto durar a nossa existência pecaminosa na terra. Ela é, pois, uma parte da ordem divina de coisas, embora uma forma inferior daquela justiça divina que reinará suprema na Cidade de Deus. Todas as instituições humanas, como lei, propriedade e escravatura, são imperfeitas em decorrência do pecado, mas formam, ainda assim, parte da ordem necessária de coisas aqui embaixo. Portanto, a lei natural é equiparada à lei divina, em parte milagrosamente revelada, e em parte determinável pela razão, mas os defeitos na natureza existente do homem, resultantes do pecado, exigem uma lei natural que carece de muitas características da justiça ideal. Ao mesmo tempo, a vinculação entre direito natural e teologia cristã aumentou imensamente sua autoridade, em comparação com a da mais antiga lei estóica da natureza. A lei natural era agora imposta por Deus e exposta pelo chefe da Igreja Católica, o Papa, que, como Vigário de Cristo, estava investido do poder de expor e interpretar a lei de Deus, que era vinculatória para todos os homens, governantes e governados. Por conseguinte, vemos ganhar aceitação a idéia de que a mera lei humana está subordinada à lei natural e, além disso, é insustentável se conflitar com esta última. Acresce que existia agora, no poder do Papa e da hierarquia católica, todo um sistema não só para expor a lei, de modo que todos os homens pudessem saber o que era permitido ou proibido, mas também para exigir de reis e imperadores (como mero braço secular da ordem espiritual) o reconhecimento e respeito de seus decretos. A Igreja também podia impor suas próprias sanções eclesiásticas, sobretudo a drástica excomunhão.

---

4. *A Cidade de Deus*, livro IV, cap. 4.

Aquino e a escolástica

Um importante elemento da filosofia católica no final da Idade Média foi a redescoberta dos escritos de Aristóteles (embora numa forma algo confusa através de formas árabes) e a tentativa de os assimilar ao corpo da teologia cristã. Assim foi criada a escolástica, da qual o expoente supremo foi Santo Tomás de Aquino. Sob a influência na concepção aristotélica do homem como um ser que realiza seu desenvolvimento natural numa sociedade política, Santo Tomás rejeitou a noção mais antiga de que lei e governo estavam enraizados no pecado e eram, portanto, necessariamente imperfeitos. Uma distinção tinha de ser feita entre lei divina, a qual só podia ser conhecida por revelação, e lei natural, a qual era inteiramente racional e podia ser compreendida e interpretada à luz exclusiva da razão humana. A filosofia escolástica foi, portanto, eminentemente racionalista, no sentido de que se apoiava de forma substancial na verdade, tal como era aduzida pela lógica e o raciocínio dedutivo; mas, ao mesmo tempo, suas premissas não eram escolhidas em bases racionais, mas fornecidas pelas crenças da teologia cristã. O racionalismo podia, pois, contestar a validade de inferências extraídas dessas premissas, mas não podia atrever-se a rejeitar as próprias premissas. A Inquisição era um perpétuo lembrete dos limites do racionalismo, quer científico, quer meramente herético.

Santo Tomás de Aquino fixou o padrão do moderno pensamento do direito natural em outro aspecto vital. O direito natural não era um sistema de normas que abrangia toda a esfera de atividades humanas. Havia muitas matérias que necessitavam de regulamentação por lei e, no entanto, eram moralmente indiferentes, como Aristóteles já tinha sublinhado. A regulamentação do trânsito permite um exemplo típico, pois o aspecto importante é insistir na obediência a uma direção em que todos os veículos devem transitar, mas é moralmente indiferente se o lado escolhido é o esquerdo ou o direito. Além disso, Santo Tomás reconhece que a natureza não era uma concepção absolutamente rígida, de modo que certas partes do direito natural (reconhecidamente não definidas com muita clareza) eram destrutíveis e podiam ser substituídas para satisfazer as exigências decorrentes de mudanças de condições.

A lei humana, portanto, estava finalmente restabelecida como legítima detentora de um importante papel no governo humano, tanto por preencher as lacunas deixadas pelo direito natural como por desenvolver ainda mais as implicações das normas da lei natural em relação com as muitas complexidades das relações humanas, para as quais a lei natural não era diretamente legislada, mas somente fornecida como guia geral. E se fosse comprovado que a lei humana conflitava com os ditames da lei natural? Em tal caso, a lei humana era claramente posta de lado, mas Santo Tomás manteve-se ambíguo sobre o modo como o indivíduo teria de agir quando seu governante lhe impusesse uma obrigação legal contrária ao direito natural. De um modo geral, Santo Tomás de Aquino parecia pensar que a obediência poderia ainda ter de ser prestada a fim de evitar escândalo e desordem, e que deveria ser deixada a Deus a resolução da situação, à sua própria maneira.

O Renascimento e o direito natural secular

O novo humanismo, que surgiu na Itália do século XV, comportou importantes implicações para a história futura do pensamento jurídico. Enquanto a Igreja Católica aderia à filosofia escolástica, um novo enfoque científico ganhou corpo, o qual ignorou ou se eximiu às proposições da teologia e se concentrou na observação e no experimento, ajudado pela razão humana. A Reforma, em países sob a influência calvinista, assistiu a uma tentativa de recriação da teocracia do Antigo Testamento, à sombra da qual os sacerdotes interpretavam diretamente a vontade de Deus para governo da humanidade. Em última instância, porém, a Reforma, com sua ênfase sobre as Igrejas nacionais controladas pelo Estado, levaria a uma revolução secular em que o novo enfoque científico tornou-se dominante.

Essa nova era, longe de levar à rejeição do direito natural, pode ser considerada a Idade de Ouro da lei da natureza e perdurou até fins do século XVIII. Agora, toda a ênfase recaía sobre o caráter racional do direito natural. Era possível, no sentido remoto de que Deus criou o mundo e tudo o que nele existe, que a lei da natureza tivesse sido dada por Deus, mas nem isso era agora essencial, pois Grotius, um dos principais expoentes do direito natural e fundador do direito internacional com base no direito natural, argumentou que, mesmo se Deus não existisse, o direito natural ainda continuaria sendo aplicado. Isto porque a qualidade ímpar do homem reside em sua razão e esse elemento racional é partilhado por toda a humanidade. Por conseguinte, a razão ditava uma ordem racional nos assuntos humanos, uma ordem que só podia ser produzida pelo raciocínio e que, pelo menos em linhas gerais, funcionaria em toda a parte. Portanto, um sistema de direito natural podia ser racionalmente construído, o qual gozaria de validade universal. É verdade que no plano do direito nacional essa abordagem tinha comparativamente pouco efeito, salvo entre os juristas teóricos, embora culminasse em importantes tentativas de codificação, das quais o Código Civil francês de 1804 foi o produto mais conspícuo. No campo das relações internacionais, entretanto, predominou a idéia de que as nações independentes se encontravam num estado de natureza em face umas das outras e eram governadas, portanto, pelo direito natural. Desse modo, foram gradualmente implantadas as sementes da moderna concepção de que as relações dos Estados *inter se* deviam ser governadas pelo direito internacional.

Qual era a relação entre esse novo direito natural, secular, puramente racionalista, e o direito humano? Como era de se suspeitar, a posição manteve-se algo indefinida. O direito humano devia pôr em vigência o direito natural e era presumível que o fizesse a menos que um conflito ficasse claro, o que muito raramente era o caso, porquanto havia escassa concordância no tocante aos princípios concretos da lei da natureza. Teoricamente, em caso de conflito, o direito natural prevalecia, pelo que o grande presidente da Corte Suprema de Justiça inglesa, o juiz sir Edward Coke – que, com patriótico zelo, considerou o direito consuetudinário da Inglaterra a consubstanciação da razão humana e, portanto, coincidente com o direito natural – pôde declarar que o direito consuetudinário podia até tratar uma lei estatutária como nula e sem efeito se contrária à razão[5]. Entretanto, isso nunca foi realmente uma doutrina prática tanto na Inglaterra como em outros países, embora Blackstone ainda se lhe mostrasse favorável, mais na aparência do que em ações concretas, em fins do século XVIII. Mais importante para o direito nacional foi a contribuição do pensamento do direito natural no desenvolvimento do direito como um corpo científico e racional de normas criadas para realizar a justiça nas condições sociais e econômicas dominantes. Isso criou um espírito que era hostil às sobrevivências arcaicas e feudais no direito, mas cumpre admitir que, na ausência de movimentos revolucionários, o processo de livrar o direito europeu dessas excrescências foi penosamente lento. A esse respeito, entretanto, o novo direito na-

---

5. Ver o caso de *Bonham* (1610), 8 Rep. 114, 118.

tural secular continha em si mesmo certas implicações revolucionárias que produziram fruto, especialmente nos Estados Unidos e na França.

Direito natural e direitos naturais

Embora o anterior direito natural constituísse uma força nitidamente conservadora, encorajando a obediência aos governantes instalados que gozavam de autoridade em razão de uma ordem natural decretada, em última instância, pelo próprio Deus, nada havia de inerente no pensamento do direito natural que compelisse ao apoio da monarquia ou dos governantes no poder. Até mesmo na Idade Média autores como Marsílio de Pádua argumentaram, com base em premissas do direito natural, a favor da democracia, não só no Estado, mas na própria Igreja Católica. Depois do Renascimento, tais argumentos tornaram-se mais preponderantes. Gradualmente, ganhou aceitação geral a noção de que o homem possuía certos direitos fundamentais num estado de natureza e de que, quando nasceu a sociedade civil, ele incorporou esses direitos ao seu recém-adquirido *status* civil, os quais continuavam protegidos pelo direito natural. Na Inglaterra, Locke deu a essa abordagem um valioso impulso ao argumentar que, pelos termos do contrato social (o qual era considerado pela grande maioria dos autores desse período a origem, pelo menos em teoria, da sociedade civil), o poder do governo era concedido somente em custódia pelo povo aos seus governantes, e que qualquer violação, por parte destes, dos direitos naturais fundamentais do povo punha fim à custódia e autorizava o povo a reassumir sua autoridade.

Essa concepção dos direitos naturais dependia claramente da crença na existência do direito natural, pois tais direitos só podiam ser válidos e vinculatórios por força da lei da natureza. Não obstante, surgiu uma distinta mudança de ênfase, pois no passado o direito natural era predominantemente concebido como impondo deveres e proibições, enquanto agora era considerado a fonte de direitos democráticos fundamentais, restringindo a liberdade dos governantes, até então investidos de uma autoridade virtualmente absoluta. A Revolução Americana foi fortemente influenciada pela filosofia de Locke. A Constituição dos Estados Unidos é, essencialmente, um documento de direito natural que estabelece a autoridade fundamental do povo, sob a égide do direito natural, e garante os direitos naturais dos cidadãos. De fato, essa Constituição transportou uma grande parte da herança do direito natural para o mundo moderno, mesmo numa época em que as idéias do direito natural tendiam para o declínio. Não só associou indelevelmente esse direito à idéia de liberdade, mas também encerrou a idéia sem precedentes, tão influente em tempos modernos, de que os direitos naturais podiam ser objeto de garantias legais e estas eram passíveis de determinação jurídica como quaisquer outros direitos e deveres conferidos ou impostos pelo direito secular. Além disso, como estavam consubstanciados na Constituição, era atribuída a esses direitos uma prioridade especial que habilitava os tribunais a tratá-los como superiores e, portanto, predominantes em face de qualquer legislação ou outra norma legal que conflitasse com eles. Assim foi criado pela primeira vez um mecanismo pelo qual os direitos naturais podiam fazer parte do corpo da lei e gozar de reconhecimento e observância como direitos legais.

A outra influência importante sobre as conseqüências revolucionárias do direito natural foi a de Rousseau. Entretanto, Rousseau partiu de premissas diferentes das de Locke. Para Rousseau, o direito natural, longe de criar direitos naturais imprescritíveis em favor de indivíduos, conferia autoridade absoluta e inalienável ao povo como um todo, que era considerado, para esse fim, como constituindo uma entidade algo vaga e misticamente concebida, a "vontade geral", a qual diferia da mera soma de vontades individuais dos cidadãos. Essa vontade geral era, por direito natural, a única e irrestrita autoridade legal no Estado, e qualquer governante era-o somente por delegação e podia ser removido sempre que fosse rejeitado pela vontade geral. Essa doutrina, de um ponto de vista, era muito mais revolucionária do que a de Locke, já que subentendia ser o povo o soberano e poder derrubar a seu critério qualquer monarca reinante. Foi à luz dessa filosofia que os revolucionários franceses derrubaram o *ancien régime* e procuraram impor o direito natural da razão em seu lugar. Lamentavelmente, porém, nesse ponto as limitações da doutrina de Rousseau tornaram-se evidentes, porquanto ela permitia a qualquer demagogo que fosse capaz de deitar a mão ao poder proclamar-se representante da "vontade geral" e assim impor sua autoridade. Além disso, mesmo numa democracia adequadamente organizada, a abordagem de Rousseau realmente implicava nada menos que a tirania da maioria; a minoria recalcitrante, na sinistra frase de Rousseau, deve ser "forçada a ser livre"[6]. Tampouco havia qualquer cláusula nesse sistema que previsse a retenção dos direitos naturais por indivíduos, a fim de os proteger contra a autoridade do próprio Estado. E o caráter místico da "vontade geral" como entidade distinta dos cidadãos também habilitou a assimilação dessa doutrina pela idéia hegeliana subseqüente de reificação do Estado como entidade mais racional e mais "real" do que os meros cidadãos que o compõem[7]. Assim, ironicamente, o rousseauísmo, que nasceu da fé na democracia e liberdade, tornou-se um instrumento de totalitarismo.

---

6. *O contrato social*, livro I, cap. 7.
7. Ver adiante, pp. 251-2.

Abordagens modernas do direito natural

O século XIX presenciou o nadir da escola do direito natural. Seu lugar foi largamente ocupado pelo positivismo legal, o qual estava intimamente relacionado com a ascensão do positivismo científico (o que analisaremos no próximo capítulo), e pela escola histórica que estava ligada, pelo menos na forma alemã, ao hegelianismo[8]. Várias forças se combinaram, sem dúvida, para amortecer o entusiasmo pelo direito natural; significativa entre essas forças seria, indubitavelmente, a reação contra os excessos do racionalismo da filosofia setecentista do iluminismo, além do sentimento de que o direito natural era desprovido de qualquer base científica ou empírica e ignorava o papel vital de processos históricos no desenvolvimento do direito. Ademais, a associação de direitos naturais do povo (se não dos indivíduos como tais) à convulsão revolucionária francesa incutiu a essa doutrina o que poderíamos chamar um certo sabor "bolchevista" para o paladar dos círculos governantes reacionários de começos do século XIX.

Não obstante, a idéia do direito natural não se extinguiu em absoluto (na verdade, ela parece possuir poderes quase inextinguíveis de sobrevivência) e, na Inglaterra, manifestou-se numa variedade de formas. Em virtude do impacto dos horrores das duas guerras mundiais e de seus bárbaros acompanhamentos, o direito natural também revela sinais de uma nítida ressurreição. Diremos primeiro alguma coisa acerca dos principais tipos de teoria do direito natural existentes em nossos dias e, depois, falaremos sobre o caráter e significado do mais recente renascimento do direito natural, sobretudo no continente europeu e nos Estados Unidos.

---

8. Ver adiante, p. 316.

As teorias do direito natural podem ser convenientemente divididas em três categorias – católica, filosófica e sociológica. As teorias católicas, que continuam sendo especialmente influentes em países onde a Igreja Católica exerce considerável autoridade, ainda adotam a forma estabelecida por Santo Tomás de Aquino, embora as tentativas para adaptar seus princípios às condições dos tempos modernos sejam usualmente referidas como neotomismo. As formas filosóficas do direito natural foram proeminentes no continente europeu e adotaram geralmente a forma de neokantismo, ou seja, as tentativas de desenvolvimento da concepção de Kant do domínio da lei moral. Kant considerou que este envolvia o imperativo categórico de que devemos sempre agir de modo que a nossa norma de conduta possa ser traduzida numa lei universal. Sustentou Kant que esse imperativo é um princípio cuja verdade absoluta é conhecida pela intuição, mas sem deixar de ser um princípio formal desprovido de conteúdo específico. Os filósofos neokantianos do direito, como Stammler e Del Vecchio, empenharam-se em deduzir por princípios lógicos um conjunto de normas concretas que, sustentaram eles, estavam implícitas na lei universal de Kant. Stammler, entretanto, reconheceu que tais normas não podem ser imutáveis em todas as épocas e condições, e sua abordagem foi descrita como "direito natural com um conteúdo variável". Esse tipo de enfoque filosófico, com sua excessiva ênfase sobre a lógica, teve pouco ou nenhum atrativo nos países de direito consuetudinário, com sua tendência para as soluções empíricas.

Podemos dizer que ambos os tipos de teoria já mencionados adotam uma concepção idealista do direito natural, tratando a natureza como algo que impõe um padrão ideal e repousa preponderantemente em pressupostos um tanto arbitrários acerca da racionalidade comum do homem. Por outro lado, a teoria sociológica do direito natural adota uma abordagem mais fatual. Neste caso, o desenvolvimento importante foi a tentativa de aplicar métodos científicos derivados das ciências sociais emergentes a fim de obter os dados primordiais sobre impulsos, anseios e necessidades fundamentais do homem, e as normas de conduta que se mostrem inseparáveis da compreensão desses fatores humanos na sociedade. A forte ênfase sobre as ciências sociais nos Estados Unidos levou a um maior desenvolvimento desse tipo de abordagem na América do que em qualquer outro lugar. Vemos aí o direito natural sendo defendido dos ataques do positivismo mediante o uso de armas retiradas do próprio arsenal do positivismo. Um exame mais ampliado da validade dessa tentativa para justificar cientificamente o direito natural pode ser, portanto, realizado mais adiante, no contexto do positivismo[9].

Cumpre acrescentar que é muito comum, hoje em dia, eminentes juristas expressarem publicamente uma aprovação geral do direito natural; mas essas declarações tendem a ser tão vagas que se enquadram mais na natureza de floreados retóricos, um tanto à maneira dos antigos oradores romanos, do que como séria tentativa de dar conteúdo ao pensamento do direito natural e de avaliar sua contribuição potencial ao direito no mundo moderno.

O ressurgimento do direito natural no pós-guerra

As razões justificativas do mais recente ressurgimento do direito natural não são difíceis de encontrar. A ascensão

---

9. A base sociológica do direito natural em autores como Gény e Duguit tendia a consistir em racionalizações abstratas, em vez de ser dirigida para a pesquisa dos fatos primordiais da psicologia e do comportamento humanos, apesar do lema de Gény em favor da *libre recherche scientifique*, e da ênfase de Duguit sobre a "solidariedade social" (derivada do sociólogo francês Durkheim).

das ditaduras nazista e fascista, a expansão do totalitarismo, a estarrecedora selvageria do massacre de milhões de pessoas inocentes em nome da ideologia racial, e o repúdio deliberado por grandes e poderosas nações de todas as normas de moralidade e cultura que têm sido consideradas os elementos indispensáveis na civilização humana, culminaram em muitas apreensões e no reexame dos princípios da lei e do governo humanos. Poderá ser realmente verdade, como os positivistas insistiram tão sistematicamente em afirmar, que a lei humana seja considerada válida e merecedora de obediência, independentemente do seu conteúdo moral e do grau em que imponha uma conduta contrária a todos os padrões morais ou civilizados recebidos?

Tais perguntas tornaram-se particularmente cruciais na esteira da derrubada do nazismo na Alemanha. Nos julgamentos dos líderes nazistas pelo Tribunal Internacional de Nuremberg, tal como no mais recente julgamento de Eichmann em Israel, tinha necessariamente de ser considerada a posição dos responsáveis por massacres organizados em campos de concentração, levados a efeito de acordo com as leis do próprio Estado. Existe uma lei mais alta que possa tornar puníveis tais atos, sejam quais forem os decretos do Estado a que o réu devia obediência? Um enfoque de direito natural talvez parecesse oferecer uma saída clara para esse dilema. Entretanto, uma certa relutância em assentar decisões concretas nessa base algo nebulosa fez com que tais procedimentos se inclinassem a procurar um fundamento legal mais sólido. Assim, os julgamentos de Nuremberg foram tratados, certo ou errado, como um desenvolvimento do direito internacional consuetudinário. Os alicerces históricos desse direito na teoria do direito natural desempenharam um papel, sem dúvida, para tornar tal desenvolvimento respeitável aos olhos de muitos estadistas e homens de leis, assim como do público esclarecido em geral. Também o julgamento de Eichmann se buscou numa lei israelense promulgada retrospectivamente, embora muitas de suas disposições, como as que tratam de "crimes contra a humanidade", tivessem um timbre distintamente recebido do direito natural.

A República Federal Alemã também teve de se haver com o problema da validade da antiga legislação nazista em relação a situações que ocorreram durante a vigência do regime nazista. Deveria, por exemplo, um homem acusado ter o direito de apoiar-se numa lei flagrantemente imoral como justificação legal para ter causado graves danos a terceiros? Ocorreram casos, por exemplo, de um cônjuge denunciar o outro à Gestapo por expressar sentimentos antinazistas na intimidade do lar; poderia ser tratado agora como defesa o fato de o cônjuge denunciante estar unicamente agindo sob a compulsão da lei nazista? Alguns tribunais alemães revelaram a tendência para resolver esse tipo de caso numa base de direito natural, embora tenham, mais geralmente, evitado isso em favor de outras soluções, como a interpretação da lei nazista num sentido desfavorável ao acusado[10].

Cumpre ter em mente que no século XIX, quando o direito natural estava em pleno declínio, existiu um substituto para ele – uma crença profundamente enraizada no progresso humano, material e moral, e uma firme convicção em que as bênçãos estabelecidas da civilização seriam consolidadas e se propagariam gradualmente a todo o universo, em benefício da humanidade. Portanto, se era ou não lícito

---

10. Sobre esses casos, ver a discussão entre H. L. A. Hart e L. L. Fuller, em *Harvard Law Review*, vol. 71 (1958), p. 593; e H. O. Pappe, em *Modern Law Review*, vol. 23 (1960), p. 260. A legislação nazista foi recentemente estudada pela Câmara dos Lordes. Ver *Oppenheimer v. Cattermole* [1975], I All E. R. 538, quando os lordes Cross, Salmon e Hodson se recusaram a reconhecer como lei a legislação nazista que constituiu uma grave infração dos direitos humanos.

afirmar que as leis humanas assentavam-se na lei da natureza, essas leis, de qualquer modo, visavam, até onde fosse exeqüível, a concretizar os mais altos objetivos do homem em seu contexto social. Reconhecidamente, vozes discordantes já estavam sendo ouvidas, como a de Nietzsche, ao pôr em dúvida todo o corpo da moralidade tradicional e desejando transformar a moral no culto do super-homem; ou, no outro prato da balança, o culto do tolstoísmo, ao repudiar toda a lei e governo em favor de uma visão pessoal dos deveres do cristianismo primitivo. Essas e outras concepções eram indícios do novo irracionalismo que estava começando a invadir todos os aspectos da sociedade humana como reação do empirismo racionalista e científico dos séculos XVIII e XIX. Os leitores do magistral romance de Thomas Mann, *A montanha mágica*, publicado originalmente em 1926, recordar-se-ão de como, nas discussões entre o ex-jesuíta, Naphta, e o filho italiano do Iluminismo, Settembrini, as forças do racionalismo e do irracionalismo se enfrentaram com um desfecho tão inconclusivo. Mas tanto o direito natural como o positivismo compartilharam, por caminhos diferentes, uma crença no racionalismo e isso, sem dúvida, explicou a transição relativamente fácil, no século XIX, do racionalismo do direito natural para a crença racional (como então se supunha largamente ser) na lei do progresso humano. Pode-se dizer que foi no século atual, com o esmagador desenvolvimento de ideologias anti-racionais, como o nazismo e o fascismo[11], que a fé racional no direito natural sentiu a necessidade urgente de reafirmar-se, embora tenha escolhido, para esse fim, como seu principal adversário, a crença no positivismo, a qual está igualmente fundamentada, como veremos, em pressupostos racionalistas. Não obs-

---

11. A grande divulgação dada a uma obra como *O declínio do Ocidente*, de Spengler, fornece uma ilustração característica dessa tendência.

tante, esse contra-ataque do direito natural ao positivismo não é, de forma nenhuma, ilógico, dado que foi o positivismo que desempenhou, historicamente, um importante papel na demolição de sua autoridade.

A importância do direito natural para o mundo moderno

O que hoje pode ser dito pró ou contra o pensamento do direito natural deve ser adiado até que tenhamos tido a oportunidade de examinar os antecedentes e o *status* atual do pensamento positivista em relação à teoria da lei. Mas subsiste ainda a pergunta: que contribuição real essa doutrina deu para os problemas legais e morais do mundo moderno? E será de especial importância, como muitos parecem pensar, para os conflitos agudos que afetam a humanidade nos dias de hoje, na esfera dos assuntos nacionais e internacionais, e até no espaço exterior?

Já foi sublinhado que a idéia de direito natural recebeu um de seus desenvolvimentos mais fecundos na incorporação de uma Declaração de Direitos Humanos à constituição escrita dos Estados Unidos, com o resultado de que tais direitos receberam não só um conteúdo específico mas também um reconhecimento legal. Sem dúvida, isso deveu muito ao direito natural no seu começo; e, além disso, o direito natural tem sido freqüentemente invocado na interpretação de tais sistemas de direitos naturais, tanto na América como em outras nações[12]. De qualquer modo, uma vez aceita uma escala de valores e devidamente incorporada em disposições legais específicas, num código constitucional, as autoridades judiciais terão de interpretar essas disposições como qualquer outra legislação, embora se reconheça que elas pro-

---

12. Ver também o capítulo 5.

vavelmente procurarão fazer isso da maneira mais ampla possível, dando muito mais peso ao espírito do que à letra da constituição. É difícil ver como tal interpretação possa ser materialmente assistida por referência adicional ao vago e discutível conteúdo de um sistema de direito superior, cuja própria existência é questionada e cujos ditames ou foram corretamente enunciados no código (caso em que não se revestem de importância adicional) ou foram incorretamente enunciados, em cujo caso são igualmente irrelevantes. Pois o dever dos juízes será interpretar a constituição, tal como ela é, e não a sua própria concepção pessoal de algum sistema superior de lei, do qual poderão acreditar ou não que ela tenha derivado.

À parte os direitos constitucionalmente garantidos, existem muitas outras reivindicações feitas em favor do direito natural. Alguns patrocinadores da doutrina estão preparados para atribuir todo e qualquer recurso por uma norma legal a noções tais como o que é razoável, eqüitativo ou justo, ou se uma coisa foi feita de boa fé, como assente numa base de direito natural. Mas, ao que parece, não existe razão alguma pela qual os sistemas legais, que precisam todos empregar concepções desse gênero, devam subentender, pelo uso delas, mais do que a referência a certas normas vigentes na comunidade, sem referência ao mais remoto conceito de uma lei mais alta, superior à lei humana e vinculatória para toda a humanidade. É verdade existirem casos em que um sistema legal pode invocar a "justiça natural"; por exemplo, a lei inglesa pode rejeitar uma decisão de um tribunal interno (como de um sindicato, clube ou associação de classe, expulsando um de seus membros), se a decisão for contrária à justiça natural, ou pode recusar-se a ratificar uma decisão externa com esse mesmo fundamento. Mas isso, na realidade, nada mais significa do que a necessidade de cumprir com certos padrões que a lei inglesa (na medida em que reflete normas inglesas estabelecidas de comportamento) considera essenciais. Uma audiência imparcial é, pois, obrigatória no caso de expulsão de um sócio de um clube ou sindicato[13], e uma decisão externa que tenha sido obtida por fraude ou sem aviso prévio ao indivíduo querelado[14]. Também em casos como esses, tais normas não pressupõem necessariamente a existência de uma lei superior para explicar ou justificar a atitude da lei inglesa, a qual tem direito a formar, e forma, de fato, sua própria concepção do que a justiça requer.

Que dizer, pois, daqueles problemas graves e ambíguos que se situam nas fronteiras da lei e da moral e que criam tantas dúvidas, controvérsias e perplexidades? A lei é obrigada a reclamar alguma solução para problemas relativos à vida humana – por exemplo, eutanásia, suicídio e aborto –, proibindo-os ou permitindo-os, com ou sem condições. Se a lei deve impor ou proibir a pena capital também gera intensa controvérsia moral. Trata-se de problemas morais excessivamente difíceis e delicados, que impõem sérias tensões a qualquer sistema jurídico, e numerosos argumentos morais, sociais, práticos e jurídicos podem ser aduzidos a favor ou contra a permissão de atos dessa espécie. Entretanto, parece sumamente duvidoso se a referência a uma lei moral ou natural permite qualquer assistência real em semelhante controvérsia, na medida em que nenhum acordo for estabelecido quanto à sua existência ou ao seu conteúdo real. Quem poderá dizer, por exemplo, se o direito natural proíbe ou não o aborto ou a pena capital? É claro, se toda a humanidade aceitasse uma instituição investida de autoridade para explicar ou interpretar essa lei, como a Igreja Católica, por exem-

---

13. Ver *Bonsor v. Musician's Union* [1956], A. C. 104.
14. *Re Meyer* [1971], 2 W. L. R. 40. Aos decretos de nulidade estrangeiros também foi recusado reconhecimento em circunstâncias em que se considerava que infringiam a justiça natural: ver *Lepre v. Lepre* [1963], 2 All E. R. 49.

plo, a resposta a esse problema estaria preparada de antemão, embora pudesse ainda ser assinalado que essa solução estaria apenas substituindo um sistema de legislação por um outro. Depois da Reforma, entretanto, ficaram muito tênues as perspectivas de que isso possa alguma vez ocorrer, e em nossos próprios dias a divisão do mundo pela Cortina de Ferro tornou isso ainda mais improvável.

Quando nos voltamos para a esfera internacional, poderá ser dito que a existência de muitos e conflitantes sistemas jurídicos, de nações competidoras afirmando todas suas necessidades e reivindicações distintas, exige que reconheçamos algum sistema mais alto de justiça pelo qual todas essas fontes de conflito pudessem ser satisfatoriamente resolvidas? A necessidade de um sistema desses nunca pareceu mais vital do que no atual estado do mundo, com sua divisão em tantas regiões, facções e ideologias conflitantes. Além disso, as recentes explorações no espaço exterior e a possibilidade de viagens interplanetárias num próximo futuro sublinham a necessidade imperativa de algum modo racional de desenvolvimento de uma sociedade internacional e de estabelecimento de seus padrões de conduta a fim de satisfazer os requisitos essenciais de paz, justiça e bem-estar humano. Enunciar a existência do problema, entretanto, não é postular a acessibilidade de qualquer solução talhada à medida de tais problemas, como alguns defensores do direito natural parecem pensar. O direito internacional, até agora, atingiu apenas uma fase de desenvolvimento relativamente primitiva em comparação com os sistemas jurídicos de muitos Estados nacionais, mas visa, de uma forma lenta e gradual, a encontrar soluções para esses problemas por vários métodos. Estes incluem o desenvolvimento de normas existentes (por exemplo, as normas tradicionais a respeito da liberdade dos mares poderiam ser aplicadas, com modificações, ao espaço exterior); a criação de novas normas mediante tratados internacionais a que a maioria das nações civilizadas, se não todas, aderissem; e a criação de novas instituições internacionais, como as Nações Unidas e a Corte Internacional de Justiça. Esse sistema de normas, ainda que imperfeito em seu desenvolvimento, muito deve, historicamente, a uma crença geral numa lei racional e universal da natureza. Entretanto, não é fácil discernir como os problemas que assediam a comunidade internacional poderão ser ajudados por referência a um vago sistema que consubstancia uma ordem superior de justiça cujos ditames não podem ser identificados nem interpretados de forma peremptória por nenhum poder humano. O que adianta, por exemplo, afirmar que o direito natural decreta que o espaço exterior será livre? Pois não só esse preceito significa muito pouco sem um código detalhado de regras ou normas específicas, sobre as quais dificilmente poderá ser afirmado que são ditadas pelo direito natural, mas também fica difícil conceber que mesmo uma proposição de ordem geral seja aceita, a menos que as nações mais poderosas do mundo admitam que é conveniente e desejável aceitá-la, em nome de seus interesses nacionais. Assim, parece duvidoso, tanto no plano internacional quanto no nacional, que se atribua um papel efetivo ao direito natural.

Talvez o teste final da utilidade do direito natural como meio de resolver as tensões entre lei e moralidade se manifeste naqueles contextos em que um segmento de uma comunidade está impondo um regime de terror ou opressão a um outro de acordo com uma certa ideologia. Tais situações surgiram no mundo moderno na Alemanha nazista, onde uma maioria oprimiu e procurou destruir uma minoria da população, ou na África do Sul, onde, neste caso, uma minoria branca, detentora de todas as posições de comando, militar, social, econômico e administrativo, orienta suas leis para a subordinação perpétua da maioria negra, com o propósito declarado de preservar a civilização branca. Em tais contextos, é freqüentemente reclamado que só o direito natural pode resolver o impasse legal. Mas, antes de examinarmos esse tipo crucial de caso, é necessário colocar diante do leitor o ponto de vista do positivismo.

Capítulo 5
Positivismo legal

Leis físicas e normativas

Embora existam, em períodos anteriores, indícios do que poderia ser classificado, em terminologia moderna, como um enfoque positivista – por exemplo, os pontos de vista dos grandes rivais dos estóicos, a escola epicurista –, o verdadeiro impulso nessa direção pode ser localizado no Renascimento, com sua ênfase sobre os estudos seculares de ciência e humanismo. O empirismo associado à observação como um meio de apurar as leis da ciência foi acompanhado de realizações cada vez mais espetaculares e projetou sua influência sobre todos os campos de atividade humana. Na Inglaterra, foi criado um forte movimento, que ainda está longe de ser esgotado, a fim de fundar a especulação filosófica numa base mais sólida e empírica, comparável no método à que obteve tanto êxito no domínio da ciência pura. Inspirado pelos princípios céticos formulados por Descartes, esse movimento recebeu poderoso impulso de John Locke e seus sucessores, dos quais o mais importante foi David Hume.

Um resultado desse movimento revestiu-se de particular significado para a filosofia legal e moral. Foi a clara demarcação entre as leis do universo físico, que se considerava regerem o comportamento de todas as entidades físicas, animadas ou inanimadas, humanas ou não-humanas, de acordo com o princípio inexorável da causalidade física; e as leis normativas, jurídicas, morais ou de qualquer outra espécie, que estipulavam as normas de conduta humana.

Até o século XVIII nenhuma linha divisória clara foi traçada entre as leis físicas que se ocupavam de proposições acerca do mundo e que podiam ser refutadas por provas empíricas demonstrando sua inaplicabilidade e as leis normativas que estabeleciam padrões de conduta humana. Como foi indicado no capítulo anterior, os antecedentes teológicos do direito natural, que interpretavam as leis físicas e morais como tendo sua origem na vontade de Deus, obscureciam essa distinção, visto que, se tanto umas quanto outras podiam ser atribuídas à volição divina, não havia nenhuma diferença de gênero entre elas.

"É" e "deve ser"

Hume sublinhou que existem realmente dois domínios de inquérito humano, um no campo dos fatos, que se ocupa do caso como realmente é e cuja proposição pode ser tratada como verdadeira ou falsa, e o outro no campo do "dever ser" – ou seja, o que deve ser o caso. Hume argumentou que jamais poderemos demonstrar o que deve ser, por exemplo, a regra de comportamento moral, como uma inferência de algo que é, de fato. Podemos ver isso claramente se considerarmos o simples exemplo ilustrativo de um mundo em que a pena capital sempre foi infligida. Isto é um fato, mas sua existência de maneira alguma nos compele a inferir que devemos permitir a pena capital ou nos impede de apurar a moralidade de tal prática. Tornou-se comum em terminologia moderna qualificar aqueles assuntos que envolvem proposições "dever ser" – isto é, que não estabelecem fatos mas determinam o que "deve ser" feito – como "normativos", e as proposições concretas de tais assuntos são freqüentemente denominadas "normas', referindo-se a padrões de conduta. Essa terminologia conveniente será adotada neste livro. A discussão de Hume estava principalmente interessada em distinguir fato e obrigação moral. É evidente, porém, que embora importantes distinções existam entre lei humana e lei moral, como já foi explicado, a lei humana compartilha com a moral a característica de ser normativa, porquanto fixa regras de conduta em vez de estabelecer fatos. Por exemplo, uma norma legal de que o homicídio é proibido e punível com a morte não estabelece um fato quanto ao comportamento de pessoas sujeitas à lei, as quais poderão continuar ainda cometendo os atos descritos na lei como homicídio. Tampouco prediz a conduta das autoridades do Estado, visto que muitos homicídios podem ser cometidos com impunidade. O que a lei faz é estabelecer padrões ou normas de conduta para cidadãos e funcionários e (usualmente) indicar que sanção deve (como matéria de lei) resultar de uma violação das disposições legais. Portanto, essa legislação não estabelece nenhum fato, como tal, mas tampouco ela é refutada (como uma lei física) por sua violação ou inobservância. A lei, entretanto, difere das normas morais em mais um aspecto: ela requer uma certa medida de regularidade de observância, pois sem essa característica dificilmente teria direito a chamar-se lei. Uma norma moral, por outro lado, pode ser ainda sustentada como válida mesmo que nunca ou só raramente seja respeitada; por exemplo, a norma de que devemos amar nosso próximo como a nós mesmos. Essa distinção, além disso, não se aplica exclusivamente às regras do que poderíamos chamar a "moralidade superior", já que a posição pode ser semelhante quando se considera o código moral corrente de uma comunidade. Por exemplo, uma comunidade pode perfeitamente reconhecer como válidas certas regras de moralidade sexual, mesmo quando elas são mais lembradas na violação do que na observância. É evidente, pois, que a legislação suscita problemas bastante especiais quanto às circunstâncias em que consideraríamos vinculatória cada lei, por exemplo, quando ela passou a ser totalmente desprezada com o correr do tempo, e também as circunstâncias em que poderíamos tratar um sistema legal como inválido, em seu todo, ou porque foi superado por uma revolução, ou em conseqüência da virtual anarquia que reina no território[1].

A demarcação entre "é" e "deve ser" também comportou sérias implicações para o pensamento do direito natural, porquanto parecia eliminar a idéia de que a verdade de determinadas normas do direito natural podia ser demonstrada, mesmo que se comprovasse serem essas normas universalmente observadas. Assim, o direito natural começou sendo visto não como um sistema superior de lei e justiça cuja verdade era evidente por si mesma ou demonstrável pela razão, mas apenas como um nome mais pretensioso para as regras morais. E a justificação para tais regras de moralidade deveria ser procurada, como indicou Hume, em certos fins ou propósitos da vida humana que eram determinados não pela razão mas pelos desejos da humanidade ou o que Hume designou por "as paixões". Hume, que rejeitou o direito natural, fez várias sugestões sobre o modo como as paixões humanas vieram a criar normas morais. Mas subsistia a questão sobre se poderia ser encontrado qualquer padrão racional capaz de fornecer os meios de julgamento entre certo e errado. Se um tal padrão pudesse ser encontrado, então seria possível fornecer um substitutivo para o direito natural, embora com importantes diferenças, como veremos. No final do século, Kant tentou fornecer uma res-

---

1. Ver adiante, p. 224.

posta a Hume, reconhecendo os dois domínios do "é" e "deve ser" mas afirmando que o segundo continha a regra absoluta da moralidade, a que chamou o "imperativo categórico". A dificuldade com esse princípio era que não só não é provável – ou, pelo menos, não foi provado (*pace Kant*) – mas também não conseguiu fornecer um teste efetivo para a solução real de problemas.

Havia, no entanto, uma outra linha de abordagem que andava no ar no século XVIII: era o princípio de utilidade. Coube especialmente a Jeremy Bentham desenvolver e divulgar o princípio que se tornou tão influente no século XIX. E foi das sementes plantadas por sua escola de utilitaristas que se colheu grande parte da safra subseqüente de positivistas no campo do direito.

Os utilitaristas

A idéia dos utilitaristas era que o comportamento da humanidade era dominado pela influência da dor e do prazer. Aumentando o prazer e diminuindo a dor, a felicidade humana seria ampliada. A utilidade, portanto, apenas significava, realmente, aquilo que servia para aumentar a felicidade humana, cuja soma seria avaliada pelo cálculo do montante de prazer e dor resultante de um determinado curso de ação. Para esse fim, foram adotados padrões numéricos, sendo a felicidade de cada homem considerada igual em valor à de qualquer outro homem, de modo que o teste de utilidade era o que servia à felicidade do maior número possível. O princípio de Bentham visava a "maximização" da felicidade humana de acordo com o lema "a maior felicidade do maior número". Embora Bentham rejeitasse com desdém o direito natural – para ele, os direitos naturais eram não apenas tolices, mas "tolice com andas" –, ele era acima de tudo um racionalista imbuído do espírito do iluminismo e seus argumentos em favor da utilidade baseavam-se francamente no fato de que a razão humana não podia encontrar outra justificação racional para preferir um caminho em vez de um outro. Ironicamente, o próprio princípio de Bentham de que a felicidade de um homem era de igual valor à de qualquer outro devia muito ao largamente estabelecido direito "natural" à igualdade. Além disso, como o próprio Bentham admitiu, o princípio de utilidade era, em si mesmo, um princípio metafísico cuja verdade não podia ser demonstrada, pois "o que é usado para provar tudo o mais não pode ser provado em si mesmo"[2]. Mas Bentham estava menos interessado em estabelecer a inexpugnabilidade filosófica do seu princípio do que em mostrar como ele funcionaria na prática, embora também recorra, em apoio daquele, à experiência da humanidade, cuja conduta tem sido universalmente impulsionada pelos dois fatores gêmeos de dor e prazer que estão na raiz de seu sistema.

Apesar de uma certa ingenuidade em sua crença de que a felicidade podia ser virtualmente quantificada em termos quase aritméticos, a obra de Bentham criou um sólido alicerce jurídico para grande parte da reforma do direito que era uma das mais gritantes necessidades do começo do século XIX. A noção de utilidade, tal como foi percebida pelo seguidor de Bentham, John Stuart Mill, talvez fosse menos fácil de manter filosoficamente do que seu mestre acreditava, e de âmbito menos universal nas áreas da moral e da estética; mas, apesar de tudo, proporcionou uma impressionante racionalização dos fatores que estavam sendo cada vez mais aceitos pelos pensadores liberais como a meta da reforma legal e social. Pois, no fim de contas, numa era de progresso, que objetivo poderia parecer mais óbvio do que o

---

2. E. Halévy, *Growth of Philosophic Radicalism* (trad. de M. Morris), p. 27.

aumento da soma de felicidade da população como um todo, embora subsistisse uma larga margem de discordância quanto aos meios que poderiam mais eficazmente contribuir para atingir esse objetivo?

O avanço para o positivismo legal

A escola utilitarista forneceu menos o necessário alicerce lógico e muito mais o clima apropriado para o avanço em direção ao positivismo legal. Este teve dois aspectos, os quais cumpre mencionar aqui. Em primeiro lugar, a clara distinção entre lei tal como *é* e tal como *deve ser*; e, em segundo lugar, a tendência para tratar o direito como uma *ciência* merecedora de ser alinhada com as outras ciências, em seus objetivos e métodos.

A lei como é e como deve ser

Bentham vinculou a sua discussão da moral em termos de utilidade e sua rejeição de todo o pensamento de direito natural, à sólida convicção de que o direito só poderia ser adequadamente compreendido se fosse tratado como um campo autônomo de estudo, livre de todas as questões de moral, religião, etc. A grande crítica ao direito natural era não só que tal direito era realmente mítico (exceto para aqueles que aceitavam um certo tipo de teologia e mesmo entre eles não havia concordância quanto a seus preceitos reais), mas levava a um pensamento desordenado por confundir questões legais com questões morais. Se uma determinada regra era lei num certo Estado, isso era uma questão puramente jurídica a ser decidida por aqueles critérios aceitos no âmbito do sistema legal desse Estado. Essa era uma questão completamente distinta da que poderia ser suscitada pelos que estavam debatendo se a lei, tal como fora estabelecida, era boa ou ruim. O que a lei é e o que a lei deve ser são questões inteiramente diferentes e cada uma delas é o objeto adequado de investigação de uma área distinta de estudo, que o próprio Bentham designou por jurisprudência expositiva e jurisprudência censória (ou ciência da legislação), respectivamente. Segue-se que, para decidir se uma norma legal é válida ou não, é irrelevante saber se ela é boa ou má, justa ou injusta, visto que tais questões dizem respeito ao valor ou conveniência moral da norma legal, a qual, não obstante, permanece legal, seja boa ou má.

Não se deve pensar, como alguns críticos do positivismo sugeriram, que o que Bentham e seus seguidores estavam afirmando, neste caso, era que lei e moral não têm relação alguma entre si ou que uma lei ruim é tão merecedora de obediência quanto uma boa. De fato, isso teria sido um evidente absurdo, especialmente para o próprio Bentham, cuja vida ativa foi toda dedicada a ridicularizar o estado da legislação inglesa do seu tempo, a atacar a complacência dos profissionais do direito e da classe dominante na Inglaterra, e a pressionar vigorosamente no sentido de uma reforma do direito em todos os seus ramos. Houve escritores, dos quais o mais conhecido é provavelmente Thomas Hobbes, que procuraram argumentar que tudo o que a lei decreta é sinônimo de moralidade. Essa opinião, entretanto, gozou de escassa influência e certamente nenhuma escola a rejeitou de um modo mais decisivo do que os utilitaristas e seus sucessores positivistas. Para Bentham, a questão de aferir se qualquer lei dada era boa ou má estava entregue ao seu grande princípio de utilidade, a arma essencial a ser manejada na luta crítica em prol da reforma da lei. A grande vantagem reivindicada para esse método era ser propício ao pensamento claro, quando distinguia obrigação legal de obrigação moral. Quando estas conflitavam em grau decisivo (o que a aplicação do critério de utilidade revelaria), então o cidadão podia fazer com que todo o peso do argumento moral influísse na promoção de uma mudança na lei. Bentham não prestou muita atenção ao problema adicional sobre se, quando uma lei era moralmente condenada, o cidadão tinha o direito de desobedecer a ela. Isso não se afigurava uma questão prática aos olhos de Bentham[2a], que, como racionalista, considerou que as muralhas da reação devem, em última instância, ceder à persuasão racional, sobretudo na medida em que a constituição se tornou mais democrática e, portanto, tornou cada vez mais efetiva a reivindicação da população, como um todo, ao seu quinhão de felicidade humana. A experiência, no que se refere às democracias ocidentais, justificou de um modo geral o otimismo de Bentham a esse respeito, pois a história do século XIX e o desenvolvimento do moderno Estado do Bem-Estar forneceram impressionante prova da pressão eficaz da opinião pública em favor da reforma da lei, boa parte dela inspirada pelo critério de maximização da felicidade humana, tão cara ao coração de Bentham. É claro, em regimes despóticos (e até, por vezes, democráticos, por exemplo, no caso de objeções de consciência à prestação do serviço militar), o conflito entre o governante e o governado pode apresentar-se sob uma forma mais aguda, quando o indivíduo tiver de decidir se obedece à lei que considera totalmente imoral ou se lhe nega obediência e assume as conseqüências legais. Não há dúvida que a abordagem benthamista desse conflito é de que o dever legal não deixa de ser um dever legal pelo fato de o cidadão estar persuadido da iniqüidade moral do dever, mas quanto à decisão de anuir ou

---

2a. Mas ele afirma que a utilidade justifica a resistência quando, "de acordo com o melhor cálculo, os males prováveis da resistência parecem menores do que os males prováveis da submissão". (*A Fragment on Government*, capítulo 4, § 21.)

obedecer, trata-se de uma questão para a sua própria consciência. É certamente esse o ponto de vista que um tribunal de justiça inglês adotaria, na base de que os tribunais existem para defender a lei e não estão preocupados em apurar se a lei é boa ou má. Assim, os recursos a uma moralidade superior são tratados como irrelevantes ao condenar as feministas ou os pacifistas que protestam contra a corrida nuclear, por suas violações ou desafios à lei, embora fique sempre a critério do tribunal, ao decidir sobre a pena apropriada a aplicar, levar em consideração os impulsos morais que afetaram os acusados.

Os positivistas atacam a idéia de direito natural não apenas porque ela favorece o pensamento confuso, mas também porque, ao considerar uma certa qualidade moral inerente como característica essencial da lei, sem a qual não é sequer lei, tal idéia tende a conferir à lei estabelecida uma santidade a que ela nem sempre tem direito e cria, assim, uma barreira contra a reforma da lei. Já vimos que a exigência moral de obediência à lei desempenha um importante papel ao conferir autoridade ao sistema legal e isto nenhum positivista negaria. É evidente, porém, que num período como aquele em que Bentham viveu, quando o direito continha um enorme volume de arcaísmos e era uma máquina de implacável repressão, uma teoria que identificava lei e moral desse modo tão íntimo era passível de levar ou a uma afirmação reacionária, por aqueles que se beneficiavam dela, de que a lei era o apogeu da razão e da perfeição, ou à sua total rejeição pelos oprimidos, com fundamento em que ela ofendia os princípios básicos da justiça natural. Ambas as posições estavam carregadas de perigos, segundo Bentham, e eram suscetíveis de atuar como rígidas barreiras ao avanço racional da humanidade nos interesses do progresso. Somente uma avaliação fria da lei vigente pelo padrão da utilidade e por uma inflexível pressão pela persuasão racional no sentido de sua emenda podia constituir a meta final da reforma a ser realizada. Cumpre admitir que tal argumento promana da crença da Idade do Iluminismo na força fundamental da razão humana e talvez pareça desprovido de realidade para uma pessoa de convicções liberais que viva num Estado fascista. Entretanto, mesmo nessa situação melancólica, o positivista legal argumentaria que não existe vantagem alguma em confundir a questão legal com a moral. Com efeito, ele insistiria em afirmar que a própria separação dos deveres legais e morais do cidadão deixa bem clara a natureza do conflito e o estímulo à ação moral.

Suponha-se, por exemplo, que adotamos a posição daqueles que, na África do Sul atual, estão persuadidos de que as leis raciais repressivas do *apartheid* são fundamentalmente imorais. Os que pensam em conformidade com as diretrizes da escola do direito natural insistirão em que essas leis são contrárias aos ditames de uma lei superior que obriga toda a humanidade e, por conseguinte, carecem de validade legal[3]. O positivista, por outro lado, uma vez que essas leis são formalmente válidas no quadro constitucional do país, aceita a sua validade jurídica, mas condena-as em bases morais, de acordo com o critério de moralidade que aceita. O dilema moral é, por certo, revelado tão claramente dizendo-se "É a lei, mas não lhe obedecerei porque acredito ser injusta", quanto ao dizer "Não é lei coisa nenhuma, em qualquer sentido fundamental, e portanto não está obrigado a obedecer-lhe". Além disso, a grande fraqueza na posição do defensor do direito natural está na premissa de que ele pode estabelecer, como condições prévias para suas alegações, não só que o direito natural existe, mas que contém o preceito específico de igualdade racial e que isso anula qualquer lei humana em contrário. À parte a incerteza envolvida

---

3. Ver D. V. Cowen, *The Foundations of Freedom* (1961).

na primeira e terceira dessas condições, ele defrontar-se-á na África do Sul com outros defensores do direito natural que declararão, com igual convicção, que a lei da natureza decreta a desigualdade racial. Como tal disputa será resolvida no âmbito da pura argumentação racional é, de fato, muito difícil de perceber.

O juiz e sua consciência

Que dizer do juiz ou outros funcionários judiciais chamados a administrar um sistema jurídico que, para a consciência moral deles, é manifestamente injusto? Suponhamos, por exemplo, um juiz antinazista na Alemanha de Hitler ou um juiz anti-*apartheid* na África do Sul. No ponto de vista do direito natural, esse juiz, se cumprisse seu verdadeiro dever legal, recusar-se-ia a aplicar as leis injustas como inválidas. Isso, porém, teoricamente e na prática, parece colocá-lo numa situação impossível, porquanto teria, por assim dizer, de se declarar *ex cathedra* um expoente autorizado do direito natural e decidir que os decretos inspirados nesse direito o compelem a ignorar as próprias leis municipais. A tal pronunciamento, à parte sua impraticabilidade, as autoridades legais poderiam retorquir que o direito natural é uma questão de viva controvérsia, mesmo em base teórica; que mesmo na hipótese de as autoridades aceitarem sua existência, elas adotam o ponto de vista de que a segregação racial, ao invés de ser contrária à natureza, está de acordo com esta; e que, em todo o caso, o juiz é nomeado e pago para aplicar a lei municipal promulgada pelos órgãos legislativos competentes e não pode dar guarida às suas próprias especulações pessoais nem aplicá-las na prática judicial, com referência a presumíveis sistemas de lei superior. Por outro lado, o positivista diria que o dever legal do juiz, à sombra das leis do seu Estado, é perfeitamente claro, ou seja, aplicar essa lei de acordo com sua letra e espírito; se ele estiver persuadido da iniqüidade moral da lei, então o seu dever moral conflita claramente com a sua obrigação legal. Que tipo de ação o juiz adotará em tal caso é uma questão a ser decidida por sua própria consciência; mas o mínimo que se pode esperar é que ele se demitiria de seu cargo judicial. Tal solução parece ser, também neste caso, mais inteligível e razoável do que a proposta do outro lado. Poder-se-á perguntar, entretanto, como se explica que, se os juízes nazistas estavam apenas cumprindo sua obrigação legal, ao permanecerem em suas funções e ajudarem a impor as leis monstruosas do Estado nazista, eles tenham sido validamente julgados e punidos por tribunais criados na Alemanha e em outros países, depois da última guerra, por seu comportamento no exercício de funções judiciais. Essa pergunta suscita um problema inteiramente diferente, de caráter puramente jurídico, a saber, sob que lei esses juízes foram julgados e punidos. No tocante à legislação municipal da Alemanha ou de outros Estados, a lei ou teria de ser a vigente na época em que ocorreu a conduta dos juízes (agora submetidos a julgamento), ou teria de ser uma promulgada subseqüentemente e dotada de efeito retroativo. A legislação retroativa, especialmente na esfera do direito penal, é geralmente considerada inadmissível[4], embora seja ocasionalmente aceita como justificável, mesmo em Estados democráticos modernos. Sem dúvida, é muito mais fácil justificá-la quando aplicada a uma situação inteiramente excepcional como a criada pela ascensão e queda do nazismo na Alemanha. Além disso, também seria mais facilmente aceita quando existisse uma base para afirmar que, mesmo nesse período, os acusados deveriam ter compreendido até que ponto era

---

4. Ver adiante, pp. 197-8.

moralmente condenável o rumo que estavam seguindo, sob a égide da autoridade do Estado. Assinale-se que nada existe de contrário a isso no ponto de vista positivista, pois este reconhece plenamente que um homem, ao cumprir suas obrigações legais, pode estar atuando conscientemente contra os ditames da moralidade.

O direito como ciência

A tendência do positivista jurídico para proclamar a autonomia do seu objeto de estudo e para afirmar seu direito a tratá-lo como uma ciência teve uma importante influência no futuro da teoria do direito, o que, por sua vez, como é usual em tais casos, provocou sua própria reação. Foi no século XIX que a ciência se revestiu daquele manto de prestígio a que suas extraordinárias realizações, tanto no domínio do conhecimento teórico quanto no da tecnologia, pareciam fazer jus. Passou a ser defendido que todo e qualquer campo de estudo devia organizar-se numa base científica se quisesse contribuir para a marcha geral do progresso, cujo caminho era assinalado pelos métodos da ciência. A demonstração por Darwin de como a evolução podia explicar o estado atual do mundo animal e do próprio desenvolvimento do homem, enfatizando a continuidade evolutiva do homem a partir do mundo animal, não só gerou sérias dúvidas sobre o desenvolvimento único do homem no universo, mas também parecia apontar o caminho para tratar os assuntos da humanidade como acessíveis à investigação científica, tal como no caso de outros fenômenos da natureza.

A palavra "positivismo" foi criada pelo filósofo francês Augusto Comte na primeira metade do século XIX para designar seu próprio sistema filosófico; mas este, de fato, derivou largamente de atitudes filosóficas que faziam parte do clima do período e que podem ser descritas como positivistas numa acepção mais geral. Essas atitudes derivaram de uma crença em que o conhecimento adequado só poderia ser alcançado pelo emprego do método científico de investigar a realidade mediante a observação e sujeitando suas teorias à investigação empírica. Portanto, era negada validade ao conhecimento apriorístico ou a questões metafísicas situadas além do domínio da observação. Comte argumentou que existiam três etapas no desenvolvimento da abordagem do mundo pelo homem: a religiosa, a metafísica e, finalmente, a positivista, que acreditava ter sido atingida, enfim, pelo homem em seu próprio tempo. Para ajudá-lo nesse processo, Comte voltou-se para o estudo do homem em sociedade e esforçou-se por criar uma nova ciência, a "sociologia" (este termo também foi de sua autoria), por meio da qual todas as atividades sociais do homem podiam ser observadas à luz de princípios científicos. Lamentavelmente, em sua obra subseqüente, Comte abandonou seus próprios princípios científicos em favor de asserções *a priori* carentes de suporte acerca das atividades sociais humanas e seu dogmatismo final assumiu uma forma tão extrema que ele chegou a inventar até uma nova "religião da humanidade" para apoiar sua concepção autoritária da nova "sociedade positiva". A tal respeito, John Stuart Mill, que fora um admirador de Comte, escreveu: "Outros poderão rir, mas nós preferimos chorar diante dessa melancólica decadência de um grande intelecto."[5] Tais fantasias contribuíram para o desprestígio da idéia do positivismo, em seu todo, mas não devemos esquecer que as extravagâncias do desenvolvimento filosófico do próprio Comte tinham pouca relação com o núcleo fun-

---

5. Citado por D. G. Charlton, *Positivist Thought in France during the Second Empire* (1959), p. 28.

damental do pensamento positivista, derivado do espírito científico da época e não dos escritos de Comte.

De fato, tão generalizado estava esse espírito científico que o vemos infiltrar-se na cidadela das artes e da literatura. A escola do naturalismo e do realismo social no romance do século XIX, da qual Zola foi o principal protagonista, constituiu uma tentativa de criação de um novo tipo de ficção baseada na investigação científica e escrita por métodos científicos, que assim readquiriria uma parcela do prestígio que aureolava os grandes cientistas[6]. E muitos desenvolvimentos significativos na pintura paisagística foram estimulados por objetivos semelhantes. John Constable, por exemplo, esforçou-se pelo estudo direto da natureza por transferir para suas telas uma interpretação verdadeiramente realista e científica do que via. Declarou ele em 1836: "A pintura é uma ciência e deve ser explorada como uma investigação das leis da natureza. Por que o paisagismo não pode ser então considerado um ramo da filosofia natural, da qual os quadros são os experimentos?"[7] Também se afirmou que a pintura realista de Courbet refletia a nova ciência da sociologia de Comte[8] e os grandes pintores impressionistas franceses empenharam-se em captar a verdade científica na natureza, ajudados pelo estudo da teoria da visão e da estrutura da luz[9].

Portanto, não surpreenderá que, numa época em que a ciência e o método científico estavam adquirindo um prestígio sem precedentes, e quando se dedicava séria reflexão ao desenvolvimento de ciências como a sociologia, a antropologia social e a psicologia, os juristas estivessem persuadi-

---

6. Ver Malcolm Cowley, *Literary Situation in America* (1954), pp. 75-6.
7. C. R. Leslie, *Life of Constable* (Phaidon), p. 323.
8. Basil Taylor, *The Impressionists and Their World*, p. 7.
9. *Ibid.*, p. 11.

dos de que a teoria do direito também podia e devia ser capaz de se desenvolver em bases científicas. Bentham já tinha assinalado o caminho a ser seguido para essa realização ao demonstrar (pelo menos para sua própria satisfação) o modo como o princípio de utilidade podia ser desenvolvido num espírito científico e aplicado aos problemas da criminologia e do direito penal e civil em sua nova ciência da legislação. Era costume pensar-se que Bentham estava menos interessado no que ele chamou o ramo expositivo da jurisprudência, mas a recente descoberta de manuscritos inéditos mostra que ele dedicou um pensamento sério ao padrão e estrutura geral do direito. Esses manuscritos, agora publicados sob o título de *Of Laws in General* [Das leis em geral], revelam um discernimento e um refinamento muito além do de seu discípulo, John Austin, cuja obra é usualmente tratada como a principal fonte do que se designou "a ciência do direito positivo"[9a]. Essa ciência colocou em primeiro plano a distinção entre o direito positivo, que é o conjunto de normas estabelecidas pelo homem tal como realmente são (ou eram, se encaradas historicamente), e o conjunto de normas como deveriam ser. Somente o primeiro é o objeto apropriado de estudo dessa ciência, constituindo o segundo um campo distinto a ser investigado não pelo jurista mas pelo teólogo ou pelo estudioso da ética.

A "ciência do direito positivo" de Austin

Lamentavelmente, a concepção de Austin sobre o âmbito dessa ciência não foi pensada com suficiente maturidade e clareza. Austin ficou principalmente impressionado pelo fato de que o direito era um conjunto completo de nor-

---

9a. Ver Bentham, *Of Laws in General* (org. de Hart).

mas aplicáveis à sociedade humana, acionado por meio de um sistema de pensamento conceptual, e o objetivo dele parece ter sido examinar, no espírito desapaixonado da ciência, as características essenciais desse sistema conceptual. Isso envolveu não só um esforço no sentido de determinar a estrutura real do direito e do funcionamento de um sistema jurídico, mas também de fornecer uma exposição científica de todas as noções fundamentais que proporcionam o quadro de referência para a articulação de um tal sistema. Esse quadro de referência é fornecido por meio de conceitos-chave como direitos e obrigações, pessoas, propriedade, direito de domínio, bens, crime, delito civil, etc. e, por conseguinte, a ciência de Austin desenvolveu-se, em sua maior parte, de acordo com uma análise de conceitos jurídicos fundamentais. Sendo uma análise científica, entretanto, envolveu a seleção de dados para pesquisa, na base de fatos concretos adquiridos por observação. Austin reconheceu que tais dados tinham de ser compilados de sistemas jurídicos existentes no passado ou no presente, e também reconheceu que a investigação poderia limitar-se a um único sistema jurídico ou aos sistemas jurídicos em geral. No seu todo, porém, ele estava persuadido de que havia suficientes pontos em comum nos sistemas conceptuais de todos os sistemas jurídicos para justificar uma jurisprudência geral por meio da qual poderia chegar-se a conclusões investidas de validade geral, embora ele limitasse seu plano de investigação ao que designou, um tanto vagamente, por sistemas jurídicos "mais desenvolvidos".

Se o próprio Austin teria ficado satisfeito com uma ciência do direito dirigida puramente para investigações conceptuais e analíticas desse gênero pode estar sujeito a dúvidas, mas seus numerosos seguidores mostraram-se prontos a aderir a essa atitude puramente conceptual em relação à teoria do direito. O positivismo jurídico foi propenso, pois, a associar-se a uma abordagem conceptual da jurisprudência, a qual em tempos recentes, lhe acarretou uma certa dose de desprestígio.

A abordagem "conceptual"

Em primeiro lugar, foi formulada a crítica de que uma teoria do direito confinada à análise de conceitos fundamentais tende a induzir uma disposição de espírito em que os conceitos legais são considerados detentores de uma certa estrutura inerente, e de que quaisquer desenvolvimentos legais que menosprezem essa estrutura são ilegítimos. Isso poderá impor uma restrição indevida ao processo legal, na medida em que o direito é adaptado a novas e variáveis condições sociais e econômicas. Por exemplo, se a análise do conceito de contrato mostra que suas características essenciais incluem que, por acordo, as partes contratantes estão aptas a afetar seus direitos e deveres *inter se*, mas não de modo a afetar terceiros, isso pode agir como um impedimento à criação de direitos contratuais em favor de terceiros, ainda que tais direitos satisfaçam uma necessidade social. Ou também, se a teoria jurídica decreta que somente uma entidade possuidora de personalidade jurídica pode desfrutar de direitos legais, isso pode impedir o reconhecimento, para fins legais, de grupos ou associações não constituídos em pessoa jurídica, como clubes ou sindicatos[10].

A segunda crítica à abordagem conceptual ataca a atitude de que os problemas legais podem ser resolvidos por meio da análise lógica, ignorando o papel que a política desempenha na formulação de decisões jurídicas. A abordagem conceptual da teoria do direito leva, é afirmado, à noção de que

---

10. Ver capítulo 12.

as respostas a problemas legais podem ser obtidas mediante
a elaboração das implicações lógicas de princípios jurídicos, de modo que, por exemplo, aos tribunais cabe merame-
te a tarefa de apurar e aplicar, em bases racionais, os princípios dados da lei. Por conseguinte, o judiciário pode consi-
derar-se isolado de todas as questões da política, sendo seu
dever aplicar mecanicamente os princípios que lhe são fornecidos pela lei.

É extremamente duvidoso se o próprio Austin teria
subscrito a concepção de jurisprudência visada por essas
críticas[11]. De qualquer modo, a abordagem conceptual associada ao positivismo foi vulnerável às acusações de que tende para um enfoque excessivamente lógico, e também tende
a subestimar ou diminuir indevidamente as funções legiferantes dos tribunais. Voltaremos mais adiante a estas questões em maior detalhe[12]. A terceira crítica, entretanto, ouvi-
da entre juristas modernos, pode provavelmente ser dirigida
com mais justiça, mesmo contra o próprio Austin. Austin
pareceu esquecer que o nível de investigação em que ele
considerou que a sua ciência do direito positivo influiria era,
na realidade, unicamente aquele a que poderíamos chamar o
nível dos fatos de segunda ordem, ou seja, as normas jurídicas, contidas em estatutos, autos de processos e livros de
delito associados a determinados sistemas legais. Por trás de
tais fatos de segunda ordem está uma enorme massa de fatos
primários ou de "primeira ordem" que consistem no comportamento real dos funcionários judiciais, juízes e outros
(incluindo os cidadãos privados comuns) em relação a essas
complexas normas legais. É realmente essa massa complexa
de fatos primários que confere significado e propósito à
estrutura de normas e princípios que recobrem esses fatos, e

---

11. Cf. adiante, p. 329.
12. Ver capítulo 11.

a investigação da intrincada e delicada interação dessas duas ordens de fatos constitui uma chave essencial para a compreensão da lei na sociedade. Assim, qualquer teorização numa base puramente conceptual que ignore o substrato fatual dos conceitos em questão corre o risco de ser uma investigação árida e irrealista, em vez de uma calculada para produzir princípios de validade científica. A negligência desse fator, no tempo de Austin, quando a nova ciência da sociologia ainda estava na infância e mal passara de seu nome de batismo, era bastante compreensível, mas hoje, com o considerável desenvolvimento das ciências sociais, especialmente nos Estados Unidos, sentiu-se cada vez mais a necessidade de uma ciência mais sociologicamente orientada de jurisprudência, e os ataques contra a abordagem puramente conceptual do positivismo austiniano têm sido usualmente encarados como o prelúdio adequado para iniciar uma nova atitude na teoria do direito.

A esse respeito, o jurista sociológico também ataca o axioma positivista de que a lei como é e como deve ser são dois compartimentos distintos e estanques, visto que, como é sublinhado, a lei não é uma estrutura estática, mas um corpo dinâmico e em desenvolvimento de doutrina, e muitos de seus desenvolvimentos são produzidos por juízes que, consciente ou subconscientemente, formulam decisões na base do que pensam que a lei deva ser. Portanto, o jurista científico não pode ignorar o fato de que estão embutidas na lei as sementes de seu próprio desenvolvimento, de acordo com algum sistema de valores aceitável para a comunidade, e o modo como o sistema de valores dirige ou controla o complexo variável de decisões legais constitui um componente vital de um sistema jurídico. Cumpre acrescentar, entretanto, que isso, por mais verdadeiro que seja, não vicia, de forma alguma, a proposição principal do positivista jurídico de que a validade de uma norma estabelecida não é impugnada, como uma questão de obrigação legal, por seu conflito com algum sistema de valores estabelecido pela religião, ou a moralidade, ou qualquer outra fonte não-jurídica.

Onde o positivismo se situa hoje

A teoria positivista do direito é usualmente associada, hoje em dia, à descrença na possibilidade de encontrar um padrão ou norma absoluta, fora do próprio sistema jurídico, por meio da qual possa ser testada e, se necessário, considerada insuficiente a validade de uma lei. Logicamente, é verdade que o positivista não está obrigado a ser um relativista moral que afirme serem os sistemas axiológicos relativos no tempo e no espaço e não existir maneira nenhuma de decidir entre eles, exceto na base da escolha pessoal. Pois um positivista poderá ainda insistir em que a validade da lei é distinta da questão de sua legitimidade moral, mesmo quando adere a algum sistema de valores morais absolutos. Na prática, porém, cumpre admitir que o positivista adota usualmente um enfoque relativista dos valores morais e pela seguinte razão: se puder ser demonstrado que algum sistema absoluto de valores morais é comprovadamente de validade universal, então o argumento em favor da subordinação da validade das leis feitas pelo homem a esse sistema axiológico seria extremamente persuasivo. Portanto, o ataque ao positivismo tende a ser desencadeado hoje em duas frentes. Em primeiro lugar, alega-se que o positivismo jurídico, pela sua recusa em reconhecer uma moralidade absoluta mais alta que controla a validade legal, possibilitou aos ditadores totalitários dobrarem as leis e aqueles que as administram, de modo a perpetrarem, sob o disfarce de autoridade legal, injustiças estarrecedoras, como as levadas a cabo na história européia recente. Em segundo lugar, foram feitas tentativas para mostrar que existem, de fato, valores morais absolutos e que sua existência pode ser demonstrada de várias maneiras.

O primeiro argumento parece, com efeito, ter sido erroneamente concebido ao basear-se numa falsa avaliação dos fatos. Partiu de um conceito errôneo, porque ao afirmar, por exemplo, que um tribunal está interessado no que a lei é e não no que ela deve ser, o positivista jurídico não sugere, em absoluto, que a lei não está sujeita à condenação moral, se merecer ser condenada. Tampouco existe qualquer razão para sugerir, pelo fato de o positivista negar que se possa provar a veracidade de sistemas de valor, que ele esteja menos ligado aos valores morais que acredita serem os corretos para seu tempo e época, embora não conheça nenhum método capaz de provar a legitimidade deles. Além disso, a noção de que o positivismo jurídico levou às ditaduras nos tempos modernos é palpavelmente falsa, porquanto é no mundo anglo-saxônico do direito consuetudinário que essa doutrina jurídica foi definida e ainda exerce a maior influência, e os sistemas de valores democráticos alcançaram aí um padrão de reconhecimento e respeito da lei mais elevado do que em qualquer outra parte do mundo. Na Alemanha pré-nazista e na Itália pré-fascista, por outro lado, a principal influência era a do hegelianismo, o qual, por seu tratamento do Estado como o valor supremo, muito contribuiu para encorajar uma ética e uma teoria do direito peculiarmente adaptadas ao espírito do totalitarismo[13].

Quanto ao segundo argumento, recorre-se usualmente à revelação, à intuição ou a uma crença na razão humana comum a toda a humanidade, por meio da qual é possível chegar a uma verdade moral inatacável. Lamentavelmente, não foi até agora possível chegar a um acordo sobre as fontes reveladas da moral ou da religião, ou sobre as verdades

---

13. Ver adiante, p. 253.

produzidas pela compreensão intuitiva ou por inferências racionais. Alguns sociólogos, sobretudo nos Estados Unidos, esforçaram-se por superar esses obstáculos tentando estabelecer, por meio de investigação científica, que existem certas necessidades e impulsos humanos básicos que requerem comprovadamente certas normas básicas de comportamento para lhes dar efeito adequado. Se pudesse ser demonstrado que tais normas, numa forma ou outra, prevalecem universalmente na sociedade humana, então, é argumentado, teria sido feito um grande avanço no sentido do estabelecimento de um sistema universal de valores, naturais para o homem e, portanto, com direito a preponderarem sobre todas as disposições humanas que conflitem com esses requisitos ou deles divirjam. A idéia operativa dessa abordagem é, sem dúvida, que a natureza humana, em toda a parte e em todos os tempos, é virtualmente a mesma e, se aprofundarmos suficientemente a questão, descobriremos um núcleo fundamental de regras morais que sempre funcionaram e sempre funcionarão.

Existe, indubitavelmente, certo substrato de verdade[14] na idéia de que todas as sociedades humanas, em toda a parte, precisaram impor certas restrições, por exemplo, contra certas espécies de homicídio e roubo, para habilitá-las a existirem como sociedades. Mas quando se põem de lado meia dúzia de pontos comuns desse gênero e observam-se as enormes variações em padrões entre sociedades diferentes, fica difícil discernir qualquer probabilidade de que esse argumento nos leve muito longe. Em algumas sociedades, matar um escravo ou uma criança recém-nascida foi considerado moralmente indiferente, e matar um membro de uma tribo rival positivamente meritório, tal como na sociedade

---

14. Um eminente antropólogo apurou que o núcleo comum das restrições é mínimo. Ver Mead (1961), 6 Natural Law Forum 51.

moderna ainda aprovamos a matança de inimigos na guerra e os carrascos nazistas consideravam o genocídio judaico um esporte ou um trabalho intrinsecamente meritório. E para o cavaleiro medieval, a guerra e os combates representavam a única atividade condigna das ordens dominantes da sociedade. Além disso, aqueles que esperavam suscitar por esse método alguma espécie de apoio *de facto* para a escala de valores ocidentais de liberdade, igualdade e democracia em que acreditavam, devem achar algo desalentador contemplar a forma concreta de sociedades humanas que predominaram na maioria das épocas e ainda prevalecem largamente hoje, quando diferenças de *status* são consideradas parte da ordem inerente do universo.

O positivista, se nos permitem retornar a ele, não nega que argumentos racionais podem ser aplicados à avaliação moral tanto da lei como de outros objetos de estudo e sua tendência é, com freqüência (embora não necessariamente), em favor da reforma da lei e do progresso moral. Ele reconhece, entretanto, em última instância, que se o ateniense acreditava em liberdade e o espartano em disciplina como seus respectivos valores supremos, não existe forma alguma em que a razão possa resolver decisivamente a controvérsia.

De um modo geral, o positivista compartilha com o defensor do direito natural (seja ele impulsionado por motivos religiosos, éticos ou sociológicos) de uma abordagem racionalista dos valores morais de sua sociedade, uma abordagem que mergulha suas raízes nos alicerces históricos do pensamento ético europeu. A esse respeito, ambos são credos racionais que podem ser contrastados com as várias formas de irracionalismo que surgiram em tempos modernos. Nazismo e fascismo são sistemas irracionais que se apóiam em fatores tais como sangue, raça e destino. Também os existencialistas modernos rejeitam a razão em favor da liberdade interior do indivíduo como fonte da verdadeira moralidade.

O positivista, portanto, embora retenha sua fé em sistemas que podem ser submetidos à investigação racional, prefere concentrar-se no estudo dos valores que são inerentes a nosso estágio atual de civilização, assim como na exploração de como esses valores poderão ser mais bem concretizados nas condições hodiernas, em vez de postular uma série de valores absolutos e improváveis, que se afirma serem válidos para todos os tempos e todos os lugares. O positivista acredita que uma compreensão mais clara dos problemas sociais humanos pode ser atingida se for mantida a distinção entre as questões de validade legal e de valor moral. Mas ele não insiste, como fizeram alguns positivistas jurídicos mais antigos, em afirmar que o jurista está unicamente interessado em analisar princípios legais e em aplicá-los lógica e sistematicamente a novas situações, à medida que elas surgem. Nada existe no positivismo, como já foi sublinhado, que obrigue a uma perspectiva tão estreita e, pelo menos, o positivista mais progressivo dos dias de hoje reconhece que o direito, embora merecedor de ser considerado um campo autônomo de estudo, tem muitas relações estreitas com outros aspectos da atividade humana. Pois o direito não pode ser considerado ou corretamente entendido separadamente dos objetivos que almeja atingir, ainda que tais objetivos possam ser transitórios e variáveis, e não absolutos *sub specie aeternitatis*. Por conseguinte, o jurista precisa lidar com o sistema de valores inerente à sua sociedade e enfrentar os numerosos problemas que surgem no desenvolvimento do sistema legal como mecanismo para a realização da justiça no âmbito desse sistema de valores.

Assim, os dois capítulos seguintes explorarão, em primeiro lugar os vários modos como o direito está relacionado com a justiça, e, em segundo lugar, como foram efetuadas tentativas para incorporar o sistema de valores que se desenvolveu ou está se desenvolvendo na sociedade ocidental, e naqueles países não-ocidentais submetidos à sua influência, ao corpo de um moderno sistema jurídico.

Capítulo 6
Lei e justiça

No capítulo anterior fez-se uma tentativa de mostrar como a lei precisa estar relacionada ao sistema de valores reconhecido na comunidade específica em que ele funciona. Tal sistema de valores pode diferir e, de fato, difere de lugar para lugar e de período para período. Se bem que, como o positivista está inclinado a pensar, talvez seja impossível demonstrar a superioridade absoluta de qualquer sistema sobre todos os outros, real ou concebível; não obstante, se uma comunidade acredita que os seus valores são os mais elevados que se podem atingir, então julgará claramente a lei existente de acordo com esses valores e tentará corrigi-la ou adaptá-la se ela ficar aquém desse objetivo supremo.

Pode-se afirmar, entretanto, que tudo isso está muito bem como uma descrição aproximada do modo como a lei tende a funcionar, pelo menos em comunidades esclarecidas que desfrutam de um razoável grau de harmonia quanto a seus propósitos básicos, mas existe um objetivo mais geral a cuja realização a lei visa em toda a parte, ou deveria visar, e que é a "justiça". Pode ser enfatizado que a idéia de lei sempre esteve associada à idéia de justiça, e se se concordar que isso representa o objetivo supremo que a lei deve esforçar-se por atingir, então poderemos chegar mais diretamente à finalidade da lei, sem nos vermos emaranhados nos valores de certas sociedades, com todos os seus conflitos e incertezas. Pois, no fim de contas, não são esses mesmos valores, na medida em que procuram ser consubstanciados nas leis da comunidade, meramente uma expressão individual do esforço geral no sentido da própria justiça?

Esta questão é claramente de importância fundamental para uma compreensão da lei, em virtude da ampla aceitação do ponto de vista (simbolizado pela estátua da Justiça segurando a balança, erigida sobre a fachada do *Old Bailey*, o Tribunal Criminal Central de Londres) de que a lei deve ser assimilada à justiça e de que a lei sem justiça é uma zombaria, se não uma contradição. Portanto, alguma tentativa será feita neste capítulo para elucidar o que se entende pelo termo "justiça", e sua relação com a lei, antes de abordarmos, no capítulo subseqüente, os problemas que são encontrados ao se procurar dar efeito, pela maquinaria legal, ao conjunto de valores predominante em nossa sociedade ocidental.

O que é justiça?

Um ponto deve ficar claro desde o início desta investigação, e é que a justiça, seja qual for o seu significado preciso, é em si mesma um valor moral, ou seja, um dos objetivos ou propósitos que o homem se fixa a fim de chegar à vida adequada. Se todos os propósitos morais da vida humana são classificados como "o bem", então a idéia de justiça nada mais é do que um dos vários "bens" que a moralidade coloca diante da humanidade. Um determinado "bem" pode funcionar ou como um meio ou como um fim em si mesmo. Por exemplo, podemos considerar a felicidade um fim em si mesma e a liberdade como um meio para chegar à felicidade, em vez de ser algo bom *per se*. Em outras palavras, podemos classificar os vários "bens" ou "valores" da sociedade humana numa hierarquia, de modo que alguns deles sejam tão-somente meios para atingir os valores mais altos, todos eles culminando em algum bem supremo. Assim, sob o sistema utilitarista, o bem supremo é "a maior felicidade do maior número", a que todos os outros "bens" estão subordinados.

Como já foi argumentado, o que *é* o bem supremo é uma questão de escolha e não de demonstração, e poderíamos, se quiséssemos, colocar a própria justiça nesse pináculo. Com efeito, alguns juristas e mesmo alguns notáveis filósofos, como Platão, colocaram a justiça[1] no ápice do mundo moral. A atitude hebraica para com a ética e a lei, a que já nos referimos, também parece compartilhar, em certa medida, dessa abordagem.

Que significado pode, então, ser atribuído a essa idéia generalizada de justiça? Já mencionamos o papel central que a justiça desempenha na ética platônica, de modo que, um bom ponto de partida para o nosso exame talvez seja uma breve referência à concepção platônica de justiça e verificar se isso fornece a resposta que estamos procurando.

Justiça platônica

Em seu famoso diálogo, hoje chamado a *República*, Platão propõe-se explicar o que se entende por justiça. Para Platão, o microcosmo do homem justo é um reflexo do padrão de sociedade justa. Portanto, ele procura chegar ao significado de justiça descrevendo o que poderia ser uma sociedade justa, concebida como uma sociedade ideal, quer seja atingível ou não nesta nossa Terra. Tal sociedade será justa, na concepção de Platão, porque se harmonizará com a sua

---

1. Ver J. Rawls, *Uma teoria da justiça*.

idéia de justiça, segundo a qual toda coisa e toda pessoa – pois Platão pensa que a justiça se aplica tanto a objetos quanto a pessoas – têm sua esfera própria e que justiça significa harmonizar-se, ajustar-se a essa esfera. Por exemplo, uma ferramenta, como uma serra ou uma enxó, tem sua própria esfera de uso em carpintaria, o que Platão considera como "justo"; assim, o carpinteiro ou o médico têm também suas respectivas esferas apropriadas, ou seja, executar obras de carpintaria ou curar os enfermos, cujo desempenho, até o limite da habilidade de cada um, representa a "justiça". Do mesmo modo, somente o sábio está habilitado a governar, pelo que, numa sociedade justa, ele é o único que atua como governante.

Essa concepção de justiça dificilmente se recomendará aos modernos padrões libertários de pensamento, pois baseia-se na idéia aristocrática de que cada pessoa está inerentemente adaptada a alguma função específica e de que, caso se afaste dessa função, é condenada por injustiça. Isto assemelha-se, de certo modo, à idéia feudal das três ordens de sociedade, sacerdotes, guerreiros e trabalhadores, cada uma com sua própria função auto-suficiente, a qual não podia ser transposta ou infringida. Platão, é claro, foi muito mais além da idéia feudal ao argumentar que os governantes potenciais não seriam escolhidos por nascimento, mas por merecimento, conjugado com um curso elaborado e prolongado de educação, antes de se qualificarem para mandar. De qualquer modo, o sistema de Platão parece baseado na falácia de que cada homem está dotado por natureza para o exercício de uma tarefa ou função específica, e de que existe tal tarefa ou função adaptada às aptidões naturais e merecimentos de cada pessoa. Além disso, até a divisão entre homens livres e escravos ajusta-se a esse padrão, visto que, como Aristóteles argumentaria mais tarde, alguns homens são escravos por natureza e, por conseguinte, aptos apenas para a servidão.

Platão tampouco encontrou lugar em sua sociedade justa para fatores emocionais como caridade, benevolência ou filantropia, que muitos considerariam a essência dos valores morais. De um modo geral, portanto, a concepção platônica de justiça é inaceitável em princípio, independentemente de ser, pelos modernos padrões ocidentais, um critério muito inadequado de qualquer bem supremo que a nossa própria sociedade possa querer atingir.

Justiça formal e igualdade

As concepções de justiça podem variar de época para época. Isso é suficientemente ilustrado pelo fato de que, para os gregos, justiça consubstanciava essencialmente a idéia de desigualdade, uma vez que a própria ausência de igualdade natural entre seres humanos (assim como entre objetos físicos) exigia tratamento diferente, enquanto em tempos modernos podemos arriscar a opinião de que a igualdade é considerada a própria essência da justiça. Com efeito, a obtenção da igualdade, não a preservação da desigualdade, é o que a filosofia moral e a filosofia do direito modernas tratam como função vital da justiça.

Essa idéia de justiça vinculada à igualdade de tratamento deve muito, indubitavelmente, à associação de justiça com processo judicial. Supõe-se que a lei será aplicada igualmente em todas as situações e a todas as pessoas com as quais se relaciona, sem medo nem favor, a ricos e pobres, a poderosos e humildes sem distinção. Uma lei que é aplicada sem discriminação desse modo pode ser considerada a consubstanciação da justiça. O que também precisa ser assinalado é que a justiça, nesta acepção, nada mais é, realmente, do que um princípio formal de igualdade. Tampouco pode ser considerado um princípio de igualdade sem restrições. A justiça não pode significar que devemos tratar todos do mesmo modo, sem levar em conta diferenças individuais, pois isso levar-nos-ia, por exemplo, a condenar à mesma punição cada um que tivesse assassinado uma outra pessoa, independentemente de fatores como incapacidade mental ou menoridade do acusado. O que esse princípio formal realmente significa é que os iguais serão tratados como iguais, pelo que, quem for classificado como pertencente à mesma categoria, para um determinado fim, será tratado de modo idêntico. Por exemplo, se o voto é estendido a todos os cidadãos de maior idade pelas leis eleitorais de um determinado Estado, então a justiça requer que às pessoas qualificadas desse modo é permitido o exercício do seu direito de voto, mas a justiça não seria infringida pela exclusão de estrangeiros e crianças da lista de eleitores.

Por outras palavras, a justiça formal requer igualdade de tratamento de acordo com as classificações estabelecidas pelas leis, mas nada nos diz acerca do modo como as pessoas devem ou não devem ser classificadas ou tratadas. Segue-se que a justiça formal é uma categoria algo vazia, assemelhando-se de certo modo ao imperativo categórico de Kant, uma vez que, se lhe quisermos dar um conteúdo específico, teremos de recorrer a outros princípios além da mera igualdade formal. Uma lei eleitoral que confere o direito de voto somente a adultos do sexo masculino, ou a pessoas pertencentes a um certo grupo racial ou religioso, pode ser justamente aplicada no sentido formal de que todos os classificados desse modo são tratados igualmente; se estamos preparados para reconhecer a justiça, numa acepção concreta, de uma classificação nesses termos, é uma questão muito diferente. É claro, porém, que nenhum princípio puramente formal de tratamento de iguais como iguais bastará para resolver esse tipo de problema, porquanto necessitamos de princípios adicionais para decidir que diferenças devem ser tratadas como importantes. Fundados exclusivamente na igualdade, não sabemos se ou em que base teremos de considerar ou ignorar diferença de sexo, raça, religião, lugar de nascimento, aptidões físicas ou realizações mentais, ou riqueza, ou influência. De fato, as pessoas não nascem iguais fisicamente, mentalmente ou em outros aspectos, de modo que a classificação de igualdade entre seres humanos é necessariamente uma simples formalidade enquanto não passarmos a indicar como dividiremos as pessoas em novos subgrupos, de acordo com o que se considera serem as necessidades morais ou sociais de uma sociedade. Além disso, até o tratamento igual de pessoas pode envolver disposições especiais em favor dos segmentos mais pobres ou mais humildes da sociedade, a fim de habilitá-los a recorrer à justiça em pé de igualdade com os que possuem vantagens naturais, sociais ou econômicas que, de outro modo, pesariam consideravelmente a favor destes. Um cínico juiz inglês da era vitoriana comentou, certa vez, que "a lei, como o Hotel Ritz, está franqueada aos ricos e aos pobres, indistintamente". Uma igualdade fictícia desse tipo é de pouca utilidade para os pobres, e os modernos sistemas jurídicos tentaram suprimir a diferença criando um sistema financiado pelo Estado de ajuda legal a fim de habilitar as pessoas de recursos modestos a litigarem numa base de igualdade com seus oponentes mais ricos.

Diremos algo, mais adiante, sobre o modo como foi eliminado o hiato entre justiça formal e justiça substancial ou concreta[1a]. De momento, examinaremos um pouco mais detalhadamente os atributos da justiça no sentido puramente

---

1a. Esta distinção entre justiça "formal" e "concreta" deriva de C. Perelman, *De la Justice* (1945), agora publicado numa versão inglesa em *The Idea of Justice and the Problem of Argument* (1963). Para um exame dos valores subjacentes na justiça "social", ver D. Miller, *Social Justice* (1976).

formal. A idéia de justiça consubstanciada no princípio de tratamento de casos semelhantes de modo idêntico, parece, quando ampliada, envolver três concepções afins: em primeiro lugar, que existirão normas fixando como as pessoas serão tratadas em determinados casos; em segundo lugar, que essas normas serão de caráter geral, ou seja, elas prevêem que toda e qualquer pessoa que se qualificar como incluída no âmbito da norma em questão será por esta governada. (Em outras palavras, a norma deve ser aplicada ou às pessoas em geral ou a certas categorias definidas de pessoas, e não meramente a indivíduos ao acaso.) Em terceiro lugar, a justiça requer que essas normas gerais sejam imparcialmente aplicadas, ou seja, que os órgãos encarregados de administrá-las as apliquem sem discriminação, temor, ou favoritismo, a todos aqueles casos que couberem no âmbito das normas legais. Se, por exemplo, for norma de um sindicato que qualquer trabalhador do sexo masculino de mais de 18 anos tem direito a ser admitido como sócio, não estaria de acordo com a justiça formal recusar alguém que satisfaça esses requisitos pelo fato de ser estrangeiro, tal como não seria justo admitir um trabalhador do sexo feminino, ou um do sexo masculino que só tenha 16 anos de idade.

Justiça substancial

Através dessa ampliação das idéias envolvidas na justiça formal, terá ficado evidente que tal justiça significa pouco mais do que uma elaboração das conseqüências lógicas do que significa aplicar um sistema de normas legais. A própria idéia de tratar iguais como iguais, se é que significa alguma coisa, é que existe um sistema de normas aplicáveis a casos análogos; dificilmente se poderá afirmar que uma lei é uma lei se não se aplicar geralmente a todas as pessoas ou situações por ela abrangida; e se as leis não forem aplicadas imparcialmente de acordo com os seus termos, então não existirá, na realidade, um sistema de normas legais. Não surpreenderá, portanto, que uma concepção de justiça que corresponde meramente a pôr em prática as implicações lógicas de normas legais trate de pouco mais que dos aspectos processuais de justiça e nada nos diga sobre como devemos avaliar se as normas são realmente justas. A fim de realizar a justiça substancial ou concreta, os requisitos formais de justiça precisam, portanto, ser suplementados de duas maneiras.

(1) *Justiça concreta*: Como decidiremos se as leis são justas? Uma lei eleitoral que confira o direito de voto somente a indivíduos do sexo masculino de mais de 25 anos pode, se imparcialmente aplicada, satisfazer os requisitos da justiça formal, como já vimos, mas também queremos saber se é substancialmente justo que o direito de voto seja limitado desse modo e não ampliado a mulheres ou a homens que não atingiram o grupo etário especificado. Em sua *Ética*, Aristóteles refere-se ao que chamou justiça *distributiva*, a qual trata da distribuição de honrarias e recompensas pelo Estado a pessoas de acordo com seus méritos. Essa mesma idéia de justiça é também expressa pelo imperador romano Justiniano, na codificação do direito romano associada ao seu nome, quando ele afirma que a justiça consiste em "dar a cada homem o que lhe é devido". Mas o que é devido? Como avaliar mérito ou valor? Suponhamos que o Estado estabeleça um fundo sobre o qual todos os cidadãos tenham o direito a reclamar sua parte, de acordo com o que lhes for "devido". Suponhamos ainda que, para esse fim, "devido" não se refira a uma reivindicação legal a respeito de alguma dívida contraída pelo Estado (em cujo caso as decisões teriam de ser tomadas de acordo com o direito e não com a

justiça, quer coincidissem quer não), mas ao que cada indivíduo fosse capaz de demonstrar estar *justamente* habilitado a reclamar. É óbvio que alguns critérios teriam de ser estabelecidos, pelos quais uma reivindicação seria preferida a uma outra. O administrador do fundo teria de decidir se deveria recompensar realizações concretas (e como estas deveriam ser avaliadas), ou esforço, ou trabalho, ou triunfo sobre a adversidade, ou compensar deficiências físicas ou econômicas, e assim por diante. Em outras palavras, ele teria de estabelecer uma escala de valores que o orientasse na discriminação entre as várias reivindicações concorrentes. Não será óbvio que esses valores teriam de se basear em alguma outra coisa que não a própria justiça? A justiça pode dizer-nos, como princípio racional de coerência e regularidade, que um administrador que decidiu preferir a realização ao esforço foi ou não foi culpado de aplicar esse princípio injustamente entre dois pretendentes. A justiça também nos pode dizer se uma pessoa foi injustamente excluída do exercício de seu direito de voto, de acordo com a lei vigente. O que a justiça não nos pode dizer é se está certo preferir a realização ao esforço como motivo de concessão de uma recompensa, ou limitar o direito de voto aos homens, com exclusão das mulheres. A crítica ou justificação para essas decisões tem de ser encontrada em algum princípio ou critério mais amplo do que a própria justiça nos pode proporcionar.

Essa conclusão, de fato, dificilmente causará surpresa, quando considerarmos que justiça pouco mais é do que a idéia de ordem racional e coerência e, portanto, funciona mais como um princípio normativo do que substantivo. (Isto não pretende denegrir o processo de justiça, o qual, como veremos, é de enorme importância na realização da justiça legal.) Que valores desejamos afirmar não é uma questão de necessidade lógica, mas de escolha. Isso não subentende, é claro, que a nossa escolha é absolutamente livre, uma vez que, em primeiro lugar, ela será profundamente condicionada por nossa história e tradições, assim como pelo nosso meio social e econômico. Além disso, parece não haver razão pela qual uma escolha de valores, tal como outras escolhas, não seja capaz de se justificar por argumentos racionais[2]. De qualquer modo, a verdade das escalas de valores não pode ser logicamente demonstrada, mas tem, em última análise, de ser aceita ou rejeitada, porque sentimos não poder agir de outra forma. Era isso o que Hume tinha em mente quando observou que o que impõe os nossos critérios morais "não é a razão mas as paixões".

Cumpre entender que, embora o critério de igualdade opere na idéia de justiça puramente como princípio lógico e formal e não como um valor essencial para o qual a sociedade deve ser dirigida, isso não é pelo fato de a igualdade ser, em si mesma, incapaz de erigir-se num valor superior dessa espécie. Pelo contrário, como veremos quando examinarmos a relação da liberdade com o direito, a igualdade ocupa um importante lugar na escala de valores que funciona nos dias de hoje. Mas, nesse sentido, não é o princípio meramente lógico de tratamento de iguais como iguais, dentro de um quadro de referência de normas legais, pois consiste, outrossim, no julgamento deliberado de valores segundo o qual certas diferenças entre seres humanos não constituem fundamento adequado para a discriminação. Isto refere-se especialmente a diferenças tais como sexo, raça, cor e religião. A adesão a um julgamento de valor desse tipo é, claramente, baseada na escolha consciente e na convicção moral, as quais não podem ser deduzidas do critério formal de igualdade incorporado à idéia de justiça.

---

2. Quanto a isso, ver ainda C. Perelman, *The Idea of Justice and the Problem of Argument* (1963); cf. também adiante, pp. 337-8.

(2) *Eqüidade*: Existe ainda uma outra dificuldade quando se encara a justiça formal como um meio de emitir uma sentença imparcial entre homem e homem. Pois, como sublinhou Aristóteles, a natureza geral das leis significa que nem toda a situação individual pode ser prevista ou estatuída adequadamente e, por conseguinte, a justiça formal pode fazer-se sentir pesadamente em casos individuais. É por isso que em todos os sistemas legais tem sido sentida a necessidade de corrigir o rigor da lei. Esse corretivo é geralmente introduzido conferindo um certo poder discricionário para interpretar as leis mais no espírito de eqüidade do que na adesão estrita à letra da lei e para limitar ou controlar seu efeito em casos de adversidade ou sofrimento. Este último ponto é realçado na máxima "a justiça deve ser administrada com misericórdia", o que significa que a justiça legal deve ser temperada num espírito de eqüidade para cada caso. Este princípio autoriza uma aplicação bastante livre e imediata na esfera do direito penal, pois ainda que a justiça possa exigir uma condenação, como somente as penas máximas são fixadas, há uma certa margem de flexibilidade na sentença a aplicar, de modo que a pena pode ser ajustada a cada caso particular. A pena capital, quando fixada como a única pena, não se presta à administração eqüitativa e, por esse motivo, verificou-se algumas vezes um homem culpado ser "injustamente" absolvido por um júri que considerou não ser ele merecedor da pena de morte. Em questões civis, entretanto, o problema é algo mais difícil porque, se as privações forem consideradas um fundamento para a pessoa evitar suas obrigações legais, isso poderá introduzir grande incerteza na lei. É por essa razão, sem dúvida, que o sistema de eqüidade, contrastado na Inglaterra com o direito consuetudinário, tende a tornar-se cada vez mais rígido e mais parecido com um sistema legal suplementar, em vez de ser um meio de temperar os ditames estritos da justiça de acor-

do com a lei. Por outro lado, entretanto, houve um considerável aumento de poderes discricionários conferidos a tribunais e administradores pela legislação moderna; e esses poderes constituem uma espécie de princípio de eqüidade inserido na própria norma jurídica. No direito inglês, o conceito de "razoabilidade" (*reasonableness*) é freqüentemente invocado para esse fim, como, por exemplo, quando um tribunal está investido de poderes para ordenar o despejo de um inquilino num imóvel alugado somente se for persuadido de que é "razoável" decretar essa ordem.

Justiça legal

A justiça é uma concepção muito mais ampla do que a de lei e pode aplicar-se onde quer que exista um código de normas, legais ou não-legais. Por exemplo, um clube privado ou uma escola podem reger-se por normas administradas de acordo com a justiça formal, quer normas estritamente legais se apliquem quer não. Até aqui, consideramos a justiça nesse contexto mais amplo. É necessário levar agora a investigação para o domínio específico da lei e, para tanto, temos de considerar a relação da lei com a justiça e que significado específico podemos dar à idéia de justiça legal ou justiça de acordo com a lei.

Se compararmos os atributos formais da justiça com o que é usualmente considerado característico da lei, podemos ver que, em termos gerais, existe uma correspondência. Na verdade, essa correspondência é tão estreita que parece haver boas razões para supor que a própria concepção de justiça formal derivou largamente da concepção de lei ou a tomou por modelo. Em capítulo anterior já salientamos a interação de lei e moralidade e sublinhamos em medida que se pode afirmar que a moral derivou de normas legais; também aqui vemos a grande influência exercida por concepções legais sobre modos éticos de pensamento no fornecimento de um quadro de referência dentro do qual um conceito ético de justiça pôde desenvolver-se independentemente da estrutura formal de um sistema jurídico, embora estreitamente relacionado com ele.

Em que medida pode ser dito que um sistema jurídico compartilha das três características da justiça formal a que nos referimos, ou seja, a existência de leis, sua generalidade e sua aplicação imparcial? Em primeiro lugar, é evidente que uma característica primária de um sistema jurídico é que conterá leis para regulamentar o comportamento humano e para solucionar disputas. Além disso, essas leis serão quase necessariamente, embora nem sempre invariavelmente, de caráter geral, pois a finalidade precípua da lei é classificar atos e situações, e fornecer normas gerais para lidar com eles. É concebível e, de fato, ocorreu algumas vezes, serem promulgadas leis que se ocupam exclusivamente de uma pessoa ou de uma única situação, como, por exemplo, a promulgação de uma lei penal como o antigo *Act of Attainder*, que decretava o confisco de bens e a extinção dos direitos civis de um indivíduo posto fora de lei ou condenado à morte, ou um *Act of Parliament* que se ocupava exclusivamente da administração de uma determinada propriedade[3]. Entretanto, mesmo a promulgação de leis aparentemente não-gerais desse tipo é, com freqüência, geral em suas implicações; por exemplo, os direitos de terceiros em relação a qualquer propriedade que se inclua no âmbito dos estatutos, nos dois exemplos acima, seriam afetados por eles. Subsiste o fato de que, mesmo se pensarmos em exemplos muito es-

---

3. A maioria dos Atos de Parlamento "privados" estabelecem regras gerais que governam uma determinada instituição ou entidade, ou uma classe especial de instituições.

peciais, o que equivale a leis carentes de aplicação geral, eles permanecem tão excepcionais que não geram dúvidas sérias sobre a proposição básica de que os sistemas jurídicos são compostos de leis cuja aplicação é geral. Com efeito, alguns juristas procuram argumentar que nada pode ser qualificado como lei a menos que possua o atributo de generalidade, mas isso parece ser uma limitação desnecessária arbitrária à nossa definição de lei, e cria um problema embaraçoso de terminologia no caso de uma promulação não-geral validamente aprovada por um corpo legislativo, pois é sumamente improvável que os homens de leis se lhe refiram por qualquer outro nome senão o de lei[4].

Passando agora à terceira característica da justiça, a necessidade de aplicação imparcial das leis, a situação é um pouco diferente. Pois, quanto a isso, pode-se afirmar que a imparcialidade está, em geral, intimamente associada à lei no sentido de que é considerada um atributo ou objetivo altamente desejável de qualquer sistema jurídico; mas, na prática, salvo nos Estados que gozam do mais alto nível de regulamentação (e não invariavelmente mesmo nesses), a coisa é, com freqüência, muito diferente. Dir-se-ia que, neste aspecto, a questão é, em certa medida, de graduação, como em tantas outras questões em assuntos humanos. Se todos os sistemas legais ficam aquém, até certo ponto, da imparcialidade completa, não podemos considerar a preservação universal da imparcialidade um atributo essencial da própria lei. Por um lado, de um Estado ou país governado em teoria por leis que são tão caprichosamente aplicadas que fica impossível predizer, mesmo nos casos mais lineares, como serão tomadas as decisões individuais, em virtude da probabilidade de corrupção ou de fatores pessoais que influen-

---

4. Este ponto será tratado novamente quando examinarmos a teoria de Kelsen da estrutura normal da lei; ver adiante, pp. 238-9.

ciam na decisão, dificilmente se poderá dizer que possui um sistema legal. Por outro lado, não nos recusaríamos necessariamente a reconhecer que um sistema legal funciona onde a lei é geralmente aplicada com regularidade, mas onde certas seções, classes ou indivíduos, podem usualmente confiar num tratamento favorável por parte dos tribunais e outras autoridades legais; preferiríamos talvez dizer que existe um sistema legal, mas que funciona de forma muito defeituosa em certos casos.

Seja como for, subsiste o fato de que uma certa medida de coerência e regularidade é uma característica vital de qualquer sistema legal, mas nenhum padrão exato pode ser estabelecido pelo qual essa medida seja julgada. Além disso, o estado geral de desenvolvimento social da sociedade em questão teria de ser levado em conta e comparado com o estado de desenvolvimento em outras sociedades da mesma época. Não julgaríamos o funcionamento da lei num país feudal, num período de feudalismo geral, do mesmo modo que julgamos as condições num país atrasado do mundo contemporâneo.

Além das características já consideradas, que são comuns à lei e à justiça, também existe o elemento de eqüidade a que fizemos referência. Ainda aqui, a importância, se não a derivação da idéia de eqüidade, também promana da sua influência no quadro de referência da lei. Aristóteles discute a eqüidade principalmente como um meio de mitigar os evidentes rigores da lei; e no direito romano muitos exemplos poderiam ser dados do modo como o espírito de eqüidade foi invocado para permitir que a lei fosse desenvolvida de maneira mais justa e mais humana do que era permissível pela estrita aplicação da letra da lei. O direito inglês, por seu turno, desenvolveu um sistema separado de eqüidade, administrado por um tribunal separado, a fim de escoimar algumas asperezas da lei estrita, e essa instituição propagou-se a todos os países de direito consuetudinário, incluindo os Estados Unidos, e ainda sobrevive, em forma modificada, no direito inglês atual. Também aqui vemos a estreita correspondência entre justiça formal e lei, na medida em que ambos sentiram a necessidade de abrandar seus respectivos rigores a fim de satisfazer casos pessoais de adversidade e sofrimento. E assim como, no caso da justiça, não pudemos dizer que não havia justiça porque os apelos à eqüidade foram ignorados – recordemos a distinção, já mencionada, entre "justiça" e "misericórdia" –, também não podemos negar a existência de lei quando ela não admite nenhum abrandamento de suas asperezas com base na eqüidade. A lei poderia perder o seu caráter de lei por um excesso de capricho em sua administração, mas dificilmente poderá deixar de ser lei por causa da sua rígida aplicação de acordo com o seu teor. A lei dos medos e persas – "a que não se altera" – podia ser severa, mas, não obstante, ainda era lei.

Injustiça legal

Não precisamos dizer mais, portanto, a respeito da correspondência entre as duas concepções de lei e de justiça. Tendo em vista a proximidade dos atributos formais desses dois conceitos, surge a seguinte questão: Em que sentido podemos condenar a própria lei por injustiça?

Dir-se-ia que existem três tipos distintos de casos em que a injustiça em relação à lei poderá surgir e que precisam ser diferenciados. Em primeiro lugar, a lei está, como vimos, tão estreitamente vinculada na opinião geral à idéia de justiça que ela pode ser, e freqüentemente é, tratada como sinônimo de justiça; é por essa razão que nos referimos amiúde aos "Tribunais de Justiça" como sinônimo de "Tribunais de Lei", se bem que esta última designação possa, na prática, como ocorre com freqüência, situar-se aquém dos padrões ideais estabelecidos pela primeira. Portanto, a injustiça legal pode ser cometida quando um caso é decidido num sentido contrário ao que a própria lei estipula. É claro, se o que a lei estabelece coincide com o que é considerado justiça substancial é uma outra questão muito diferente. Por exemplo, a lei pode permitir que uma pessoa inflija grave dano ou perda a outrem sem que esta tenha qualquer direito de reparação. Uma decisão judicial para esse efeito é legalmente justa, embora possa ser considerada (até pelo próprio tribunal), no plano moral, sumamente injusta. Por outro lado, se o tribunal, contrariamente à lei estabelecida, decidisse a favor do queixoso, então isso talvez fosse moralmente justo, mas, ainda assim, equivaleria a uma injustiça legal. Esses exemplos, naturalmente, pressupõem que, no caso em questão, a lei é clara, mas foi mal aplicada. Na prática, porém, as complexidades da maioria dos sistemas legais são tais que eles estão repletos de incertezas quanto à sua interpretação correta em numerosas situações e uma sentença de um tribunal de primeira instância pode ser corrigida por um tribunal de instância superior mediante recurso. Quando um tribunal de primeira instância admite o que se provou ser uma interpretação errônea da lei, a palavra "injustiça" não é muito apropriada e há muito poucas probabilidades de que seja usada. A estreita associação de justiça com moralidade exigiria, em geral, alguma "deturpação" deliberada da lei para suscitar uma condenação de injustiça, em vez de mera interpretação errônea da lei, perpetrada de boa-fé por um tribunal empenhado em cumprir seu dever com o máximo de zelo possível. Há ainda uma outra complicação, a de que o acórdão do tribunal superior não pareça, aos olhos dos profissionais de direito, ter sido solidamente fundamentado como matéria de lei e, além disso, sob alguns sistemas, até o tribunal supremo pode estar subseqüentemente habilitado a revogar todas as sentenças e decisões prévias por vício de interpretação da lei.

A segunda forma de injustiça legal é perpetrada quando a lei não é devidamente administrada naquele espírito de imparcialidade que ela requer. Se, por exemplo, um tribunal apura fatos em favor de um poderoso litigante, não porque esteja genuinamente persuadida de sua veracidade, mas porque deseja favorecer o poderoso, seja por temor das conseqüências de uma sentença adversa, seja em virtude de suborno ou esperança de futuro benefício ou promoção na carreira, então foi cometida uma injustiça legal. Tal injustiça também será necessariamente injusta do ponto de vista da justiça abstrata quanto da lei, pois quaisquer que sejam os méritos do caso e quer as leis pertinentes estejam de acordo quer não com a justiça substancial, a ausência de imparcialidade continuará sendo uma violação fundamental da concepção de justiça formal. Este ponto pode ser reforçado se considerarmos o caso de um tribunal que manifesta parcialidade análoga por um litigante humilde, por sentir que este merece especial simpatia. Atente-se para o tipo de caso, que não é pouco freqüente em nossa sociedade moderna, em que uma pessoa de poucos recursos sofreu lesões físicas num acidente de trânsito ou no seu local de trabalho e move uma ação em que o verdadeiro réu é uma companhia de seguros ou alguma empresa poderosa em que a vítima está empregada. Um juiz ou júri que decida os fatos em favor do queixoso, ao arrepio de uma avaliação imparcial das provas circunstanciais, movido por sincera compaixão pelo padecimento do queixoso, seria indubitavelmente culpado de cometer uma injustiça, legal e moral, por mais bem intencionada que a sentença possa ser.

O terceiro tipo de injustiça ocorrerá quando a lei, embora administrada com perfeita imparcialidade, de acordo com o seu teor, é injusta se julgada por qualquer sistema de valores aplicado para testar a justiça substancial da norma legal. O filósofo Hobbes propôs a tese um tanto desconcertante de que o único padrão de justiça é a própria lei, de modo que, seja qual for a norma fixada pela lei, ela deve ser *ipso facto* justa[5]. Esse argumento parece ser totalmente insustentável, visto que não se discerne nenhuma razão concebível para que não possamos licitamente avaliar a justiça substancial de uma norma legal mediante algum critério externo, embora isso não implique necessariamente, como já vimos, que tal critério deva ser de validade absoluta, universal e inalterável. De fato, Hobbes procurou tratar todas as leis como justas por definição, mas isso é um espécime puramente arbitrário da legislação terminológica, corretamente rejeitado pela maioria dos filósofos e juristas, assim como pelo veredicto do senso comum. É verdade que o célebre presidente da Suprema Corte de Justiça da Inglaterra, o juiz Sir Edward Cok, tentou certa vez equiparar a lei com o princípio moral e o direito natural, quando descreveu o direito consuetudinário como "a perfeição da razão"[6]. Isso, porém, não passou de um floreado retórico que, em todo o caso, foi particularmente inepto, tendo em vista o estado bárbaro do direito consuetudinário no século XVII.

Uma lei injusta, portanto, nessa acepção, é uma concepção perfeitamente inteligível, se a entendermos simplesmente como uma lei que, válida em si mesma, conflita com a escala de valores pela qual decidimos julgá-la. Além disso, essa idéia pode ser aplicada com perfeita propriedade não só a leis individuais, que ofendam o nosso senso de valores humanos, mas também a um sistema legal em seu todo, o qual pode ser condenado, por exemplo, por se dirigir unicamente ao favorecimento dos interesses de um gru-

---

5. *Leviatã*, capítulo 21.
6. *Institutes*, parte I, § 138.

po particular, ou à repressão escandalosa de outros grupos, quer constituam uma maioria quer uma minoria da população total. Existirá mais alguma base para a distinção entre lei e justiça, pela qual, embora faça perfeitamente sentido falar de lei injusta, seja realmente desprovido de significado ou uma contradição em termos, qualquer referência a "justiça injusta"? À primeira vista, isso soa como uma expressão contraditória e sem sentido; nem é uma frase que se encontre comumente, salvo, talvez, quando usada com implicações irônicas. Uma vez mais, entretanto, é necessário estabelecer um contraste entre os aspectos formais e substanciais da justiça. Se tratarmos a justiça como a consubstanciação da norma puramente formal de igualdade que analisamos antes, então a justiça que exemplifica esse princípio não pode ser injusta por definição. Pois a justiça limitada a esse significado é um princípio lógico e formal e, se regularmente aplicada, não pode contradizer-se. A eqüidade, por outro lado, como já vimos, não funciona como expressão de uma norma lógica mas amoldando-se ao caso individual – ainda que, pode ser argumentado, o faça de modo inconstante. Por essa razão, nos primeiros tempos da eqüidade inglesa, ela foi criticada por "variar de acordo com o tamanho do pé do Chanceler". Em sua falta de uma forma definida, assemelha-se, portanto, à caridade, que é espontânea e não premeditada, almejando aliviar o sofrimento sem levar em conta nenhuma norma legal. Assim sendo, a eqüidade constitui, nesse sentido, a antítese da justiça formal ou, pelo menos, um complemento dela, em vez de ser parte integrante do conceito de justiça. Entretanto, numa acepção mais ampla, podemos considerar a própria eqüidade uma espécie de justiça e, neste caso, a justiça formal pode ser inteligivelmente tratada como injusta se obedecer à rígida lógica de seus próprios requisitos mas não temperar suas conclusões num espírito de eqüidade com as circunstâncias particulares do caso. Assim, uma decisão de uma associação ou clube para expulsar um membro por sua conduta pode ser perfeitamente justa, no âmbito de suas normas regulamentares que prevêem os casos de expulsão, mas será, mesmo assim, "injusta", por ignorar as circunstâncias especiais que atenuam a infração. Vê-se, portanto, que esse tipo de caso corresponde àquele em que a lei é administrada de acordo com a letra e não com o espírito de eqüidade, ou em que a justiça legal não é temperada pela misericórdia.

Independentemente desse caso, a justiça formal, tal como a própria lei, pode não resultar em justiça substancial ou concreta. Temos aqui uma analogia exata entre justiça abstrata e lei. Por exemplo, um pai pode estabelecer como norma que deserdará qualquer filho seu que case pela Igreja Católica[7]. A aplicação dessa norma com regularidade e sem atender a favores individuais estaria em conformidade com a justiça formal, mas nada nos diz quanto à justiça substancial da própria norma. Do mesmo modo, uma lei de um determinado Estado excluindo certas raças ou religiões da participação em pleitos eleitorais poderia ser aplicada de forma perfeitamente justa em relação aos submetidos a tal lei, mas a justiça substancial da própria lei continuaria inteiramente aberta a questionamento. É evidente, portanto, que chegamos neste caso à mesma distinção fundamental encontrada quando consideramos o significado de uma lei injusta, ou seja, que uma lei pode ser administrada com perfeita justiça, de acordo com o seu teor, e, não obstante, con-

---

7. Supondo-se que tal disposição seja permissível por lei. Alguns sistemas de lei conferem à família uma "parcela legítima" da herança. Segundo a legislação inglesa, um tribunal pode ordenar que uma porção razoável dos bens do morto seja reservada ao cônjuge sobrevivente e aos filhos, e a certas outras categorias. V. o *Inheritance Act*, 1975.

substanciar a mais profunda injustiça. E quando falamos de injustiça neste sentido referimo-nos àquela escala de valores que, seja qual for a sua base, decidimos aceitar como critério para julgamento de todas as regras humanas de conduta, sejam elas legais ou não-legais, boas ou más, justas ou injustas. Com efeito, nessa conotação mais ampla do que chamamos "justiça substancial", há pouca ou nenhuma distinção importante que possamos traçar entre "o bom" e "o justo", embora a bondade continue sendo uma categoria muito mais ampla do que justiça, mesmo neste sentido.

Lei e justiça "substancial"

Portanto, não é suficiente para um sistema legal aceitar os atributos formais da justiça, mesmo quando temperados por um espírito de eqüidade. Pois, além disso, a lei necessita possuir um conteúdo justo, e isto só pode significar que suas normas reais devem elas mesmas, por seus dispositivos, aspirar a – e esforçar-se por – obedecer a alguns critérios de retidão que assentem em valores exteriores à própria justiça, no sentido de que nenhuma idéia meramente formal de justiça pode ditar-nos a base para optarmos por um conjunto de valores em vez de um outro. Portanto, a afirmação de que a lei aspira à consecução da justiça não pode valer como substituto de uma escala de valores, pois sem estes podem ser perpetradas as mais estarrecedoras formas de injustiça substancial, em nome da própria justiça. Concluiremos, pois, este capítulo dizendo alguma coisa, em termos gerais, acerca do modo como um sistema legal pode empenhar-se em pôr em execução aquela escala de valores que predomina numa determinada sociedade. Isso nos levará, no próximo capítulo, a um exame da escala de valores dominante em nossa atual sociedade ocidental e dos diversos modos como esses valores funcionam como fatores operantes nos sistemas jurídicos de países democráticos ocidentais e de outros países que refletem um ponto de vista semelhante. Existem dois modos principais em que um sistema legal pode aspirar a servir à justiça não meramente formal, mas também substancial, na medida em que ela se reflete no sistema de valores dominante numa determinada comunidade. Desses dois modos, o primeiro é mais limitado, mas, talvez, em certos aspectos, mais difundido a longo prazo. Isso deve-se ao fato de proporcionar uma certa flexibilidade às leis aplicadas pelos tribunais ou outros órgãos de administração judicial, de forma a conferir aos juízes e a outros funcionários judiciais a possibilidade de desenvolverem a lei e de a adaptarem às necessidades da sociedade em que ela opera. Naturalmente, não existe garantia alguma de que essa flexibilidade seja usada desse modo. Uma rígida e intolerante profissão jurídica pode não se coadunar com os valores da sociedade em que atua, sobretudo quando essa sociedade se encontra num estado de transição, com substanciais correntes de mudança social e econômica transformando gradualmente uma comunidade mais tradicional[8]. Pode-se afirmar que, em certa medida, uma sociedade tem a profissão jurídica e o judiciário que merece, e que as pressões sociais acabarão sendo eficazes tanto nessas esferas como em outras, embora a resistência à mudança em algumas sociedades possa ser mais forte na área do tradicionalismo jurídico do que na maioria dos outros campos. Trata-se também, em parte, de uma questão de educação, não apenas de educação jurídica *stricto sensu*, embora esta não esteja desprovida de importante influência, mas também da medida em que o sistema educacional geral do país logre propagar uma escala de valores e fornecer tanto o *background* quanto o impulso para uma opinião pública informada e atenta.

---

8. Ver capítulo 21.

Esse método – propiciar a flexibilidade das normas legais – facilita, portanto, não tanto a criação de um conjunto de valores para aplicação da lei quanto a ampliação da esfera de ação do judiciário, no âmbito das normas legais estabelecidas, para acatar os valores dominantes aceitos pela sociedade em questão. Existe margem para uma abordagem positiva, mesmo que esta nem sempre seja reconhecida ou adotada. Por outro lado, poderá ser sentida a necessidade de dar ao judiciário e a outros funcionários da lei, assim como ao próprio órgão legislativo, uma orientação mais específica quanto aos valores a que devem aderir para chegarem a decisões ou elucidações da lei, ou na elaboração de nova legislação. Podemos afirmar que em todo e qualquer sistema jurídico está incorporada, pelo menos implicitamente, alguma espécie de sistema de valores que a lei reflete. Num sistema como o caracterizado pelo direito consuetudinário, os princípios que expressam os valores inerentes da sociedade inglesa não estão contidos num documento legal específico, mas devem ser destilados de uma longa tradição histórica manifestada em certas instituições, princípios e convenções constitucionais, e decisões dos tribunais, sendo tudo isso tratado como consubstanciação, em grau especial, do espírito e dos valores do modo de vida inglês. Educados nessa tradição, podemos geralmente supor que aqueles cuja função consiste em desenvolver e aplicar a lei conhecem o espírito da comunidade expresso nessas várias formas. Assim, os valores inseridos no sistema são, em geral, aceitos e desenvolvidos. Se, lamentavelmente, nem sempre isso ocorre, então os vários órgãos de opinião pública poderão ter de ser – e freqüentemente são – usados para conscientizar o público a respeito de quaisquer ameaças àqueles valores que possam vir a surgir dentro do edifício da lei.

Tal abordagem pode servir para um país com uma longa tradição de ordem e regularidade administrativa, e com uma população razoavelmente homogênea que esteja, em sua grande maioria, de acordo quanto aos valores essenciais que consubstanciam o espírito da comunidade. Estados menos integrados ou mais recentemente estabelecidos podem requerer algo mais explícito do que o repertório um tanto fortuito de lei e tradição que tem servido razoavelmente bem à Inglaterra até hoje. Estão nesse caso os Estados Unidos que, com sua Constituição escrita, estabelecida em 1776, e sua Declaração de Direitos, anexada quase imediatamente àquela, estabeleceram um modelo que tem sido repetidamente seguido na história recente, ou seja, incorporar à Constituição, mediante a promulgação de normas legais emanadas do direito positivo, certos juízos de valor ou princípios. Esses princípios foram considerados representativos, no contexto histórico do século XVIII, direitos naturais essenciais e, em nossos dias, quando a idéia de direito natural é mais controvertida, direitos humanos essenciais. O valor dessa abordagem reside não só em tornar explícitos alguns dos pressupostos subjacentes do sistema jurídico, mas também em convertê-los em normas legais obrigatórias e imperativas, cuja vigência e execução é capaz de ser imposta por processo de lei. Assim, nos Estados Unidos, a legislação subseqüente que transgrida as cláusulas fundamentais da Constituição é declarada sem validade. Entretanto, em algumas constituições escritas modernas, declarações gerais a respeito de direitos humanos ou naturais são inseridas sem que se lhes confira força legal específica nem se conceda aos tribunais poderes para impor sua execução[9]. Nas constituições desse tipo, as declarações de direitos humanos não passam realmente de exortações e *slogans* com escasso suporte legal e, por isso, em muitas constituições estabelecidas depois da II Guerra Mundial, como, por exemplo, na Ín-

---

9. Por exemplo, na França.

dia e na Alemanha Ocidental, foi adotada a forma norte-americana de uma Declaração de Direitos compulsória. Quando alguns dos valores fundamentais de um sistema jurídico são incorporados à constituição, poder-se-á pensar que isso torna desnecessário qualquer investigação adicional sobre os valores subjacentes, seja de acordo com os princípios do direito natural seja em alguma outra base ética aceitável. Pois, onde os tribunais são revestidos de poderes para aplicar essas disposições constitucionais, é lícito dizer-se que elas representam enunciados consensuais de posições de direito natural ou suplantam quaisquer outros enunciados a que se pudesse chegar na base exclusiva de argumentos gerais. Em grande medida, é certamente esse o caso, pois os tribunais considerarão daí em diante que sua função é fazer valer os princípios estabelecidos na constituição, em vez de se lançarem numa investigação teórica ou pessoal sobre os valores fundamentais da constituição, quer inferidos do direito natural quer em alguma outra base. Esta questão, entretanto, é menos simples do que poderia parecer, não só porque as idéias do direito natural ainda gozam de ampla circulação, mesmo nos dias atuais, mas também porque o significado e as implicações precisas de princípios axiológicos gerais, como a liberdade de expressão, podem ser extremamente controvertidos e dar azo a muitas e variáveis atitudes. Além disso, o fato de os direitos fundamentais dessa espécie só poderem ser expressos na constituição em termos muito genéricos, sujeitos ou a limitações muito gerais especificamente declaradas, ou a limitações implícitas de um tipo indefinido, deixa ampla margem para interpretações conflitantes, mesmo em nível judicial.

Uma constituição escrita que incorpore uma declaração de direitos, a qual expressa em termos gerais alguns dos principais pressupostos da escala de valores a que ela dá plena vigência, pode avançar no sentido de eliminar o hiato que examinamos entre justiça formal e justiça concreta. Mas que essa solução é meramente um começo e não uma solução final para esse problema ficará manifesto na análise que realizaremos, no próximo capítulo, da relação entre lei e liberdade[10].

---

10. Para uma argumentação a favor de uma Declaração de Direitos para o Reino Unido, ver de Sir L. Scarman, *English Law – the New Dimension* (1974), pp. 10-21. Para um ponto de vista contrário, ver de lorde Lloyd of Hampstead, "Do we need a Bill of Rights?", in (1976) 39 M.L.R. 121; ver também o *Report of the Select Committee of the House of Lords on a Bill of Rights* (1978).

Capítulo 7
Lei e liberdade

A lei funciona como um meio de dirigir e impor restrições às atividades humanas e, portanto, deve parecer um tanto paradoxal que a idéia de liberdade possa estar consubstanciada na lei. A resposta a esse aparente paradoxo será vislumbrada se dirigirmos as atenções não para o homem unicamente como um indivíduo que vive num estado irrestrito de natureza, mas para o homem como ser social vivendo uma vida de inter-relações complexas com os outros membros da sua comunidade. O famoso *cri de coeur* de Rousseau – "O homem nasce livre; mas por toda a parte está acorrentado" – pode ter derivado da noção romântica de que o selvagem vive uma vida de liberdade e simplicidade primitivas, mas, na prática – como o próprio Rousseau percebeu –, o homem nunca está isolado e livre nesse sentido, mas é sempre parte de uma comunidade e o grau de liberdade que ele goza ou a extensão das restrições sociais que lhe são impostas dependerão da organização social de que ele é membro. Cumpre recordar que uma restrição tampouco é, necessariamente, uma violação da liberdade. A lei restringe a agressão física de uma pessoa a outra, mas se a agressão indiscriminada fosse permitida nenhuma sociedade humana poderia sobreviver, pois não existiria sequer aquele grau mínimo de segurança sem o qual os cálculos humanos para o futuro seriam fúteis. Por conseguinte, as restrições universais desse caráter desempenham um papel essencial, ainda que indireto, na garantia da liberdade para todos.

Na grande maioria das épocas precedentes, quando a desigualdade, e não a igualdade, era considerada a lei fundamental da sociedade humana, a liberdade obrava na lei como pouco mais do que um conceito pelo qual era garantida a um homem, até onde a lei pudesse alcançar, a segurança na posição social que a Providência lhe reservara, juntamente com os privilégios, se houvesse, a que tinha direito pela lei e pelo costume. De fato, numa sociedade que reconhecia a escravatura ou a servidão, o escravo ou o servo podiam não gozar de proteção alguma, por processo de lei ou até costume, mas é tal o tradicionalismo da sociedade humana que mesmo nesse caso a aceitação quase-legal de certas disposições tende a tornar-se obrigatória, como, por exemplo, na lei romana da escravatura ou sob o regime feudal dos servos da gleba. Em tempos modernos, entretanto, quando as liberdades passaram a estar intimamente vinculadas a uma concepção igualitária de sociedade, a idéia de liberdade, como um todo, assumiu uma posição central e uma função mais positiva na escala de valores estabelecida como os ideais operantes de uma genuína democracia social calcada sobre o modelo ocidental.

Sociedades "abertas" e "fechadas"

Tornou-se comum nos dias de hoje distinguir dois tipos de sociedade, as "abertas" e as "fechadas", respectivamente. No primeiro tipo, afirma-se existir um vasto campo favorável à decisão pessoal, em que o indivíduo assume a responsabilidade pelos seus próprios atos, ao passo que na sociedade "fechada" existe um modelo tribal ou coletivista, em que a comunidade é completamente dominante e o indivíduo conta pouco ou nada. Esse contraste é usualmente feito entre a sociedade democrática ocidental, por um lado, e a sociedade totalitária, como a da União Soviética ou a extinta Alemanha nazista, por outro. Entretanto, devemos ter sempre em mente que esse contraste não é, de forma alguma, absoluto, mas apenas relativo, podendo-se afirmar, na verdade, que esses dois tipos de sociedade são realmente "tipos ideais", no sentido empregado por Max Weber[1]. Assim, democracias ocidentais podem considerar a sociedade aberta um padrão a que aspiram ajustar-se, mas, ao mesmo tempo, existem desenvolvimentos tremendos, inclusive na sociedade ocidental, em direção a uma sociedade mais coletivista. Isso se observa, por exemplo, no crescente papel do Estado em matérias respeitantes ao bem-estar social. Além disso, a tendência das sociedades de massa no ocidente foi na direção da aquiescência a padrões de comportamento social e da repressão ou desencorajamento do que, correta ou incorretamente, é considerado aberração individualista. Além disso, não podemos ignorar o argumento marxista de que, sem controle da riqueza e do modelo de sua distribuição, o alcance genuíno da igualdade e da iniciativa individual permanece extremamente limitado.

Liberdade positiva e negativa

Uma outra distinção que também foi enfatizada em anos recentes é entre o que se convencionou chamar liberdade "positiva" e liberdade "negativa"[1a]. Esta última diz respeito à organização do modelo de sociedade de tal modo que, ape-

---

1. Ver pp. 29-30.
1a. Ver I. Berlin, *Two Concepts of Liberty* (1969).

sar de todas as limitações e restrições que são impostas à ação individual em benefício da sociedade como um todo, subsiste, não obstante, uma esfera para a escolha e a iniciativa individuais, tão ampla quanto for compatível com o bem-estar público. A liberdade positiva, por outro lado, está muito mais próxima de uma concepção espiritual, subentendendo, de fato, alguma espécie de oportunidade máxima para a "auto-realização" de cada indivíduo até atingir sua plena capacidade como ser humano. A lei, por sua própria natureza, deve estar necessariamente mais preocupada com os aspectos externos da conduta do que com o estado interior de desenvolvimento espiritual dos cidadãos submetidos à lei; portanto, não surpreenderá que, no referente à liberdade legal, a ênfase recaia sobre a garantia do máximo grau de liberdade "negativa" – a lei não tem interesse direto no modo como o indivíduo faz suas escolhas com a maior ou menor liberdade que a lei lhe permita. O propósito deste capítulo será, portanto, tentar indicar os vários modos em que, nos planos nacional e internacional, foram realizadas tentativas, em nossa sociedade moderna, para dar vigência àqueles valores que se considera conterem, de uma forma ou de outra, as liberdades que o homem moderno passou a aceitar como característica indispensável de "a vida adequada".

Direitos humanos básicos

A partir das Revoluções Americana e Francesa no século XVIII, tentativas têm sido repetidamente feitas de expressar os valores fundamentais da sociedade ocidental em função de direitos humanos básicos. Como já vimos, essa abordagem tem sua nítida origem no direito natural. Embora a tendência, nos dias de hoje, seja no sentido de um esforço para formular esses valores em termos específicos de direito positivo, a origem desse enfoque no direito natural permanece razoavelmente evidente e, vez por outra, intromete-se na discussão de direitos fundamentais, tal como são formulados em documentos constitucionais ou supranacionais, ou mesmo no exame concreto de tais direitos nos julgamentos de tribunais constitucionais[2]. Duas notáveis contribuições podem ser atribuídas aos autores da constituição dos Estados Unidos e aos primeiros intérpretes judiciais dessa constituição. Em primeiro lugar, foram os redatores da Constituição americana que desenvolveram a idéia de expressar na constituição escrita de seu recém-criado Estado uma declaração daquilo que era aceito como direitos humanos legais fundamentais dos cidadãos. Competiria aos juízes determinarem, em decisões subseqüentes, qual poderia ser o efeito legal dessa Declaração de Direitos, em termos de sua imposição legal, e foi o juiz-presidente do Supremo Tribunal, John Marshall, na primeira parte do século XIX, quem introduziu e estabeleceu a doutrina então revolucionária, de que competia aos tribunais e, em última instância, ao Supremo Tribunal, determinar o alcance dessas disposições constitucionais. Foi Marshall quem estabeleceu que o tribunal estava autorizado e, na verdade, obrigado a tratar esses direitos como "superlativos", no sentido de que qualquer legislação, norma legal ou sentença, que os desrespeitasse, teria de ser tratada como inválida[3]. Assim, pela primeira vez, um modelo de maquinaria legal foi fornecido para que os direitos fundamentais pudessem ser tratados como autênti-

---

2. Ver pp. 103-4 e 201-3.
3. Numa constituição escrita, as disposições referentes aos direitos humanos fundamentais não são necessariamente "derrogatórias". Por exemplo, a Declaração de Direitos do Canadá, recém-estabelecida, tem a forma de um estatuto comum e, portanto, não pode derrogar nenhuma legislação conflitante posterior, embora em *R. v. Drybones*, 9 D.L.R. (3rd) 473 (1970), tenha sido tratada como tendo força constitucional especial.

cas normas legais, governando relações legais concretas e não mais como meras fórmulas vazias. Entretanto, um outro desenvolvimento, em tempos mais recentes, foram as várias tentativas para expressar, em forma supranacional, os direitos humanos básicos, os quais são considerados um direito legal de todos os seres humanos. A esse respeito cumpre mencionar a Declaração Universal de Direitos Humanos de 1948, a Convenção Européia de Direitos Humanos e a Declaração sobre o Império da Lei, patrocinada pela Comissão Internacional de Juristas em 1959. Faremos algumas referências a esse desenvolvimento depois de examinarmos a abordagem constitucional interna.

Os principais valores expressos em liberdade legal

Por uma questão de conveniência, esses valores podem ser agrupados de acordo com os subtítulos que se seguem:

(1) *Igualdade e democracia*: Os seres humanos estão longe de serem iguais em físico, realização ou capacidade. Além disso, nenhuma sociedade moderna considerou desejável ou mesmo exeqüível impor um rígido igualitarismo em todas as esferas. Portanto, a igualdade perante a lei tende a ser interpretada como uma expressão da organização democrática da sociedade, a ser assegurada, até onde for praticável, pelo sufrágio universal, o reconhecimento da igualdade perante a lei[4], e o princípio de não-discriminação no tocante a matérias como raça, cor ou credo.

---

4. Nesse sentido, a introdução de um esquema de ajuda legal gratuita ou (como na Inglaterra) de assistência à ajuda legal baseada num exame de recursos seria da maior importância.

Em anos recentes, a questão da não-discriminação é uma das que têm originado as maiores dificuldades e controvérsias. A noção fundamental diz que uma diferença de sexo, religião, raça ou cor não poderá ser considerada um princípio válido de discriminação entre cidadãos, em relação aos direitos legais. Longe de aceitarem esse princípio, é sabido que alguns Estados modernos, como a Alemanha nazista e, nos dias atuais, a República da África do Sul, arvoraram a discriminação racial ou religiosa em artigo de fé e aplicaram-no com todo o rigor de um sistema jurídico repressivo de amplitude sem paralelo. Além disso, mesmo em países como os Estados Unidos, onde a idéia fundamental de igualdade se insere na própria Constituição, tremendas dificuldades têm sido experimentadas para pôr em vigor esse princípio. O mais notável exemplo ilustrativo é dado, evidentemente, pelas decisões recentes do Supremo Tribunal dos Estados Unidos[5], estabelecendo que a segregação entre brancos e negros em estabelecimentos educacionais americanos é contrária à Constituição, e que a existência de instituições separadas, embora iguais, para esse fim, também é contrária ao princípio legal de igualdade. Essas decisões, embora revestidas de força de lei, defrontaram-se com resistência considerável e é por demais sabido que em todo o território dos Estados Unidos são ampla e efetivamente exercidas inúmeras práticas discriminatórias contra diferentes grupos raciais, religiosos e outros, à revelia do que a lei possa determinar.

Talvez se possa concluir que duas lições muito importantes decorrem dessa situação, do ponto de vista das relações da lei com a sociedade. Em primeiro lugar, é evidente que as normas legais que não exprimem os costumes e práti-

---

5. Ver especialmente *Brown v. Board of Education*, 347 U.S., 483 (1954).

cas tradicionais nem os padrões de conduta que prevaleçam numa dada comunidade são suscetíveis, a despeito de toda a panóplia de processos legais, de permanecer como letra morta, através da resistência passiva ou mesmo ativa dos cidadãos. A segunda consideração é que, se a lei pretende ser um foco efetivo para dar expressão a valores fundamentais, ela não pode contentar-se em aspirar meramente a refletir, em todos os aspectos, o nível comum de moralidade ou os padrões aceitos de comportamento social preponderantes na comunidade; ela deve ser vista como uma força orientadora positiva, a qual pode ser usada como instrumento de progresso social[5a]. Deparamos com o dilema fundamental de que isso parece, inevitavelmente, envolver o procedimento não-democrático de uma minoria "esclarecida" conduzindo a maioria recalcitrante numa direção que ela não deseja. Porém, se não for reconhecido que, numa sociedade dinâmica e progressista, deve existir campo suficiente para o impulso proveniente de grupos minoritários, em vez da simples submissão aos preconceitos da massa, a democracia apresentar-se-á, necessariamente, como inimiga de todo o progresso. É neste ponto que o elemento de livre discussão e a possibilidade de influenciar a opinião pública mediante argumentos racionais constituem um fator tão vital de igualdade democrática. A esse respeito, o emprego de normas legais como um meio de controlar, desenvolver e mudar a opinião pública acerca de questões vitais é fortemente ressaltado pelo choque atual entre as decisões do Supremo Tribunal dos Estados Unidos e a opinião da massa nos Estados sulistas. É claro, neste exemplo, que a autoridade da lei é grandemente ajudada pelo fato de existir uma convicção generalizada entre numerosos segmentos da população norte-americana, sobretudo fora dos Estados sulistas, de que a não-discriminação é um valor de

---

5a. Ver, nesse sentido, o *Race Relations Act*, 1968.

importância fundamental numa sociedade democrática. Parece óbvio que se o peso da opinião pública na totalidade dos Estados Unidos fosse favorável à segregação, não só as recentes decisões judiciais teriam sido muito menos eficazes do que provaram ser, mas as próprias decisões teriam sido quase impensáveis em tal contexto[5b].

(2) *Liberdade de contrato*: Durante o apogeu do regime de *laissez-faire*, que, poderíamos dizer, ocorreu entre os começos do século XIX e a eclosão da guerra de 1914, a idéia de liberdade de contrato foi considerada, em alguns aspectos, um dos valores supremos de uma sociedade desenvolvida. A interferência do Estado, especialmente na esfera econômica, foi tratada como um grande mal e pensava-se que a economia de uma sociedade livre podia desenvolver-se muito melhor através do direito do cidadão de fazer seus próprios acordos e ajustes contratuais. Nos Estados Unidos, essa doutrina foi tratada com peculiar reverência e aplicada, o que é bastante significativo, não apenas ao direito de cada cidadão de realizar seus próprios contratos livre da interferência do Estado, mas também ao das grandes empresas comerciais e industriais, que assim cresceram rapidamente nesse país, durante a parte final do século XIX. Os espantosos abusos que resultaram de um sistema de tão irrestrita liberdade de ação desencadearam um contramovimento em favor do controle do Estado, ainda que isso pudesse infringir a liberdade contratual dos indivíduos. A primeira e decisiva medida nessa direção foi a legislação contra os monopólios e as práticas comerciais restritivas introduzidas nos Estados

---

5b. In *University of California v. Bakee* (1978), 98 – S.C., 2733, a Corte Suprema dos Estados Unidos rejeitou a anulação da discriminação sob a forma de cotas raciais, embora outras formas de ação positiva pudessem ser empreendidas.

Unidos na virada do século, mas os tribunais, de um modo geral, foram morosos em modificar sua decisão à doutrina mais antiga. Assim, o Supremo Tribunal manifestou acentuada hostilidade a respeito da legislação sobre bem-estar social, como a fiscalização do horário de trabalho para mulheres e crianças na indústria, legislação essa que os juízes freqüentemente derrubaram como inconstitucional e em conflito com o valor vital da liberdade contratual. Na Inglaterra, esse tipo de legislação, inspirado pela filosofia de Bentham, estava estabelecido desde fins do século XIX. Além disso, não existiam disposições encasteladas numa constituição escrita que pudessem ser usadas na Inglaterra como uma arma que permitisse à doutrina da liberdade contratual resistir ao fluxo da legislação social. Nos Estados Unidos, por outro lado, essa doutrina ainda era muito usada pelos tribunais contra a legislação introduzida pelo Presidente Roosevelt durante o seu *New Deal*, e somente na década de 1940 é que o Supremo Tribunal acabou reconhecendo que a liberdade de contrato não era mais aquele pilar da comunidade que outrora se pensava que fosse.

Era usualmente ignorado por aqueles que consideravam a liberdade de contrato o alicerce de uma sociedade livre que, sem igualdade de posição de negociação e barganha, tal liberdade era passível de ser inteiramente unilateral. Dizer, por exemplo, que os trabalhadores fabris da Inglaterra, em meados do período vitoriano, eram livres para aceitar ou declinar os termos e condições de trabalho que lhes eram oferecidos pelos patrões e, portanto, dispunham de liberdade para encaminhar as negociações de acordo com seus próprios interesses, era ignorar completamente as realidades econômicas subjacentes. Com a ascensão dos sindicatos, em tempos recentes, algo como a igualdade genuína de poder de barganha transformou o caráter das relações industriais, embora isso não signifique que não exista ainda margem para a intervenção do Estado nessa matéria, como assinalaremos mais adiante[6]. Além disso, o Estado moderno achou ser cada vez mais necessário reconhecer que muitas classes de pessoas, como os compradores de bens (especialmente à sombra de acordos de compra a prazo), necessitam de proteção contra os comerciantes e fornecedores que procuram impor termos e condições injustos e exorbitantes àqueles que são incapazes de negociar eficazmente em defesa de seus próprios interesses. O desenvolvimento generalizado dos chamados contratos "padronizados" expôs ainda mais a irrealidade da liberdade de contrato no mundo econômico hodierno. Em alguns casos, promulgou-se a legislação (como os *Hire Purchase Acts* ou leis que regem o sistema de compras a prestações) para corrigir os abusos mais palpáveis que resultaram como inevitável conseqüência econômica da irrestrita liberdade contratual[7].

(3) *O direito de propriedade*: São poucas as sociedades em que não se considera a preservação da propriedade um dos objetivos supremos da lei. O poder do Estado ou do soberano para tributar os cidadãos certamente parecia envolver uma usurpação desse direito, mas encontrou-se, nesse caso, uma fórmula conciliatória com a introdução do princípio segundo o qual a tributação era permissível desde que houvesse consentimento para ela; e isso significou, no moderno Estado democrático, ser a tributação autorizada por um legislativo representativo e devidamente eleito. Nos dias de hoje, em todas as comunidades desenvolvidas, o nível de tributação foi estabelecido em alturas que, em épocas pas-

---

6. Ver pp. 178-9.
7. Ver também adiante, pp. 312-4; e ver *Supply of Goods (Implies Terms) Act*, 1973, *Consumer Credit Act*, 1974, e *Unfair Contract Terms Act*, 1977, os quais conferem todos proteção adicional ao consumidor.

sadas, teriam sido consideradas nada menos que confiscatórias.

Embora a inviolabilidade da propriedade ainda continue tendo um valor importante na sociedade ocidental, subsiste o fato de que esse princípio tem sido alvo de usurpações bastante consideráveis. A nacionalização de indústrias inteiras, o vasto controle pela legislação urbanística dos usos do solo e das edificações, os amplos poderes de aquisição compulsória de terras de proprietários privados sem o consentimento destes, são outras tantas medidas hoje aceitas como características essenciais da maquinaria do Estado para controlar o bem-estar da comunidade. É verdade que sob um sistema marxista ou semimarxista, como o da União Soviética, a função social da propriedade pode ser tratada como de importância ainda muito maior. Na União Soviética, a proteção da propriedade privada é concedida unicamente à propriedade adquirida pelo trabalho e está confinada a artigos de uso pessoal e não, por exemplo, aos meios de produção ou à terra. Assim, os objetos de propriedade são muito mais estritamente limitados pela teoria marxista, se bem que, em comparação com o moderno Estado de bem-estar, a diferença talvez seja apenas de grau.

Na atualidade, a crença fundamental no reconhecimento da propriedade privada mantém-se na noção de que a propriedade não deve ser arbitrariamente adquirida de pessoas particulares sem uma compensação adequada. Mesmo assim, entretanto, pode haver diferenças acentuadas no ponto de vista do que constitui uma compensação adequada. Na Inglaterra, sob o governo trabalhista que chegou ao poder após o término da II Guerra Mundial, foi introduzida uma legislação pela qual a compensação se baseava no valor de uso corrente da terra, sem levar em conta o valor que a terra poderia alcançar no mercado, se consideradas as suas potencialidades de desenvolvimento. Mais recentemente, um governo conservador revogou essa legislação, estipulando que a compensação deveria estar relacionada com o valor de mercado, inclusive o valor potencial de desenvolvimento[7a]. Temos aqui uma ilustração efetiva do fato de que, embora uma certa liberdade possa ser universalmente aceita como válida, sua interpretação precisa pode levar a conseqüências muito diferentes.

(4) *O direito de associação*: Muitos tipos de atividades de grupo podem ser considerados nesta alínea. Temos a questão do direito de vários tipos de grupos, sejam eles sociais, políticos, econômicos ou de qualquer outra espécie, de se organizarem e conduzirem suas atividades. Isso abrange também questões tais como o direito de empresas comerciais de se organizarem e até que ponto elas podem ser legitimamente restringidas a fim de proteger o público contra monopólios, práticas restritivas, concorrência desleal ou fraude. Assim, grande parte do moderno direito comercial ocupa-se de várias medidas para proteger o investidor contra práticas impróprias ou fraudulentas que poderão ocorrer na manipulação especulativa de flutuações de valores mobiliários em Bolsa ou na condução dos negócios de empresas de capital aberto. Mas temos também a questão do direito do trabalhador de se organizar em sindicatos e de negociar numa base coletiva com patrões ou associações representativas da classe patronal. Por último, mas não de somenos importância, temos o direito do povo de realizar assembléias públicas, com o objetivo de protestar, de influenciar a opinião pública, etc.

7a. Subseqüentemente, um novo governo trabalhista introduziu um "imposto de melhorias" sobre os valores de desenvolvimento, o qual, por seu turno, foi abolido pelo governo conservador que lhe sucedeu, para ser de novo estabelecido pelo *Community Land Act* de um governo trabalhista ulterior. O Ato também foi agora revogado.

O direito de organização de assembléias públicas e comícios originou viva controvérsia em tempos modernos e também criou problemas consideráveis para o legislador e para os tribunais. Evidentemente, o Estado tem o direito de preservar a ordem pública, mas isso pode freqüentemente colidir, em pontos críticos, com o direito de organizar manifestações de protesto. Por exemplo, devem tais reuniões ser permitidas, mesmo quando convocadas para o fim expresso de insultar e suscitar hostilidade contra determinados segmentos da comunidade, como certas minorias raciais ou religiosas? Na Inglaterra, em virtude do surto de fascismo durante a década de 1930, concluiu-se ser necessário promulgar o *Public Order Act* de 1936, impedindo o uso de uniformes não-oficiais em lugares públicos e impondo também restrições ao uso de linguagem abusiva em reuniões públicas. É óbvio que esse direito de organização de assembléias públicas está intimamente relacionado com o direito mais geral de liberdade de expressão e, portanto, voltaremos a tratar desse problema na alínea adequada.

(5) *Liberdade de trabalho*: Este direito, em tempos modernos, desenvolveu-se principalmente em relação à organização sindical do trabalho. Muitos problemas surgiram nas relações externas de sindicatos ou com outros sindicatos ou com os patrões, assim como problemas internos referentes à organização dos próprios sindicatos e suas relações com seus membros ou com trabalhadores não-filiados. Depois de terem sido por muito tempo tratados como organizações ilegais, os sindicatos acabaram por estabelecer-se em seu papel legítimo como órgãos essenciais da moderna comunidade democrática. Entretanto, pelo *Industrial Relations Act* de 1971, foram impostas numerosas restrições legais de grande alcance. Foi criado um novo tribunal (*National Industrial Relations Court*) com amplos poderes, incluindo a san-

ção final de recolhimento à prisão por desacato ao tribunal. O governo trabalhista, em 1974, revogou o *Industrial Relations Act* e substituiu-o por uma nova lei, o *Trade Union and Labour Relations Act* de 1974. É dado aos trabalhadores o direito de se filiarem a um sindicato e a demissão de um empregado por ser membro de um sindicato ou participar em suas atividades é considerada uma demissão sem justa causa, dando ao empregado o direito de exigir uma indenização. Mas o empregado é privado de tal reparação se for demitido por recusar-se a ingressar ou permanecer num sindicato especificado num acordo de filiação sindical, a menos que sua objeção se baseie em motivos religiosos ou seja considerada "razoável". O *Industrial Relations Act* criou também um novo tipo de delito designado como "prática industrial desleal", mas que foi eliminado pela nova legislação. Os atos preparatórios ou promotores de litígios entre patrões e sindicatos voltaram a ser protegidos da responsabilidade judicial por danos a direitos alheios. Além disso, após a reviravolta efetuada pela lei de 1971, foi restabelecida a imunidade dos sindicatos contra ações judiciais por danos e prejuízos causados a terceiros e reafirmado o direito dos trabalhadores à greve quando considerarem que seus interesses estão em jogo – direito esse que foi incorporado às liberdades fundamentais de uma sociedade democrática. Mas as fronteiras de tal liberdade nunca podem ser determinadas de forma concludente, como foi demonstrado pela controvérsia, na década de 1960, sobre quais eram os limites da organização legítima de piquetes de greve. O *Trade Union Act* de 1974 acentua que os piquetes pacíficos são legítimos. Os sindicalistas podem "comparecer ao local de trabalho ou perto dele ou a qualquer outro local onde porventura esteja uma outra pessoa (desde que não seja o seu lugar de residência) com o propósito exclusivo de pacificamente obterem ou comunicarem informações, ou pacificamente persuadirem qualquer pessoa a trabalhar ou abster-se de trabalhar"[8]. Mas poderão abordar e parar veículos a fim de se comunicarem com seus ocupantes? Sentenças recentes[8a] rejeitaram tal pretensão. O Congresso dos Sindicatos (*Trade Union Congress*) pressionou no sentido de uma ampliação do direito de piquete a fim de abranger tais casos, mas houve considerável controvérsia sobre se tal ampliação não envolveria uma inaceitável violação dos direitos dos não-grevistas e do público em geral.

Subjacente nessas controvérsias está a questão sobre se e, no caso afirmativo, em que medida o governo deve intervir nas relações industriais.[9] O ponto de vista inglês tradicional tem sido, de um modo geral, não-intervencionista. O *Industrial Relations Act* de 1971 rejeitou essa filosofia com resultados que perturbaram as relações trabalhistas. A Lei de 1974 pôs fim à experiência de encaixar as relações industriais numa moldura legal severamente traçada, embora o *Employment Act* de 1980 tenha introduzido algumas novas restrições. Outros países, entretanto, como os Estados Unidos, a Austrália e as nações escandinavas, puseram muito mais fé em alguma forma regular de procedimento arbitral compulsório ou semicompulsório, de caráter judicial ou quase-judicial. O que está realmente em jogo é a capacidade de um grupo de trabalhadores de exigir resgate não só a uma indústria inteira, mas até da vida econômica de um país. O Serviço de Conciliação e Arbitragem, que fornece serviços de conciliação e também pode nomear árbitros, mas só com

---

8. *Trade Union and Labour Relations Act*, 1974, seção 15. Ver agora o *Employment Act* de 1980, seção 16.

8a. Ver *Broome v. D. P. P.* [1974], I All E.R. 314, e *Kavanagh v. Hiscock* [1974], 2 All E. R. 177.

9. Ver Kahn-Freund, *Labour and the Law* (1972) e Rideout (1974), 27 Current Legal Problems 212.

o consentimento de todas as partes litigantes, embora útil, não ofereceu, em absoluto, uma resposta efetiva para esse problema crucial.

(6) *Liberdade da miséria e segurança social*: A necessidade de proteger todos e cada um não apenas contra a pobreza angustiante, mas também na fruição de um razoável padrão de vida, no emprego ou fora dele, estabeleceu-se gradualmente como um dos valores supremos do Estado moderno. Na Inglaterra, por exemplo, foi implantado um sistema elaborado de seguro nacional, o qual – apesar de todos os seus defeitos e deficiências – tenta fornecer, de qualquer modo, uma cobertura abrangente contra os riscos de desemprego e de incapacidade física prolongada durante o emprego de uma pessoa, bem como a concessão de pensões depois da aposentadoria. Essa ênfase na necessidade de repartir os riscos de infortúnio entre a comunidade, como um todo, em vez de permitir que eles simplesmente afetem a vítima do infortúnio, levou à realização de novas tentativas de ampliar a noção de segurança a muitos outros riscos que acompanham a vida cotidiana.

O mais patente deles é o risco de danos em vias públicas em virtude do uso de veículos motores e a extensão desse problema resultou em planos variados de seguro compulsório contra terceiros, de modo que uma pessoa que é acidentada por condução negligente de outrem pode estar certa de obter indenização de uma companhia de seguros, se o motorista negligente carecer de meios suficientes. O valor do seguro social e a convicção de que é um dos principais objetivos do sistema jurídico assegurá-lo parecem conflitar, em algum ponto, com o princípio geralmente consagrado da responsabilidade civil, sob o qual uma pessoa só está habilitada a ressarcir-se por danos sofridos ou a receber indenização, se ela puder comprovar alguma negligência ou outra falta por parte do culpado[10]. Essa idéia, de que a compensação só é pagável mediante prova de um ato culpável, foi rejeitada, até certo ponto, na esfera dos acidentes industriais, quando um plano de compensações foi estabelecido na Inglaterra e em muitos outros países, estipulando indenizações numa escala estatutária se o dano físico teve lugar durante o emprego. É verdade que na Inglaterra esse plano é em adição e não em substituição da responsabilidade ordinária prevista na lei comum, a qual pode ainda ser estabelecida se for provado que o acidente resultou de negligência do empregador ou de alguém por quem ele era responsável. Em alguns países, entretanto, como no Canadá, foi criado um plano de compensação por acidentes industriais em substituição da responsabilidade na lei comum. Seja como for, o princípio de seguro não foi aplicado, de um modo geral, a outros tipos de acidentes, como os de trânsito, pois cumpre ter em mente que mesmo um seguro contra terceiros somente opera quando se comprova que o motorista foi culpado de negligência e causou o acidente.

Em suma, há atualmente um sentimento geral de que talvez exista a necessidade de um sistema mais global de segurança social que proteja as pessoas contra o risco de acidentes, além dos industriais, em conseqüência dos quais elas possam ficar incapacitadas ou perder seus meios de subsistência, com grave prejuízo para elas próprias e para seus dependentes. Deve o direito de ressarcimento depender apenas, em tais casos, de se poder comprovar a negligência por parte de algum transgressor da lei? Isso talvez seja extremamente difícil de fazer em muitos casos, e pode ser considerado, num certo sentido, irrelevante para o fato de que o indivíduo sofreu uma desgraça para a qual a justiça social

---

10. O direito moderno admite casos de responsabilidade estrita, ou seja, responsabilidade sem prova de negligência, em algumas circunstâncias algo excepcionais, mas o princípio geral permanece tal como foi enunciado.

requer que lhe seja feita uma reparação pela comunidade como um todo, em vez de permitir que a perda recaia inteiramente sobre esse indivíduo. Poder-se-á dizer que, no fim de contas, o indivíduo pode sempre tomar suas próprias providências, fazendo um seguro privado, mas esse é o tipo de argumento que tem sido tradicionalmente usado contra todos os tipos de legislação previdenciária e de segurança social e tem um certo ranço de filosofia vitoriana de auto-ajuda. De qualquer modo, a lei permanece associada à noção de que a compensação por acidentes deve depender da atribuição de responsabilidade a um indivíduo que é responsável por sua própria negligência ou de outrem. À medida que o aspecto de segurança social do sistema legal se amplia cada vez mais, essa forma de pensamento é passível de se tornar obsoleta, podendo ser finalmente substituída por um plano abrangente de segurança[10a], complementado possivelmente, em certos aspectos, pela forma existente de responsabilidade pessoal perante a lei comum. Vemos aqui como o simples estabelecimento de certos tipos de valores como fundamentais numa comunidade pode ainda deixar muitas questões de princípio em debate, embora a aceitação de um novo valor desse gênero gere inevitavelmente um impulso próprio que tende a criar ramificações em muitos, se não em todos os aspectos do sistema legal[10b].

(7) *Liberdade de expressão e de imprensa*: Em qualquer comunidade em que predominam os valores democráticos e

---

10a. Conforme foi recomendado para a Nova Zelândia na *Royal Commission on Compensation for Personal Injury in New Zealand* (1967) e mais tarde implementado. Uma Comissão Régia relatou sobre esse assunto no Reino Unido, em 1978 (Cmnd 7054).

10b. A análise desse problema no Relatório Finer sobre famílias que perderam o cabeça de casal, que recomendava *inter alia* uma pensão do Estado em benefício dessas famílias, está superada. Ver Cmnd 5629 (1974).

igualitários, é óbvio que o direito à liberdade de expressão e o direito à liberdade de imprensa devem ser qualificados como valores fundamentais, pois sem eles a possibilidade de desenvolvimento e cristalização da opinião pública, permitindo que ela exerça influência sobre os órgãos governamentais do Estado, estaria condenada a ser virtualmente ineficaz. Assim sendo, é normal encontrar as liberdades desse caráter colocadas numa posição central no complexo de direitos fundamentais exarados em constituições escritas. Mas, mesmo pressupondo uma constituição que garante essas liberdades, subsiste ainda a questão sobre como devem elas ser interpretadas e o que significam na prática. A liberdade de expressão não pode ser totalmente irrestrita, pois em qualquer sociedade razoavelmente organizada existe ainda uma lei que prevê os casos de difamação, a qual dissuade as pessoas de fazerem ataques injustificados e inverídicos à reputação de outras. E existem muitas outras restrições. Mesmo que o Estado seja suficientemente liberal para permitir quaisquer ataques em público ou em particular contra o governo e a administração do Estado, incluindo o caráter de sua constituição fundamental e de sua estrutura econômica e social, a lei poderá ainda fincar um limite quando se verificam tentativas de incitamento de outros para que derrubem o governo ou a constituição pela ação violenta. Essa distinção é feita na lei inglesa de sedição, tal como esta é interpretada geralmente nos tempos modernos, mas a linha divisória nem sempre é fácil de traçar. Também na maioria dos sistemas legais, se não em todos, são impostas algumas restrições a publicações ou representações consideradas obscenas. O efeito da chamada obscenidade sobre mentalidades maduras ou imaturas é extremamente obscuro e não se pode afirmar que tenha sido estabelecido, em nenhuma forma precisa, pela moderna pesquisa psicológica[10c]. Subsiste o fato, porém, de que a maioria das comunidades considera existir um certo tipo de publicações obscenas que não devem ser permitidas, por serem potencialmente perniciosas e também por ofenderem certos padrões estabelecidos de gosto. Houve um tempo, entretanto, em que a lei da obscenidade foi usada como um meio de coibir a publicação de muita literatura séria, como os romances de Zola e de James Joyce. Uma abordagem muito mais liberal está ficando hoje cada vez mais comum e isso foi indicado na Inglaterra pela promulgação do *Obscene Publications Act* de 1959[11] e pelo veredicto de absolvição no processo instaurado em 1960 contra os editores do célebre romance de D. H. Lawrence, *O amante de lady Chatterley*. No que se refere à Inglaterra – e essa posição já foi estabelecida nos Estados Unidos há alguns anos – parece ser agora doutrina aceita que um livro não será tratado como ilícito meramente por conter palavras grosseiras e descrições sexuais explícitas, desde que o livro seja de caráter sério e não vise simplesmente a um tipo de leitor de pornografia[11a].

Um outro aspecto da liberdade de expressão relaciona-se com a censura. A liberdade de expressão e de imprensa subentende usualmente a ausência de censura prévia, ou seja, as obras podem ser livremente publicadas, ficando sujeitas a qualquer possível ação judicial subseqüente. Tal ação judicial dependerá, portanto, da legislação geral sobre difamação, sedição, obscenidade, etc., e não de qualquer ar-

---

10c. Ver, de Williams, o *Report on Obscenity and Film Censorship*, 1979, Cmnd 7772.

11. Digna de nota nesse Ato foi a introdução de uma nova defesa baseada no valor científico ou literário da obra, e a qual pode ser apoiada pelo testemunho de peritos.

11a. Ver *R. v. Calder & Boyars* [1968], 3 All E. R. 644. Mas *Knuller v. D. P. P.* [1972], 2 All E. R. 898, ao reconhecer um delito de ultraje à decência pública, parece ter trazido novamente a matéria à discussão.

bítrio ou critério administrativo. Esta é a posição que prevalece na Inglaterra, no tocante a livros e publicações periódicas, mas a censura também existe no Reino Unido em outros campos; grande parte do mundo dos espetáculos está submetido a uma ou outra forma de censura. No caso do teatro, o poder e o dever estatutários de Lord Chamberlain de censurar todas as representações teatrais públicas antes de sua estréia foram abolidos em 1968[11b]. Não existe censura oficial ou estatutária para o cinema, mas um substituto para ela foi criado através de uma forma de autocensura, nos moldes de uma Junta de Censores estabelecida pela própria indústria cinematográfica e que concede ou nega um certificado liberatório para cada filme, indicando a classe de público para a qual ele poderá ser exibido. Além disso, as autoridades locais têm poderes para conceder ou negar licenças a salas de exibição segundo critérios próprios e isso permite-lhes controlarem a exibição de filmes nos cinemas de suas áreas de jurisdição. Embora essas autoridades aceitem usualmente o certificado da Junta, elas têm o poder final ou de permitir a exibição de um filme que, de fato, foi recusado pela Junta de Censores ou, inversamente, rejeitar sua exibição na área de sua jurisdição, apesar da concessão de um certificado. No que se refere à televisão e rádio comerciais, a *Independent Broadcasting Authority* dispõe de poderes estatutários de censura sobre programas fornecidos pelos produtores e patrocinadores de programas independentes e radiodifundidos ou televisados pelas emissoras da IBA. A *British Broadcasting Corporation* (BBC) é a sua própria censora, no sentido de que está inteiramente a seu critério decidir o que deve ou não ser mostrado ou transmitido em seus programas; isso é ainda um poder censório, embora não seja exercido por um órgão separado. Essas formas de cen-

---

11b. Ver *Theatres Act*, 1968.

sura e, mais particularmente, a que se exerce sobre o teatro, têm sido alvo de muitas críticas, alguns adotando o ponto de vista de que não deve existir censura de espécie nenhuma, outros defendendo que o assunto deveria ficar entregue ao poder judicial, para possível instauração de processo no caso de um espetáculo ser, de algum modo, contrário à lei.

A verdadeira dificuldade está, neste caso, em determinar quais são os limites máximos de tolerância que podem ser exigidos pelo valor estabelecido de liberdade de expressão. Pois, independentemente das questões de obscenidade e difamação, subsiste ainda o problema de saber até que ponto é admissível usar os veículos de diversão ou de comunicação de massa como um meio de propagar doutrinas ou opiniões que possam ser consideradas repreensíveis ou condenáveis pela comunidade como um todo, ou por interesses importantes ou secionais, ou que sejam extremamente ofensivos para grupos de indivíduos. Uma vez admitida que alguma restrição é necessária ou desejável em relação a matérias como essas, é, num certo sentido, apenas uma questão de mecanismo se essa restrição será exercida por algum órgão administrativo ou deverá incumbir, em última instância, aos tribunais de justiça. Em teoria, isso envolve freqüentemente questões de gosto que não são facilmente tratadas pelos mecanismos judiciais, embora não pareça haver razões plausíveis para dizer que essas questões não são "judicialmente traduzíveis". Tampouco a experiência da atitude dos tribunais em relação à chamada literatura obscena indica necessariamente serem os tribunais suscetíveis de adotar uma atitude mais liberal do que alguma comissão ou órgão administrativo. Talvez uma solução de compromisso pudesse ser encontrada em favor tanto da conveniência administrativa quanto da liberdade fundamental de expressão, fazendo com que a censura, na medida em que seja necessária, fique a cargo de um órgão ou funcionário administrativo, mas com um tribunal independente que possa acolher recursos de suas decisões.

Subsiste, entretanto, um problema ainda mais fundamental em relação ao chamado limite de tolerância, a saber: até que ponto um Estado democrático deve estar preparado para permitir a propagação de doutrinas que visam a inspirar a intolerância contra grupos específicos? Deve-se permitir, por exemplo, que fascistas se aproveitem da tolerância do Estado democrático a fim de pregarem a intolerância contra determinados grupos a quem odeiam ou desprezam? Por exemplo, sob o *English Public Order Act*, 1936, o uso num comício público de linguagem abusiva ou insultuosa que é calculada para ocasionar uma perturbação da ordem constitui um delito. Isso permite a instauração bem-sucedida de um processo contra a pessoa que usa deliberadamente de linguagem insultuosa em relação a um determinado grupo de pessoas, quando se pode esperar que membros do grupo que está sendo insultado estejam presentes no comício e sejam dessa forma incitados a expressar sua hostilidade através de uma reação violenta[12]. Nada existe nessa lei, porém, que restrinja a redação, publicação ou distribuição de, por exemplo, material anti-semítico ou racista, e foi sugerido que a legislação deveria ser fortalecida a esse respeito. Um ponto de vista possível, que é fortemente aceito, diz que a lei deveria preocupar-se exclusivamente com matérias que envolvam a ordem pública e, portanto, não deveria tentar restringir as expressões de opinião, como as de aversão a grupos por causa de sua cor, raça ou religião, por mais censuráveis que essas opiniões possam ser e por muita hostilidade que possam inspirar. Um outro ponto de vista diz que a tolerância é uma característica essencial dos valores de uma

---

12. Ver *Jordan v. Burgoyne* [1963], 2 All E. R. 225. Mas cf. *Cozens v. Brutus* [1972], 2 All E. R. 1297.

sociedade democrática e que o próprio conceito de tolerância envolve a característica aparentemente paradoxal de que tal tolerância deve ser oferecida a todas as pessoas em relação a quaisquer opiniões por elas sustentadas, com a única exceção do caso de qualquer pessoa ou grupo que especificamente propague a intolerância contra um outro grupo. Neste último ponto de vista, deve ser reconhecido que existe um direito moral e legal de supressão da intolerância desse gênero, embora disso não se deva concluir que seja sempre prudente fazê-lo, e, nos casos em que fosse necessária a ação, a decisão dependeria da conveniência, oportunidade e outras considerações de natureza política no momento. Evidentemente, mesmo este segundo ponto de vista não envolve a idéia de que qualquer grupo deve estar imune a críticas, mas apenas que não deve ser tolerável insultar e ofender seus membros ou tentar inspirar aversão contra eles, com o propósito de encorajar sua supressão ou sua submissão a limitações legais[12a].

Os problemas de censura são geralmente considerados desde o aspecto negativo, mas talvez seu maior significado, nos dias de hoje, esteja no lado positivo. Um dos perigos reais existentes nesta nossa época de comunicação de massa é a tendência dos órgãos de opinião pública para se concentrarem cada vez mais em meia dúzia de mãos, em virtude de fusões de empresas jornalísticas, de aquisição do controle de firmas editoras, etc.; além disso, as instalações para transmissões radiofônicas ou de televisão encontram-se nas mãos ou de autoridades públicas ou de muito poucos interesses comerciais. Existe, portanto, um considerável risco, o qual já é manifesto nesse campo, de que tais veículos se-

---

[12a]. Os *Race Relations Acts*, 1965 e 1968, são uma tentativa de resolução desse problema.

jam propensos a servir de instrumento complacente para o que é considerado aceitável pelos padrões convencionais da opinião pública e de que as mais vigorosas e genuinamente independentes formas de jornalismo e entretenimento sejam sufocadas a favor de um ameno nivelamento por baixo do material oferecido ao público. A própria lei, obviamente, pode fazer muito pouco para inspirar a independência positiva desse tipo, embora seja concebível o recurso a algumas medidas que restrinjam ou controlem as fusões e também garantam que os órgãos de censura não sejam meramente usados com o propósito de impor rigorosamente a submissão a padrões convencionais de gosto e opinião.

Entre todos esses veículos de comunicação de massa, a imprensa retém claramente uma posição central por causa de sua capacidade inigualável para servir como um foco de opinião pública. Nessa base, são feitas às vezes tentativas para tratar a liberdade de imprensa como uma liberdade suprema que deve sobrepor-se a todas as outras liberdades na comunidade democrática. Isso, porém, é esquecer a posição muito especial ocupada pelos jornais no Estado democrático, em virtude de sua propriedade estar nas mãos de um reduzido número de "barões da imprensa". Além disso, o desejo compreensível de aumentar suas circulações fez com que muitos jornais cedessem a um tipo altamente irresponsável de jornalismo, do qual as freqüentes violações da privacidade individual, com o intuito de banquetear o público com notícias sensacionalistas, fornecem um exemplo notório e uma salutar advertência. Nos Estados Unidos, os tribunais têm, em alguns casos, acolhido ações por esse tipo de intrusão injustificável na privacidade de cidadãos e também existe legislação sobre essa matéria em alguns estados norte-americanos. Na Inglaterra, a lei não foi criada para uma evolução nesse sentido, nem a tentativa de preencher a lacuna mediante a criação de um Conselho de Imprensa provou ser, até agora, particularmente eficaz[13]. A divulgação por certos setores da imprensa do que se tornou conhecido como o caso *Vassall* enfatizou ainda mais a inconveniência de conferir privilégios extraordinários à imprensa[13a]. Quando, em decorrência da investigação Vassall, dois jornalistas foram presos por desacato à autoridade, ao se recusarem a indicar as fontes de sua pretensa informação, foi argumentado que estava publicamente consagrada a norma segundo a qual os repórteres de jornais gozavam do privilégio de sigilo quanto às suas fontes de informação, mas essa sugestão foi inteiramente rejeitada pelos tribunais ingleses[14]. Se um certo jornalista considera contrário à sua moral ou consciência profissional, num determinado caso, revelar suas fontes é uma outra questão, e suscita o problema, já discutido[15], em torno do conflito entre consciência e lei. O que parece não estar provado é que exista necessariamente qualquer interesse público preponderante que dê direito aos jornalistas a gozarem de completa imunidade no tocante à revelação de suas fontes de informação, quando ninguém mais desfruta de tal imunidade[16].

---

13. Resta ver se a recente introdução de um presidente independente e de um certo número de membros independentes do Conselho será capaz de provocar uma grande diferença, em vista do fato de que essas pessoas são nomeadas pelo próprio Conselho e um financiamento muito inadequado foi colocado à disposição do Conselho. Além disso, ainda faltam quaisquer poderes concretos para impor o cumprimento de suas decisões. Sobre a imprensa em geral, ver *Report of Royal Comission* (1977), Cmnd 6810.

13a. Trava-se atualmente grande controvérsia sobre se os jornalistas devem poder operar um *closed shop.* Ver *Trade Union (Amendment) Act*, 1976.

14. Ver *A-G. v. Mulholland* [1963], I All E. R. 767.

15. Ver p. 122.

16. Alguns sistemas jurídicos concedem tais privilégios, por exemplo, a sacerdotes. O direito inglês só os concede a advogados. A razão usualmente dada para isso é que o privilégio é o do cliente, mas isso é uma base especiosa de distinção, uma vez que poderia aplicar-se igualmente a outros casos. A base real desse privilégio é que, sem ele, seria muito difícil, se não impossível, conduzir a litigação. Ver também *British Steel Corporation v. Granada Television* [1980], 3 W. L. R. 774 (HL).

(8) *Liberdade de religião*: Em épocas anteriores, quando havia uma forte tendência para estigmatizar opiniões religiosas polêmicas como blasfemas ou heréticas, a questão da tolerância religiosa era o centro de toda a luta pela tolerância. Entretanto, a liberdade de crença religiosa é agora reconhecida como um valor estabelecido numa sociedade democrática, embora as implicações exatas dessa doutrina possam apresentar-se sob uma luz muito diferente em distintas comunidades. Na Constituição dos Estados Unidos não é permitida nenhuma religião oficial, ao passo que na Inglaterra uma religião oficial, o anglicanismo, é parte essencial da constituição. Talvez a ausência de ardor religioso na Inglaterra impeça esse aspecto do problema de assumir qualquer grande significado nos dias atuais. Os principais aspectos da liberdade de religião suscetíveis de destaque hoje em dia relacionam-se com a discriminação contra grupos religiosos, o que já foi mencionado em alíneas anteriores, e com a questão das escolas religiosas, ou o ensino específico de fé ou doutrina religiosa em escolas do Estado ou de outros tipos. Independentemente desse gênero de problema, que avultou em alguns países como a França e os Estados Unidos, a doutrina religiosa vê-se, algumas vezes, em conflito com a ordem pública estabelecida. Os mórmons podem permitir e encorajar a poligamia – seria desnecessário acrescentar que isso já deixou de ser assim – e os cientistas cristãos podem recusar assistência médica para seus filhos. Nestes tipos de casos, a lei recusa-se geralmente a considerar os grupos religiosos como qualificados para qualquer grau especial de imunidade em face da legislação vigente e, portanto, instaurará processo contra infrações ao código penal, por muito religiosos que sejam os motivos que as inspiraram. Isso não causa usualmente viva controvérsia do ponto de vista da liberdade de consciência, uma vez que a lei é cautelosa em impor somente sanções penais nos casos

que teriam amplo apoio de uma opinião pública razoavelmente esclarecida. Uma mãe que, sejam quais forem seus piedosos motivos, permite a morte de seu filhinho indefeso por falta de assistência médica, tem probabilidades muito remotas de inspirar profunda simpatia no grande público, com base na liberdade de consciência.

(9) *Liberdade pessoal*: Embora a liberdade pessoal possa facilmente qualificar-se como suprema entre as liberdades de uma sociedade democrática, é difícil encontrar aplicações específicas que não se enquadrem mais facilmente em outras liberdades e aí possam, talvez, ser tratadas de modo mais conveniente. Assim, questões tais como a necessidade de "devido processo de lei", ou seja, que nenhuma pessoa estará sujeita a penalidades legais, exceto por violação de alguma lei específica e devidamente promulgada, e que haverá salvaguardas adequadas a respeito da detenção e julgamento imparcial de pessoas acusadas, podem ser consideradas os elementos essenciais do "império da lei", de que nos ocuparemos na próxima alínea.

Um outro e talvez igualmente vital aspecto da liberdade pessoal é que todo o cidadão deve ser livre de ir e vir como lhe agrade, de aceitar ou rejeitar qualquer emprego que deseje, residir onde quer que decida e, de um modo geral, levar o tipo de vida que, sujeito à obediência às leis do país, lhe pareça ser bom. Essas liberdades negativas, mas vitais, que fornecem uma das mais importantes antíteses entre um regime totalitário e um genuinamente democrático, não resultam de nenhuma legislação positiva, mas, antes, do espírito geral do legislador, que se absterá de introduzir quaisquer elementos de compulsão nessas matérias, salvo quando existe alguma emergência pública de ordem superior, como o estado de guerra. Muitas dessas liberdades podem depender, em grande parte, da situação econômica do indivíduo e, na medida em que a estrutura econômica do país permite diferenças substanciais de fortuna entre classes e indivíduos, segue-se inevitavelmente que aqueles que possuem amplos meios terão mais liberdades desse gênero. Aqui temos, claramente, uma importante questão acerca da extensão em que o Estado está preparado e disposto a impor um elevado grau de igualitarismo econômico. Também a questão de liberdade para aceitar qualquer emprego está ligada a matérias já examinadas na alínea sobre liberdade de trabalho, como o controle de sindicatos sobre seus membros e o chamado *closed shop**. Quanto à questão da escolha de residência, ela gira, em grande parte, em torno dos recursos econômicos, embora o Estado possa dar considerável contribuição fornecendo moradia adequada, em locais convenientes, para aqueles setores da população que não desfrutam da livre escolha ao alcance dos ricos e também protegendo tais pessoas em relação à posse dos imóveis já ocupados por elas. Quaisquer medidas dessa última espécie, entretanto, conflitarão com a crença na liberdade geral de propriedade no que se refere aos locadores e essa consideração tem, sem dúvida, muito a ver com o gradual desmantelamento[16a] do sistema de controle de aluguéis que funcionou na Inglaterra desde a guerra de 1914.

A liberdade de viajar, dentro e fora das fronteiras do território do Estado, suscita importantes questões de liberdade pessoal. Este tipo de liberdade tem sido considerada axiomática, em tempos modernos, na Europa ocidental, mas certamente não na Europa oriental, onde as restrições à via-

---

* *Closed shop:* Uma fábrica que funciona sob convênio entre um sindicato operário e o empregador, por meio do qual somente os trabalhadores sindicalizados poderão ser empregados nessa fábrica. (Literalmente, *closed shop* significa "oficina fechada".) (N. do T.)

16a. *The Rent Act*, 1965, inverteu essa tendência. Ver também *Rent Act*, 1974.

gem e residência em certas cidades ou territórios são tradicionalmente severas. A introdução universal de passaportes para fins de viagem ao estrangeiro colocou necessariamente um considerável poder nas mãos do Executivo, com ou sem qualquer legislação expressa, uma vez que, pelo simples expediente de reter um passaporte, o governo pode efetivamente impedir qualquer dos seus cidadãos de viajar ao exterior. Na Inglaterra, a administração pública não tem procurado, de um modo geral, tirar proveito dessa situação, embora o tenha feito ocasionalmente. A legislação inglesa não fornece ao cidadão nenhum recurso jurídico em tal caso. Nos Estados Unidos, têm sido feitas tentativas pelo Executivo para impedir a viagem de indivíduos ao exterior recusando-lhes um passaporte, com o objetivo de evitar que pessoas consideradas politicamente indesejáveis visitem outros países. O Supremo Tribunal dos Estados Unidos, entretanto, considerou inconstitucional essa forma de interferência do Executivo na liberdade pessoal, se exercida em bases meramente políticas, como a filiação do indivíduo no Partido Comunista.

Um regime de liberdade pessoal numa sociedade democrática envolve a liberdade não só dos cidadãos, mas de toda a comunidade, incluindo os residentes estrangeiros amigos ou que estejam temporariamente presentes no país em questão. Não obstante, um Estado pode ainda ter direito a reter poderes restritivos a fim de expulsar um estrangeiro que prevarique seriamente, ou de o devolver ao seu país de origem, de acordo com algum processo estabelecido de extradição. Os tratados de extradição excluem tradicionalmente os refugiados políticos, embora isso nem sempre seja assim, como foi recentemente sublinhado no caso *Enahoro*, a respeito da deportação de um cidadão da Comunidade Britânica da Inglaterra para ser julgado como réu político num outro país da

Comunidade, a Nigéria[17]. Uma outra lacuna nessa esfera da legislação inglesa foi recentemente trazida à luz no caso *Soblen*. Nesse caso, foi sustentado que o ministro da Justiça dispõe de plenos poderes para deportar a seu critério um estrangeiro de volta ao país de origem, do qual fugiu e onde já tenha sido julgado e considerado culpado de um delito que, dado o seu caráter político, não se qualifique para extradição, desde que o Ministro esteja convencido, em boa-fé, de que tal deportação é de interesse público[18]. Assim sendo, o cidadão estrangeiro parece estar efetivamente privado daquelas salvaguardas contra ser devolvido para enfrentar um julgamento político ou responder por infrações políticas que o procedimento tradicional dos tratados normais de extradição tem o propósito de proteger. Não se poderia encontrar melhor ilustração para o perigo de tornar direitos fundamentais pessoais subservientes a um interesse público vagamente definido, cujos limites serão exclusivamente resolvidos por decreto executivo[19].

(10) *O Império da Lei*: O Império da Lei é aqui mencionado em seu sentido estrito[20], como impondo aquelas garantias pro-

---

17. Ver. *R. v. Brixton Prison (Governor), ex parte Enahoro* [1963], 2 All E. R. 477.

18. *R. v. Secretary of State for Home Affairs, ex parte Soblen* [1962], 3 All E. R. 373. Ver o novo *Immigration Act*, 1971, que prevê um procedimento de apelação especial, embora limitado. Sobre o caso *Dutschke*, ver também Hepple (1971), *Modern Law Review*, vol. 34, p. 501.

19. Crítica semelhante pode ser feita à sentença em *Chandler v. D. P. P.* [1962], 3 All E. R. 142, sustentado que, de acordo com o *Official Secrets Act*, 1911, compete ao Executivo determinar, a seu critério exclusivo, quando um intento é prejudicial à segurança ou aos interesses do Estado.

20. O Congresso Internacional de Juristas em Delhi, em 1959, apresentou um conceito supranacional do Império da Lei, o qual deu uma interpretação muito mais ampla desse conceito; por exemplo, estabeleceu as várias liberdades que regeriam os atos do legislativo, como liberdade de expressão, liberdade de

cessuais que foram consideradas necessárias para assegurar o que na prática constitucional norte-americana é conhecido como "devido processo de lei". Isso envolve matérias como a garantia da independência do Judiciário; agilizar o processo e assegurar o julgamento imparcial das pessoas acusadas, assim como o adequado controle judicial sobre a polícia e os métodos policiais para obter confissões das pessoas acusadas; fornecer adequadas salvaguardas acerca da captura e detenção durante o julgamento[20a] e proporcionar adequada assistência legal àqueles cujos recursos financeiros não são suficientes para contratar uma defesa jurídica conveniente. Além disso, como os direitos do indivíduo se defrontam, neste caso, com os do Estado, o acusado deve ter direito a recusar-se a fazer qualquer declaração que possa incriminá-lo[21] e os que cumprem sua missão de advogados devem ser livres e independentes e não estar sujeitos a nenhuma pressão do Estado. Nem o advogado deve ser considerado, de maneira nenhuma, um agente do próprio Estado ou alguém cujas obrigações não são tanto para com o seu cliente quanto para com a administração da justiça, personificada pelo Estado. Uma outra aplicação dessa doutrina é o princípio consagrado de que nenhuma pessoa será considerada culpada de um delito que não esteja especificamente previsto em alguma proibição penal estabelecida antes da data em que se alega ter sido o delito cometido. Uma doutrina que permita aos tribunais de justiça reco-

---

crença religiosa, etc. Para as conclusões desse Congresso, ver o *Journal of the International Commission of Jurists*, vol. 11 (1959), p. 8, e para um comentário ver "The Rule of the Law as a Supra-National Concept" por Norman S. Marsch em *Oxford Essays in Jurisprudence* (1961), coordenado por A. G. Guest.

20a. A suspensão de salvaguardas durante uma emergência (por exemplo, o internamento na Irlanda do Norte) pode ser, e freqüentemente é, providenciada.

21. Esse direito está sendo agora alvo de sério ataque no 11º Relatório da Comissão de Revisão do Direito Penal (*Report of the Criminal Law Revision Committee*, 1972, Cmnd 4991), ataque que, no entanto, despertou reações hostis em numerosos setores.

nhecerem novos delitos penais de tempos em tempos, com base em que eles envolvem a violação de uma importante regra da moralidade vigente, como parece ter sido feito no chamado caso do *Ladies'Directory*[22], dir-se-ia ser contrária ao espírito daquele princípio e foi criticada por esse motivo. Pela mesma razão, a legislação penal de efeito retroativo também tem sido alvo de ásperas críticas e, de fato, é proibida em algumas constituições escritas modernas.

Cumpre observar também que um dos pressupostos inerentes do império da Lei, em tempos modernos, é o reconhecimento geral do princípio de que a responsabilidade é pessoal e individual, e de que, por conseguinte, uma pessoa só é responsável por suas más ações e não será punida simplesmente por estar, de algum modo, ligada a (ou relacionada com) um membro do mesmo grupo da pessoa culpada. A noção de responsabilidade de grupo, tão conhecida em fases anteriores do desenvolvimento jurídico[23], é inteiramente contrária ao espírito da legislação moderna. Poucos exemplos de invasão dos direitos individuais parecem mais flagrantes, hoje em dia, do que qualquer tentativa de punir um homem infligindo penalidades a membros de sua família. É verdade que, na moderna responsabilidade civil, é universalmente reconhecido o princípio de que um homem pode ser responsabilizado pelos atos de seus servidores ou agentes agindo no âmbito de seu emprego, mas a melhor explicação desse princípio estabelecido parece ser que ele deriva de um princípio aceito de política pública. Isto quer dizer que, quando os riscos de danos físicos são criados pelas atividades de servido-

---

22. Ver p. 76. Mas ver agora *Knuller v. D. P. P.* [1973], A.C. 425, e *Withers v. D. P. P.* [1974], 3 W. L. R. 751.

23. Um impressionante exemplo é o caso do construtor negligente no Código de Hammurabi, cujo edifício desmorona e mata o filho do proprietário. A pena foi a condenação à morte do filho do construtor; ver L. T. Hobhouse, *Morals in Evolution*, 7ª edição, 82.

res ou agentes, é legítimo que tais riscos sejam eqüitativamente distribuídos, impondo responsabilidade ao empregador, que está facilmente apto a negociar um seguro contra qualquer prejuízo, em vez de permitir-se que a totalidade dos danos recaia sobre a inocente parte lesada. Em todo o caso, o princípio de responsabilidade indireta aplica-se apenas à responsabilidade civil e não à penal, se bem que mesmo na legislação moderna existam alguns casos especiais em que esse princípio também é aplicável na esfera criminal[24].

A extensão do moderno império da Lei não está limitada a casos de salvaguarda de pessoas acusadas, mas possui também uma vasta e importante esfera de ação a respeito do exercício dos poderes do Estado e do governo. Todos os Estados modernos que subscrevem o princípio do império da Lei consideraram necessário desenvolver normas de direito administrativo que habilitem ou os tribunais de justiça ordinária ou alguns tribunais e funcionários especiais a exercerem fiscalização sobre as funções administrativas ou quase-judiciais do Executivo, em todos os seus ramos. Algumas dificuldades foram experimentadas no passado, em virtude, provavelmente, das ramificações da doutrina de soberania, quanto a permitir que cidadãos instaurassem ações ordinárias contra o Estado como tal. Essas dificuldades, entretanto, foram geralmente superadas, embora a situação, no que tange à Inglaterra, só fosse satisfatoriamente resolvida a partir de 1948, quando foi introduzida legislação para racionalizar esse ramo do direito.

Mais importante é a questão geral de queixas contra o Estado ou seus órgãos executivos, em relação aos seus pode-

---

24. Por exemplo, na Inglaterra, quando um funcionário fornece deliberadamente bebida alcoólica a uma pessoa embriagada, o dono do estabelecimento, ainda que seja abstêmio, pode ser condenado. Tais exceções baseiam-se na idéia de que a lei seria, nesses casos, facilmente burlada se a responsabilidade não pudesse ser imposta indiretamente.

res administrativos, quando, por exemplo, um cidadão deseja sustentar que esses poderes foram exercidos de maneira abusiva, imprópria, arbitrária ou negligente, ou em seu detrimento pessoal ou como membro de um grupo afetado. Os sistemas de direito consuetudinário, de um modo geral, fixaram sua fé numa jurisdição supervisora administrativa, exercível pelos tribunais ordinários, ao passo que os países do continente europeu favoreceram geralmente um sistema independente de supervisão administrativa, operada por um conjunto separado de tribunais administrativos ou exercida por um funcionário específico, como o *ombudsman*[24a] escandinavo. O império da Lei não está, como tal, interessado no procedimento técnico exato que é aplicado para fazer valer seus requisitos, exceto na medida em que um sistema fundamentalmente ineficaz não se harmonize com as necessidades do império da Lei ou descumpra suas exigências. É justo que se diga que alguns países desenvolveram um sistema de direito administrativo a cargo de tribunais separados, como o justamente celebrado sistema francês baseado no *Conseil d'État* [Conselho de Estado], o qual provou ser um instrumento extremamente eficaz para o controle do poder administrativo em muitos de seus aspectos. Por outro lado, o sistema de direito consuetudinário de controle do poder executivo mediante ordens de fiscalização emitidas pelos tribunais de justiça ordinária e endereçadas às autoridades administrativas tem provado ser bastante inadequado, sobretudo ao lidar com casos em que uma autoridade agiu tecnicamente dentro de seus poderes, mas em que o exercício real desses poderes pode ser questionado na base de abuso[24a] ou negligência[24b]. Além disso, os tribunais ingleses desferiram um sério golpe na possibilidade de controle

---

24a. Uma forma modificada do *ombudsman* escandinavo foi introduzida na Inglaterra pelo *Parliamentary Commissioner Act* de 1967.
24b. Mas ver agora *Anns v. Merton* [1977], 2 All E. R. 499.

efetivo de autoridades e agências ao estabelecerem a norma de que o Estado e suas agências têm o direito de reivindicar o privilégio de não revelar nem divulgar documentos importantes em nenhum caso em que seja assegurado por um ministro não ser do interesse público a revelação do conteúdo desses documentos. Os tribunais ingleses estabeleceram, inclusive, que não poderiam ir além dessa garantia, examinando os documentos para se certificarem de que o privilégio tinha sido adequadamente invocado. Portanto, mesmo quando um ato administrativo pudesse ser concebivelmente questionado sob o argumento de seu exercício abusivo, o cidadão agravado era quase inevitavelmente impedido de apresentar sua reclamação, uma vez que lhe era vedado acesso aos documentos materiais que tratavam do assunto em questão. Entretanto, a Câmara dos Lordes revogou recentemente essa norma, decidindo que um tribunal tem pleno direito de convencer-se de que o privilégio reivindicado se justifica nas circunstâncias[25].

O problema dos valores conflitantes

As considerações precedentes deram alguma indicação das muitas formas como podem surgir conflitos entre os vários tipos de direitos fundamentais aceitos no moderno Estado democrático, assim como dos valores que os subentendem. Assim, a liberdade de expressão pode conflitar com o direito do cidadão de ser protegido contra a propaganda intolerante; o direito de manter grupos religiosos independentes pode comportar conseqüências que envolvem discriminação; e os direitos do trabalho organizado podem interferir nas reivindicações de indivíduos de serem protegidos em

---

25. Ver *Conway v. Rimmer* [1968], I All E. R. 874.

seus empregos. Além disso, a segurança do Estado pode ser invocada como um valor que se sobrepõe a todas as reivindicações individuais. Uma tentativa para traçar uma linha além da qual a liberdade pessoal teria de se submeter a considerações de segurança pública foi feita pelo juiz americano Holmes, quando estabeleceu em 1919[26] que deve existir um "perigo claro e presente" à segurança pública. A dificuldade em aplicar uma fórmula desse tipo, entretanto, foi suficientemente exemplificada durante o lamentável período da vida norte-americana em que o "macartismo" dominou os Estados Unidos. Alguns juízes do Supremo Tribunal dos Estados Unidos, em anos recentes, também formularam uma doutrina de "liberdades preferidas", isto é, certas liberdades garantidas pela Constituição devem ser consideradas mais fundamentais do que outras e, portanto, devem prevalecer em face de outras liberdades menos básicas. O que isso significa, com efeito, é que tais liberdades serão tratadas como os valores primordiais da Constituição e, por conseguinte, sobrepor-se-ão às liberdades menores, quando há conflito entre estas e aquelas. Está, é claro, nas atribuições de qualquer tribunal judicial, especialmente um Supremo Tribunal constitucional, estabelecer judicialmente que certas garantias constitucionais devem ser tratadas como mais básicas do que outras, mas isso não significa que um acórdão judicial deva necessariamente vigorar o tempo todo. Em épocas anteriores, o valor da liberdade de contrato era tratado pelos tribunais norte-americanos como uma espécie de valor supremo, ao passo que, em anos mais recentes, isso teve de ceder substancialmente a certos valores sociais de caráter menos individualista, sendo hoje, de qualquer modo, geralmente considerado subordinado ao conceito de liberdade pessoal.

---

26. Ver *Schenk v. U.S.*, 249 U.S. 47 (1919).

Efetuaram-se tentativas em algumas decisões constitucionais, por exemplo, em casos recentes nos Estados Unidos e na República Federal Alemã, no sentido de tentar delinear uma espécie de base no direito natural, sobre a qual pudesse ser erigido um programa de valores preferidos. Assim, em alguns casos norte-americanos, certas salvaguardas em relação a julgamentos federais, tal como estatuídas na Constituição, por exemplo, o princípio contra a auto-incriminação, têm sido tratadas por alguns juízes do Supremo Tribunal como parte integrante dos princípios do direito natural, porque são "da própria essência de um esquema de liberdade ordenada"[27]. Entretanto, é difícil discernir como tais asserções podem corresponder a mais do que dizer que existem certos valores profundamente enraizados numa determinada sociedade ou, possivelmente, na sociedade civilizada como um todo, numa fase particular do desenvolvimento histórico. A tentativa de destilar todo um esquema de valores permanentes, dispostos ou não em algum tipo de ordem hierárquica, depara com muitas dificuldades que já foram devidamente examinadas e não precisamos repetir aqui. O que dificilmente pode ser contestado é que, para os fins de tal esquema de valores, na medida em que está normalmente associado, nos dias de hoje, a uma forma democrática de sociedade, há a perpétua necessidade de um estado informado e educado de opinião pública e de um alto grau de livre discussão em todos os órgãos de opinião que a sociedade pode desenvolver. Um cânone dogmaticamente estabelecido de padrões de conduta universalmente válidos, ainda que aprovado de um modo geral, mas que não esteja aberto à discussão e à crítica livres, tem pouquíssimas probabilidades de formar uma base adequada para uma sociedade verdadeiramente "aberta".

---

27. Ver *Palko v. Connecticut*, 302 U.S. 319 (1937); e *Adamson v. California*, 322 U.S. 46 (1946). Mas cf. *Malloy v. Hogan*, 375 U.S. (1964).

Os direitos humanos e sua proteção internacional

Uma coisa é formular normas fundamentais, mesmo com toda a panóplia de um documento constitucional, e uma outra muito diferente é garantir que os envolvidos cumprirão realmente essas normas. Nenhuma ilustração mais clara dessa distinção poderia ser desejada do que a tentativa de aplicar os princípios de não-segregação da Constituição dos Estados Unidos, tal como estão lavrados em importantes acórdãos do Supremo Tribunal, aos relutantes Estados sulistas. Esse problema irresolvido fornece-nos um exemplo clássico dos respectivos elementos de força e autoridade no processo da lei, e da necessidade de esses elementos se reforçarem mutuamente.

A relutância ou incapacidade de cada Estado para adotar medidas de proteção dos direitos individuais ou de seus cidadãos ou de estrangeiros residentes em seu meio levou a numerosas tentativas, em tempos modernos, de estabelecimento de alguma espécie de autoridade supranacional que possa tomar medidas a fim de proteger indivíduos contra as negações de justiça. O direito internacional tradicional não tem propiciado grande assistência, especialmente em virtude da doutrina estabelecida de que só os Estados são reconhecidos sob esse sistema jurídico, não os indivíduos privados, pelo que um indivíduo não dispõe de meios para apresentar uma queixa na esfera internacional contra o seu próprio Estado, a menos que consiga persuadir esse Estado, por assim dizer, a denunciar-se a si mesmo, o que é sumamente improvável. Além disso, um súdito estrangeiro tem de confiar na assistência jurídica do Estado de que é nacional, e compete inteiramente a esse Estado decidir se concede ou nega tal assistência. Ademais, o direito internacional consuetudinário impõe muito poucas restrições ao poder soberano de um Estado para lidar com seus próprios cidadãos ou residentes estrangeiros; e, em todo o caso, nenhum mecanismo judicial ou de outra espécie é fornecido para que tais questões sejam investigadas ou submetidas a decisões judiciais.

Para esse propósito, portanto, existem, pelo menos, dois requisitos: em primeiro lugar, um código claramente estabelecido de direitos humanos aceito por todos os Estados civilizados, e um sistema de maquinaria judicial por meio da qual as questões que envolvem a alegada violação desses direitos podem ser investigadas e determinadas por um procedimento regular. Isso ainda deixa no ar a questão de execução final, mas a execução de sentenças judiciais ou outras contra Estados envolve problemas de imensa complexidade, alguns dos quais já foram referidos num capítulo anterior[28], e não precisamos repetir aqui. A Declaração Universal de Direitos Humanos adotada pela Assembléia Geral das Nações Unidas em 1948 foi uma tentativa de estabelecimento de um código de direitos humanos para ser aceito por todos os Estados, mas esse documento não continha mecanismos adimplentes e deve ser considerado apenas uma ressoante declaração de princípio, talvez útil para influenciar a opinião pública, mas com poucas probabilidades de ter mais do que um efeito marginal no que se refere às queixas individuais. Uma outra e um pouco mais precisa tentativa de declarar um código aceitável de direitos e liberdades fundamentais foi realizada em resultado da Convenção para a Proteção de Direitos Humanos e Liberdades Fundamentais, assinada pelos membros do Conselho da Europa em 1950. Essa Convenção também previu o estabelecimento de mecanismos judiciais específicos e isso, de fato, seria feito em 1954 com a instalação da Comissão e Tribunal de Direitos Humanos da Europa. Isso representa uma interessante experiência na tentativa de dar efeito supranacional a direitos

---

28. Ver capítulo 2.

fundamentais, e um importante aspecto do procedimento é que à Comissão e ao Tribunal foi conferida competência para ouvir e julgar petições que lhes sejam encaminhadas por indivíduos contra um Estado que seja signatário da Convenção, embora essa competência seja apenas discricionária, pelo que a Comissão não é obrigada a ouvir todas as petições que lhe são submetidas. Essa competência opcional foi aceita pela maioria dos signatários da Convenção, incluindo o Reino Unido.

É claro que essas medidas representam apenas um começo muito hesitante[28a], e será um longo e penoso processo até que os Estados possam ser persuadidos, se alguma vez o forem, a renunciar à sua jurisdição suprema sob seus súditos, em seu próprio território nacional. Não obstante, essas tentativas para erodir o conceito de soberania interna representam um útil avanço e apontam, de modo significativo, a maneira como a idéia de lei pode ser usada para dar expressão efetiva aos valores fundamentais existentes na sociedade civilizada e para converter esses valores de meros *slogans* em normas jurídicas eficazes.

Embora sua preocupação básica se concentre no campo da regulamentação econômica, o Tribunal das Comunidades Européias também avançou na direção de proteger direitos humanos fundamentais. No caso *Nold*[29], em 1974, o Tribunal anunciou que tais direitos eram parte integrante dos princípios gerais do direito que lhe competia fazer respeitar, e que, ao assegurar a proteção de tais direitos, era-lhe exigido basear-se nas tradições constitucionais comuns aos Estados-membros e não podia, portanto, permitir medidas que fossem incompatíveis com os direitos fundamentais reconhe-

---

28a. Assim, nenhum mecanismo é suprido para impor o cumprimento das sentenças da Comissão.

29. Ver (1974) 2 C.M.L.R. 338.

cidos e garantidos por tais constituições. Argumentou-se ainda que os tratados internacionais de direitos humanos em que os Estados-membros tinham cooperado (como a Convenção Européia de Direitos Humanos) eram também indicações a serem levadas em conta, dentro do quadro de referência do direito da comunidade.

Capítulo 8
Lei, soberania e o Estado

É lugar-comum numa sociedade com um sistema desenvolvido de direito a necessidade de existência de alguma autoridade investida de poder legislativo. Numa sociedade mais simples, o direito pode ser concebido, mais exatamente, como as práticas consuetudinárias transmitidas de geração em geração, e só gradualmente modificadas à medida que novos usos passam a ser adotados e reconhecidos. Teremos mais a dizer sobre a relação entre direito e costume num capítulo subseqüente; neste capítulo, propomo-nos examinar o modo como a soberania surgiu como um dos conceitos fundamentais na moderna idéia de lei; a extensão em que esse conceito básico fornece a chave para a autonomia da lei como detentora de validade não dependente de nada fora do próprio direito positivo; e os problemas peculiares que a soberania criou no Estado constitucional e no mundo das relações internacionais.

As origens da idéia de soberania

A soberania, tal como é hoje entendida, subentende muito mais do que a noção de um senhor supremo. Um monarca absoluto, um Harun-al Rachid, por exemplo, pode dispor de poderes irrestritos para governar e ordenar que cabeças sejam cortadas, mas, no entanto, falta-lhe poder legal para alterar, exceto em pontos de detalhe, a lei estabelecida da comunidade. Por outro lado, a idéia moderna de soberania está mais associada ao poder supremo de legislar do que à suprema autoridade executiva ou judicial para entrar em guerra, impor sentenças de morte, administrar o país em seus negócios cotidianos e atuar como tribunal final para resolver disputas entre súditos. O soberano no uso presente é, portanto, aquela pessoa ou órgão que age como legislador supremo numa dada comunidade. É em conseqüência do seu poder para mudar a lei que tal legislador é considerado o detentor da autoridade legal suprema no Estado, a que outras autoridades, legislativas, executivas ou judiciárias se subordinam, pelo menos teoricamente.

Essa noção do soberano como legislador supremo deve sua origem a três principais fontes históricas. Em primeiro lugar, havia o imperador romano, cuja vontade, na linguagem dos *Institutes* de Justiniano, tinha "a força de lei". A influência do direito romano sobre o desenvolvimento do direito ocidental em nenhuma parte foi tão manifesta quanto na aplicação fundamental desse princípio aos numerosos governantes dos Estados nacionais europeus que consolidaram seu poder e independência durante os séculos XV e XVI. Em segundo lugar, durante a chamada Idade das Trevas que se seguiu à queda do Império Romano e o subseqüente período do feudalismo, o Papado assegurou-se do cargo, tanto na forma como, em considerável grau, na substância, de legislador supremo para toda a cristandade. Durante uma época em que o direito secular tinha, em grande parte, caído numa massa de costumes locais, e em que imperadores e reis estavam mais preocupados com o problema de ampliar seu poder sobre seus rivais ou sobre vassalos rebeldes, o Papa, como Vigário de Cristo na terra e expositor ímpar da lei divina, era o único que possuía o *status* para desempenhar o papel de legislador supremo, e nisso ele era assistido por uma máquina administrativa altamente desenvolvida, a qual não tinha rival entre os reinos feudais ou mesmo na chancelaria imperial. Entretanto, quando a unidade imaginária da cristandade européia foi desfeita pelos acontecimentos sucintamente denominados como Renascimento e Reforma, a terceira e, na verdade, a mais importante fonte do conceito moderno de soberania subiu ao primeiro plano. Foi o surgimento de nações-Estados independentes que, durante toda a parte final da Idade Média, tinham lutado por livrar-se das relíquias do feudalismo e da supremacia papal. Finalmente, eles firmaram-se como os sucessores da soberania irrestrita reivindicada em eras anteriores pelo imperador romano e o Papa.

Soberania e o Estado

Uma nova direção foi imprimida à mais antiga idéia de soberania por sua associação com a entidade que se tornou gradualmente conhecida como "o Estado". Nos primeiros dias das novas nações independentes, o soberano ainda era geralmente considerado idêntico a qualquer rei ou órgão (por exemplo, o senado oligárquico de Veneza) que fosse o governante estabelecido. Entretanto, como tais governantes não eram necessariamente soberanos no sentido legislativo, passou a ser reconhecido que todo o país independente constituía em si mesmo uma entidade jurídica autônoma, "o Estado" e, por conseguinte, a soberania não residia, em última instância, em nenhuma pessoa ou órgão, que eram apenas agentes do Estado, mas no próprio Estado. Como matéria de análise jurídica, tornou-se então possível formular uma teoria geral do direito e da soberania, da qual o primeiro expoente importante foi o jurista francês Jean Bodin, escrevendo-a no século XVI. Essa teoria, expressa em seus termos mais simples, dizia ser da natureza de todo e qualquer Estado independente possuir um poder legislativo supremo, e esse poder era supremo em dois aspectos, a saber, que não reconhecia nenhum poder superior a ele e que sua autoridade era completamente irrestrita. É certo que, no tocante a este segundo ponto, Bodin e alguns de seus sucessores não foram inteiramente coerentes, porquanto aceitaram que o poder legislativo ainda estava sujeito a certos princípios preponderantes do direito natural. Com a crescente secularização do Estado moderno, a função do direito natural como freio à soberania do Estado tornou-se cada vez mais formal, até que, em fins do século XVIII, quando não antes, o Estado nacional foi plenamente reconhecido como senhor absoluto de seu próprio sistema de direito positivo.

A idéia de que o próprio Estado é o detentor do poder soberano não foi sistematicamente aplicada na teoria constitucional de Estados modernos, no que se refere à lei interna. Na Inglaterra, por exemplo, considera-se que o detentor da soberania legal é um curioso corpo híbrido chamado a Rainha em Parlamento. O Estado é uma noção mais geral do que a de soberano, representando a comunidade como organização jurídica[1], e simbolizando assim todas as várias manifestações da comunidade legalmente organizada. Neste sentido, todos os detentores de poder oficial na comunidade são órgãos do Estado, quer sejam ministros fazendo um decreto geral, juízes decidindo um litígio legal ou funcionários subalternos cumprindo uma decisão executiva ou levando a feito uma ordem oficial. Por outras palavras, o Estado é uma personificação, para efeitos legais, de todas as ramificações

---

1. Deste ponto de vista, "o Povo" pode ser identificado com "o Estado" e proporcionar assim uma base de soberania "popular".

da autoridade legal e, embora certas partes dessa autoridade, incluindo até o poder legislativo soberano, possam repousar em alguma pessoa ou órgão, esse poder é fundamentalmente considerado, em última instância, como derivado do próprio Estado. Este é um ponto peculiarmente difícil de apreciar num Estado como a Inglaterra, que desfruta de uma prolongada continuidade de desenvolvimento constitucional e onde a soberania parlamentar é aceita há muitos séculos. Não obstante, se transferirmos as atenções para uma comunidade política como a França, onde foram introduzidas constituições completamente novas a intervalos freqüentes nos últimos dois séculos, poderemos enxergar a evidente dificuldade em atribuir a soberania suprema a qualquer pessoa ou órgão que porventura detenha o poder ao abrigo das disposições em vigor num dado momento e, por conseguinte, é sentida a necessidade de atribuir essa autoridade a alguma fonte mais permanente, ou seja, o próprio Estado. De qualquer modo, o Estado permanece como uma entidade algo nebulosa, mais freqüentemente invocada por cientistas políticos do que por advogados, que estão menos dispostos a lançar as vistas para além da estrutura constitucional básica e imediata, a fim de descortinarem as fontes essenciais da autoridade legal. No entanto, sob uma constituição federal, esse exercício é menos facilmente evitado, como veremos.

Soberania interna e externa

É mais na esfera internacional do que na nacional, entretanto, que a idéia da unidade do Estado nacional, confrontando entidades idênticas, tem sido mais potente. A soberania, em seu desenvolvimento moderno, possui realmente dois aspectos distintos, interno e externo. Seu aspecto interno, que acabamos de considerar, é o do supremo legislador nacional. Em seu aspecto externo, por outro lado, a posição é muito semelhante à do monarca absoluto ao abrigo de um sistema tradicional de direito, que reivindica muito menos o poder de mudar a lei do que a total liberdade de ação para agir de acordo com sua vontade ou desejo. Do mesmo modo, os Estados nacionais recém-estabelecidos reivindicaram total liberdade de ação em suas relações mútuas, tanto na paz como na guerra, pois na ausência de qualquer autoridade superior reconhecida não existia quem pudesse restringir ou diminuir essa liberdade de ação. Por conseguinte, na esfera das relações internacionais, a soberania do Estado significou que cada Estado era inteiramente livre para regulamentar suas relações com outros Estados, incluindo o direito de declarar guerra ou mesmo de anexar o território do Estado derrotado.

O deplorável estado de ilegalidade que reinava nas relações entre essas nações independentes forneceu a oportunidade para o desenvolvimento da teoria do direito natural como um meio de regular o que, caso contrário, teria sido um estado de anarquia internacional. Foi estabelecida a teoria de que as nações, tal como os indivíduos antes de ter nascido a sociedade civil, encontravam-se em estado de natureza em relação umas às outras e, portanto, eram diretamente governadas pelo direito natural. Assim, promoveu-se a tentativa de elucidar as normas que o direito natural impunha às nações independentes em suas relações mútuas, em tempos de paz ou de guerra, e a partir desses primórdios foram se desenvolvendo gradualmente os princípios modernos do direito internacional. Parecia, pois, que assim como o Estado nacional estava rejeitando os grilhões do direito natural em sua capacidade legislativa interna, também estava, ao mesmo tempo, submetendo-se ao direito natural numa nova forma, na esfera das relações internacionais. Daí surgiu o novo problema jurídico, a saber, como a soberania irrestrita do Estado nacional podia, não obstante, estar subordinada a regras internacionais não derivadas de nenhuma autoridade superior. Mas, antes de voltarmos a esse problema, algo mais precisa ser dito a respeito da teoria legal da soberania interna.

A lei como ordem de um soberano

Como já vimos, era um dos objetivos do pensamento positivista estabelecer a autonomia da lei como um sistema de normas positivas cuja validade pode ser determinada dentro da estrutura básica do próprio sistema jurídico, sem recurso a nenhum outro sistema, seja religioso, moral, etc. Além disso, a idéia de direito positivo parece também acarretar a noção de uma regra estabelecida (*positum*) por algum legislador humano identificável. A teoria de que todo o Estado independente possuía necessariamente o poder soberano de legislação apontou o caminho para mostrar como a lei estava apta a possuir essa autonomia sem recorrer a alguma autoridade externa. Pois a própria soberania era um conceito jurídico e se o direito positivo podia ser definido em termos de soberania, então aí estava um padrão auto-suficiente pelo qual a validade legal podia ser testada e demonstrada, livre de quaisquer considerações extrajurídicas.

Essa linha de pensamento foi adotada por numerosos juristas, de Bodin a Bentham, mas obteve o seu enunciado mais minucioso e influente de um discípulo de Bentham, John Austin; a teoria do direito imperativo (*imperative theory of Law*) e o positivismo legal estão comumente associados ao seu nome. Por conseguinte, examinaremos aqui a teoria do direito imperativo principalmente nos termos de Austin. Ao mesmo tempo, é necessário sublinhar que o positivismo, no sentido já explicado, não está forçosamente vinculado à teoria imperativa do direito, embora a combinação dessas duas teorias por Austin tenha, com freqüência, criado essa impressão errônea. Por certo, o positivismo legal, ao afirmar que a validade legal não se assenta na ordem moral e é distinta desta última, deve explicar o significado da obrigação legal em seus próprios termos, mas isso não significa que esteja ligado à teoria imperativa para tal explicação. Podemos, por exemplo, aderir ao princípio básico do positivo e, mesmo assim, rejeitar a teoria imperativa, como Kelsen fez[2].

A teoria imperativa equivale realmente a dizer que a lei é aquilo que o soberano ordena e que, por outro lado, nada pode ser lei que não tenha sido ordenado pelo soberano. Segue-se que a validade legal pode ser simplesmente determinada, nessa concepção, apurando se a norma em questão foi estabelecida ou não pelo soberano. Mas isso apenas parece fazer com que a investigação dê um passo atrás, pois o que precisamos saber agora é como identificar o soberano. E neste ponto parecemos nos defrontar com um problema insolúvel, pois se a soberania é uma concepção jurídica, ela mesma deve ser regida por normas legais. Assim sendo, para apurar quem é soberano, temos de consultar as normas legais que fixam a localização da soberania num determinado Estado. Mas de onde é que essas normas derivam sua própria validade? Elas não podem derivar de alguma outra entidade soberana, visto que, *ex hypothesi*, não pode haver outro soberano no Estado senão aquele soberano cuja identidade estamos procurando estabelecer. Assim, parece que estamos envolvidos num completo círculo vicioso, uma vez que o soberano é invocado para validar a lei e depois invocamos a lei para criar o soberano.

Alguns juristas, como Max Weber, não se intimidaram com essa conclusão e argumentaram que tal circularidade é, realmente, uma característica deliberada do sistema, permi-

---

2. Ver adiante, nota 17.

tindo que a legitimidade seja preservada sem recurso a juízos de valor³. Outros procuraram encarar a teoria legal como habilitada a manter uma espécie de unidade auto-suficiente, à semelhança da matemática ou da lógica, e argumentaram que esse propósito não é frustrado pelo fato de que suas proposições podem, em última análise, ser resolvidas em identidades ou tautologias. A relação das verdades da lógica ou matemática com a vida real é controvertida, mas, seja como for, ainda parece razoavelmente claro que a teoria legal não está habilitada a dissociar-se dos fatos da vida legal, mas, pelo contrário, deve basear-se neles, de alguma forma. É claro, um dos modos como esse ponto poderia ser respondido seria dizer que a teoria corresponde ao fato de os sistemas jurídicos refletirem esse círculo vicioso, por mais indefensável que isso possa ser logicamente, e que tal ilogicidade não constitui por si mesma uma objeção fundamental, se um objetivo prático for assim alcançado. Como observou o juiz Holmes, "a vida do direito não se baseia na lógica, mas na experiência"⁴. Talvez seja essa a raiz da justificação que Max Weber tinha em mente, embora ele escrevesse mais como um sociólogo do que como um jurista. Seja como for, o próprio Austin não tentou esconder-se por trás de uma ou outra dessas soluções, mas propôs uma outra e mais radical, que trouxe consigo problemas próprios.

Quem é o soberano? A teoria de Austin

Austin viu o problema da soberania não apenas em termos de localização da autoridade legal suprema no Estado, mas também como o de determinação da fonte do poder su-

---

3. Cf. pp. 29-30.
4. *The Common Law* (1881), p. 1.

premo. Adotando uma abordagem já esboçada por Bentham, ele interpretou, portanto, a soberania como significando aquele poder no Estado que impunha obediência habitual e não prestava obediência habitual a nenhum outro poder. Em outras palavras, a soberania não era derivada de normas legais que investiam algum órgão ou pessoa de poder supremo, mas baseava-se, outrossim, no fato sociológico do próprio poder. Isso serviu, por certo, para cortar o nó górdio da circularidade, que derivava o direito do próprio direito, mas deixava ainda em aberto a questão de como deveria ser investigada a fonte do poder real em qualquer comunidade, e também como o resultado da investigação seria transposto para termos jurídicos, a fim de proporcionar um fundamento ao sistema legal.

Para esse fim, Austin empenhou-se em facilitar sua tarefa baseando-se no postulado de seus predecessores, de Bodin em diante, segundo o qual em toda e qualquer comunidade que possua um sistema jurídico *desenvolvido*[5] deve existir um poder soberano, ao qual, dentro da comunidade, deve-se prestar obediência irrestrita, e que nenhuma obediência presta a nenhum outro poder dentro ou fora da comunidade. Para Austin, essa era a marca essencial de um Estado independente (ou "sociedade política", como ele lhe chamava). A obediência reconhecida a uma outra autoridade exterior significaria que a sociedade não era um Estado independente, mas apenas uma parcela subordinada de algum outro Estado; e a ausência de um poder supremo dentro do Estado significava nem mais nem menos do que confusão e anarquia, a própria antítese da legalidade. Mas como localizar o detentor real do poder? Por certo, não mediante uma investigação puramente sociológica das fontes de ação da comunidade. À parte a dificuldade de realizar tal inves-

---

5. Quanto à lei "subdesenvolvida" ver capítulo 10.

tigação, ela acabaria inevitavelmente por conduzir a fontes do poder, como os grupos econômicos, ou sociais, ou militares, ou várias espécies de *élites* ou *éminences grises* do poder, as quais, por muito significativas que sejam na prática, não forneceriam orientação nenhuma na resposta à questão dos juristas sobre como é determinada a validade legal de normas e decisões, com a qual ele e todos os outros no Estado estão preocupados. Austin, pelo menos implicitamente, reconhece essa dificuldade ao aceitar o fato de que, se as regras constitucionais para determinar a soberania legal não são finais, tampouco podem ser ignoradas, porquanto ele parece supor que tais regras fornecerão quase inevitavelmente uma pista essencial para a fonte do poder real no Estado. Assim, por exemplo, na Inglaterra, Austin atribuiu a soberania não ao Rei em Parlamento, de acordo com a teoria constitucional ortodoxa, mas ao Rei, à Câmara dos Lordes e aos eleitores da Câmara dos Comuns. Nessa escolha, ele foi especialmente assediado pelo problema de como, no caso da Câmara dos Comuns que deixa de existir durante uma eleição, poderá ser devida obediência habitual a um órgão inexistente. Por conseguinte, ele procurou preencher a lacuna substituindo os Comuns pelos eleitores.

A dificuldade dessa solução está em que não é, realmente, *de facto* nem *de jure*; no que tange ao fato, envolve uma identificação bastante fácil do processo eleitoral democrático com as raízes concretas do poder no Estado; e no que diz respeito ao direito, nenhum jurista inglês ou, a bem dizer, nenhum cidadão privado trata como legalmente vinculatória nada que emane da reunião arbitrária do Rei, Lordes e eleitorado, um "corpo" que, se assim pode ser descrito, não tem *locus standi* no direito.

A unidade e ilimitabilidade da soberania

As dificuldades de Austin tampouco terminaram aí, pois ele insistiu em afirmar também que o soberano, para ser soberano, deve possuir dois atributos essenciais, a saber, indivisibilidade e ilimitabilidade. Austin considerou esses dois atributos inerentes à natureza lógica da soberania. O soberano deve ser uma unidade (embora esta possa ser constituída tanto por um "corpo" quanto por um indivíduo). Se a soberania fosse dividida, não poderia existir a devida obediência habitual, pois numa questão ela poderia ser devida em A e numa outra em B. Além disso, não poderia haver limitações à soberania, pois tais limitações só resultariam da obediência a um poder externo (em cujo caso, a pessoa ou "corpo" não é soberano) ou seriam auto-impostas, em cujo caso só poderiam corresponder a limitações morais e não legais e, portanto, como matéria de direito positivo, poderiam sempre ser ignoradas.

Essa noção de soberania era razoavelmente aplicável a um regime parlamentar como o da Inglaterra, onde a unidade de soberania do Parlamento é aceita há séculos, assim como a incapacidade do Parlamento para comprometer-se ou comprometer seus sucessores, no sentido de que qualquer estatuto, mesmo que seja expressamente declarado inalterável, poderá sempre ser revogado ou emendado subseqüentemente pelo próprio Parlamento. Entretanto, até neste caso ocorrem algumas conseqüências bastante insólitas. Pois Austin afirma que todas as chamadas "leis" constitucionais que tratam da estrutura do poder soberano não são realmente legais, pois quem é soberano será determinado, em última instância, pelo fato de obediência. Ele também afirma que quaisquer tentativas de restrições impostas pelo Parlamento ao poder legislativo, seja qual for a força moral de que possam se revestir, são realmente inoperantes no direito estrito. Isso significaria, por exemplo, que uma cláusula num estatuto, segundo a qual uma emenda só deve ser efetuada por um procedimento especial – como, por exemplo, por uma maioria de dois terços, ou com a sanção de um referendo, ou com o consentimento de algum outro órgão –, não é realmente lei, mas, no máximo, o que Austin chama "moralidade positiva"[6]. Assim, a cláusula no Estatuto de Westminster de 1931, que criou o *status* de Domínio e estabeleceu que nenhuma legislação que afetasse os Domínios seria promulgada pelo Parlamento em Westminster sem o consentimento de nenhum Domínio afetado, não é, segundo esse ponto de vista, lei nenhuma e pode ser teoricamente ignorada, se bem que, de fato, seja mais imperativamente vinculatória do que muita legislação normal.

Na Inglaterra, por razões sociais e históricas, não foi sentida até hoje a necessidade de nenhuma "cláusula firmemente inserida" na constituição para impedir que certos tipos de legislação sejam emendados, exceto se sujeitos a salvaguardas especiais, como a exigência de uma maioria de dois terços. Esse tipo de cláusula não é incomum em outros países. Na República da África do Sul, por exemplo, os direitos de voto da população de cor foram protegidos por uma cláusula desse gênero. Num caso significativo[7], o Supremo Tribunal sul-africano sustentou que, embora aceitasse a posição austiniana, em geral, de que, num regime parlamentar, deve existir unidade de soberania, isso não impedia que o órgão soberano fosse constituído, de modo diferente, para o exercício de funções diferentes, como no caso de, para fins especiais, ser exigida uma maioria absoluta ou uma sessão conjunta das Câmaras Alta e Baixa. Pois tais regras não li-

---

6. Austin usa este termo para descrever a moralidade "criada pelo homem", em oposição à "lei de Deus".

7. *Harris v. Donges* [1952], I T. L. R. 1245.

mitaram a soberania nem a dividiram. Tinha de haver regras definidoras da entidade investida de poder soberano, e essas regras tinham a função essencial de estipular a forma em que os atos de soberania seriam exercidos, e sem os quais seria impossível atribuir validade legal às atividades da entidade em questão. Por exemplo, se na Inglaterra o monarca e as duas Casas do Parlamento se reunissem e resolvessem proclamar uma nova lei, os advogados ingleses provavelmente considerariam isso uma nulidade em face da constituição vigente. Isso porque existe um procedimento constitucional estabelecido para a promulgação de leis estatutárias inglesas; na concepção do tribunal sul-africano não havia motivos para que tal procedimento não fosse variável de acordo com a classe de matéria que foi objeto de legislação. Será evidente, no entanto, até que ponto esse tipo de enfoque judicial está distante da idéia austiniana de interpretação da soberania em termos *de facto* e não *de jure*, pois neste caso tudo gravitou em torno da questão de como a soberania foi definida pelas regras constitucionais de que ela derivou.

Constituições federais

Ainda mais resistente ao molde austiniano é o caso de uma constituição federal em que o poder legislativo está distribuído entre um Legislativo central e um certo número de legislativos provinciais ou estaduais. Austin já tinha diante dele o exemplo dos Estados Unidos da América, onde o poder, sob a constituição, está distribuído entre órgãos federais e estaduais. Em tal federação, onde se situa a soberania suprema? Austin recusou-se a reconhecer que a sua teoria da indivisibilidade era derrotada por um exemplo tão convincente e empenhou-se em localizar um soberano supremo que afirmou ter encontrado, de forma bastante insólita, nos eleitorados combinados de todos os legislativos estaduais. Isso pode ser considerado como a *reductio ad absurdum* da hipótese, em seu todo, e austinianos mais recentes preferiram, por vezes, tratar o soberano supremo como órgão investido de poderes para emendar a constituição. Isso, porém, dificilmente serve, dado que o procedimento incrivelmente dificultoso de emenda, sob a Constituição norte-americana, não estabelece realmente um órgão legislativo, em qualquer acepção razoável da palavra; e, além disso, tal procedimento foi invocado com êxito em apenas 23 ocasiões, em cerca de 200 anos de vigência da Constituição. Acresce que a Constituição federal pode ser, e freqüentemente é, incapaz, em certos pontos, de ser emendada ou, pelo menos, de o ser sem o consentimento de um determinado órgão.

A noção de soberania ilimitada tampouco é aplicável a uma constituição federal. Tal constituição pode conter – e freqüentemente contém – limitações que se lhe sobrepõem, como uma declaração de direitos, as quais controlam e limitam a legislação subseqüente; e os tribunais, de acordo com o padrão dos Estados Unidos, podem dispor de poderes para tratar a legislação como nula e sem efeito se ela infringir essas normas básicas da constituição. E é bem possível que essas limitações se tornem irrevogáveis. Austin poderia declarar que tais restrições nada mais eram do que moralidade positiva, mas, como os tribunais e a própria comunidade são suscetíveis de tratá-las, não meramente como lei, mas como uma parcela do sistema jurídico merecedora de especial reverência, a virtude da classificação de Austin está obviamente sujeita a sério questionamento.

Mudanças constitucionais

O problema de mudança constitucional na estrutura do soberano também requer uma breve apreciação. Suponhamos, por exemplo, que a Câmara dos Lordes, na Inglaterra, fosse abolida ou que alguma segunda Câmara, constituída de forma diferente, fosse instalada em seu lugar. Ninguém duvidaria, portanto, de que tivesse ocorrido uma substituição efetiva, de modo que o soberano legal seria, daí em diante, o monarca atuando com a Câmara dos Comuns e essa nova segunda Câmara. A Câmara dos Lordes seria, pois, mesmo que ainda sobrevivesse como relíquia histórica e para fins de vistoso cerimonial, *functus officio* no que concerne à legislação. Analogamente, o soberano atual poderia ir mais longe e transferir toda a sua soberania para algum outro órgão. Como questão de teoria jurídica, tal transferência, seja como for que se expressasse, seria necessariamente final e irrevogável, ou o soberano abdicante reteria algum vestígio de autoridade suprema, de modo que, por exemplo, pudesse mudar de idéia no dia seguinte e reassumir o poder que anteriormente cedera?

Convirá notar que, nesse nível, estamos realmente passando do domínio das categorias jurídicas para o campo da política de poder. Mas embora chegue um momento em que é quase impossível distinguir o que o direito e o que a política de poder prescrevem, isso não significa, em absoluto, um endosso da tentativa austiniana de basear o direito no próprio poder. Pois, para entender os sistemas jurídicos, necessitamos, não de uma estrutura conceptual que nos habilite a assinalar de forma indiscutível o que é legalmente válido, quando nos defrontamos com situações marginais, revolucionárias ou remotas, mas de uma que explique os padrões constitucionais de Estados razoavelmente bem organizados, assim como suas relações jurídicas *inter se*. Assim, precisamos de uma teoria jurídica que nos habilite a ver como o *Parliament Act* de 1911, privando a Câmara dos Lordes de seu veto financeiro, é uma norma legal que se encaixa na estrutura do sistema jurídico; como acontece que o Parlamento possa impor restrições legais ao seu próprio poder para legislar para os Domínios e possa até, se necessário, abolir ou reconstruir um ou mais de seus elementos heterogêneos; e como os juízes podem ser investidos de poderes para invalidar legislação que eles sustentam estar além dos poderes legislativos federais ou estaduais.

Quando, porém, estamos considerando situações revolucionárias tais como a transferência de todo o poder do Parlamento para um outro órgão, seja voluntariamente ou sob compulsão, ingressamos claramente numa esfera em que o poder ganhou ascendência sobre o direito e em que se torna impossível ignorar os fatores reais de poder e obediência na determinação da própria validade legal[7a]. Quando, por exemplo, o regime de Cromwell conseguiu suplantar a monarquia, ou quando Guilherme de Orange foi chamado a substituir Jaime II, após a expulsão deste último, a concepção austiniana de obediência habitual a A em vez de B é claramente pertinente, na medida em que explica como a autoridade legal pode passar de um para outro, independentemente das regras legais até então vigentes. Por certo, nesse sentido, um sistema legal operativo acarreta necessariamente um elevado grau de obediência regular ao sistema existente, pois sem isso haverá anarquia ou confusão em vez do império da legalidade. E quando sobrevém uma revolução ou guerra civil, pode ser até necessário, nas fases iniciais, quando o poder e a autoridade estão passando de uma pes-

---

7a. Acontecimentos recentes na Rodésia do Sul resultaram em decisões totalmente conflitantes por parte do Supremo Tribunal da Rodésia e do Conselho Privado de base inglesa (ver *Madzimbamuto v. Lardner-Burke* [1968], 3 All E. R. 561).

soa ou órgão para um outro, interpretar o poder legal em termos de obediência real ao poder predominante. Quando, porém, essa fase transitória em que lei e poder se fundem é superada, torna-se irrelevante para a determinação do que é legalmente válido explorar as fontes do poder supremo *de facto* no Estado. Pois, a essa altura, as regras constitucionais terão de novo assumido o controle e o sistema jurídico terá reatado seu curso regular de interpretação dessas regras, na base de suas próprias normas fundamentais de validade.

Poder, força e sanções

Se Austin concebeu erroneamente a função do poder como fonte suprema de validade legal, talvez haja mais a dizer a respeito de seu tratamento da coerção como marca fundamental do processo legal. Como já vimos, Austin sustentou que a lei era a ordem do soberano, e explicou isso como significando que a lei era uma norma estabelecida pelo soberano e a obediência a ela podia ser imposta por alguma pena prescrita contra os que lhe desobedecerem. Essa pena, de acordo com o uso jurídico normal, foi por ele descrita como a "sanção legal" da norma legal. Já discutimos, num capítulo anterior[8], o papel da coerção na organização de um sistema legal e aqui será necessário apenas tentar esclarecer alguns mal-entendidos ou pontos de detalhe.

Em primeiro lugar, cumpre ter em mente que uma sanção não envolve necessariamente a imposição de uma penalidade na forma de punição. Essa é, evidentemente, a característica especial do direito penal e, sem dúvida, é o modelo criminal que se tem primordialmente em vista quando é mantido um enfoque "sancionista" da lei. A punição também

---

8. Ver o capítulo 2.

pode ser infligida como sanção em matérias não-criminais, mas isso ocorre geralmente no caso de desobediência deliberada a uma ordem judicial; por exemplo, a recusa em cumprir um interdito, proibindo uma pessoa de realizar certos atos, ou em obedecer a uma ordem peremptória em certos processos judiciais para que sejam apresentados documentos importantes, etc. Em tais casos, assim como nos casos em que uma pessoa interfere impropriamente na administração da justiça (por exemplo, intimidando uma testemunha para impedi-la de prestar depoimento), um tribunal pode ordenar a prisão do infrator pelo prazo que julgar adequado para remir o seu desacato à autoridade. Em questões cíveis, entretanto, a coerção envolve menos a imposição de penas do que a execução da ordem contra a propriedade do réu. Um réu que não paga uma dívida judicial pode ter seus bens e haveres confiscados e vendidos, e a dívida liquidada com o produto da venda, na medida em que isso seja suficiente, ou pode ser decretada a sua falência, e seu patrimônio e ganhos correntes confiscados para pagamento aos seus credores. Portanto, as sanções em lei possuem um significado muito amplo, referindo-se a qualquer processo coercivo pelo qual a lei procura impor sua vontade, em último recurso, contra um infrator ou revel que não cumpra com uma ordem ou sentença judicial.

Existem, porém, casos, que surgem à sombra de um sistema legal, em que são impostas normas legais mas não é previsto um procedimento coercivo específico ou uma penalidade pelo não-cumprimento. Existem muitos exemplos desse tipo em qualquer sistema legal moderno e algumas ilustrações podem ser colhidas da lei inglesa. Assim, existe todo um grupo de normas que são permissivas no sentido de que estabelecem as condições que têm de ser satisfeitas para que um certo resultado seja obtido em direito. Boa parte do direito civil consiste nesse tipo de dispositivo, do qual as formalidades para exarar um testamento, ou tipos de transações que necessitam de escritura, podem ser citados como exemplos. Neste caso, a lei não diz que, se o indivíduo não tiver seu testamento devidamente autenticado, ela aplicará alguma espécie de coerção; o efeito é, antes, negativo, uma vez que o não-cumprimento da formalidade resulta em qualquer testamento ser tratado como nulo e sem efeito. Vemos que, embora o resultado seja de grande importância, não é diretamente por meio de uma sanção baseada na coerção. De qualquer modo, a anulação é, num sentido mais amplo, uma espécie de sanção e, quando vista no contexto do sistema legal como um todo, podemos perceber que está relacionada com uma sanção, pelo menos indiretamente. Pois a anulação de um testamento significa que suas disposições não funcionam como normas legais e, por conseguinte, quem desejar apoiar-se e confiar no testamento estará fadado ao fracasso. Além disso, qualquer sentença de um tribunal que leve em conta essa nulidade será exeqüível do modo usual, por exemplo, se um doado sob o testamento inválido se recusou a entregar o objeto da doação inválida aos sucessores legítimos.

Também acontece freqüentemente que, no direito moderno, são impostas obrigações estatutárias, por exemplo, sobre órgãos públicos, às quais não estão vinculadas sanções ou penalidades. Assim, na Inglaterra, o *Railways Board* [o Departamento de Estradas de Ferro] tem de cumprir certas obrigações na organização do sistema de transportes[9]; e aos *Electricity Commissioners* [Diretores do Departamento de Eletricidade] são impostas obrigações análogas no tocante ao suprimento de eletricidade[10]. Do mesmo modo, embora exis-

---

9. Ver o *Transport Act*, 1962, seção 3 (o dever de zelar pela eficiência, economia e segurança de operação).

10. Ver *Electricity Act*, 1947, seção 1 (o dever de manter um sistema eficiente, coordenado e econômico de fornecimento de eletricidade).

tam disposições para ações instauradas contra o Estado, qualquer sentença resultante não é suscetível de execução como seria no caso de a sentença ser proferida contra um cidadão privado[11]. Em todos esses casos, os austinianos afirmam não existir estritamente uma obrigação legal, uma vez que nenhuma sanção pode ser aplicada. Entretanto, há uma boa dose de irrealidade nesse ponto de vista, pois o Parlamento impôs expressamente as obrigações em questão ou permitiu que ações sejam instauradas contra o Estado, e todas essas matérias são tratadas como envolvendo obrigações impostas por lei. Tanto os órgãos em questão quanto o Estado, se processados judicialmente, estarão tão envolvidos quanto qualquer outra parte sujeita a uma obrigação legal na determinação do âmbito preciso de seus deveres e responsabilidades perante a lei. Nem há quem duvide de que, se o Estado for processado com êxito, pagará o que tiver a pagar e o fará por causa de seu dever legal e não meramente moral de assim agir. Existe, pois, uma clara distinção entre o Estado que paga em virtude de uma sentença que o decreta legalmente responsável, e o Estado que realiza meramente um *ex gratia*, quando nenhuma responsabilidade está ou pode ser estabelecida[11a].

A resposta a essa situação parece ser que Austin estava equivocado ao insistir em que uma sanção fosse anexada a toda e qualquer ordem do soberano para que ela constitua uma obrigação legal positiva; o núcleo de verdade nessa abordagem é que nenhum sistema legal, no estado da sociedade humana que prevaleceu até agora e parece provável continuar prevalecendo, pode funcionar se não estiver essencialmente radicado num *background* de maquinaria coerci-

---

11. *Crown Proceedings Act*, 1947, seção 25.
11a. Mas em algumas circunstâncias até mesmo um pagamento *ex gratia* pode estar sujeito a revisão judicial: ver *Lain's Case* [1967], 2 Q.B. 864.

va, a qual possa impor o respeito e o cumprimento de suas normas e decretos. Desde que a eficácia seja assegurada desse modo, para que o sistema, *como um todo*, se qualifique como legal, não nos parece necessário, a fim de determinar a qualidade legal de qualquer norma particular no interior do sistema, que uma sanção específica lhe seja anexada. Basta que tal obrigação sem sanção se ajuste no padrão global de normas reconhecidas como detentoras de atributos legais para que ela mereça tratamento como norma especificamente legal, a qual pode ser diferençada de outras normas, derivadas de outros sistemas, como os de natureza moral, religiosa, as convenções sociais, etiqueta, etc.

Soberania do Estado e a esfera internacional

Já vimos nada existir na lógica jurídica que obrigue o Estado a considerar sua própria soberania interna como indivisível ou ilimitável. A soberania pode ser mais apropriadamente considerada não como um poder ilimitado para promulgar qualquer legislação que a vontade ou o capricho do soberano possa ditar, mas também como um meio de expressar em termos legais que um Estado é independente no sentido de não estar submetido a nenhuma entidade legal superior. Além disso, a soberania também subentende que, dentro desse Estado, há um legislativo ou legislativos supremos que, em suas esferas respectivas, não reconhecem superiores e podem promulgar qualquer legislação no âmbito estabelecido pela constituição vigente. Alguns Estados, como a Inglaterra, podem ir mais longe e, por suas constituições, conceder a um poder legislativo soberano a liberdade de promulgar qualquer legislação que deseje. Não existe, igualmente, razão alguma pela qual outras constituições não imponham limites legais (e algumas, de fato, impõem) ao poder até do próprio legislativo supremo. Em todo o caso, o poder legal supremo, cumpre recordar, é puramente teórico, uma vez que jamais um legislador vivo ou morto foi capaz, na prática, de fazer aprovar qualquer lei que desejasse à revelia dos valores morais, tradições, sentimentos e preconceitos predominantes na comunidade. Entretanto, não estamos tratando aqui de tais limitações *de facto*, as quais devem sempre operar em toda e qualquer sociedade, mas de limitações expressas que são impostas pela própria lei.

Aqueles juristas que argumentaram a favor do caráter absoluto e irrestrito da soberania nacional encontraram-se em dificuldades quando se defrontaram com o fenômeno do direito internacional. Pois se tal direito existe, então deve ser de um nível superior ao direito nacional, e deve limitar e vincular até os soberanos dos Estados nacionais que se lhe submetem. Austin rebateu isso declarando que o direito internacional não era, na realidade, direito, mas apenas moralidade positiva[12]. Os seguidores de Hegel, que consideravam a soberania do Estado a expressão suprema da lei humana, também rejeitaram a validade legal do direito internacional e sustentaram que ele está sempre subordinado a "razões de Estado". Outros que desejaram afirmar o *status* legal do direito internacional esforçaram-se por reconciliar a subordinação da soberania do Estado a tal regime como uma espécie de "autolimitação" que funciona por consentimento dos vários Estados, os quais, por uma longa tradição, concordaram em respeitar as normas consuetudinárias do direito internacional, incluindo a regra de que os tratados devem ser observados.

Uma vez reconhecido que a soberania do Estado é capaz de limitação interna, duas outras questões surgem para consideração na esfera externa. São elas: (1) Qual é a posi-

---

12. Cf. nota 6.

ção de um Estado como a Inglaterra, que ainda considera ilimitada a sua própria soberania interna? Suponha-se, por exemplo, que o Parlamento promulgue uma lei diretamente contrária às regras do direito internacional. (2) Mesmo que um Estado seja capaz de limitação interna, como poderá sujeitar-se a um sistema jurídico externo e mesmo assim reter sua independência? Trataremos sucintamente dessas duas perguntas, uma de cada vez.

(1) Este ponto é comparativamente simples, pois temos de distinguir o dever legal dentro do sistema nacional e a obrigação internacional. Há a possibilidade de um conflito entre os dois sistemas, pois um tribunal inglês reconhecerá que o seu único dever é obedecer aos decretos do Parlamento, mesmo que eles infrinjam o direito internacional. O tribunal, é claro, esforçar-se-á por dar uma interpretação a qualquer lei inglesa que não resulte em conflito com o direito internacional, mas se a redação for clara e não se prestar razoavelmente a tal interpretação, a lei será cumprida independentemente de seu impacto internacional[13]. Em outras palavras, existem duas possíveis abordagens à disposição de um tribunal nacional; uma é tratar o direito internacional como parte de seu próprio direito e diretamente vinculatório, em cujo caso poderá ter de lhe ser dado um efeito preponderante, anulando qualquer lei nacional em conflito com ele; a outra é considerar o direito internacional um intruso alienígena, subordinado à lei local, embora importante para chegar a uma verdadeira interpretação de qualquer lei local que colida com o direito internacional. O direito nacional inglês adota claramente a segunda dessas alternativas, mas há outros Estados que favorecem a primeira[14]. Não se deve pensar,

---

13. Ver *I. R. C. v. Collco* [1961], I All E. R. 762.
14. Por exemplo, Holanda.

porém, que isso conclui o assunto, pois seja qual for a atitude que um tribunal nacional adote, poderá ainda ocorrer a violação de uma obrigação internacional, pela qual o Estado será responsável à luz do direito internacional. Assim, na ilustração que acabamos de dar, o governo britânico ainda terá de responder por uma violação de suas obrigações internacionais, e qualquer estatuto local em contrário, longe de fornecer uma defesa na esfera internacional, pode constituir em si mesmo uma violação adicional do direito internacional. Somos levados, portanto, à outra pergunta: como um Estado soberano nacional pode estar subordinado a um sistema de normas legais internacionais, sem perda de sua soberania independente?

(2) O direito internacional, embora reúna hoje um certo número de importantes órgãos e instituições internacionais, como as Nações Unidas, o Tribunal Internacional de Justiça e a Organização Internacional do Trabalho, ainda está muito longe de constituir uma espécie de super-Estado internacional, situado acima dos vários Estados nacionais independentes. A subordinação às normas do direito internacional não envolve, portanto, a fusão da soberania do Estado numa entidade estatal superior, mas, antes, o reconhecimento de um sistema de normas legais que são vinculatórias para os próprios Estados, os quais, para esse fim, são tratados como pessoas jurídicas, tal como o Estado é tratado como pessoa no direito nacional para fins de acionar ou ser acionado judicialmente em processo.

Tomemos como ilustrações de normas internacionais dois tipos diferentes, ou seja, as normas consuetudinárias e as fixadas em tratado. É uma norma consuetudinária que a imunidade será concedida, em tribunais nacionais, a personagens diplomáticas. Por outro lado, as normas que regem os direitos autorais e acordos postais internacionais estão contidas em várias convenções subscritas por grande número de Estados que aderiram a essas convenções. Se um Estado não conceder imunidade diplomática ou não conhecer um *copyright* de acordo com as convenções a que aderiu, isso constitui uma violação do direito internacional. Isso não significa, como já vimos, que a norma de direito internacional seja automaticamente reconhecida nos tribunais do país em questão, se bem que, na maioria dos casos, os governos cuidem de que sua própria legislação esteja em concordância com suas obrigações internacionais. Seja qual for a legislação nacional, a violação do direito internacional subsiste. O que é que isso significa?

No direito nacional, existe um procedimento regular coercivo para impor a maioria das obrigações fixadas pelo sistema legal. Isso não ocorre no direito internacional, o qual ainda não atingiu, se é que alguma vez atingirá, o estágio de sentença e cumprimento compulsório das decisões tomadas na resolução de litígios. Entretanto, existe uma aceitação universal do fato de que uma obrigação legal internacional impõe uma obrigação comparável à de uma norma de direito nacional, e qualitativamente diferente de uma obrigação meramente moral. O que um Estado deve fazer moralmente é uma questão muito distinta do que pode ser sua obrigação legal. Além disso, um Estado pode ser denunciado por violar uma obrigação legal, mediante o processo jurídico que for adequado ao caso, perante órgãos ou tribunais internacionais, e de um modo inteiramente inaplicável a lapsos puramente morais; e essa denúncia pode ser conjugada com um pedido de compensação legal (não apenas de um pagamento *ex gratia*). Em apoio do direito legal do reivindicante, pode-se recorrer a autoridades e precedentes jurídicos, que serão discutidos e analisados de maneira análoga às alegações apresentadas perante um tribunal nacional. Por outras palavras, todo o mecanismo do direito internacional, embora careça de algumas características do direito nacional (incluindo a execução compulsória da sentença), possui muitas outras que são análogas a um sistema jurídico nacional. Também cumpre ter em mente que a própria diferença vital entre a natureza das pessoas nos dois sistemas, Estados por um lado e indivíduos por outro, deve necessariamente acarretar amplas divergências entre seus modos de funcionamento. E, como já assinalamos[15], pode haver razões convincentes para não invocar um procedimento regular de sanções; à parte sua inviabilidade em muitos casos, na era nuclear poderia resultar numa guerra catastrófica, culminando na destruição universal.

Além disso, distinguindo soberania nacional e obrigação internacional é muito possível chegar a uma compreensão racional da relação da soberania do Estado com as normas externas de direito. Toda a norma de direito internacional impõe um freio legal aos Estados nacionais na esfera internacional, pois é esse o verdadeiro sentido e significado de uma comunidade jurídica internacional. Mas, em sua própria esfera interna, o soberano nacional conserva sua soberania nacional e pode legislar ou agir sem atender às obrigações internacionais. E, assim fazendo, não pode alterar, revogar ou diminuir a força dessas obrigações em face de outros Estados, e terá de aceitar as conseqüências, sejam elas quais forem, que o não-cumprimento dessas obrigações acarrete, levando em conta o estado vigente do direito internacional e as espécies de pressões que podem ser exercidas nas circunstâncias específicas.

---

15. Ver p. 39.

O Tratado de Roma e a soberania nacional

A adesão ao Tratado de Roma, que estabeleceu a Comunidade Econômica Européia[16], envolve uma violação da soberania nacional dos Estados que assinaram esse tratado? A CEE é caracterizada pelo fato de ser um acordo permanente sem cláusula para retirada, e ter estabelecido várias instituições, como o Conselho e a Comissão, investidas de poderes num vasto leque de assuntos, incluindo tarifas, práticas comerciais restritivas, livre movimento de trabalhadores e estabelecimento de companhias comerciais, para formularem decisões e estipularem normas vinculatórias para todos os membros da Comunidade. Além disso, também existe um Tribunal de Justiça da Comunidade, que é um Tribunal de Apelação final em matérias referentes ao tratado, convocado a pedido dos tribunais dos Estados-membros[16a]. O caráter institucional permanente do tratado e sua grande amplitude colocam-no, sem dúvida, numa situação muito especial em face dos Estados-membros, sobretudo na medida em que a nova legislação criada pelos organismos do tratado é diretamente vinculatória para os seus signatários, e a interpretação final do tratado e de quaisquer normas nele estipuladas não será decidida por tribunais nacionais, mas pelo Tribunal de Justiça da própria Comunidade. Esse tribunal sustentou, em numerosos e importantes acórdãos, que onde conflitarem os regulamentos da Comunidade e a legislação nacional (inclusive as cláusulas constitucionais), prevalece a legislação da Comunidade[16aa].

---

16. Mais conhecida como o "Mercado Comum".
16a. Ver *Van Duyn v. Home Office* [1974] 3 All E. R. 178.
16aa. Ver *Costa v. E.N.E.L.* [1964], C.M.L.R. 425; *Internationale Handelsgesellschaft v. Einfuhr* [1972], C.M.L.R. 255; e *Italian Tax Administration v. Simmenthal* [1978], C.M.L.R. 263.

Em teoria, a soberania nacional dos Estados-membros não é mais afetada por esse tratado do que por qualquer outro, uma vez que, do ponto de vista da legislação nacional, as cláusulas do tratado poderiam ser desobedecidas com quaisquer conseqüências que isso provoque internacionalmente, ao abrigo do direito internacional. Entretanto, o resultado prático é suscetível de ser muito diferente, pois os Estados signatários considerarão que o tratado envolve obrigações legais muito solenes e exercerão naturalmente todos os esforços para harmonizar sua legislação nacional com os requisitos do tratado. Assim, tendo a Grã-Bretanha se tornado membro da CEE, o Parlamento, *do ponto de vista da legislação inglesa*, mantém sua plena soberania inteiramente intacta; no entanto, não há dúvida de que a legislação[16b] que pôs em vigor o tratado dentro do quadro da constituição inglesa continuará sendo fundamentalmente um entrave imutável à liberdade de ação do Parlamento inglês[16c]. A posição pode ser comparada à do Estatuto de Westminster, que criou o *status* de Domínio e privou o Parlamento de sua função legislativa a respeito dos Domínios britânicos. E assim como o Estatuto de Westminster criou uma nova situação *de facto* no tocante aos poderes do Parlamento, a qual ainda não se cristalizou numa teoria absolutamente clara a respeito dos limites legais sobre a soberania do Parlamento inglês, também serão precisos, sem dúvida, muitos anos de prática constitucional sistemática antes que qualquer mudança possa ser introduzida na teoria constitucional inglesa.

De fato, tão profundamente enraizada é a tradição da soberania parlamentar teoricamente irrestrita na Inglaterra, que é concebível que nenhum acordo internacional, seja de

---

16b. Ver *European Communities Act*, 1972.
16c. Cf. *Blackburn v. Attorney General* [1971], 2 All E. R. 1380.

que natureza for, por mais permanente e importante que seja, consiga abalar, num futuro previsível, a doutrina de soberania parlamentar. Sendo assim, então, mesmo com o Reino Unido como membro da CEE, os tribunais ingleses continuarão adulando o princípio de que, se o Parlamento viesse a promulgar legislação em conflito direto com o Tratado de Roma, esses tribunais não teriam outra opção senão sustentar a legislação nacional, quaisquer que pudessem ser as implicações internacionais. É óbvio, porém, que tal ponto de vista, com o passar dos anos, poderá tornar-se cada vez mais acadêmico e irrealista, uma fórmula recitada ano após ano pelos juristas sem verdadeira convicção (algo semelhante ao "poder" do Parlamento para derrubar o Estatuto de Westminster...). Chegará finalmente um momento em que os próprios juristas reconhecerão que uma mudança ocorreu imperceptivelmente na própria legislação e que o Parlamento não poderá, mesmo que deseje, *e até como uma questão de direito estrito*, legislar em desafio de matérias tão preponderantes como o *status* de Domínio ou o Tratado da CEE. Portanto, essa possibilidade, por nebulosa que possa parecer neste caso particular, deve levar-nos a indagar como a base fundamental de um sistema jurídico é estabelecida e por que meios ela pode ser validamente derrubada ou emendada. É neste ponto que algo precisa ser dito acerca da chamada Teoria Pura do Direito, de Hans Kelsen, a qual exerceu considerável influência sobre o moderno pensamento jurídico e é especialmente importante para o problema da validade dos pressupostos fundamentais de um sistema legal.

A teoria pura do direito de Kelsen

A teoria de Kelsen, embora formalmente baseada mais no pensamento neokantiano do que nos fundamentos empíricos e utilitários austinianos, tem muitas características em comum com a de Austin. Assim, Kelsen chama à sua teoria uma "teoria pura", porque deseja enfatizar a posição positivista de que o direito é inteiramente autônomo e auto-suficiente, e de que, portanto, a sua validade tem de ser concebida em termos jurídicos e não em termos de moral ou de qualquer outro sistema extrínseco de normas ou valores. Por outro lado, Kelsen esforçou-se, em alguns aspectos com inegável êxito, por evitar as armadilhas que Austin foi incapaz de contornar.

Para Kelsen, o direito não se ocupa dos fatos do comportamento humano, mas de normas, que são regras ou padrões de conduta que formam um sistema unificado. Esse sistema é, na realidade, uma espécie de hierarquia de normas, ou seja, uma série de normas estabelecidas em vários níveis de generalidade e subordinação, sendo as normas supremas as mais gerais e, por conseguinte, as mais abstratas. Estas, por seu turno, estabelecem regras que governam a aplicação de outras normas em nível inferior de generalidade, as quais são, pois, cada vez mais concretas em sua forma e aplicação. O problema para o jurista consiste em determinar as condições de validade legal de qualquer decisão ou regra no âmbito do sistema jurídico. Se, por exemplo, um oficial de justiça cumpriu a penhora da propriedade de Fulano, precisamos saber se esse ato é legítimo. Para tanto, teremos de recorrer a uma ordem dada, digamos, pelo magistrado do tribunal da comarca que autorizou a execução. Essa ordem, por sua vez, pode derivar sua autoridade da sentença de um juiz no Supremo Tribunal. Essa sentença pode envolver a aplicação de uma ordem estatutária emitida por um ministro, em decorrência dos poderes que lhe são conferidos por um Ato do Parlamento. Observe-se que, à medida que caminhamos do nível inferior para o superior, as normas legais passam de uma ordem concreta e específica para um princípio cada vez mais abstrato e geral, sendo cada estágio dependente, para sua validade, da norma que, na hierarquia de normas, fornece a base para sua aplicação.

Tal como Austin, Kelsen também insiste na necessidade de dispor do poder final de coerção, pois é condição da validade de uma ordem legal que ela seja, de um modo geral, efetiva e, por conseguinte, capaz de ser obedecida e executada. Toda a norma legal que imponha uma obrigação (em contraste com as normas que meramente permitem ou autorizam certos atos) deve ter uma sanção agregada. A própria sanção é, no entanto, mera descrição de certas normas concretas na base da hierarquia legal, as quais fornecem um fundamento legal para a aplicação da força em determinados casos. Para Kelsen, uma sanção não é a ameaça de força ou sua aplicação concreta, mas, simplesmente, a "concretização" final da série de normas que faz com que esse resultado físico seja autorizado no sentido jurídico[17].

Até aqui, entretanto, apenas traçamos a hierarquia de normas ascendentes, até chegar a um Ato do Parlamento. Como é que este último adquire sua autoridade? Austin, como se recordará, recorre neste ponto à soberania do Parlamento, derivada da obediência habitual a seus decretos. Kelsen não concorda com essa posição, pois, segundo ele, estabelece confusão entre fato e lei. A autoridade do Parlamento deve depender, portanto, de uma norma superior e é essa norma que validará a regra segundo a qual deve prevalecer a vontade do Parlamento (expressa numa forma particular), vontade que poderá ou não ser alterada pelo próprio Parlamento. Mas em que é que se assenta essa norma? A resposta de Kelsen é que essa norma é a *Grundnorm*, a norma básica ou premissa essencial de todo o sistema, e que, *para fins legais*, não pode-

---

17. Kelsen também rejeita a teoria de "coerção" de Austin, por envolver a confusão entre psicologia e lei.

mos ir além dela. É algo como a idéia do mundo sustentado sobre um elefante, não permitindo as normas que se pergunte o que é que sustenta o elefante.

A norma básica

O argumento de Kelsen consiste, realmente, em que se deve atingir um ponto, em qualquer sistema normativo, além do qual não se pode avançar, porque se terá alcançado o limite exterior de todo o sistema e qualquer investigação adicional que se faça será, na realidade, uma investigação extrínseca, isto é, não dentro dos termos do próprio sistema. Por exemplo, pode-se obviamente perguntar se a regra da constituição que confere autoridade ao Parlamento é moralmente justificável e, portanto questionar sua validade do ponto de vista moral, mas isso, diz Kelsen, não é uma questão jurídica, em absoluto, mas de natureza ética e, assim nada nos diz acerca da validade legal da norma básica.

Isso ainda deixa em aberto a questão de como decidiremos o que é a norma básica. Kelsen diz que devemos remontar a constituição vigente a uma primeira constituição histórica que foi estabelecida ou em resultado de uma revolução ou para um território que não possuía antes nenhuma constituição. O pressuposto de que essa primeira constituição é válida e deve ser obedecida é a norma básica da constituição vigente. Essa norma básica deve distinguir-se das normas fundamentais da constituição vigente, as quais são normas positivas da ordem jurídica. Não importa se a constituição é consuetudinária, como na Inglaterra, ou está contida num documento escrito, como nos Estados Unidos. Na Inglaterra, a norma constitucional fundamental é a regra que impõe a soberania do Parlamento, embora possa mudar em resultado da adesão à CEE[17a]. Nos Estados Unidos, as normas constitucionais fundamentais são as contidas na mais recente versão emendada da própria constituição escrita.

A norma básica de direito internacional

Ignoramos até aqui as implicações internacionais dessa teoria, mas Kelsen tem, de fato, muita coisa a dizer a tal respeito. Ele afirma que cada nação pode, com efeito, ter sua própria norma fundamental e tratar o direito internacional como meramente válido na medida em que suas normas forem incorporadas às do sistema nacional do país. Por outro lado, é igualmente possível prever um sistema monístico em que a norma básica de um Estado seja uma regra impondo obediência às regras tradicionalmente aceitas como vinculatórias pelos Estados *inter se* (uma regra que abrange tratados, uma vez que é uma regra internacional habitualmente estabelecida que os tratados sejam respeitados pelas partes contratantes). O ponto de vista de Kelsen é que esse sistema monístico é não só desejável, mas, de fato, operativo, pois os Estados aderem-lhe substancialmente, num grau que se coaduna com o princípio do mínimo de efetividade. Além disso, não falta sequer a necessidade de coerção final, visto que o direito consuetudinário internacional reconhece a regra de imposição por iniciativa própria, ou por meio de regra e represálias como último recurso, no caso de violação flagrante do direito internacional. Esse sistema coercivo é reconhecido como irremediavelmente insatisfatório, em comparação com um direito nacional efetivo, mas isso deve-se ao estado primitivo e não-centralizado do direito internacional, comparável ao estágio de vendeta entre famílias inimigas do

---

17a. Cf. pp. 238-9.

direito nacional. Isso não o priva de seu *status* jurídico, porque permanece efetivo, pelo menos num nível mínimo.

Fornece Kelsen uma solução para o problema de soberania?

Embora a abordagem de Kelsen apresente um padrão muito mais consistente e lógico do que a de Austin, ela não está isenta de dificuldades. A atenção deve concentrar-se aqui na idéia de norma básica. A concepção de Kelsen da estrutura normativa encadeada de um sistema jurídico é, sem dúvida, esclarecedora, assim como a idéia de que a validade é algo que só pode ser explicado em termos de uma norma superior que autoriza as normas em nível inferior. Além disso, Kelsen parece sublinhar corretamente a idéia de que a validade legal não pode assentar (como pensou Austin) em considerações puramente *de facto*, como a obediência, mas deve ser explicada em termos normativos. Também parece haver força em seu ponto de vista de que essa explicação só pode levar a algum pressuposto final, que é a base de todo o sistema e não se presta a nova justificação, exceto num plano inteiramente diferente de investigação. Entretanto, Kelsen vê-se mergulhado em perplexidades metafísicas, as quais, como positivista que é, mostra-se ansioso por evitar, por sua insistência numa única norma básica fora do próprio sistema jurídico e escolhida segundo o princípio de efetividade. Kelsen não esclarece realmente o *status* dessa norma peculiar e só foi capaz de afirmar que deve ser única, por causa do seu desejo de preservar a coerência lógica do sistema. Parece-nos duvidoso, entretanto, que coerência legal possa ser equiparada à lógica[18]. A experiência mostra

---

18. Cf. p. 350.

que as constituições estão freqüentemente permeadas de possíveis conflitos internos, que nenhuma norma básica do modelo proposto por Kelsen seria suficiente para resolver. Assim, suponhamos que a Câmara dos Lordes (o mais alto tribunal judicial na Inglaterra) rejeitasse a autoridade do Parlamento para promulgar uma determinada lei. Os conflitos são sempre possíveis em maior ou menor grau, sob as mais impecáveis e bem estabelecidas constituições, e quando surgem têm de ser resolvidos à luz do clima político predominante. Isso é mais do que evidente no atual conflito nos Estados Unidos em torno da interpretação da constituição que o Supremo Tribunal tentou impor aos Estados sulistas, nos casos de não-segregação. De fato, portanto, dificilmente nos parece proveitoso ou útil procurar uma norma básica artificial no sentido de Kelsen, sendo preferível dizer que todo o sistema possui sua própria norma ou normas básicas (nos Estados Unidos, por exemplo, as regras da Constituição Federal, inclusive o poder de emendá-las) e que elas têm de reconciliar-se entre si de tal maneira que sejam legalmente praticáveis. Assim, na esfera internacional, também sofre dúvida se poderemos ajustar a situação à rígida dicotomia de Kelsen, pois a atual situação internacional é por demais fluida e variável para que se possa afirmar que todas as nações aceitam ou são obrigadas a aceitar de uma vez para sempre uma atitude pluralista ou uma atitude monística em relação à validade do direito internacional como sistema revestido de supremacia.

A abordagem de Kelsen, entretanto, pode ser sugerida, projeta alguma luz sobre a nossa indagação acerca de como a base fundamental de uma constituição pode ser estabelecida e nela introduzidas mudanças, mesmo sem convulsões revolucionárias. Atualmente, na Inglaterra, o sistema legal deriva da norma básica de que o Parlamento é soberano, mas parece não haver razão pela qual, em resultado de um longo processo de aceitação consuetudinária de substanciais incursões nesse princípio, uma nova norma básica não possa finalmente surgir. Tal norma básica não precisa ser estipulada em nenhum estatuto, mas pode ser, ela própria, consuetudinária, tal como a regra vigente de soberania parlamentar. Assim, agora que o Reino Unido aderiu à CEE, poderá finalmente surdir que a soberania seja limitada por certos documentos fundamentais como o Tratado de Roma, e dividida entre o Parlamento e outros órgãos. Pode-se afirmar que nada existe para sustar esse desenvolvimento, salvo a força da tradição, a qual pode, como veremos quando passarmos a examinar o direito consuetudinário, ser criadora de outras regras.

Capítulo 9
Lei e sociedade

Tanto as escolas de direito natural quanto seus principais adversários, os positivistas, foram consideravelmente influenciados por um enfoque individualista da sociedade humana. No que tange ao direito natural, isso destaca-se mais claramente na teoria do contrato social, a qual formou por largo tempo um elo indispensável na estrutura da ideologia do direito natural. Essa concepção sustentava que a sociedade era formada por consentimento dos indivíduos que a compunham. A instituição da sociedade humana era atribuída a um contrato original de indivíduos previamente em estado natural, e presumia-se que os alicerces da sociedade assentavam-se nos termos desse contrato. O elo com o direito natural era fornecido pela hipótese de que o caráter vinculatório do próprio contrato social derivava do direito natural. Logo, o direito natural formava a base não só do direito positivo, mas da própria sociedade. Essa teoria deu margem a muita divergência quanto aos termos do contrato inicial, alguns, como Locke, favorecendo a retenção dos direitos naturais fundamentais; outros como Hobbes, argumentando que a soberania absoluta tinha sido transferida para o governante; e havia uma ampla gradação de posições intermediárias. A essência de todas essas asserções era que sociedade não passava de uma palavra coletiva para designar os indivíduos que a compunham, e que o vínculo social podia ser plenamente entendido em termos de um acordo compromissório estabelecido por indivíduos racionais que procuravam atingir objetivos considerados de seu interesse pessoal. Entretanto, não era universalmente admitido, de maneira alguma, que tal acordo fosse uma realidade histórica, pois a maioria dos teóricos estava menos preocupada em explorar origens históricas do que em formular os pressupostos lógicos de sociedade humana, lei e governo. Portanto, essa teoria era caracteristicamente racionalista, individualista e formal.

Nesses aspectos, embora rejeitassem o direito natural e o contrato social como ficções, os primeiros positivistas não estavam muito distanciados dos pressupostos de seus adversários. A base utilitarista do positivismo apoiava-se numa escolha racional de fins dirigidos para a felicidade humana e um quadro psicológico de referência sobre a natureza humana, cuja força motivadora era concebida como promanando exclusivamente do impacto de dor ou prazer sobre o organismo individual[1]. Além disso, o desenvolvimento do positivismo de Austin apoiou-se substancialmente nessa abordagem psicológica, sobretudo em sua noção do papel das sanções como envolvendo uma ameaça de cominação de dor dirigida ao indivíduo e provocando, por isso, aquele estado de obediência que é considerado pressuposto fundamental de toda lei.

Essa psicologização rudimentar e deveras irrelevante foi rejeitada de forma inequívoca por Kelsen. Ao mesmo tempo, Kelsen procura enfaticamente dissociar as questões legais dos problemas e relações sociais subjacentes a que as normas jurídicas podem ser aplicadas. Para Kelsen, ainda mais que para Austin, a ciência jurídica ocupa-se exclusivamente de um padrão formal de regras existentes num domí-

---

1. Ver p. 115.

nio distinto daquele dos fatos dos problemas humanos. Ele não nega a existência de tais fatos, mas afirma que eles estão totalmente separados do próprio direito e não interessam ao jurista mas ao sociólogo.

Individualismo e coletivismo

Durante os séculos XVIII e XIX, o pensamento individualista adotou um padrão mais distintamente econômico. Com o pleno impacto da Revolução Industrial e o crescimento da empresa capitalista, o individualismo passou a ser mais do que um princípio filosófico ou psicológico; converteu-se num lema político e econômico na forma de *laissez-faire*. Durante grande parte desse período e, na verdade, prolongando-se até o século atual, o pressuposto de que a lei deveria interferir o menos possível na liberdade individual de ação e, em especial, de ação econômica, sublinha quase toda a especulação jurídica e sociológica. Além disso, essa especulação era freqüentemente traduzida em ação, principalmente na doutrina de liberdade de contrato. Sir Henry Maine propagou o dogma de que a sociedade progredira por um movimento de *status* para contrato, e de que a liberdade do indivíduo de fazer qualquer contrato que desejasse era o símbolo de uma "sociedade aberta" e desenvolvida. Portanto, foi orientação adotada pelo direito a de manter essa liberdade e derrotar qualquer tentativa de cercear a liberdade do indivíduo para escolher as obrigações (especialmente econômicas) a que se submeteria. Logo, para os devotos desse credo, nada parecia haver de incongruente no argumento de que era errado para o legislativo limitar as horas ou condições de trabalho em minas ou fábricas, já que os trabalhadores eram livres para aceitar ou rejeitar essas condições, e essa liberdade de negociação era a essência de uma sociedade avançada.

Mas, por mais influentes que fossem as forças do *laissez-faire*, elas estavam, de fato, travando uma batalha perdida contra uma outra filosofia que insistia no valor do bem-estar social e na necessidade de intervenção legislativa para criar as condições indispensáveis à consecução desse objetivo. Esse movimento, por muito paradoxal que pareça, derivou boa parte de seu impulso dos utilitaristas que, embora originalmente individualistas, por sua ênfase no recrudescimento da soma de felicidade humana, forneceram uma filosofia adaptada ao incremento do bem-estar material da sociedade como um todo. Essa filosofia, apesar de todas as suas imperfeições lógicas, propiciou um objetivo atraente aos vitorianos de espírito progressista e permitiu uma justificação direta para a legislação social e de bem-estar numa escala maciça. Pois, à medida que o século XIX avançava, tornou-se evidente que, ao aceitar-se jovialmente que as forças do mercado econômico operassem, o resultado foi uma vasta soma de miséria humana, pobreza e sofrimento. Isso parecia ser, pois, uma confrangedora ilustração das virtudes do *laissez-faire*, muito embora os expoentes dessa doutrina insistissem em que, a longo prazo, mais prejuízos do que benefícios resultariam da interferência da lei "natural" da oferta e demanda. Mas, como lorde Keynes observaria mais tarde, "a longo prazo estaremos todos mortos".

No decorrer dessas convulsões sociais e econômicas em vasta escala, que estavam se propagando gradualmente do ocidente a toda a superfície da terra, e cujas repercussões só foram plenamente sentidas no século atual, a voz dos teóricos esteve longe de ser silenciosa. Na verdade, pode-se arriscar que houve poucas épocas na história em que o efeito da especulação filosófica e da ideologia tenha tido um impacto mais ressonante sobre os assuntos humanos.

A sociedade como entidade emergente

O descontentamento com a concepção puramente individualista e racionalista de sociedade já era manifesto nos escritos de Rousseau, que procurou expressar a unidade da sociedade em sua concepção da "vontade geral", uma entidade emergente e distinta das vontades individuais dos membros da sociedade. Um pouco depois, Edmund Burke enfatizou as raízes tradicionais e históricas do organismo social e repudiou a interpretação de um Estado nacional em termos de uma sociedade num empreendimento comercial. Foi, entretanto, o filósofo alemão Hegel quem forneceu os alicerces filosóficos para o modelo de sociedade como entidade metafísica, distinta dos indivíduos que a compõem e superior a eles. A teoria de Hegel era de caráter eminentemente místico, e talvez seja isso o que explica boa parte de sua influência. Hegel associou sua teoria a um historicismo que contemplava o desenvolvimento da história humana como obedecendo a um padrão predeterminado. Hegel, à semelhança de Platão, era um idealista para quem a "idéia" era mais real do que o mundo das sensações físicas e, para ele, "idéia" que regia a história humana era a da "razão". A idéia da razão estava concretizando-se gradualmente na história humana e sua mais alta manifestação era o Estado nacional, que representava a consubstanciação da razão. Esse Estado era uma realidade e não mera ficção jurídica, de fato, uma realidade muito superior à dos cidadãos nele abrangidos. Esses cidadãos estavam, portanto, inteiramente subordinados aos objetivos superiores do Estado, pois somente desse modo as potencialidades humanas poderiam ser plenamente exploradas.

Vislumbra-se nessa teoria um certo sabor aristotélico[2] e, para sermos justos com Hegel, cumpre acrescentar que

---

2. Cf. p. 84.

ele se considerava um apóstolo da liberdade, visando sua filosofia a mostrar como a humanidade estava se desenvolvendo no sentido de uma forma superior de liberdade política e cultural, só atingível mediante a criação de Estados nacionais representativos do auge da civilização. Hegel, entretanto, insistiu em que esse tipo de Estado era a manifestação suprema da cultura e da liberdade humanas e, bem longe de prever qualquer desenvolvimento subseqüente em favor de uma sociedade internacional governada por um regime de direito, preferiu considerar o conflito entre Estados nacionais uma característica essencial do progresso e da liberdade do homem.

Embora Hegel se afirmasse um libertário, sua liberdade, pelos padrões democráticos, não era muito convincente, equivalendo a pouco mais do que a liberdade de obedecer ao Estado. Nessa base, nenhum conflito genuíno podia ser concebido entre o Estado e o indivíduo, uma vez que o Estado tinha sempre razão. Hegel, como os positivistas, negou a existência do direito natural, mas não com o intuito de separar dois campos autônomos para o direito e a moral, pois sua finalidade era fundir a moral no próprio domínio da lei do Estado. Para ele (como para Hobbes, numa época anterior[3]), a própria lei do Estado fornecia o padrão de moralidade, já que consubstanciava o mais alto desenvolvimento da idéia de razão. Nenhuma moralidade, sobretudo a moralidade individual, podia existir fora do corpo da moralidade coletiva encerrada no Estado e em seu direito[3a].

É evidente que semelhante doutrina propiciou uma fértil base para muitas das ideologias totalitárias que floresceram na atualidade. O nazismo e o fascismo aderiram à idéia

---

3. Ver pp. 118-20.

3a. Para uma avaliação atualizada de Hegel, ver S. Avineri, *Hegel's Theory of the Modern State* (1972).

da nação-Estado como entidade emergente consubstanciando a realidade suprema atingível pelo homem e à qual o indivíduo e os ditames de sua consciência e moralidade pessoal estão profundamente subordinados. Essas ideologias, entretanto, introduziram uma nova nota que não era característica do próprio hegelianismo. Hegel, por muito mística que sua filosofia possa ter sido, era essencialmente um racionalista que acreditava ter seu racionalismo orgânico alcançado uma verdade mais profunda do que o racionalismo artificial do iluminismo setecentista. Nazismo e fascismo, por outro lado, reuniram em si mesmos todas aquelas forças de irracionalismo ou anti-razão que vieram à tona com o ocaso do século XIX e se espraiaram nos tumultos do nosso próprio tempo. O dogma do super-homem de Nietzsche, a crença no sangue e na raça em contraste com o peso morto do intelecto, decretada por Wagner, Gobineau, Stewart Houston Chamberlain e muitos outros, levaram muito além da asserção de que o direito do Estado era a moralidade suprema. O que emergiu foi a idéia de que o próprio direito não constituía mera questão de formulação jurídica, mas era, antes, a expressão intuitiva dos ditames da raça e da própria nação, e que esses ditames eram misticamente percebidos e transmitidos por um líder inspirado, cujas intuições representavam o ponto máximo em verdade, lei e moralidade. Vê-se, pois, como a filosofia racionalista de Hegel acabou precipitando o surgimento de uma doutrina inteiramente irracional, impregnada do odor "carismático" de formas anteriores de liderança inspirada[4]. Também é fácil ver como, sob tal regime, o direito deixaria de ser um sistema de normas regularmente aplicadas e converter-se-ia, no máximo, num conjunto de regras a serem tratadas como simples guias para as intuições do líder, ou dos que governavam à sombra de

---

4. Cf. pp. 25-6.

sua autoridade, e que toda a legislação e outras regras legais estariam sujeitas a considerações prioritárias, tais como, por exemplo, as necessidades da raça alemã[5]. Portanto, Hegel e suas ramificações irracionais – não o positivismo (como foi argumentado pelos partidários do direito natural[6]) – forneceram o cenário filosófico para um tipo de totalitarismo e suas conseqüências melancólicas em sofrimento humano, que frustraram tantas aspirações de nossa era científica. Veremos também que a outra forma principal de totalitarismo, o marxismo-leninismo, promana dessa mesma fonte.

As forças econômicas da sociedade

Hegel esforçou-se por imprimir um novo rumo ao estudo da lógica pelo seu método "dialético". Em vez de duas proposições contraditórias somente serem reconciliáveis através da dedução de que uma, pelo menos, era falsa, ele afirmou que as contradições podiam formar uma tese e uma antítese como ponto de partida para o surgimento de uma nova síntese. Hegel aplicou esse enfoque ao desenvolvimento da história humana, na medida em que determinadas "idéias" em conflito mútuo são resolvidas por uma nova síntese. Assim, o progresso humano estava gradualmente avançando para a realização final da idéia de razão. Seja o que for que se possa pensar disso como uma exposição de lógica, esse método não é estéril como um meio de interpretação de certas fases da história, e Karl Marx, que começou como seguidor de Hegel, deu-lhe bom uso. A principal mudança que ele introduziu foi "colocar Hegel sobre os próprios pés" (segundo a sua expressão), afirmando não serem

---

5. Era essa a doutrina aprovada do direito nazista.
6. Ver p. 132.

as idéias que governavam o mundo, mas as forças materiais, sobretudo as econômicas, as quais criavam não só as condições sociais de um determinado período, mas também a sua filosofia básica ou "ideologia", como hoje é geralmente chamada. Feita essa inversão da dialética hegeliana, Marx descreveu o seu novo método como "materialismo dialético" e, em estilo hegeliano, procurou mostrar como as contradições inerentes ao sistema capitalista de seu tempo deviam resultar em convulsões revolucionárias, das quais uma nova sociedade socialista surgiria.

Havia realmente duas linhas mestras no pensamento de Marx, tendo ambas exercido grande influência em nosso mundo moderno; mas não é fácil harmonizar uma com a outra. Por um lado, há o aspecto profético e historicista do marxismo, o qual, como os antigos profetas hebreus, prevê um período de ruína e destruição, mas que anuncia para mais adiante uma aurora radiosa em que o homem renascerá numa nova era de paz e justiça. Após a revolução, quando o conflito de classes for resolvido e a instituição da propriedade privada for substituída por um regime comunista, a lei e o Estado, até então os motores principais do despotismo e da opressão, "definharão até desaparecer"; não haverá necessidade de coerção, pois cada homem terá o suficiente para as suas necessidades e a harmonia universal prevalecerá. Além disso, esse reino idílico na terra não é descrito como uma remota eventualidade mas como algo a que a história conduzirá forçosamente num futuro próximo, já que representa uma necessária síntese das contradições na ordem existente da sociedade.

Por outro lado, o elemento profético em Marx foi largamente completado por uma tentativa de aplicação de princípios científicos ao estudo da sociedade humana. Marx estudou minuciosamente (embora reconhecesse que de forma indireta) as características do sistema econômico e do sistema de classes existentes, e expôs em novos moldes a estreita inter-relação entre a ordem econômica de uma sociedade e sua ideologia dominante. Desse modo, desencadeou um ataque sumamente construtivo contra o estudo de todo o campo dos estudos sociais, pois tornava-se cada vez mais reconhecido que a sociedade não poderia ser entendida sem explorar seus alicerces institucionais e econômicos e avaliar o impacto deles sobre as idéias predominantes. Muitos pensam que o próprio Marx atribuiu excessiva ênfase à unilateralidade desse trânsito entre disposições econômicas e ideologia, uma vez que afirmou ser a última quase inteiramente dependente das primeiras. Hoje em dia, considera-se geralmente mais aceitável proceder com base na hipótese de que tais fatores estabelecem correntes de influência mútua em vez de um ser inteiramente condicionado pelo outro. Por exemplo, é geralmente aceito nos dias atuais que a ascensão do capitalismo estava estreitamente interligada com a ideologia protestante e, em especial, calvinista, mas que nenhum quadro simples de trânsito unilateral de influência pode bastar para explicar esse segmento imensamente complexo da história humana[7].

A idéia de Marx, ainda que tendenciosa em sua expressão, de que o direito foi destilado da ordem econômica que lhe deu origem e era uma forma institucionalizada da ideologia predominante, por meio da qual a seção dominante da sociedade coagia as massas à obediência, projetou uma nova luz sobre a natureza do direito e suas raízes profundas no gênero de sociedade em que funcionava. Além disso, essa idéia envolveu, em numerosos aspectos, uma intuição mais profunda do que a da escola histórica (também uma ramificação do hegelianismo[8]), pois não assentou numa confortável crença nas virtudes do tradicionalismo, mas empenhou-se em buscar as molas reais da ação humana, e sua tradução nas instituições

---

7. Ver R. H. Tawney, *Religion and the Rise of Capitalism* (1929).
8. Ver pp. 317-8.

vigentes, mediante a compreensão do funcionamento e necessárias implicações sociais da estrutura econômica da própria sociedade. Portanto, pode-se afirmar que o marxismo deu uma contribuição de extrema importância para a criação da sociologia do direito, bem como de outras formas de sociologia[8a]. É necessário debruçarmo-nos agora sobre as outras origens, não-marxistas, do enfoque sociológico do direito.

A ciência da sociologia aplicada ao direito

A noção de que princípios científicos podiam ser aplicados a estudos tais como os do direito e da criminologia deve muito, em seus primórdios, aos utilitaristas da escola de Bentham, e não tardaria em ser reforçada pelo filósofo francês Comte, que, ao ampliar a abordagem a todo o campo dos estudos sociais, para os quais ele inventou o novo termo "sociologia", imprimiu grande impulso à crença de que o homem em sociedade era tão suscetível de ser cientificamente estudado quanto qualquer outro fenômeno do mundo natural[9]. Além disso, a preocupação utilitarista com a ciência da legislação deu ao direito um lugar destacado nesses novos estudos e, à medida que o século XIX avançava, um certo número de eminentes juristas e sociólogos europeus, especialmente na Alemanha, começou encarando a ciência recém-descoberta como a chave para uma melhor compreensão do direito do que a oferecida até então pelas atitudes um tanto formalistas e quase-lógicas das escolas do direito natural e positivista.

8a. Verifica-se um renovado interesse pelas teorias marxistas do direito em países ocidentais. Ver, por exemplo, Quinney, *Critique of Legal Order* (1974) e Walton, Taylor e Young, *Critical Criminology* (1974).

9. Cf. pp. 125-6.

R. Von Jhering

O primeiro entre os nomes importantes que merecem menção a esse respeito é o de Rudolf von Jhering, que exerceu influência profunda no mais destacado jurista sociológico do mundo anglo-americano, Roscoe Pound. Jhering concebeu o direito não como um sistema formal de regras, mas como um método primordial de ordenação da sociedade. A própria sociedade era composta de uma massa de "interesses" concorrentes, muitos dos quais econômicos, mas nem todos. Um choque irrestrito desses interesses só podia levar ao caos e à anarquia. Tampouco podiam ser todos satisfeitos, pois muitos estavam em conflito mútuo (por exemplo, o interesse do proprietário em preservar o controle de sua terra podia competir com a necessidade da comunidade de construir uma estrada que a atravessasse) e, em todo o caso, nunca havia o suficiente de todas as coisas de modo a satisfazer integralmente as necessidades de todos. Por outro lado, alguns interesses poderiam ser considerados de menor valor social que outros, e ainda mais interesses poderiam ter sido rejeitados de imediato como positivamente anti-sociais. Por conseguinte, o direito situou-se como uma espécie de mediador imparcial de todas essas necessidades e reivindicações concorrentes, e o requisito real era relacionar o processo jurídico com as necessidades de desenvolvimento da sociedade existente. Logo, o jurista não tinha meramente de apreender os princípios técnicos de seu objeto de estudo, mas tinha, sobretudo, de lhe dar uma compreensão genuína das implicações sociológicas subjacentes das normas legais com que ele atuava, e como elas poderiam ser usadas para resolver e harmonizar conflitos, em vez de os provocar ou exacerbar.

Weber e Ehrlich

Dois outros escritores alemães de grande distinção exploraram o aspecto sociológico do direito em muito maior profundidade. Um deles, Max Weber, a quem já nos referimos a respeito do problema de autoridade[10], aumentou profundamente a nossa compreensão do modo como determinados tipos de sistema jurídico refletem uma filosofia subjacente que é, em si mesma, o produto e a causa da sociedade em que ela opera. Weber enfatizou especialmente como o direito moderno do ocidente se tornara cada vez mais institucionalizado através da burocratização do Estado moderno. Explicou de que modo a aceitação do direito como uma ciência racional se baseou em certos postulados fundamentais e semilógicos, tais como que o direito é um sistema "sem lacunas" de princípios legais e que toda a decisão judicial concreta envolve a aplicação de uma proposição jurídica abstrata a uma situação concreta. Subsiste uma dupla ironia no fato de que, pouco depois da morte de Weber, em 1920, o direito racionalizante em seu próprio país foi totalmente substituído pela fé nas intuições de um líder "carismático", embora, felizmente, essa fase esteja agora relegada aos escaninhos da história; e que a recente jurisprudência sociológica tenha encontrado seu principal impulso na resistência ao que considera a abordagem excessivamente lógica e racionalista da escola positivista de pensamento anterior.

Ehrlich, que foi quase um contemporâneo exato de Weber, estabeleceu como seu principal objetivo penetrar além da cortina das regras formais, até então tratadas como sinônimo do próprio direito, para atingir aquelas normas sociais concretas que governam a sociedade em todos os seus aspectos, e que ele descreveu agudamente como "o direito

---

10. Ver capítulo 2.

vivo". Para ele, toda a sociedade tem uma ordem interna de associações de seres humanos que a compõem, e essa ordem interna domina a própria vida, embora não tenha sido postulada em proposições legais do direito positivo. Essa ordem interna é realmente equivalente ao que antropólogos subseqüentes chamariam agora um padrão de cultura. Assim, um jurista precisa conhecer não apenas as regras positivas de seu sistema, mas também a ordem normativa interna do direito vivo hodierno. Isso é vital a partir de um certo número de pontos de vista práticos. A falta de correlação entre direito positivo e direito vivo pode resultar num menosprezo ou desatenção ao direito vivo, de modo que o mero conhecimento de regras positivas pode gerar um quadro inteiramente falso ou equivocado da verdadeira ordenação social. Por exemplo, no mundo comercial, um sistema jurídico pode nominalmente impor uma teia de regras abstratas que os homens de negócios são incapazes ou não estão dispostos a acatar, de modo que as transações comerciais poderão ser regidas por toda uma série de normas sociais e econômicas distintas ou em conflito com as normas legais positivas teoricamente vigentes. Além disso, o direito vivo não é estático, mas está em processo constante de mudança, pelo que o direito positivo precisa ser-lhe continuamente adaptado, e isso só é possível em conseqüência de um estudo empírico da ordenação interna do direito vivo tal como ele é em determinado momento. Por outro lado, os valores éticos predominantes na sociedade refletir-se-ão no direito vivo, de modo que, na medida em que o direito precisa harmonizar-se com a moralidade corrente[11], aqueles que são responsáveis pelo desenvolvimento do sistema jurídico necessitam estar em contato estreito com o conteúdo dessa ordem interna da sociedade. E essa mão no pulso da sociedade é algo requeri-

---

11. Ver capítulo 3.

do do legislador que formula novos estatutos e reformas legais; do juiz e do administrador da lei, cujas decisões fornecem precedentes para outros casos[12]; e do profissional da lei, o advogado e todos aqueles que, por sua negociação e resolução de transações, são úteis no desenvolvimento de partes do próprio direito vivo e na determinação do que será o verdadeiro âmbito do direito positivo e sua correlação com o direito vivo.

Roscoe Pound e a sociologia norte-americana

Trabalhando a partir dos fundamentos estabelecidos pelos juristas sociológicos alemães, Roscoe Pound introduziu uma nova e distintamente americana nota no estudo do direito, em seu contexto social. O extraordinário desenvolvimento da tecnologia nos tempos modernos e seu impacto na vida social e econômica do homem levaram Pound a explicar o processo jurídico como uma forma de "engenharia social". Ao mesmo tempo, o caráter geralmente otimista da sociedade americana, de olhos voltados para o futuro, conjugado com as numerosas tentativas de colocação do estudo dos homens em sociedade numa base genuinamente científica, gerou um clima de pensamento em que parecia razoável acreditar que os problemas da nossa sociedade baseiam-se muito mais na ignorância do que em defeitos humanos inerentes. Com uma verdadeira compreensão dos fatores envolvidos, a qual só poderia advir de investigações fatuais em primeira mão, cientificamente conduzidas, as soluções apropriadas acabariam inevitavelmente por se apresentar.

---

12. Ver capítulo 11.

Pound aceitou o ponto de vista, que é parte da moeda corrente dos antropólogos sociais de hoje, de que toda a sociedade coerente possui um padrão de cultura que determina suas várias ideologias. No sentido mais amplo, elas acarretam sua filosofia particular do homem e do mundo, mas podem apresentar-se numa frente mais estreita, na medida em que incidem sobre um determinado campo de atividade humana. O direito, embora profundamente enraizado no complexo social geral e sua ideologia, desenvolve certos postulados fundamentais próprios, os quais tendem a fixar o padrão ou quadro de referência dentro do qual o direito se desenvolve. Esses postulados, entretanto, são fluidos e mudam à medida que a sociedade muda. O século XIX pode ter admitido a liberdade de contrato como um de seus pressupostos básicos, mas, como o próprio Pound assinalou, o nosso tempo está agora assistindo ao reconhecimento gradual de novos postulados, como o direito ao trabalho e o direito a ser legalmente protegido contra o desgaste do emprego. Uma lenta fermentação está, portanto, ocorrendo constantemente, da qual as normas jurídicas positivas derivam sua força vital e sua orientação futura.

Conflitos de interesses

Na esteira de Jhering, Pound interpretou o processo legal como uma forma de controle social por meio do qual os interesses conflitantes e concorrentes na sociedade são minuciosamente analisados, comparados e aceitos ou rejeitados. O papel peculiarmente preponderante do judiciário no direito norte-americano (derivado, em parte, da ênfase do direito consuetudinário sobre a lei feita pelo juiz através de precedentes e, mais particularmente, da função constitucional dos juízes, sobretudo no Supremo Tribunal, para tratar a legislação como inconstitucional) levou Pound, como a maioria dos juristas norte-americanos, a concentrar-se especialmente na função dos tribunais como agente supremo da lei na efetivação do controle social. Grande parte da moderna jurisprudência americana, de Pound para cá, preocupou-se em realizar uma avaliação realista do modo como os tribunais funcionam e de sua relação com o que Ehrlich chamou "o direito vivo".

Dois problemas particulares exigiram a atenção de Pound: em primeiro lugar, como os vários interesses que competiam por reconhecimento legal poderiam ser classificados e correlacionados; e, em segundo lugar, como os conflitos entre eles eram resolvidos pelos tribunais e se os procedimentos empregados até então para esse fim poderiam ser melhorados, ainda que apenas de forma implícita. Quanto ao primeiro destes problemas, Pound sublinhou que os interesses não eram estáticos, dado que novas situações e novos progressos estavam criando constantemente novas necessidades e pretensões. Por exemplo, o interesse na privacidade pessoal de um homem – deverá permitir-se a um jornal revelar detalhes sórdidos da vida passada de um indivíduo, há muito esquecido, meramente para satisfazer uma curiosidade mórbida do público? – é uma nova necessidade de nossa sociedade que os tribunais norte-americanos, em vez dos britânicos[12a], reconheceram gradualmente. Sobre o segundo problema, Pound compreendeu que a necessidade básica é ter algum sistema de valores pelo qual interesses concorrentes possam ser comparados e avaliados, e chegar a uma decisão sobre qual deles deverá prevalecer. Se o interesse de uma pessoa na publicação de informação é sobrepujado pelo fato de essa informação se refletir na reputação de outrem; se o

---

12a. Foi publicado em 1972 um *Report on Privacy by the Younger Committee*, recomendando um certo número de mudanças na lei.

interesse de uma pessoa no uso de sua propriedade deve ser limitado pelo fato de que o exercício desse direito de propriedade pretende prejudicar um vizinho ou para algum outro propósito "injusto"; se o interesse na segurança pública sobreleva, e em que circunstâncias, o interesse do cidadão em propagar qualquer credo político de que é adepto; todos esses conflitos requerem avaliação, para que se chegue a soluções apropriadas.

O processo de avaliação

Para Pound, existem três caminhos principais em que esse processo é levado a efeito pelos tribunais, embora, em muitos casos, de um modo inconsciente. O tribunal pode simplesmente seguir os padrões do passado. A desvantagem disso está em que o tribunal se prenderá assim, indevidamente, numa era de mudanças sociais, a uma ideologia superada no tempo, como ocorreu no caso dos tribunais norte-americanos que, por largos anos, permaneceram fiéis à ideologia do *laissez-faire* numa época coletivista. Em segundo lugar, o tribunal pode tentar, com a ajuda que juristas e sociólogos contemporâneos possam facultar-lhe, apreender os postulados jurídicos fundamentais de seu próprio tempo e avaliar as disputas a essa luz. Por último, o tribunal pode simplesmente confiar em seu próprio instinto e julgar numa base empírica, apoiando-se implicitamente em sua própria compreensão da sociedade em que opera e em sua própria avaliação das necessidades sociais. Este último caminho é, sem dúvida, a mais comum abordagem na prática, mas enfatiza a necessidade de os tribunais estarem em íntimo contato (e não isolados, como é sua tendência) com o "direito vivo" de sua própria comunidade. Além disso, como sublinha Pound, por muito que o positivista continue insistindo em que direito e moral são coisas distintas, nada pode alterar o fato de que as decisões legais baseiam-se inevitavelmente na ideologia. Portanto, é preferível encarar esse fato e realizar um esforço consciente para reconhecer quais são os valores operantes da sociedade em que se vive e desenvolver o direito de acordo com eles, em vez de tentar tratar todas as decisões legais como exercícios puramente técnicos de lógica jurídica. Uma vez que o direito tenha estabelecido uma regra técnica, como, por exemplo, *caveat emptor* ("o comprador que se cuide", isto é, ele assume o risco de todos os defeitos, etc.), é muito fácil esquecer que essa simples máxima esconde toda uma filosofia do direito, cujo postulado básico é o *laissez-faire* econômico. Como observou o professor Northrop: "Por certo, existem advogados, juízes e até professores de direito que nos dizem não ter nenhuma filosofia do direito. No direito, como em outras coisas, descobriremos que a única diferença entre uma pessoa 'sem uma filosofia' e alguém com uma filosofia é que a última sabe qual é a sua filosofia e está, portanto, mais apta a esclarecer e justificar as premissas implícitas em seu enunciado dos fatos de sua experiência e seu julgamento acerca desses fatos."[13]

A avaliação dos conflitos inerentes à sociedade humana, de acordo com alguma ideologia aceita ou estabelecida, ainda deixa em aberto a questão seguinte: até que ponto essa ideologia é suscetível de obter alguma espécie de justificação ética final? É neste ponto que os vários tipos de juristas adeptos do direito natural procuram ganhar a dianteira, mas, como esse problema perene já foi suficientemente analisado em capítulos anteriores com certo detalhe, nada mais nos propomos acrescentar aqui a tal respeito.

---

13. *The Complexity of Legal and Ethical Experience* (1959), p. 6.

Desenvolvimentos subseqüentes: o "realismo" jurídico nos EUA

A abordagem sociológica surgiu, pelo menos em parte, em reação aos excessos lógicos e formalistas do positivismo jurídico, mas não tardou muito que ela também desenvolvesse excessos próprios. No continente europeu já tinha surgido a chamada escola do "direito livre", rejeitando a idéia de que as decisões legais pudessem basear-se em regras e afirmando que elas são, essencialmente, uma questão de política e de escolha. Embora cerceado por uma apertada rede de regras aparentemente inelutáveis, o juiz possui, na realidade, toda a liberdade para aplicá-las segundo seu arbítrio, ideologia ou senso de necessidade social que o oriente. Nos Estados Unidos, um forte movimento em direção semelhante manifestou-se depois da guerra de 1914. Numerosas influências contribuíram para esse desenvolvimento. Em primeiro lugar, havia, como já vimos, a confiança na ciência social e na tecnologia como chaves para resolverem os problemas do bem-estar humano. Conjugada com isso, deu-se a ascensão da filosofia do pragmatismo nos Estados Unidos, uma filosofia particularmente adaptada à atitude americana para com a vida. O pragmatismo considerava a busca da verdade um processo de experimento contínuo a fim de descobrir o que realmente funcionava e, embora William James, um dos criadores do pragmatismo, repudiasse o que ele chamou de "a deusa sem-vergonha do Sucesso", essa doutrina, de fato, foi prontamente invocada por todos os que reconheceram que a reverência pelas realizações práticas e vitoriosas era um princípio cardeal do modo de vida americano. Tal filosofia também parecia fornecer um quadro de referência adequado para aqueles juristas que argumentavam não ser a lei um processo de dedução de decisões corretas dos princípios jurídicos estabelecidos, mas, antes, um contínuo processo ou adaptação experimental de tomada de decisão em determinados casos, numa tentativa de chegar a soluções que sejam corretas apenas no sentido de que realmente funcionaram no contexto social em que agiram.

Grande parte da qualidade especial da abordagem dos "realistas" jurídicos norte-americanos, como eles próprios se denominaram, foi transmitida pelos escritos e pareceres jurídicos de um dos maiores juristas americanos modernos, o juiz do Supremo Tribunal Oliver Wendell Holmes. Ele foi primordialmente um elemento decisivo na elaboração de um dos dogmas dessa escola, segundo o qual, aquilo que é chamado "lei" não é uma tessitura de regras subsistentes mas simples técnica para predizer que decisões os tribunais de justiça são suscetíveis de adotar em face de determinados casos. Assim, um advogado verdadeiramente competente não é aquele que está meramente familiarizado com o conjunto de regras teóricas consideradas "vinculatórias" nos tribunais, mas aquele que explora todos os fatores psicológicos e sociológicos que influem numa tomada de decisão e, portanto, está apto a interceptar de um modo realista como os tribunais funcionam, em geral, e como é provável que decidam em casos particulares. Sem dúvida, as regras legais eram um dos vários fatores que influenciavam as decisões judiciais, mas conhecer essas regras é apenas um começo, pois elas representam unicamente o que os tribunais *dizem* e o que importa, realmente, não são palavras mas ações, não o que o tribunal *diz* mas o que *faz*. Além disso, entender o funcionamento da lei em sociedade não é suficiente para concentrar a atenção nas atividades dos legisladores, tribunais e outros agentes da justiça. A lei é uma grande estrutura social constituída pelo comportamento humano em toda a massa de transações que se reveste de significação legal, e para isso as atividades de numerosos funcionários, homens de leis e outras profissões, assim como grupos criadores de normas legais, como a comunidade comercial, estão dando contínuas e importantes contribuições. A ênfase tradicional dada pelos juristas às próprias regras legais, com exclusão de todos os outros fatores que conferem a essas regras sua realidade social, é rejeitada como um profissionalismo bitolado, pernicioso para os próprios profissionais da lei e para o público a que eles servem.

É fácil discernir a existência de dois aspectos no realismo norte-americano; primeiro, a técnica de predição da tomada de decisão, os realistas visando a desenvolver métodos aperfeiçoados pelos quais o curso de decisões futuras pudesse ser mais clara e facilmente previsto; e, segundo, uma tentativa de aquisição de um entendimento mais profundo do funcionamento do sistema jurídico, com vistas a torná-lo um meio mais eficaz de controle social e de consecução dos objetivos que a própria sociedade fixou para si mesma. Esses objetivos encontram-se em estado de fluxo perpétuo, como a própria sociedade, e uma das metas dos realistas jurídicos é manter uma delicada percepção dos movimentos em sociedade, de modo a conservar a lei em alinhamento com esses movimentos.

As formas extremas de realismo norte-americano encontraram considerável resistência e, na verdade, foram ridicularizadas pelos juristas e advogados tradicionais, que cederam, por vezes, à crença de que o realista atribui menos peso à existência de regras estabelecidas do que ao estado da digestão ou aos preconceitos sociais do juiz. É certo que pelo menos alguns dos realistas mais extremados foram propensos a subestimar o fato de que, em grandes áreas de transações legais, existem regras claramente definidas sobre cuja aplicação e efeito não pode haver muitas dúvidas[14]. A ten-

---

14. Mas os mais equilibrados dos realistas não esqueceram isso. Ver especialmente K. N. Llewellyn, *Jurisprudence: Realism in Theory and Practice* (1962). Em seu livro *The Common Law Tradition* (1960), Llewellyn empenha-se em mostrar que

dência dos realistas foi para se concentrarem nas áreas ou pontos do direito que são altamente incertos, mas cumpre admitir que, num moderno sistema jurídico, esses pontos, de fato, podem ser bastante numerosos. Em tais esferas, sem dúvida, as decisões políticas desempenham seu papel, mas talvez menos do que os realistas sempre quiseram que acreditássemos. Voltaremos a falar sobre isso no capítulo subseqüente dedicado ao processo judicial[15], mas cumpre acrescentar aqui que alguns realistas preferiram enfatizar menos a incerteza das regras legais do que a incerteza do processo de apuramento de fatos, em qualquer ação judicial ou administrativa[16]. É claro que nunca pode ser previsto com rigorosa certeza que fatos serão ou não considerados comprovadamente verdadeiros, e isso gera um importante elemento de imprevisibilidade na maioria das ações judiciais, como qualquer advogado experiente sabe. Neste ponto, os realistas concentraram-se nos meios de aperfeiçoar os métodos e técnicas legais, assim como em promover nossa melhor compreensão do modo como realmente funcionam[16a].

Um curioso resultado desses desenvolvimentos no pensamento jurídico ocidental foi projetar dúvidas sobre o que o grande sociólogo Max Weber sustentava ser a característica mais distinta da filosofia do direito no ocidente, ou seja, a racionalização da lei. Algumas sociedades orientais e, em particular, a chinesa, não aceitaram a idéia de lei como um

---

existe, de fato, um alto grau de previsibilidade nas decisões apelatórias norte-americanas, em virtude dos fatores estabilizadores intrínsecos da técnica e da prática jurídicas.

15. Ver capítulo 11.

16. Ver especialmente Jerome Frank, *Law and the Modern Mind*, 6ª edição, 1949.

16a. Para desenvolvimentos recentes sob os nomes recém-inventados de *jurimetria* e *comportamentalismo*, ver *Jurimetrics*, ed. org. por H. W. Baade (1963) e G. Schubert, *The Judicial Mind Revisited* (1974).

meio de aplicação de regras universais a situações particulares, e desprezaram o homem que buscava recorrer unicamente a regras. De acordo com esse modo de pensar, a resolução de disputas é questão de conseguir uma justa harmonia, reconciliando pontos de vista diferentes de acordo com os requisitos da situação específica. A justiça legal é, pois, um processo de mediação ou arbitragem, não de estabelecimento de uma sentença de acordo com regras fixas[17]. Tem sido chamada, por vezes, de justiça de "cádi à sombra da palmeira". Portanto, é algo irônico que a sociologia moderna e a filosofia pragmática de nossa era tecnológica tenham introduzido uma abordagem legal tão antitética à tradição da civilização ocidental. Talvez isso explique o fato de o realismo ter sido privadamente menos persuasivo fora do contexto norte-americano, cujas características muito especiais lhe propiciaram tanto estímulo[18]. Entretanto, não pode ser negado que o realismo americano agiu como uma espécie de fermento que produziu nova e mais clara compreensão íntima das coisas, que após seu impacto nunca mais puderam voltar a ser vistas da mesma maneira. Isso, talvez, e não quaisquer realizações específicas que possam ser apontadas, representa a mais efetiva contribuição do realismo para a filosofia do direito.

Os realistas escandinavos

Principiando um pouco depois do movimento norte-americano e provavelmente algo influenciada por ele, desenvolveu-se nos países escandinavos uma forma de realis-

---
17. Cf. pp. 80-2.
18. Na Inglaterra, pode muito bem ser que a abordagem realista desperte desagrado, se não hostilidade, porquanto parece diminuir a dignidade da lei.

mo que merece atenção. O movimento escandinavo tem muito em comum com o americano. Enfatiza a necessidade de explorar os fundamentos sociológicos das regras jurídicas; explica o direito válido dentro de uma dada comunidade como sendo uma predição do que os tribunais provavelmente decidirão em casos específicos; e postula a necessidade de investigar o modo concreto como as várias formas de processo judicial e administrativo funcionam, insistindo em que isso não deve limitar-se a um mero estudo das regras escritas que ostensivamente vinculam e guiam os juízes e funcionários judiciais. A concepção dos escandinavos é, entretanto, mais filosófica do que a de sua contraparte americana e levou-os a explorar os fundamentos do próprio direito. Algumas de suas descobertas recordam, apropriadamente, a história do rei que desfilava nu, de Hans Christian Andersen, enquanto seus tolos súditos, de olhos arregalados, admiravam com exclamação de aplauso o que continuava sendo descrita como uma rica e elegante vestimenta régia. Tal como os trajes reais da fábula, o direito resulta ser, na opinião desses autores, pouco mais do que um produto da imaginação.

Um dos principais expoentes desse ponto de vista, Karl Olivecrona[19], diz-nos, por exemplo, que a idéia de que existem regras de direito e de que estas são, de algum modo misterioso, "vinculatórias" para todos nós, é mera fantasia criada em nossas mentes por várias superstições e crenças mágicas do passado. O direito, num certo sentido, não é realmente mais do que uma porção de palavras escritas em pedaços de papel, e nem mesmo isso, pois o que importa é o fato de que essas palavras servem para evocar, em ocasiões apropriadas, todas as espécies de pensamentos, recordações e padrões normativos de conduta que podem influenciar o nosso com-

---

19. Ver *Law as Fact* (1939).

portamento real. O direito nada mais é, com efeito, do que uma forma de psicologia, uma vez que é realmente uma expressão simbólica para o fato de que a mente humana reage de certas maneiras a determinados tipos de pressões sociais.

Dado o equipamento psicológico próprio do homem, conjugado a uma certa espécie de condicionamento educacional (e, neste ponto, Olivecrona parece levar em conta os famosos experimentos de Pavlov), resultam certos padrões de comportamento. Numa dada sociedade, leis impressas emanam, de tempos em tempos, das atividades do chamado corpo legislativo. Esse corpo está, de fato, em contínua flutuação, e a idéia de que possui uma vontade contínua e coletiva é pura ficção. Essas leis são lidas por várias pessoas na comunidade, incluindo advogados, funcionários e juízes. Em virtude de seu prévio condicionamento, tais pessoas são psicologicamente induzidas a agir de certas maneiras, por exemplo, a proferir sentenças ou emitir ordens em determinados casos. Essas ordens são executadas por um outro grupo de funcionários, os quais estão igualmente condicionados para traduzir o que está escrito em laudas de papel para cursos específicos de ação.

Por outro lado, quando ocorre uma revolução, os revolucionários, se bem-sucedidos, apoderam-se da maquinaria legal que os habilita a exercerem, pela propaganda psicológica, pressão sobre os cidadãos. Isso fará com que estes (condicionados como já estão) produzam as mesmas respostas que davam antes às autoridades constitucionais anteriores. Tudo isso é sustentado pelo mesmo monopólio de força exercido pelas antigas autoridades. A base psicológica do direito requer a existência de um monopólio de força para ser eficaz, mas quando um regime jurídico é bem estabelecido, a força pode ser empurrada para segundo plano, somente sendo invocada em casos excepcionais, pois na maioria dos casos o condicionamento psicológico será suficiente para produzir o padrão adequado de conduta.

Já vimos, em nossa análise da natureza da autoridade e sua relação com a lei, o papel considerável que os fatores psicológicos desempenham para habilitar o direito a realizar sua função social[20]. Mas a tentativa de reduzir o direito a nada mais que um processo de condicionamento psicológico é parte de um ataque mais vasto contra a irrealidade de todos os conceitos jurídicos e, na verdade, do próprio pensamento conceptual. Autores como Olivecrona parecem ter tentado deduzir coisas demais da descoberta de que conceitos como "lei" não correspondem a alguma entidade física perceptível. Isso é verdade, sem dúvida, pois conceitos como lei ou obrigação legal são sínteses mentais; mas isso não significa, certamente, que o direito, tampouco (digamos) a lógica, a matemática ou as leis da ciência física, possam ser reduzidas à psicologia. O direito representa uma certa forma de linguagem, a qual, como qualquer outra linguagem, é conceptual em sua estrutura; e essa linguagem está adaptada para transmitir, em certos contextos, a idéia normativa de que determinadas regras são obrigatórias. Essa forma de linguagem está relacionada, de modo extraordinariamente complexo, a outros conceitos como os padrões ou valores sociais ou morais predominantes em determinadas sociedades ou grupos, assim como aos modelos de conduta realmente respeitados por essas coletividades. Portanto, não acrescenta nem retira nada afirmar que a lei ou a obrigação legal é mera ficção a ser substituída pelo condicionamento psicológico, pois, como não se trata de "coisas" numa acepção material, não podem ser exorcizadas pelo fato de se declarar que são sombras ou entidades fictícias. Elas são parte de nossa linguagem e uma parte muito especial do modo de vida humano, e a intenção de relegá-las para a categoria de "meras" palavras ou meras reações psicológicas parece equivocada.

---

20. Ver capítulo 2.

O direito não é um simples exercício de lingüística, um mero conjunto de reflexos psicológicos, nem um complexo de padrões sociais. É um amálgama peculiar de tudo isso, e mais, já que simboliza um daqueles conceitos ou idéias-chave que são centrais à natureza social do homem e sem os quais ele seria uma criatura muito diferente. Descrever isso e qualquer outra parte da estrutura conceptual do ser humano como mera ficção é negar uma característica essencial da herança social do homem[21].

Ideologia e lei

Em nossos próprios dias, quando a propagação em escala mundial das idéias e tecnologia ocidentais trouxe para a luz tantos conflitos ideológicos e criou um número ainda maior de novos conflitos, não fica difícil apreender o fato de que a lei, a qual, no fim de contas, é um dos principais artefatos sociais do homem, está profundamente embutida, de maneira inevitável, nas ideologias da sociedade em que ela opera. É usual, nos períodos de "guerra fria", considerar a cisão entre a ideologia marxista-leninista e a ideologia ocidental da "sociedade aberta", como a principal fissura na comunidade mundial; mas talvez mais fundamental do que isso seja o perene contraste entre ocidente e oriente. Isto talvez possa ser mais bem ilustrado se considerarmos o caso da Índia moderna. Há na Índia uma antiga civilização baseada nos padrões tradicionais da cultura hindu. As crenças da comunidade derivaram da religião hindu e seus livros de leis requerem a adesão a um rígido sistema de castas e a imposi-

---

21. Os pontos de vista subseqüentes de Olivecrona podem ser apreciados em seu livro *Law as Fact,* 2ª edição (1971). Ver também A. Ross, *On Law and Justice* (1958) e *Directives and Norms* (1968). Para um exame subseqüente do papel dos conceitos em direito, ver capítulo 12.

ção a um vasto segmento da população de um *status* inferior de "intocáveis". Muito disso representa o que Ehrlich chama o "direito vivo" dos hindus. Em profundo contraste com isso, sobrepõe-se a todo esse conjunto de padrões tradicionais o modelo do direito ocidental introduzido primeiramente pelos governantes da Índia Britânica e atualmente consolidado numa constituição escrita que expõe, em linguagem herdada de Locke, a doutrina da liberdade individual. Isso representa, embora, provavelmente, ainda de um modo muito mais superficial, uma outra espécie de direito vivo na sociedade indiana. É óbvio, portanto, que o direito positivo da Índia deve representar uma espécie de fermento entre essas duas forças sociais histórica e culturalmente opostas. Numa sociedade com uma tradição cultural relativamente homogênea ainda pode ser possível aos juízes afirmarem que não estão interessados nas normas do direito, mas apenas em enunciar o que a lei é e aplicá-la, pois, neste caso, os fatores ideológicos permanecem escondidos e meramente implícitos em sua maior parte. Mas no contexto da Índia atual, será dificilmente possível ao judiciário, mesmo se treinado nos mais rigorosos padrões do positivismo jurídico, adotar essa atitude desprendida sem, por suas próprias decisões, tornar evidente demais até que ponto isso é uma fórmula vazia[22].

O direito na União Soviética

O conflito ideológico entre os países comunistas e o ocidente é por vezes referido como um conflito entre Leste e

---

22. Para uma ilustração impressionante, considerem-se as tentativas de tribunais indianos para reconciliar o poder da excomunhão religiosa, tradicionalmente exercido pelo líder de uma comunidade religiosa, com a noção moderna de liberdade religiosa; ver J. D. M. Derrett em *International and Comparative Law Quarterly* (1963), vol. 12, pp. 693-7.

Oeste, mas isso é, na realidade, uma concepção errônea. O próprio marxismo é um produto da cultura ocidental, estreitamente ligado ao materialismo científico derivado do Renascimento e ao racionalismo da era do Iluminismo. Além disso, muitas características do comunismo soviético que se desenvolveram desde a revolução são típicas de uma era coletivista, em que o Estado assumiu responsabilidades em grande escala na esfera do controle industrial e do bem-estar social. Na Inglaterra existem importantes empresas estatais nos campos dos transportes e dos combustíveis; companhias estatais dirigem importantes canais de comunicação, como a rádio e a televisão; existe um sistema de seguro contra acidentes industriais e um serviço nacional de saúde; pensões estatais são pagas às pessoas idosas; e assim por diante. É certo que, enquanto na Rússia o Estado tornou-se o controlador e fornecedor universal, numa forma limitada de socialismo, como o desenvolvido na Inglaterra, existe uma economia mista, de modo que um vasto campo permanece aberto à iniciativa privada. Na verdade, pode haver rivalidade entre empresas comerciais e estatais como, por exemplo, no caso da ITV, a televisão independente, e a BBC. Mesmo no setor privado, entretanto, existe considerável margem para controle e intervenção governamentais.

Contudo, apesar dessas semelhanças, nem todas elas superficiais, é bom que se diga, continua sendo verdade que uma ideologia profundamente contrastante separa os dois países e isso reflete-se de maneira flagrante nos pressupostos básicos e nas instituições dos respectivos sistemas jurídicos. Para o marxista, a lei é meramente o meio de impor à população o que o setor dominante considera servir aos seus interesses econômicos e os que administram a lei não têm outra função a não ser a de garantir que esse propósito seja cumprido. A principal contribuição que Lênin deu à teoria de Marx, segundo a qual, após a revolução, o direito acabaria por extinguir-se com o advento da sociedade sem classes, foi que um período de transição razoavelmente longo seria necessário, durante o qual o novo Estado socialista assumiria o poder e imporia um novo direito socialista no interesse da maioria, preparando, assim, o caminho para o comunismo final.

O caráter concreto desse direito tem mudado bastante de tempos em tempos, nas várias fases de desenvolvimento que ocorreram na União Soviética desde a revolução. Nos primeiros dias, tinha o aspecto de um sistema muito vagamente articulado, sendo as decisões judiciais dificilmente diferenciadas de critérios administrativos, exercidos de acordo com o que era exigido pelas necessidades da sociedade socialista (interpretadas dogmaticamente pelos líderes do partido comunista). Esse sistema fluido deu gradualmente lugar, não sem exames profundos de sentimentos e motivos para tais modificações, a uma sistematização mais regular do direito, assemelhando-se, em muitos aspectos, ao desprezado padrão do direito burguês ocidental. Assim, em tempos recentes, houve tentativas evidentes para reformar o direito penal, definindo mais estritamente os delitos precisos de que uma pessoa acusada pode ser declarada culpada e fortalecendo o papel da defesa em ações criminais.

Apesar dessas mudanças, subsiste uma distinção fundamental. No ocidente, a sociedade aberta reconhece as liberdades básicas individuais, as quais são preserváveis mesmo contra o próprio Estado, e existe um judiciário independente para sustentar e fazer respeitar essas liberdades. Isso representa um valor supremo, por muito que a prática possa divergir da teoria. As implicações dessa ideologia de liberdade individual para o direito ocidental já foram analisadas num capítulo anterior[23]. Por outro lado, a ideologia marxista repele essa abordagem como uma ilusão burguesa e consi-

---

23. Ver capítulo 8.

dera que a única liberdade significativa é aquela em que o Estado controla toda a máquina econômica e a emprega de acordo com os princípios do marxismo-leninismo para benefício do povo (de que os líderes do partido comunista são os juízes supremos). Portanto, não chegará a surpreender que um espírito muito diferente de direito vivo impregne os sistemas jurídicos de países que reconhecem ideologias tão opostas[23a].

As ideologias contrastantes do direito consuetudinário e o direito civil

Embora não radicais, ainda são consideravelmente significativas, no mundo atual, as diferenças culturais que formam a base, por um lado, dos sistemas jurídicos dos países da Europa ocidental[24], e, por outro, os sistemas de direito consuetudinário do Reino Unido, da Comunidade Britânica e dos Estados Unidos. Pois, embora ambos os sistemas estejam profundamente enraizados na cultura geral e na filosofia do ocidente, existem consideráveis fatores de diferenciação, mesmo nos dias atuais. O direito civil da Europa continental deriva, muito mais diretamente do que o direito consuetudinário, do direito romano, em sua forma racionalista tardia codificada por Justiniano, assim como do direito canônico racionalizante da Igreja medieval, ele próprio uma ramificação do direito romano pós-clássico. Além disso, essa forma de direito desenvolveu-se em grande parte como obra de juristas de grande sabedoria e reflete uma tradição

---

23a. Ver H. Berman, *Justice in the U.S.S.R.* (1963) e J. N. Hazard, *Communists and their Law* (1969).

24. Estes são geralmente referidos como sistemas de "direito civil", em contraste com os de "direito consuetudinário".

universitária de princípios lógicos e idéias elaboradas dedutiva e sistematicamente num espírito racionalista. Daí a facilidade com que, em tempos modernos, o direito civil foi codificado na maioria dos países. Embora algumas parcelas do continente europeu aderissem à Reforma, também continua sendo verdade que a fé católica é predominante e que a ideologia do direito natural implantada no catolicismo ou dele derivada inspira uma boa parte do pensamento jurídico europeu.

A tradição do direito consuetudinário, por outro lado, é primordialmente protestante e secularista, estando profundamente enraizada nas crenças do empirismo inglês. O direito é, assim, uma questão de decisão política ou prática, que cumpre distinguir da religião e da moralidade, as quais é melhor deixar entregues à consciência individual. Além disso, não constitui um corpo inerentemente lógico ou sistemático de doutrina a ser confiado a cientistas jurídicos e professores de direito; é, outrossim, uma arte essencialmente pragmática e seu exercício está confiado a juízes e advogados que, como homens do mundo, saberão o que fazer para resolver disputas.

Essas diferenças ideológicas nos dois tipos básicos de sistema jurídico criados no ocidente manifestam-se claramente em seus mecanismos, assim como em suas regras substantivas. A criação gradual da lei, de precedente em precedente, no direito consuetudinário, está em nítido contraste com os códigos altamente sistematizados e racionais do moderno direito civil. Contrastes como esses têm sido freqüentemente exagerados e, de fato, há substanciais indícios de um terreno comum estar surgindo entre os dois sistemas, por exemplo, na abordagem do precedente judicial[25]. De qualquer modo, a diferença é ainda muito acentuada e pode

---

25. Ver pp. 346-7.

explicar, em grande medida, algumas das dúvidas e a hostilidade em relação à idéia de ingresso da Grã-Bretanha no Mercado Comum Europeu. Pois o Tratado de Roma é um documento redigido de acordo com o espírito da tradição civilista e estabelece instituições, como o Tribunal de Justiça da Comunidade Econômica Européia, que estão predominantemente embasadas no modelo eurocontinental de pensamento jurídico. Assim, o ingresso da Grã-Bretanha no Mercado Comum envolveu consideráveis ajustamentos da ideologia do direito consuetudinário à que prepondera nos países de direito civil. Não é este o lugar adequado para especular sobre se isso provará ser benéfico ou o inverso, mas não há razões para supor que o trânsito seja apenas de mão única. Nem se pode ignorar que, apesar de todas as suas diferenças, Grã-Bretanha e Europa ocidental provêm de raízes culturais comuns, mergulhadas no solo de mais de um milênio.

A ideologia do direito internacional

Nesse torvelinho de ideologias conflitantes, uma palavra final pode ser dita sobre as perspectivas do direito internacional num mundo dividido. Já examinamos as características que o direito possui em comum com os sistemas nacionais, assim como as que os distinguem[26]. Em especial, foi sublinhado que o elemento de coerção, seja na forma da idéia obsoleta de remédios adotados por iniciativa própria, seja pela guerra e as represálias, ou na mais recente noção de sanções coletivas, parece mal adaptado às exigências e implicações desta era nuclear[27]. Existe, evidentemente, cam-

---
26. Ver p. 36.
27. Cf. pp. 243-4.

po para um repensar radical, mas pelo menos pode ser dito o seguinte: o direito internacional, como qualquer outro sistema jurídico, dependerá, para sua eficácia, em grande medida, do grau em que corresponder ao "direito vivo" subjacente. Num mundo que contém várias ideologias conflitantes, algumas das quais são inteiramente, ou em importantes aspectos, diametralmente opostas, não surpreende que o direito internacional seja ineficaz em muitos campos, e também reflita as incertezas e divergências básicas de perspectivas dos países que, não obstante, reconhecem sua autoridade.

Para esse problema não pode haver solução simples e a maquinaria jurídica puramente técnica é tão capaz de exorcizar as diferenças ideológicas inerentes quanto a constituição novinha em folha da Índia pode, *per se*, resolver as contradições profundas da sociedade indiana. De qualquer forma, nada se ganha negando a qualidade legal do direito internacional, desde que as nações estejam dispostas a admitir sua autoridade, como tampouco seria útil negar a existência de qualquer lei na Índia, em virtude da possibilidade onipresente de conflito entre as duas leis, a antiga e a nova. O direito, como os sociólogos nos ensinaram, não pode deixar de ser um reflexo – ainda que parcial e imperfeito – da sociedade em que opera, e se essa sociedade contém contradições inerentes, estas serão manifestadas na contextura do próprio direito. Se e de que maneira alguma espécie de resolução hegeliana dessas contradições acabará surgindo só pode ser matéria para conjetura, mas não se deve esquecer que o próprio direito é um importante solvente de conflito social e sua mera existência pode atuar como útil emoliente, se não uma cura para as desordens de nosso tempo. Mas sem um sério esforço mútuo para compreender as mentalidades culturais e jurídicas de outras nações, escasso progresso efetivo em direito internacional será provável ou mesmo possível.

Capítulo 10
Lei e costume

Até agora consideramos o direito principalmente no contexto em que é encontrado num Estado moderno, ou seja, como um sistema de normas que deriva sua força vinculatória, direta ou indiretamente, de algum órgão do Estado investido de autoridade legislativa, à sombra da constituição. Muitos juristas, como Austin, contentaram-se em limitar suas atenções aos sistemas jurídicos desse caráter, com o fundamento de que os sistemas normativos encontrados em formas anteriores ou primitivas de sociedade são tão diferentes em caráter dos de comunidades desenvolvidas que não merecem ser qualificados como direito "propriamente dito", ou não são mais do que "substitutos primevos do direito"[1]. Nada pode impedir os juristas, nem outros sistematizadores, de delimitarem, definirem ou classificarem seu objetivo de estudo de qualquer modo que lhes agrade e, para alguns fins, pode ser desejável ou, pelo menos, conveniente distinguir sistemas normativos que ocorrem em diferentes fases do desenvolvimento humano. Talvez haja boas razões para não querer incluir na mesma categoria as regras obriga-

---

1. Ou direito "embrionário": ver Becker e Barnes, *Social Thought from Lore to Science,* 3.ª edição (1961), vol. I, p. 27. Ver também Salmond, *Jurisprudence,* 11.ª edição, p. 54.

tórias encontradas em sociedades tão díspares quanto a dos aborígines australianos, dos gregos da era homérica, do feudalismo europeu na Idade Média e da França e Inglaterra modernas. Até certo ponto, a questão de classificação é uma matéria de escolha, desde que se tenha em mente que a escolha não é inteiramente arbitrária e se entenda que ela deve ser regida, como qualquer outro sistema de classificação, por estreita atenção às características que os vários tipos possuem em comum, assim como àquelas em que são dissemelhantes. Ao se realizar esse processo tão cientificamente quanto possível, insere-se inevitavelmente algum elemento de juízo de valor, pois teremos, em último recurso, de decidir sobre a importância relativa das semelhanças e dissemelhanças, do mesmo modo que o biólogo tem de avaliar a estrutura comparativa de diferentes espécies a fim de decidir se uma baleia é um peixe ou um mamífero, e o antropólogo físico tem de resolver que características o justificam quando trata os esqueletos dos primeiros antropóides como pertencentes a uma espécie humana e não a um símio. Nem tais classificações são contaminadas pela necessidade de realizar juízos de valor, uma vez que estão relacionadas com um estudo e análise minuciosos dos fenômenos dos quais podem surgir razões para preferir um agrupamento a um outro. No campo da classificação legal, esse ponto já foi considerado em relação ao direito internacional, quando se mostrou que, embora não corresponda, de forma alguma, ao direito nacional, existem, não obstante, boas razões para reuni-los como fenômenos jurídicos. As diferenças entre os dois nem por isso desaparecem, como se por uma espécie de mágica; o que se reconhece é que existem razões persuasivas para tratar o termo "direito" com amplitude bastante para abranger vários tipos de sistemas normativos estreitamente relacionados, embora não idênticos.

Lei e costume comparados

Existem muitas razões por que podemos nos sentir dispostos a explorar detalhadamente a inter-relação entre normas legais que operam em sociedades desenvolvidas e os tipos de normas encontradas em sociedades mais antigas ou primitivas. Para começar, os juristas sociológicos ensinaram-nos a ver que mesmo em comunidades desenvolvidas o direito existe em mais de um nível e que para penetrar em seus mecanismos não é suficiente limitar exclusivamente a nossa atenção à requintada documentação das regras legais. Também devemos sondar as normas sociais subjacentes que determinam grande parte de seu funcionamento; o que foi sugestivamente descrito por Ehrlich como o "direito vivo" de uma sociedade[2]. Por outro lado, o fenômeno de um Estado desenvolvido, com órgãos regulares incumbidos de legislar, é um daqueles que emergem de modo relativamente pouco freqüente na história da cultura humana; entretanto, em todas as sociedades humanas, ainda as mais distantes ou as mais primitivas, encontramos sempre conjuntos de normas que regulam a conduta de seus membros *inter se* e são por eles consideradas vinculatórias. Além disso, mesmo no caso dos Estados mais desenvolvidos dos tempos modernos, se examinarmos seus sistemas jurídicos do ponto de vista de suas origens históricas, seremos obrigados a remontar a períodos em que predominaram condições não muito dissemelhantes das de culturas mais antigas ou mais primitivas. Portanto, se quisermos apreender o significado da lei como um meio de controle social, parece desaconselhável ignorarmos o modo como funcionam as regras normativas em todos os tipos diferentes de sociedades. Pois tal investigação pode não só nos habilitar a decidir se existem normas em

---

2. Ver p. 259.

todas as sociedades conhecidas que possam ser justificavelmente classificadas como legais, mas, ao colocarmos em foco matérias mais facilmente visíveis numa forma mais simples de sociedade, podem também projetar abundante luz sobre as raízes profundamente escondidas dos processos legais em ordens sociais mais complexas[3].

Costume, hábito e convenção

As normas que operam em sociedades menos desenvolvidas são freqüentemente referidas como "leis consuetudinárias". Abster-nos-emos, agora, de usar esse termo que, de certa forma, contorna pelo menos uma das questões que estamos interessados em investigar, e adotaremos a expressão mais neutra, "costume". Em primeiro lugar, este termo deve distinguir-se do mero hábito e da convenção. Todos esses fenômenos existem em todas as sociedades e podem ser ilustrados na nossa própria. Um hábito é uma maneira usual de conduta que adotamos com regularidade mas não necessariamente de forma invariável nem com nenhum sentido de obrigação ou compulsão de o praticar. Por exemplo, posso ter o hábito de usar chapéu na rua ou de ir para o trabalho por um meio de transporte em vez de um outro. Tais hábitos podem tornar-se extremamente rígidos, já que faz parte da constituição psicológica dos seres humanos a tendência para formar hábitos e, sem essa tendência, a vida seria tão errática que a ordem social tornar-se-ia impossível. Alguns indivíduos são mais regulares em seus hábitos do que outros.

---

3. O mesmo problema surge em outras esferas da vida social do homem. Por exemplo, o significado e a função da religião podem ser mais inteiramente compreendidos – pelo menos em suas implicações sociológicas – se as suas manifestações em diferentes níveis de desenvolvimento social do homem forem exploradas e comparadas.

Dizia-se que as pessoas em Königsberg costumavam acertar seus relógios pela hora em que o filósofo Kant saía de casa para seu passeio vesperal. Mas o detalhe acerca dos hábitos, em geral, é que não são considerados *socialmente* compulsivos. Posso estar tão acostumado a pegar um trem para o trabalho em vez de um ônibus que faço isso automaticamente e sem refletir; entretanto, não me considero sob nenhuma compulsão social para fazê-lo e posso mudar para qualquer outro meio disponível de transporte sem sentir que esteja infringindo nenhuma espécie de norma. É verdade que alguns tipos de hábito, como os psicanalistas demonstraram, são de um tipo obsessivo-compulsivo, mas isso constitui uma característica psicológica distinta de certas espécies de neuroses e não se pode confundir com o sentimento de obrigação que resulta do fato de o indivíduo reconhecer que o cometimento de um certo ato lhe é imposto em virtude da existência de uma determinada norma legal, social ou moral.

É precisamente esse elemento socialmente obrigatório que caracteriza a observância de um costume. Para darmos um exemplo ilustrativo em nossa própria sociedade, é costume um homem trajar-se em público de certa maneira, comer com garfo e faca, etc. Essas regras não são absolutas nem consideradas igualmente obrigatórias por todas as pessoas, pois os escoceses podem usar saiotes, as mulheres podem usar calças e os "beatniks" podem adotar deliberadamente vestuários ou modos de comer não-convencionais, mesmo numa sociedade em que a observância de costumes em tais matérias é geralmente aceita e acatada. A diferença vital, porém, entre tais costumes e hábitos da espécie anteriormente referida é que os que aceitam os costumes e a eles aderem consideram-se, de algum modo, obrigados a respeitá-los. O cidadão comum que vai a um restaurante não se considera com mais liberdade para apanhar a comida do prato com os dedos do que para agredir o seu vizinho de mesa. Embora seja improvável que ele analise as razões disso, parece claro que se considera, num caso, submetido a uma norma social que lhe proíbe certos hábitos de comer em público e, no outro caso, sente-se coagido por uma norma legal que proíbe o uso de violência física.

Situadas entre o hábito e o costume, no sentido explicado, encontraremos numa dada sociedade certas observâncias que, embora não consideradas plenamente obrigatórias, podem, no entanto, ser vistas como modos apropriados de comportamento que se espera merecerem o acatamento pelas pessoas, embora se reconheça que, na prática, elas nem sempre os acatem, e tais omissões são, como tal, toleradas. Esses usos podem ser referidos como convenções e, como exemplos correntes, poderíamos sugerir a retribuição de um cumprimento ou acusar o recebimento de uma carta. A fragilidade de tais convenções talvez se deva ao fato de representarem sobrevivências atenuadas de costumes de um período anterior, por exemplo, os modos de etiqueta, hoje em rápido declínio, em relação a mulheres, como oferecer-lhes um assento num veículo público. Portanto, a característica especial do comportamento convencional é que, embora alguns indivíduos possam sentir-se obrigados a observá-lo, ele não é considerado geralmente vinculatório e o indivíduo pode fazer o que muito bem entenda, respeitando ou não a convenção a seu critério.

Assinale-se que, enquanto costumes e convenções são normativos, no sentido de que estabelecem regras de conduta para acatamento, os hábitos não se referem a normas nem dependem destas, mas envolvem, simplesmente, regularidades de comportamento que são, de fato, observadas. Muitos, se não a maioria dos hábitos, nunca assumem um caráter normativo, mantendo-se como idiossincrasia pessoal. Um indivíduo pode estabelecer normas para si mesmo como, por exemplo, nas usualmente frágeis "decisões para o novo ano".

Tais normas, entretanto, têm escasso significado no campo da regulamentação social, pois são as exteriorizadas, não as interiorizadas, aquelas que acabam por estabelecer-se em forma de costume. O fato é, porém, que hábitos podem acabar – e freqüentemente acabam – convertidos em costumes, embora os motivos para essas transmutações nem sempre sejam facilmente identificáveis, sendo muitos os fatores que podem contribuir para isso. A tendência para a imitação entre seres humanos, por exemplo, pode perfeitamente desempenhar aí algum papel, se bem que sua importância tenha sido, por vezes, exagerada, sobretudo por Tarde[4]. Muito dependerá de se a prática foi estabelecida por um membro ou grupo de membros que desfruta de especial autoridade numa comunidade e cujo exemplo, portanto, é suscetível de ser seguido. Além disso, a prática pode tornar-se corrente por suas vantagens óbvias ou aparentes. De qualquer maneira, parece ser uma forma reconhecida de progresso humano que aquelas práticas cuja observância se mantém durante um largo período tendem a ser criadoras de normas, especialmente se possuírem uma função ou utilidade social distinta. Isso significa que a "coisa feita" provará ser, eventualmente, a coisa que *deve* ser feita e, em última instância, a que *tem* de ser feita. A observância de costumes nem sempre se desenvolveu, necessariamente, desse modo. O costume pode resultar de inovações deliberadas, instituídas pela classe dominante, ou do exemplo de alguma personagem prestigiosa ou altamente reverenciada numa comunidade. O chefe numa sociedade primitiva, por exemplo, pode resolver uma disputa de um modo particular e, embora essa sociedade possa não ter nenhuma concepção de precedente legal, ou por causa da autoridade do chefe ou porque a decisão parece eminentemente razoável, um costume ficará daí em diante

---

4. Ver *Les lois de l'imitation* (1890).

estabelecido, o qual será considerado vinculatório em todas as situações análogas futuras.

O costume na sociedade primitiva

O costume, como o leitor já terá percebido agora, opera em todos os níveis da sociedade, e não se deve supor que seu caráter ou funcionamento é idêntico em níveis amplamente diferentes. Entretanto, será preferível começar pelos tipos mais primitivos de sociedade humana, pois tem sido para eles que se tem dirigido a principal atenção da antropologia moderna, e as numerosas pesquisas nesse campo produziram muitas informações que elucidam o funcionamento do costume e sua relação com a lei.

Em certa época, a opinião mais comumente sustentada dizia que, na sociedade primitiva, era impossível diferençar normas legais, morais e religiosas, uma vez que elas estavam todas intimamente interligadas numa só contextura estrutural. Por certo, a fonte autoritária do costume será geralmente, se não invariavelmente, atribuída a alguns poderes divinos, semidivinos ou sobrenaturais, acreditando-se com freqüência serem eles os fundadores ancestrais da própria tribo. Para citarmos um dos primeiros investigadores dos clãs totêmicos australianos, quando alguém pergunta a razão para certos costumes ou cerimônias, a resposta dada é "porque os nossos ancestrais assim dispuseram"[5]. E autores como Fustel de Coulanges[6] e Durkheim[7] mostraram a importância do culto dos ancestrais no embasamento de insti-

---

5. Citado por E. Durkheim em *Elementary Forms of the Religious Life*, livro 3, capítulo 4. (Edição Collier Books, p. 415.)
6. Ver *A cidade antiga* (Ed. bras. Martins Fontes, 1981).
7. Ver sua obra citada na nota 5 acima. Sua edição original data de 1912.

tuições sociais e na criação da solidariedade social. O fato, entretanto, de as observâncias de costumes poderem inspirar-se nas crenças religiosas da comunidade e obter delas uma boa parte de sua qualidade vinculatória não significa, como foi suposto por autores mais antigos, como Sir Henry Maine, ser impossível distinguir regras religiosas e seculares numa sociedade primitiva. Pode ser verdade que tal diferenciação nem sempre seja praticável, mas as regras que constituem tabus religiosos da comunidade, cuja violação atrairá para o transgressor a punição direta pela mão dos poderes sobrenaturais, são freqüentemente distintas das regras que regulam a organização social e econômica da comunidade e cuja imposição se encontra entregue a alguma autoridade secular – a própria tribo ou clã, o chefe ou o grupo de anciãos – ou ao parente mais próximo da pessoa lesada.

Duas outras concepções errôneas têm sido gradualmente desfeitas. A primeira delas era que, na sociedade primitiva, o costume seria completamente rígido e imutável, e que o homem primitivo nascia numa condição de impotência e total submissão ao costume tribal. Nesse ponto de vista, o grupo e não o indivíduo seria a única unidade da ordem social. Sir James Frazer diz-nos em sua famosa obra, *The Golden Bough* [O ramo de ouro], que "existe mais liberdade sob o mais absoluto despotismo, a mais opressiva tirania, do que sob a aparente liberdade da vida selvagem, em que a sorte do indivíduo é vazada, do berço à sepultura, no molde de ferro do costume hereditário"[8]. Sem dúvida, esse tipo de abordagem era uma reação à noção romântica, disseminada por autores anteriores, do feliz e pacífico selvagem vivendo uma vida de bem-aventurança idílica, num estado de natureza governado somente pelo benévolo controle da lei natural. Por fantasiosa que essa imagem fosse, a que lhe sucedeu, na

---

8. Edição resumida, capítulo 3.

forma de um ingênuo primitivo, invariavelmente submisso ao costume tribal e oprimido pelo medo do sobrenatural, tampouco vacilou em carregar nas tintas. Algumas dessas nuvens foram dissipadas por investigadores como Malinowski, que nos mostraram como muitas das regras de uma sociedade primitiva não derivam de crenças sombrias e medo do sobrenatural, mas, como em nossa própria sociedade, da necessidade de relações sociais e econômicas em base de reciprocidade. Pois, assim como a nossa sociedade fornece um fundamento legal e institucional para regular as trocas de vários bens e serviços, também se encontrará nas sociedades primitivas uma série de regras consuetudinárias a fim de proporcionarem os meios de satisfação de suas necessidades econômicas e outras. Além disso, essas regras, longe de serem absolutamente inflexíveis e imutáveis, são, na verdade – se tivermos em mente as vastas diferenças entre os dois modos de vida e o equipamento tecnológico e organização que os sustentam –, semelhantes, de certa maneira, ao nosso próprio sistema jurídico, sujeito a um processo de constante adaptação a novas situações, quando antigas regras são reinterpretadas e novas regras são criadas, de tempos em tempos[9].

Sanções e costume primitivo

Isto nos leva à segunda das principais concepções errôneas entre os mais antigos autores que escreveram sobre costume primitivo. Foi a noção de que o homem primitivo estaria tolhido como uma mosca numa teia de costumes herdados e de que tão grande era o medo das forças da religião e da magia que a violação do costume por um infrator individual era coisa virtualmente impensável. Daí se extraiu a

---

9. Ver Malinowski, *Crime and Custom in Savage Society* (1926).

conclusão de que não eram necessárias realmente sanções em tal sociedade, pois o costume impunha-se por si mesmo e qualquer violação ocasional podia ficar aos cuidados dos poderes sobrenaturais, que rapidamente enviariam destruição e morte à pessoa ou grupo que desrespeitasse as normas imperativas da tribo. A investigação subseqüente das condições reais entre povos primitivos em muitas partes do mundo revelou como estava profundamente distante da realidade esse modelo de uma ordem social primitiva. Pois não só se apurou que o homem primitivo é tão suscetível quanto qualquer outro de violar seus costumes e, de fato, como disse Seagle, de "cometer adultério com civilizada despreocupação"[10], mas todas as sociedades parecem ter alguma forma de sanção legalmente controlada para punir as violações das regras. O próprio Malinowski alterou algumas de suas opiniões a respeito da questão das sanções, uma vez que, em certa altura, ele parecia aceitar a idéia excessivamente idealizada da força controladora da "reciprocidade" na vida dos ilhéus trobriandeses, entre os quais suas pesquisas foram largamente realizadas. Mas, no final, colocou-se firmemente ao lado dos que sustentam que em última análise, o funcionamento das sociedades primitivas, tal como o das desenvolvidas, repousa em sanções coercivas, embora possa ser a apreciação instintiva ou a necessidade de reciprocidade que explica o seu funcionamento eficaz[11].

A forma e certamente a eficácia que as sanções podem assumir dependerão do menor ou maior grau de desenvolvimento das instituições tribais. Num estado muito subdesenvolvido de sociedade, como entre os urubus-kaapores do Brasil, que não possuem virtualmente nenhum sistema para impor a lei nem organização tribal formal, a única sanção, à

---

10. *Quest for Law*, p. 30.
11. Ver seu livro *Freedom and Civilization* (1947).

parte a retribuição sobrenatural ou a vendeta familiar, pode ser a de humilharem um transgressor até que este se submeta[12]. Talvez a mais simples forma de controle seja em relação à vendeta familiar, quando se estabelecem regras, mesmo numa sociedade tão primitiva quanto a esquimó, que permitem o recurso à força sem desforra ou subseqüente vendeta, desde que seja respeitado um certo procedimento. Entre povos como os trobriandeses, pode-se fazer uso de uma "interdição"; se um homem não cumpre com suas obrigações econômicas, por exemplo, deixando de fazer um pagamento costumeiro, o apoio econômico da comunidade pode ser-lhe retirado, deixando o infrator sozinho e ao desamparo. Além disso, em casos mais sérios, pode ser aplicada a força socialmente aprovada e a sanção final de compulsão e mesmo de morte será infligida quando a vida da própria comunidade está em perigo. Não obstante, o principal objetivo das sanções é menos punir o transgressor individual do que restabelecer o *status quoante*, isto é, manter a ordem social, pois a transgressão é considerada uma perturbação da solidariedade social, a qual tem de ser, portanto, restaurada.

Em que aspectos o costume primitivo difere, pois, do direito desenvolvido? Vimos que ele constitui um corpo de normas distinto do ritual e da observância religiosos, regulando e controlando a vida social e econômica da tribo de uma maneira estreitamente comparável ao funcionamento da lei numa ordem social mais desenvolvida. Além disso, muitas dessas regras, se não todas, são de caráter secular e tão passíveis de violação ou desobediência quanto as leis modernas. Portanto, é inevitável alguma espécie de imposição, a qual assume geralmente a forma de regras que regulam as condições em que a força pode ser licitamente aplicada sem se incorrer no risco de provocar uma vendeta. As

---

12. Ver F. Huxley, *Affable Savages* (1956), pp. 106-11.

violações muito graves, que ameaçam a segurança da tribo, podem justificar a morte do transgressor, seja diretamente, seja desligando-o de todos os meios econômicos de sustento, embora em alguns casos, se estiverem envolvidos tabus religiosos, pode ser deixado aos poderes sobrenaturais a imposição da pena adequada. Existem, é claro, muitos tipos de sociedade primitiva, alguns mais desenvolvidos e institucionalizados do que outros. Alguns deles poderão possuir mecanismos relativamente desenvolvidos para tratar de litígios legais, incluindo até um procedimento de tribunal formal, como entre os barotses, por exemplo[13]. De um modo geral, porém, o contraste vital entre costume primitivo e legislação desenvolvida não é que ao primeiro faltem as características substantivas da lei, ou que não tenha o amparo de sanções, mas simplesmente que este prima pela ausência de governo centralizado.

A ausência de mecanismos legais na sociedade primitiva

Essa ausência de centralização, a qual, expressa em termos modernos, equivale a dizer que existe comunidade mas não um Estado, significa a inexistência de órgãos centralizados tanto para criar a lei como para impô-la. Isso não subentende, claro, que nada mais exista senão o costume inalterável e eterno, o qual se faz respeitar por si mesmo. Sem dúvida, quanto mais simples e mais estável for o modo de vida de uma sociedade, menos será sentida a necessidade de mudanças e a criação de novas regras ou a modificação de antigas. O direito primitivo (pois, como vemos agora, assim se lhe pode justamente chamar) possui uma flexibilidade análoga à do direito desenvolvido, em sua capacidade de

---

13. Ver M. Gluckman, *Judicial Processes among the Barotse* (1957).

adaptar-se a novas condições. Na ausência de mecanismos regulares para a criação ou estabelecimento formal de leis, a mudança pode, ainda assim, ocorrer de várias maneiras. Ou, repetimos, a resolução de uma disputa pode resultar numa sentença passível de ser tratada (tal como ocorre no moderno processo judicial) como precedente para casos futuros. Em nenhum dos casos o novo costume ou interpretação deriva sua autoridade de um poder legislativo ou constitucional formal, investido em alguma pessoa ou órgão; será reconhecido por causa da reverência de que é objeto o chefe ou o conselho de anciãos, ou porque estes invocaram o espírito dos ancestrais tribais ou alguma outra força sobrenatural, ou até, possivelmente, porque a decisão ou sentença parece ser, aos olhos da comunidade, eminentemente justa e razoável. Também deve ser considerado que, numa sociedade que não possui documentos escritos nem escrita de nenhuma espécie, o costume atuante da tribo deve depender da exatidão, confiabilidade e honestidade das lembranças daqueles, especialmente os chefes e os anciãos, que são os seus depositários. Assim, a falibilidade da memória humana deve explicar, por si só, uma boa parte da gradual erosão e dos acréscimos no repertório da lei comum.

A falta de tribunais judiciais estabelecidos para resolver disputas e, mesmo nos casos raros em que existem, a ausência de mecanismos centralizados para impor o respeito às decisões, significam que o direito primitivo depende de modos algo indiscriminados de imposição da lei, incluindo remédios independentes de ajuda alheia, aplicados pelos parentes próximos da pessoa ofendida. De qualquer modo, numa sociedade pequena e compacta, esses remédios podem ser comprovada e singularmente eficazes. Quando examinamos os pontos de vista dos modernos juristas sociológicos, tivemos ocasião de nos referir à hipótese de Roscoe Pound de que toda a sociedade humana possui sua ideologia legal básica ou "postulados jurídicos" que formam os pressupostos principais, embora usualmente implícitos, de seu sistema legal[14]. Essa linha de pensamento foi aplicada por Hoebel[15] a uma grande variedade de sociedades primitivas em diversos estágios de desenvolvimento, e ele pôde obter, pelo menos conjeturalmente, os postulados subjacentes de cada uma delas, e como se relacionam e são implementados pelas regras práticas do direito consuetudinário observadas por essas sociedades.

Um ou dois exemplos podem ser dados dentre os muitos analisados em considerável detalhe por Hoebel. Entre os esquimós, a vida social é muito simples e as instituições legais rudimentares, de modo que existem muito poucas premissas básicas de sua cultura que possam ser traduzidas para postulados jurídicos. Afirma Hoebel que entre tais postulados estão incluídos alguns como "a vida é dura e a margem de segurança pequena, e os membros improdutivos da sociedade não podem ser sustentados"; e "todos os recursos naturais são bens livres ou comuns, e é necessário conservar todos os instrumentos de produção, como o equipamento de caça, em uso efetivo pelo maior prazo de tempo possível". Quanto ao primeiro destes postulados, está comprovado que fornece uma justificação legal para práticas tais como o infanticídio e a matança de doentes e velhos, e outras formas de homicídio socialmente aprovado. No tocante ao segundo postulado, este tem várias conseqüências importantes, incluindo o fato de que, para os esquimós, a terra não é tratada como sendo propriedade de nenhuma espécie, pelo que qualquer homem pode caçar onde lhe agrade, já que a idéia de restringir a busca de alimento repugna a todos os esquimós. Além disso, embora a caça e a maioria dos artigos de uso

---

14. Ver p. 261.
15. Ver *Law of Primitive Man* (1954).

pessoal sejam objeto de noções de propriedade, os esquimós são fortemente hostis à idéia de que alguém acumule para si um excesso de bens, limitando assim o montante de propriedade que pode ser efetivamente usada na comunidade. Numa parte do Alasca, por exemplo, a posse prolongada de mais bens do que um homem podia pessoalmente usar era considerada um crime capital, e os bens estavam sujeitos a confisco pela comunidade.

Para dar um outro exemplo, entre os ifugao, da região setentrional da ilha de Luzón, cuja organização social é bem mais elaborada que a dos esquimós, um postulado fundamental é que "o grupo de parentesco bilateral constitui a unidade social e legal primária, constituída pelos mortos, os vivos e os por nascer"; e que "a responsabilidade de um indivíduo para com o seu grupo de parentesco precede qualquer interesse pessoal". Foi demonstrado que este postulado gera importantes conseqüências legais, por exemplo, muitos tipos de propriedade são tratados mais na natureza de uma curadoria do que de direito absoluto de posse: uma propriedade administrada em nome de gerações futuras. Por outro lado, como a família não consiste apenas nos vivos mas também nos mortos e nos por nascer, e a preocupação pelo bem-estar dos mortos excede a de pelos que vivem agora e no futuro, os campos da família podem ser vendidos, se necessário, para comprar animais sacrificatórios a fim de acompanharem o espírito de um ancestral; também podem ser vendidas para obter a recuperação de um membro gravemente enfermo da família. Não é possível fornecer mais detalhes dessas e outras matérias semelhantes no âmbito do presente livro, mas cumpre sublinhar que Hoebel indica, com grande riqueza de exemplos, a maneira como os postulados das sociedades por ele investigadas se relacionam com as regras e instituições legais dessas sociedades, e o modo como refletem o meio ambiente físico e as circunstâncias culturais das sociedades em questão.

Dois fatores, em particular, parecem sobressair da análise de Hoebel. Um deles é o modo como cada sociedade tem um padrão de normas legais dirigidas para a manutenção de uma ordem estável, em conformidade com seus postulados básicos. O outro é que o êxito de uma sociedade em manter tal estabilidade dependerá do grau de integração que conseguiu alcançar; e isso, por sua vez, refletir-se-á no grau em que a sua ideologia básica obtém a anuência geral. É evidente que uma comunidade sofrivelmente integrada, como Hoebel demonstra no caso de algumas tribos ameríndias, é passível de enfrentar dificuldades quando quiser impor sua lei consuetudinária[15a].

Direito primitivo e direito internacional comparados

É possível mostrar, portanto, que os costumes primitivos possuem muitos dos atributos que distinguem o direito, embora careçam, em sua grande maioria, de órgãos centralizados vitais de lei e governo, ou seja, um legislador, para criar novas leis por processo regular; um tribunal, com jurisdição compulsória para decidir disputas; e um órgão executivo para assegurar a obediência às leis. Portanto, torna-se evidente por que tantos autores modernos, como Kelsen[16], argumentaram que o direito internacional tem grandes analogias com o direito primitivo, na medida em que constitui um sistema normativo vinculatório escorado, para fazer valer suas decisões, em remédios independentes da intervenção de terceiros, isto é, adotados por iniciativa própria,

---

15a. Tentativas de construção de uma teoria do direito a partir de material antropológico podem ser encontradas em Pospisil, *Anthropology of Law* (1971) e em Fuller 14 *Am. J. of Jurisprudence* 1 (1969).

16. Cf. p. 242.

mas, por outro lado, carece de órgãos centralizados que são as características do direito desenvolvido. O principal objetivo de tal comparação não é apenas estabelecer que o direito internacional faz realmente jus a ser classificado como direito, em vez de "moralidade positiva", como pensou Austin[17], mas também apontar o caminho para futuros desenvolvimentos. Pois a implicação é que, tal como o nosso moderno direito altamente desenvolvido e regularmente compulsório só foi realizado de modo gradual a partir de uma condição social primitiva, com nenhum ou com poucos órgãos para fazer cumprir a lei, e os parentes próximos tinham de fazer o melhor que pudessem para assegurar uma compreensão para seu irmão lesado, também se pode esperar que o direito internacional passe gradualmente de seu estado mais primitivo para um em que órgãos internacionais – legislativos, judiciais e executivos – sejam estabelecidos. Desse modo, o direito internacional poderá alcançar o pleno *status* de direito nacional, do qual ainda está muito distante.

Se bem que, de certo modo, isto possa apresentar uma previsão encorajadora, convém não exagerar a analogia. Pois subsistem diferenças muito consideráveis e inevitáveis entre o direito internacional, mesmo o atual, e o direito de uma sociedade primitiva. Em primeiro lugar, o direito internacional é o que se aplica entre Estados nacionais, governando a conduta entre eles, e não indivíduos; e esses Estados são, em sua maioria, comunidades altamente desenvolvidas e tecnologicamente equipadas. Em segundo lugar, como já foi indicado[18], todo o problema em torno de fazer respeitar a lei apresenta um quadro muito diferente quando nações inteiras e não meros indivíduos (por mais ricos e poderosos que sejam) têm de ser coagidas. O que isto suge-

---
17. Ver p. 230.
18. Ver p. 36.

re, portanto, é que o caminho para o maior desenvolvimento e integração do direito internacional poderá mostrar-se não só muito mais íngreme do que o tomado até agora pelo direito nacional, mas que deve, pela própria natureza das coisas, seguir um rumo diferente. É possível que haja muitas e valiosas lições a aprender do modo como o direito moderno se desenvolveu e um útil papel, mesmo na esfera internacional, para órgãos legislativos, judiciais e até executivos. Não pode, entretanto, argumentar-se a partir de analogias. Uma realização bem-sucedida necessitará de uma estruturação muito gradual e experimental de instituições internacionais, baseada na experiência do que é viável e no considerável repensamento fundamental dos processos pelos quais o direito pode dar esperança às aspirações da humanidade em nossa época atual, nas condições em que nos encontramos, incluindo o não trivial receio de que se a paz não for preservada, o resultado poderá ser o aniquilamento acelerado de toda a humanidade[19].

O direito consuetudinário na sociedade arcaica e feudal

Existem muitos estágios intermediários que se escalonam entre o direito inteiramente consuetudinário de uma comunidade primitiva e a requintada jurisprudência de um Estado moderno. Muitos Estados ou impérios civilizados ou semicivilizados surgiram no passado, cujas leis estavam consubstanciadas, em certa medida pelo menos, em coleções escritas ou códigos, como, por exemplo, no caso da antiga Babilônia, ou as Doze Tábuas da República Romana, ou o código sacerdotal do Deuteronômio. Em tal fase do desenvolvimento, é geralmente reconhecido que existia

---

19. Cf. p. 429.

um poder legislativo de caráter pouco determinado, investido em algum lugar da comunidade, fosse um rei, considerado divino ou semidivino, fosse uma assembléia de cidadãos ou algum outro grupo ou classe importante, como os patrícios romanos. Entretanto, a base do direito continua sendo consuetudinária, sendo a legislação considerada inteiramente excepcional e repousando, se não em direta interposição divina, como no caso do Código Moisaico, então, pelo menos, em inspiração divina ou aprovação dos deuses[20].

Com efeito, tal legislação, com freqüência, pretende menos estabelecer um novo conjunto de leis do que codificar e esclarecer o direito consuetudinário preexistente. As disputas de classes e a tendência, nos antigos tempos, da casta governante ou sacerdotal para considerar o direito consuetudinário um mistério que, escrito ou não, não podia ser revelado aos olhos profanos, levaram freqüentemente a sublevações, motins e distúrbios, o que resultaria na publicação formal do direito consuetudinário, como no caso das Doze Tábuas romanas. Não se tratava, naturalmente, de um código sistemático na acepção moderna, mas deu força de lei a uma série de matérias heterogêneas sobre as quais se requeria o conhecimento público ou se procurava esclarecer antigos costumes. Mas os códigos desse tipo não apenas redecretaram costumes antigos, mas também incluíram algumas inovações. Além disso, uma vez posto em vigor, um có-

---

20. O antigo processo judicial também se apoiava substancialmente em agentes sobrenaturais. De um modo geral, não havia investigação do fato controvertido: *quando o direito dependia do desempenho de uma tarefa atribuída pelas partes litigantes*, por exemplo, um duelo judicial; confiança num juramento; ou submissão a provas cruéis, como tortura. Assim, a decisão assentava no "julgamento de Deus". O moderno processo judicial inglês, baseado no sistema de adversário, que coloca o ataque contra a defesa, ainda retém algo da idéia do antigo combate judicial.

digo arcaico desse gênero propiciava um ponto de partida para novos desenvolvimentos, uma vez que interpretações das leis seriam exigidas à medida que novas situações iam surgindo. Na Roma antiga, os dignitários sacerdotais, os pontífices, dispunham desse poder de interpretação, embora o próprio código, uma vez decretado, fosse considerado, em geral, virtualmente inalterável como as leis dos medos e persas. Com o desenvolvimento da sociedade no mundo antigo, a possibilidade de legislação, mesmo ao ponto de refundir as leis fundamentais, tornou-se cada vez mais estabelecida. Na Atenas do século V a.C., a assembléia de cidadãos podia mudar a lei livremente, embora Estados gregos mais tradicionalistas, Esparta em particular, ainda considerassem as leis imutáveis. Ao longo de todos esses estágios, entretanto, grande parte da lei permaneceu consuetudinária e não escrita, e esse mesmo fato significou que os antigos costumes poderiam ser esquecidos, ou cair em desuso, ou ser gradualmente moldados para se adequarem à ordem social em mudança, ou poderiam até ser suplantados por regras ou instituições consuetudinárias inteiramente novas.

O direito consuetudinário da China

Algumas sociedades altamente civilizadas nunca desenvolveram a noção de leis rigidamente fixadas, escritas ou consuetudinárias, governando inevitavelmente as situações por elas previstas. O mais conspícuo, a esse respeito, é o sistema legal, se assim pode ser descrito, do império chinês. Como assinalamos antes[21], os chineses não admitiam a idéia

---

21. Ver pp. 81-2. Ver também R. M. Unger, *Law in Modern Society* (1976), pp. 86-109. Para o Japão, ver *ibid.*, pp. 214-31, e Y. Noda, *Introduction to Japanese Law* (1976), cap. 9.

de um universo governado por leis físicas fixas, mas consideravam o estado do mundo como uma espécie de harmonia entre várias tensões ou forças. E assim como não havia um legislador para estabelecer a ordem do universo, tampouco podia existir um legislador capaz de dotar a humanidade de leis positivas ou códigos morais fixos. Sem dúvida, as normas consuetudinárias prevaleciam na China como em outros lugares, talvez, em certos aspectos, de um modo mais autoritário, como, por exemplo, no caso da reverência para com os pais e ancestrais, e na ajuda e sustento de outros membros da família. Mas, na esfera das disputas legais, os chineses nunca chegaram, ao que tudo indica, à idéia de que elas pudessem ser resolvidas mediante a aplicação de normas predeterminadas através de algum processo judicial estabelecido; pelo contrário, a justiça legal consistia numa tentativa de harmonizar os interesses das partes de acordo com o espírito de harmonia universal, da qual suficientes indicações tinham sido concedidas à sabedoria humana. Uma tal sociedade deve ter combinado, em grau extraordinário, uma ordem social baseada numa estrutura profundamente enraizada de normas legais e sociais, somada a um alto grau de flexibilidade e incerteza em todas aquelas esferas de relações sociais e econômicas que não invadissem as fronteiras da estrutura básica. Talvez isso explique, por um lado, a ausência de um sistema de castas na história chinesa e, por outro, a inexistência de qualquer sistema industrial ou comercial organizado, apesar da qualidade altamente requintada da civilização chinesa e das grandes realizações tecnológicas do seu povo[21a].

21a. Sobre lei e costume na sociedade chinesa contemporânea, ver Li (1970), 4 *China Quartely*, 66.

A Europa medieval

Quando nos voltamos para o estado jurídico da Europa medieval, deparamos com um extraordinário amálgama de condições legais conflitantes. Por um lado, verificamos que os reinos semibárbaros estabelecidos sobre as ruínas do extinto Império Romano são governados por um corpo de direito consuetudinário, do qual algumas parcelas foram gradualmente incorporadas em códigos escritos. Esses códigos, em sua maior parte, são completamente seculares e não se apóiam em origem ou inspiração divina. O lento desenvolvimento do feudalismo, a partir do caos econômico e social da Idade das Trevas, acarretou a desagregação e o colapso do governo central, dependendo o *status* jurídico de um homem de sua posse de terra e de sua relação com o senhor feudal, de quem ele recebia essa terra. Grande parte da população era de escravos de um senhor feudal ou de servos da gleba, sem nenhum direito legal sobre a terra que cultivavam, mas, não obstante, vinculados a essa terra e ao serviço do seu senhor. Nesse estado de coisas, a lei tendia a fragmentar-se em vastas congéries de leis consuetudinárias locais, administradas pelos senhores feudais em suas próprias cortes locais, e a suposta autoridade que o rei lograsse ainda assim reter era extremamente frágil e virtualmente impossível de ser imposta.

Ao mesmo tempo, existiam certas forças que tendiam lentamente a neutralizar as características anárquicas da Europa feudal. Em primeiro lugar, havia a grande instituição da Igreja Católica, com o papado como sua cabeça, reivindicando e freqüentemente obtendo uma supremacia global sobre os reinos cristãos da Europa ocidental. Além disso, o direito canônico do papado, aparentado como estava ao direito romano que o precedera era uma refinada legislação escrita e possuía um legislador supremo e soberano na pessoa do Papa. Embora grande parte do próprio direito canônico fosse também, sem dúvida, consuetudinário na origem e no caráter, ele estava, no entanto, incorporado em códigos ou bulas papais, e ninguém duvidava de que qualquer parte dele pudesse ser mudada a critério do próprio Papa, como Vigário de Deus na terra. Além disso, mesmo na esfera dos reinos seculares, um poder indeterminado de legislação era considerado investido no rei, assistido por seu conselho de magnata do reino; ele também possuía uma autoridade judicial suprema para decidir disputas legais e, assim fazendo, declarar imperativamente os costumes do reino.´ Não é necessário enfatizar que decisões desse gênero podiam, com freqüência, consubstanciar inovações e, por conseguinte, ajudar na adaptação de regras consuetudinárias às novas necessidades sociais. Também a ascensão de cidades governadas por uma classe mercantil, no período final da Idade Média, sobretudo na Itália setentrional, criou a necessidade de um direito comercial mais desenvolvido e que fosse de aplicação mais do que meramente local. Para esse fim, recorreu-se amiúde à codificação do direito civil romano por Justiniano, e esse avanço foi muito incentivado pelo estudo do direito civil nas universidades italianas, um estudo que se propagou a outros centros de ensino da Europa ocidental.

Tudo isso contribuiu para um estado muito fluido de desenvolvimento jurídico na Europa feudal. A idéia de direito consuetudinário, escrito ou não escrito, como peculiarmente rígido e inflexível, não obtém apoio nos costumes desse período. Nos reinos feudais, a lei como um todo era considerada consuetudinária, sendo a legislação e as decisões judiciais tratadas como não mais do que vários métodos adequados ou para confirmar antigos costumes ou para criar outros[22]. Os barões da Inglaterra, em 1236, podiam de-

---

22. Ver T. F. T. Plucknett, *Legislation of Edward I*.

clarar que "não desejamos mudar as leis da Inglaterra", mas não duvidavam do poder do rei e seus barões, se essa fosse a vontade deles, de declararem novos costumes. Além disso, a rapidez com que a sociedade estava mudando proporcionou uma grande flexibilidade, mesmo ao costume não codificado, não escrito. O costume, para ser válido e vinculatório, certamente não precisa ser imemorial. Pelo contrário, um uso de dez ou vinte anos era considerado um "longo costume", e quarenta anos faziam-no "antigo"[23].

Direito comum e direito consuetudinário

Nessas condições, uma monarquia forte aumentou naturalmente as forças de uma legislação e administração centralizadas, e sua tendência foi substituir o labirinto de leis consuetudinárias feudais locais por uma legislação régia, administrada por juízes do rei que impunham e faziam respeitar a "paz do rei" em todo o reino. Um dos resultados da conquista normanda e do estabelecimento de uma poderosa monarquia na Inglaterra foi a aceleração desse desenvolvimento, consideravelmente muito mais eficaz do que no continente europeu. Assim foi estabelecida, com relativa facilidade, uma lei comum para todo o reino, e os costumes locais foram substancialmente suplantados pelo "costume comum do reino"[24]. A lei comum, entretanto, não era lei consuetudinária no mesmo sentido dos costumes locais que ela substituiu, ou, de fato, das leis consuetudinárias de sociedades anteriores ou primitivas, como as que examinamos anteriormente. Era, como continua sendo, o produto de uma tradi-

---

23. Plucknett, *op. cit.*, p. 6.
24. A descrição aplicada por Blackstone ao direito consuetudinário em seus *Commentaries*, vol. I, p. 67.

ção e técnica jurídica profissional e sofisticada; não escrita, no sentido de não estar codificada, mas contida em inumeráveis decisões exaradas de juízes, cujas sentenças são objeto de um contínuo processo de interpretação, por meio do qual são filtrados os princípios legais que podem ser aplicados a novos casos, à medida que se apresentam. Semelhante modelo jurídico não é certamente criado do mesmo modo que vimos surgirem as normas na sociedade primitiva e adquirirem força obrigatória em razão de sua observância habitual, porquanto se pode dizer que essas surgiram de baixo para cima, ao passo que as sentenças de juízes, sob a lei comum, são impostas de cima para baixo.

Entretanto, um sistema como o da lei comum, sobretudo em suas fases mais antigas, é uma espécie de ponte entre o direito genuinamente consuetudinário e um sistema codificado de disposições legais, altamente desenvolvido, tal como existe em numerosos Estados modernos. Os juízes não atuam no vácuo, mas são parte da comunidade em que funcionam, e os princípios legais desenvolvidos e aplicados por eles refletem, em certa medida, tanto os sentimentos predominantes quanto os usos e costumes aceitos pela sociedade. Não obstante, a noção de uma espécie de alinhamento automático entre a lei, tal como é exarada pelo juiz, e os padrões e costumes da comunidade, não pode ser aceita sem consideráveis reservas. Pois, em primeiro lugar, a lei judicial tende a desenvolver uma certa autonomia, refletindo mais os numerosos refinamentos, sutilezas, tecnicismos e ficções da opinião jurídica profissional do que a abordagem simples que o leigo é suscetível de dar aos acertos e erros de suas atividades cotidianas. E, com o passar do tempo, essas tecnicidades são passíveis de recrudescer e colocar a lei cada vez mais longe das realidades da vida cotidiana. Essa situação tornar-se-á especialmente marcada numa fase do desenvolvimento jurídico em que se recorre pouco à reforma do direito pela legislação, e em que os esforços da lei comum para libertar-se de alguns de seus próprios *impasses* autocriados, a fim de adaptar-se às novas necessidades, tendem a ser acompanhados pelo uso de ineptas e embaraçosas ficções que, por sua vez, tornam o direito ainda mais distante da realidade. Isso é suficientemente ilustrado pelo uso de estratagemas tão incrivelmente complicados quanto locatários imaginários ou alegações fictícias, a fim de permitir a realização de objetivos tão simples quanto o direito de um proprietário a reclamar a posse de sua terra num tribunal de justiça.

Além disso, cumpre lembrar que os juízes não eram tão representativos da comunidade como um todo, já que provinham da algo limitada classe dominante e fundiária, de modo que a ideologia por eles injetada no direito refletia fortemente a atitude dessa classe. Assim, não é difícil ver por que o direito relativo à terra desfrutava de uma inviolabilidade especial na antiga lei comum; e a severidade do desenvolvimento e administração do direito criminal não era menos significativa a esse respeito, sendo considerado o enforcamento de crianças pequenas um mal menor do que qualquer ameaça à propriedade que suas depredações poderiam acarretar.

O papel do costume no direito moderno

Quando nos voltamos para o papel do costume num moderno sistema jurídico altamente desenvolvido, não chega a causar surpresa que, no caso de se encontrar um lugar para o costume como fonte de novas regras legais, é apenas um lugar secundário. Para esse fim, temos de distinguir claramente a relação sociológica que o direito positivo tem com a textura subjacente da vida da comunidade – incluindo seus valores e atitudes básicos – e o modo como os costumes sociais podem operar como uma fonte direta de criação de lei. Quanto à primeira, já dissemos o bastante num capítulo anterior[25]. Trataremos agora, unicamente, do costume na segunda capacidade acima apontada.

Costume local

São três os principais modos pelos quais o costume pode funcionar como uma fonte direta de geração de direito, mesmo no contexto de um Estado moderno. O primeiro deles é pelo reconhecimento e vigência do costume local. É compreensível que, com o estabelecimento de um sistema universal de direito num determinado Estado, possuidor de órgãos claramente definidos de legislação, a ação do costume como fonte direta de novas leis tenha sido efetivamente abandonada. Alguns dos sistemas codificados de direito civil dos tempos modernos vão ao ponto de rejeitar totalmente o costume local como contrário ao objetivo de unificação jurídica visado pelo código. A lei comum inglesa, embora rejeite analogamente o costume *geral*, ainda confere um lugar muito restrito à ação do costume local. Entretanto, a prova de um direito consuetudinário local está sujeita a um certo número de severas barreiras jurídicas, as quais têm de ser transpostas para que o costume seja legalmente efetivo. Dessas barreiras, a mais extraordinária é a de que se deve provar que o costume local existe "desde tempos imemoriais", o que, de forma muito curiosa, é interpretado como existente desde o ano de 1189[26]. Mais facilmente explicável é a regra segundo a qual, para que um costume seja válido, um tribunal não deve considerá-lo irrazoável. Entende-se que o efeito do primeiro desses testes é reduzir ao mínimo

---

25. Ver capítulo 9.
26. Chegou-se a essa data com base na analogia de um período de limitação aplicado por um estatuto de 1257 a um tipo particular de procedimento jurídico.

possível os casos de costume local efetivo e o do segundo, assegurar aos tribunais uma considerável medida de controle sobre se a um costume deve ou não ser conferida validade legal. Os juristas ingleses ainda se empenham num debate algo estéril sobre se um costume local é legalmente válido em si mesmo ou se o é somente depois de reconhecido por um tribunal de justiça. O verdadeiro direito consuetudinário, do tipo mais antigo, como já vimos, é obrigatório em si mesmo e inteiramente independente de sanção ou aprovação judicial e, na verdade, pode operar até na ausência de qualquer sistema judicial. No moderno direito inglês, porém, o fato de o tribunal reter o poder de declarar que qualquer costume é inválido por ser irrazoável mostra com bastante clareza não só o papel subordinado do costume mas também que, seja qual for a teoria, nenhum costume pode ser considerado imperativo em si mesmo se o tribunal não lhe tiver aposto sua chancela judicial.

Costumes constitucionais

Mais importante do que o costume local, é a função do costume na determinação de práticas constitucionais. Isto é particularmente digno de nota num país como o Reino Unido que não possui constituição escrita formal. Características importantes da constituição britânica, como a soberania do Parlamento; grande parte da ordem parlamentar; algumas das regras que regulam a monarquia e sua posição constitucional; e a autoridade dos tribunais para desenvolver a lei – tudo isso pode ser considerado como assente em práticas consuetudinárias estabelecidas desde longa data e que são tidas por indiscutivelmente vinculatórias na lei. Cumpre distingui-las das meras regras constitucionais convencionais que, embora consideradas obrigatórias no mais alto grau, carecem, no entanto, de autoridade legal. Assim, a prática de que o monarca assina invariavelmente qualquer projeto de lei devidamente promulgado por ambas as Casas, ou de que o Primeiro-ministro se demite se derrotado nos Comuns numa importante questão submetida a voto de confiança, são características essenciais da constituição; desrespeitá-las é algo fora de cogitação[27], mas nem uma nem outra dessas práticas é legal, no sentido de que faça parte da hierarquia de normas legais que concorrem para a formação do sistema jurídico do país. Portanto, devem ser consideradas política e, talvez, moralmente vinculatórias, mas não em direito. Além disso, mesmo no que concerne àquelas regras consuetudinárias constitucionais que podem ser aceitas como normas legais plenamente estabelecidas, deve-se admitir que elas devem sua validade não, como no caso do direito consuetudinário comum, à adesão da comunidade à totalidade dessas práticas, mas, antes, à sua aceitação ao longo de muitas gerações pela classe dominante, incluindo os juízes e os profissionais do direito. Sem dúvida, poderíamos também considerar que a grande maioria da população consente, ou, pelo menos, aquiesce a essas disposições, mas seu papel tem sido principalmente passivo, ao invés do papel ativo que a adesão a práticas consuetudinárias normalmente acarreta.

Costume mercantil

Em terceiro e último lugar vem o costume mercantil. No passado, o costume dos mercadores desempenhou indubitavelmente um papel crucial no desenvolvimento do direito comercial. Hoje, porém, parece haver escassa margem para

---

27. Existem muitas de tais práticas convencionais que são tratadas como menos do que vinculatórias; por exemplo, considere-se a recente controvérsia a respeito da escolha de um Primeiro-ministro que não seja membro da Câmara dos Comuns.

que tal costume possa gerar mudanças no direito mercantil em geral. Na Inglaterra, o último caso parece ter sido em 1898, quando debêntures pagáveis ao portador foram declaradas instrumentos negociáveis pelo costume mercantil[28]. Existem, contudo, outros e muito mais importantes meios pelos quais a influência do costume comercial pode ser sentida no direito. É através da operação de contratos comerciais. Condições podem ser inseridas em tais contratos ou mediante o estabelecimento de um uso comercial *stricto sensu* ou provando que é razoavelmente necessário à eficácia comercial do contrato supor que ele foi celebrado na base de alguma prática estabelecida de comércio. Assim, a corrente de decisões de tribunais e de árbitros comerciais está apta a absorver o efeito de mudanças nos costumes e práticas de comércio, embora com que desenvoltura os tribunais poderão estar preparados para prestar atenção a desenvolvimentos na comunidade comercial dependa predominantemente das tradições profissionais do sistema jurídico. A necessidade desse tipo de contato entre o direito positivo dos legisladores e tribunais e a tessitura subjacente de práticas econômicas e sociais da comunidade foi sublinhada pelo jurista sociológico Ehrlich, em sua designação destas últimas práticas como uma forma de "direito vivo"[29] e o fato de os contratos comerciais constituírem uma característica tão predominante das relações comerciais depõe suficientemente sobre a importância de alinhar o direito mercantil positivo com os pressupostos fundamentais em que se baseiam as diferentes classes de transações comerciais. Deve-se talvez ao fato de os juízes, sem o conhecimento em primeira mão do mundo do comércio, não terem sabido correlacionar

---

28. *Bechuanaland Exploration Company v. London Trading Bank* [1898], 2 Q. B. 658.
29. Cf. p. 259.

de forma realista as duas coisas que, em anos recentes, manifestou tão notoriamente a tendência de afastamento dos tribunais em direção à arbitragem comercial.

Contratos "padronizados"

Entretanto, um outro método pelo qual a comunidade comercial está apta a impor, de um modo quase-legislativo, suas próprias práticas e requisitos em muitos tipos de transações é o dos contratos "padronizados" (*standard-form contracts*). Esse tipo de contrato, que consiste num instrumento impresso em termos padronizados, tornou-se um fenômeno cada vez mais familiar no mundo jurídico moderno. Teoricamente, a parte convidada para assinar tal contrato está livre para optar por fazê-lo ou não, mas a escolha de "pegue ou largue" é, com freqüência, muito irreal para a pessoa que só pode exercer o seu direito de recusa à custa de abrir mão de suprimentos ou serviços que não podem ser obtidos de outra forma. Por isso, os contratos desse tipo têm exposto, em elevado grau, a falsidade do obsoleto conceito de liberdade de contrato, já combatida em muitas classes particulares de contrato, como as compras a prazo, por medidas legislativas destinadas a proteger o consumidor imprudente[29a].

Alguns contratos padronizados que são redigidos por entidades independentes ou profissionais podem ter em vista consolidar ou estabelecer as melhores ou as mais eqüitativas práticas e regras reconhecidas num determinado campo de atividade – por exemplo, os contratos padronizados de construção civil do *Royal Institute of British Architects* – e pode-se afirmar que tais instrumentos contratuais con-

---

29a. Ver *Supply of Goods (Implied Terms) Act*, 1973, *Consumer Credit Act*, 1974, e *Unfair Contract Terms Act*, 1977.

substanciam, em certo sentido, os melhores usos comerciais e técnicos consagrados pela prática dos mais reputados profissionais nesse ramo[30]. Contudo, a grande maioria dos contratos padronizados é concebida mais para consolidar e ratificar aquelas regras e usos que melhor se ajustam à proteção dos interesses de determinadas indústrias ou fornecedores, do que para estabelecer um equilíbrio entre as necessidades e as práticas de todos os interessados, incluindo o humilde consumidor. O grau em que tais contratos, longe de colocarem em prática os usos e as necessidades da comunidade, conferindo-lhes vigência, outorgam benefícios e vantagens unilaterais aos que dispõem do poder e de recursos para impor sua vontade aos consumidores, gerou grande número de novos e complexos problemas que ainda estão longe de ser adequadamente resolvidos. A maioria dos países introduziu gradualmente, em épocas recentes, considerável legislação visando a restringir alguns dos mais flagrantes e generalizados abusos que têm ocorrido.

O costume em direito internacional

Por último, algumas palavras podem ser acrescentadas quanto ao funcionamento do costume no moderno direito internacional. Teoricamente, como já vimos[31], o direito internacional baseia-se em costumes estabelecidos e em gradual desenvolvimento que prevalecem entre Estados civilizados, incluindo a regra consuetudinária geral de que os tra-

---

30. De qualquer modo, um acordo entre associações de construtores a fim de pressionar no sentido do uso de um contrato padronizado desse tipo foi considerado contrário ao interesse público e nulo, de acordo com o *Restrictive Trade Practices Act*, 1956, em *Re Birmingham Association* [1963], 2 All E. R. 361.

31. Ver p. 242.

tados devem ser considerados legalmente obrigatórios. Num sentido, portanto, o direito internacional é uma forma de direito consuetudinário e compartilha com as formas anteriores desse direito uma falta de definição quanto aos meios pelos quais as práticas e os usos devem ser convertidos em costumes juridicamente vinculatórios. Não chegará a surpreender, pois, na ausência de quaisquer órgãos de autoridade universalmente aceita para declarar ou decidir qual é a regra de direito consuetudinário estabelecida, que muitos princípios e preceitos vitais do direito internacional sejam objeto de viva controvérsia, reunindo e expondo os contestantes as provas e os argumentos que são tidos como favoráveis à posição do Estado ou grupo de Estados que desejam apoiar. Ao mesmo tempo, as diferenças cruciais entre direito internacional e o antigo direito consuetudinário não devem ser ignoradas. O direito internacional, apesar de toda a sua fragilidade e ineficácia, não é um conjunto de normas jurídicas dirigidas aos indivíduos como tais (e menos ainda aos homens de tribos primitivas), mas é um direito que se propõe governar as relações de Estados desenvolvidos ou semidesenvolvidos, e suas regras predominantes têm, portanto, de ser filtradas de um modo altamente sofisticado: por um estudo de exemplo e precedente históricos; pela interpretação jurídica de tratados, documentos de Estado e outros instrumentos pertinentes; por referência a decisões de tribunais internacionais (na medida em que existam) e a resoluções e pareceres de instituições internacionais e seus órgãos; assim como pelos escritos e opiniões jurídicas informadas. Daí o curioso amálgama de maquinaria jurídica subdesenvolvida e refinada sutileza de interpretação que é a característica do direito internacional nos dias atuais.

O costume e a escola histórica

O racionalismo excessivo do Iluminismo durante o século XVIII resultou numa reação que é geralmente mencionada como o Movimento Romântico. Iniciado como um movimento artístico e literário em favor do sentimento e da imaginação, desenvolveu rapidamente um senso místico do crescimento orgânico de instituições humanas e as misteriosas forças invisíveis que movem a sociedade. Já em Burke encontramos uma brilhante e retórica expressão da idéia de que a nação-Estado não é mera construção racionalista de cidadãos livremente concordantes mas uma entidade histórica profundamente enraizada na tradição e possuidora de uma unidade orgânica e de um valor acima dos mesquinhos impulsos dos indivíduos que o constituem em qualquer determinado estágio do seu desenvolvimento.

Foi na Alemanha que essa idéia orgânica de direito e de Estado encontrou seu solo mais fértil. O filósofo alemão Hegel, em linguagem que não brilhava pela inteligibilidade, mas foi, talvez, mais eficaz por isso mesmo, propôs sua doutrina do Estado como um organismo vivo, um fim-em-si-mesmo e a consubstanciação suprema da razão humana. Esse Estado era o produto de inexoráveis forças históricas sob o controle do Espírito Universal (*Weltgeist*), cuja realização culminante, por estranha que pareça, era o rei da Prússia, sob cuja égide Hegel esteve empenhado em propagar esse novo evangelho. O papel melancólico que essa filosofia historicista desempenhou nos modernos cultos do totalitarismo nacionalista é suficientemente conhecido para requerer aqui maior desenvolvimento[32]; não podemos ignorar, porém, a importante escola histórica alemã de direito, a qual se baseou substancialmente, embora com reservas, no hegelianismo.

---

32. Ver K. Popper, *The Open Society and its Enemies*, 4ª edição revista (1962), vol. 2, capítulo 12.

A maior figura dessa escola foi Savigny, um eminente jurista alemão que surgiu na primeira metade do século XIX. Para ele, o direito não era um produto deliberadamente criado por algum legislador artificialmente engendrado, mas a lenta destilação orgânica do espírito do povo (*Volksgeist*) entre o qual atuava. Mas o único direito que pode pretender irrestritamente ser dessa ordem é o consuetudinário, e foi nessa forma de direito que Savigny e seus seguidores depositaram sua fé. Tal direito deve ser entendido como o produto de um longo e contínuo processo histórico, e sua validade dependia do fato de seu caráter tradicional estar enraizado na consciência popular e ser, pois, um verdadeiro direito nacional de acordo com o espírito do povo. Assim, a legislação era vista com grande desconfiança, como uma interferência arbitrária no gradual desenvolvimento de normas consuetudinárias historicamente fundamentadas, e a codificação – muito em voga desde que o clássico *Code Napoléon* de 1804 introduziu ordem no caos das leis francesas do *ancien régime* – era particularmente desprezada.

Sem dúvida, a abordagem histórica deu importantes contribuições para o moderno pensamento jurídico, ao compreender a valiosa verdade de que o direito não é apenas um conjunto abstrato de regras impostas à sociedade mas uma parte integrante dessa sociedade, profundamente enraizada na ordem social e econômica em que funciona e consubstanciando sistemas tradicionais de valores que conferem significado e propósito a uma dada sociedade. Existem, portanto, afinidades entre a concepção histórica, a subseqüente doutrina marxista do direito (ela própria um desdobramento do hegelianismo[33]) e a moderna jurisprudência sociológica. Ao mesmo tempo, subsiste essa linha vital de demarcação entre a abordagem histórica e as duas outras, pois enquanto a pri-

---

33. Cf. p. 251.

meira é essencialmente retrospectiva, procurando precedentes e explicações de natureza histórica para o direito, tal como se desenvolveu na sociedade moderna, ambas as outras são prospectivas, estando interessadas não nos antecedentes históricos do direito seja como explicação ou como justificação para as regras existentes mas na modelação do direito para habilitá-lo a enfrentar novos problemas sociais à medida que surgem. Foi por essa razão que o juiz Holmes atacou a atitude histórica em sua tão citada sentença de que "é revoltante não haver melhor razão para uma regra legal do que o ter ela sido estabelecida no tempo de Henrique IV"[34].

O "Volksgeist"

Além disso, uma fraqueza fundamental na versão alemã da escola histórica foi sua ênfase na concepção um tanto dúbia do "Povo" como entidade identificável, uma entidade coletiva semelhante à "vontade geral" de Rousseau – outro romântico supremo – e possuidora de uma misteriosa consciência coletiva cujo produto não é meramente linguagem, arte e literatura, mas todas as instituições nacionais, incluindo a do direito. A palavra alemã *Volk* é em si mesma suspeitosamente ambígua a esse respeito, sendo capaz de referência não só a um povo, mas também a uma nação, uma raça ou um grupo racial. Embora diferentes culturas e artefatos culturais tenham sido desenvolvidos, sem dúvida, por determinados grupos da humanidade, ou a estes associados, não é mais possível em direito do que em qualquer outra esfera da cultura identificar um sistema legal com um grupo nacional ou racial isolado. Talvez o exemplo mais próximo disso no mundo ocidental moderno seja o desenvolvimento da lei

---

34. *Collected Legal Papers*, p. 187.

comum "nacional" da Inglaterra, mas seria impossível classificar a natureza e composição do "Povo" que criou essa lei, e certamente não foi um produto da consciência coletiva do povo como um todo, mas teve seu desenvolvimento a cargo, em grande parte, de um pequeno grupo de juristas profissionais[35]. Essa dificuldade foi, na verdade, prevista por Savigny, quando afirmou que o desenvolvimento do direito consuetudinário no âmbito profissional foi realizado efetivamente porque o juiz e o jurista estavam atuando como órgãos da consciência popular. Mas a complexidade e tecnicidade do direito numa sociedade moderna significam que os tribunais e juízes têm de assumir um papel criativo que está muito longe de ser o de instrumentos inertes da consciência jurídica do povo, supondo-se que pudesse ser provada a existência de tal estado mental coletivo. Além disso, o direito consuetudinário foi agora levado à maior parte da Comunidade Britânica, onde, com várias adaptações, foi aplicado a uma diversidade imensa de grupos nacionais e raciais. Do mesmo modo, também o direito civil moderno, derivado do direito do período final do império romano, está largamente difundido por toda a Europa e muitas outras partes do mundo, sendo adaptado com êxito às necessidades de grupos nacionais muito distintos, da Turquia ao Japão, assim como a alguns dos Estados africanos recém-criados que surgiram da dissolução do império colonial francês.

A escola histórica inglesa

Na Inglaterra, onde o antigo direito consuetudinário parecia fornecer um protótipo moderno tão bom quanto o que

---

35. Ver p. 307.

os historicistas tinham probabilidade de descobrir no mundo jurídico moderno, a escola histórica fez importantes avanços. Isso foi devido, em grande parte, aos esforços pioneiros de Sir Henry Maine, que substituiu o misticismo do *Volksgeist* pela hipótese evolucionista dos darwinistas. Tomando de Herbert Spencer a idéia de um movimento desde uma sociedade de *status* rígido para uma sociedade amante da liberdade cujas relações podiam ser voluntariamente estabelecidas na base de contrato, ele mostrou a necessidade de uma sociedade progressista de adaptar seu direito às novas exigências sociais. Maine sublinhou a continuidade do desenvolvimento histórico desde uma era de direito consuetudinário primitivo ou arcaico até os sistemas complexos da era moderna, e os modos como o direito antigo foi gradualmente adaptado a uma sociedade em constante mudança, através de mecanismos tais como as elaboradas ficções jurídicas e a neutralização de seus rigores e asperezas pelos princípios de eqüidade[36]. Sua abordagem também foi verdadeiramente histórica na medida em que Maine insistiu em que as épocas anteriores só poderiam ser entendidas em seus próprios termos e em seu próprio contexto histórico. Ao mesmo tempo, ao contrário de Savigny, ele insistiu em que somente a codificação e a legislação podiam ser eficazes para resolver os complexos problemas jurídicos do Estado moderno. Portanto, Maine transmitiu a grandes pensadores jurídicos, como Maitland e Pollock, a atitude de que, embora a história pudesse aumentar a nossa compreensão do estado passado e do estado atual do direito, e embora não possamos ignorar a extensão em que o estado presente se encontra historicamente condicionado, a história não deve ser usada, no entanto, como uma camisa-de-força para impor atitudes tradicionais às necessidades de uma nova era.

---

36. Para o significado de "eqüidade", ver p. 148.

Capítulo 11
O processo judicial

A separação de poderes

Em sua exposição clássica da constituição inglesa, o escritor francês Montesquieu sublinhou a doutrina da separação de poderes. Segundo essa doutrina, uma constituição compreendia três espécies diferentes de poderes legais, a saber, legislativos, executivos e judiciais, e qualquer constituição digna desse nome asseguraria que cada um desses poderes estava investido num diferente órgão ou pessoa. O papel do legislativo era promulgar novas leis; o do executivo, fazer respeitar e administrar as leis, assim como determinar a política, no quadro dessas leis; e do judiciário, simplesmente interpretar as leis decretadas pelo poder legislativo. Essa classificação clara teria considerável influência sobre a forma de constituição subseqüentemente adotada pelos recém-criados Estados Unidos da América, após a Declaração de Independência. Em particular, a separação entre o executivo e o legislativo foi efetuada impedindo o Presidente e seus ministros de pertencerem ao Congresso ou de participarem diretamente em suas atividades, um sistema inteiramente contrário ao sistema inglês, em que o governo é parte integrante do legislativo e está no controle efetivo em virtude de sua maioria parlamentar.

A independência do judiciário

A noção de que o terceiro poder constitucional, o judiciário, deve ser inteiramente separado dos poderes legislativo e executivo parecia, entretanto, basear-se em alicerces mais sólidos do que a divisão algo arbitrária entre o legislativo e o executivo. Dois princípios puderam, nesse caso, ser invocados, cada um dos quais fazia jus a ser julgado de considerável peso. Em primeiro lugar, temos a questão da independência do judiciário. Para que as leis sejam corretamente interpretadas e imparcialmente aplicadas, é óbvia a importância de que o judiciário desfrute de *status* independente e esteja livre das pressões políticas engendradas por associação com o executivo ou mesmo com o próprio legislativo, dominado como é provável que este último esteja pelas divisões dos partidos políticos. De um ponto de vista contrário, pode ser afirmado que, como os juízes têm de ser nomeados por alguém, isso significa na prática a nomeação ou pelo governo ou por algum membro do governo, como, por exemplo, pelo Lorde Chanceler ou o Primeiro-ministro na Inglaterra, ou por um Ministro da Justiça, em muitos outros países. Então, será perguntado, como pode a independência ser preservada, se as nomeações são, para começar, feitas por políticos? A experiência mostrou que existem formas de superar essas dificuldades, embora qualquer desses métodos não prove ser invariavelmente bem-sucedido. Um fator muito importante é o desenvolvimento de uma forte tradição favorável a que se ignorem as considerações políticas quando se fazem nomeações judiciais. Tal tradição, de fato, desenvolveu-se gradualmente na Inglaterra, embora a sua consolidação possa ser considerada relativamente recente, e os fortes vínculos anteriores entre a lei e a política ainda se refletem em características tais como o duplo papel do Lorde Chanceler como político e como chefe do Judiciário, e a pretensão dos procuradores de Justiça a certos tipos de promoções judiciais. Nos Estados Unidos, onde o Presidente nomeia para o Judiciário federal, mas somente com a aprovação do Senado, a influência de considerações políticas tem sido menos fácil de evitar, levando especialmente em conta a importância desse patrocínio no sistema de partidos norte-americano e o papel quase-político que o Supremo Tribunal e o Judiciário federal herdaram como guardiões e intérpretes da Constituição. Além disso, em muitos dos estados da União, os juízes não são nomeados, mas eleitos, como quaisquer outros políticos.

Entretanto, se são experimentadas dificuldades para evitar que algum elemento político se insinue na promoção judicial, uma arma muito poderosa em apoio da independência do judiciário foi encontrada na regra estabelecida na Inglaterra em resultado das lutas constitucionais do século XVII, segundo a qual os juízes ocupariam o cargo em regime de vitaliciedade ou até se aposentarem, não podendo ser removidos por ação executiva. Isso provou ser um dos meios vitais de preservação da independência judicial no mundo do direito consuetudinário, o qual se propagou a muitos outros países. Em alguns países, também foram feitas tentativas para afastar a política de nomeações e promoções, exigindo-se, por exemplo, a cooperação do judiciário ou dos órgãos representativos da advocacia ou das profissões jurídicas em qualquer nomeação. Tais experiências são interessantes e importantes, e podem provar seu genuíno valor, mas falta sublinhar que todas essas experiências são passíveis de serem natimortas na ausência de uma crença firmemente estabelecida na necessidade essencial de preservar a independência judicial. Pois, sem esse *ethos* governante, a concorrência das várias entidades em questão é suscetível de proceder de acordo com diretrizes políticas. A exigência de aprovação pelo Senado, nos Estados Unidos, das nomeações presidenciais para o judiciário federal, teve o efeito de injetar um poderoso elemento político em muitas dessas nomeações.

A questão de promoção é quase tão importante quanto a das nomeações iniciais no tocante à independência judicial. Pois, se o judiciário tem de contar com os políticos, para suas pretensões futuras, então pode mostrar-se relutante em incorrer no desagrado do executivo e gorar as oportunidades de promoção ulterior, mesmo que os juízes estejam garantidos em seus cargos. Na Inglaterra, essa dificuldade foi largamente superada, evitando-se um padrão excessivamente hierárquico a respeito do judiciário superior. Uma certa uniformidade de *status* foi retida com relação a todos os membros do judiciário superior, desde o nível de Alta Corte até a Câmara dos Lordes, especialmente pela manutenção dos salários quase no mesmo nível em todos os escalões e por se evitar de toda e qualquer forma de promoção por antiguidade. Esse sistema foi grandemente ajudado pelos antecedentes históricos do judiciário inglês e suas tradições excepcionalmente fortes e *status* há muito estabelecido. De fato, tão fortes provaram ser esses fatores, que onde quer que o direito consuetudinário se propagou, mesmo em países como a Índia, com um padrão social e racial inteiramente diferente, e com antecedentes culturais profundamente distintos, o *status* independente do juiz de direito consuetudinário propendeu a consolidar-se. Um exemplo flagrante é também dado pela República da África do Sul. Aí, ao sistema jurídico romano-holandês dominante foi sobreposto um judiciário do tipo consuetudinário, o qual tem, em notável medida, provado seu calibre de independência, apesar das intoleráveis tensões políticas e raciais a que tem sido submetido desde que o Partido Nacionalista, com sua implacável política de *apartheid* racial, subiu ao poder depois da última guerra.

Os juízes "fazem" lei?[1]

A separação do judiciário das outras formas de poder constitucional repousa maciçamente, pois, na necessidade de preservar a independência judicial. Havia, entretanto, um outro princípio que pesou, sem dúvida, no espírito de Montesquieu, quando propôs a rígida demarcação entre poder judiciário e poder legislativo. Foi a crença em que o papel judicial não é, na realidade, propriamente legislativo, mas consiste apenas em enunciar o que a lei vigente realmente é e em interpretar com autoridade os pontos duvidosos que possam surgir. Essa atitude em relação à função judicial estava em harmonia com o enfoque tradicional do direito consuetudinário, o qual insistia em que os juízes não tinham poder de espécie alguma para fazer a lei, mas simplesmente a "declaravam" como ela sempre tinha sido. Tal atitude promanava de duas concepções estreitamente ligadas sobre a natureza do direito que derivava de uma ordem há muito ultrapassada da sociedade. Por um lado, havia a concepção do direito como uma espécie de mistério sagrado nas mãos de um sacerdócio, um mistério que não era para ser revelado a olhos profanos. Essa concepção, particularmente associada, como já vimos[1a], a uma ordem aristocrática de sociedade, não era inteiramente estranha à mais antiga lei comum. Os juízes, como expoentes de uma lei não escrita e como representantes da fonte real de justiça, eram considerados, num sentido peculiar, os "depositários dos oráculos vivos da lei", na frase de Blackstone. Essa lei era, de um modo quase místico, tratada como depositada no regaço dos juízes e, portanto, só por eles revelável, pouco a pouco, ao conhecimento do profano, na medida em que isso lhes parecesse

---

1. Ver geralmente Freeman (1973) 26 Current Legal Problems 166.
1a. Ver p. 348.

conveniente e, mesmo assim, numa linguagem de hierofante apenas inteligível para os iniciados. Se tal descrição tem algo de exagero, ainda resta a segunda concepção da antiga lei comum como um repertório de regras consuetudinárias estabelecidas para todo o reino e das quais os juízes régios eram apenas seus expoentes especialmente qualificados e não os criadores.

Já examinamos até que ponto essa teoria consuetudinária da lei comum estava distante da realidade. Em grande medida, essa lei era um repositório de regras criadas pelos próprios juízes ao longo dos séculos, embora fortemente ligada em certos aspectos, como a lei de qualquer tipo inevitavelmente está, aos padrões sociais e econômicos da sociedade que lhe deu origem[2]. No final do século XVIII, tornara-se manifesto a quem tivesse olhos para ver que a idéia de juízes fazendo mais do que declarar a lei era uma presunção fútil, e semelhante idéia foi duramente estigmatizada por Bentham e Austin como uma ficção pueril. Bentham insistiu em que a lei comum era lei "feita pelos juízes" ou, como alguém desrespeitosamente lhe chamou, o "produto fabricado por Juiz & Cia.", com o que se pretendeu significar que ela era derivada do estado da opinião jurídica profissional da qual o judiciário era apenas um elemento, embora, pelo menos na Inglaterra, o mais importante elemento. Austin também aceitou esse ponto de vista e teve alguma dificuldade em reconciliá-lo com a sua teoria que derivava todas as leis das ordens dadas por um legislador soberano. Fê-lo recorrendo ao princípio de que o que o soberano permitisse, não interferindo nas decisões judiciais ou repelindo-as, devia ser implicitamente considerado como tendo sido ordenado, mas, lamentavelmente, isso era substituir uma ficção por outra, como Austin, de fato, virtualmente admitiu. O se-

---

2. Ver p. 308.

guinte trecho respigado dos próprios escritos de Austin é bastante revelador:

> Neste país, onde as regras de direito feitas por juízes detêm um lugar de importância quase suprema em nosso sistema jurídico, dificilmente pode ser afirmado que o Parlamento é o autor dessas regras... Na verdade, o Parlamento não tem poder efetivo para impedir que elas sejam feitas e alterá-las é uma tarefa que, com freqüência, frustra a paciência e a habilidade daqueles que melhor podem mobilizar o apoio parlamentar[3].

Entretanto, Bentham e Austin não estavam de acordo, em absoluto, quanto aos méritos desse tipo de legiferação. Bentham acreditava nas virtudes da codificação racional e pensava que, por esse meio, a legislação judicial podia ser evitada. Sua hostilidade para com as incertezas criadas pela legislação judicial é mostrada em sua comparação com o modo como um homem faz a lei para o seu cão, ou seja, aguardar até que o animal faça alguma coisa que ele reprova e então bater-lhe, ensinando-lhe assim que fez algo errado. Austin, por outro lado, não só reconheceu a inevitabilidade da legislação judicial, mesmo sob um sistema codificado, mas expressou inclusive a sua aprovação como um meio essencial de alinhar a lei com as necessidades de uma comunidade moderna. De fato, Austin deplorou a maneira tímida, tacanha e gradual como os juízes ingleses tinham realmente legislado e seu modo de o fazer sob a capa de frases vagas e indeterminadas[4].

Apesar dessa franca aprovação pelo próprio Austin da legislação judicial, se dirigida para fins adequados, a ser identificada de acordo com a doutrina de utilidade, cumpre

---
3. *Lectures on Jurisprudence* (ed. Campbell), lição VI.
4. *Ibid.*, p. 219.

admitir que um outro aspecto da abordagem de Austin incutiu força adicional ao pressuposto de que não é da conta dos juízes fazerem a lei, mas apenas dizer no que ela consiste. Pois Austin, ao insistir no princípio fundamental do positivismo jurídico de que devemos diferenciar a lei tal como é e a lei como devia ser[5], forneceu a munição essencial para a manutenção de um papel judicial restrito. Os juízes, podia ser e era afirmado (e, de fato, ainda é), não estão preocupados com o que a lei deveria ser, mas apenas com o que ela realmente é. Essa proposição é perfeitamente, ou, pelo menos, defensavelmente judiciosa, como já vimos[6], se a interpretarmos no sentido de que o juiz, uma vez que tenha apurado a regra pertinente de lei, não tem o direito de recusar-se a aplicá-la nem de a mudar porque a desaprova. Mas deixará de ser uma proposição judiciosa se der origem à suposição de que existe uma regra claramente estabelecida e aplicável a todas as situações possíveis, e de que o juiz tem meramente de procurar essa regra e, tendo-a encontrado, aplicá-la mecanicamente ao caso que se lhe apresenta. Além disso, mesmo admitindo, e deve ser admitido, que a lei está permeada de incertezas e obscuridades e que, mesmo quando existe uma regra clara, poderá ser extremamente difícil decidir como aplicá-la a determinados casos, é ainda possível manter o ponto de vista de que essas dificuldades poderiam ser resolvidas por uma análise minuciosa das próprias regras e sua exposição e interpretação de acordo com as regras da lógica e os princípios da semântica. Segue-se, portanto, que o poder da legislação judicial diferia fundamentalmente da verdadeira função legislativa, mediante a qual podiam ser tomadas decisões políticas em favor de novas leis. Pois tal poder estava limitado, de um modo geral, à ela-

---

5. Ver p. 117.
6. Ver p. 122.

boração das implicações lógicas das regras jurídicas e não podia ir além disso, ou, no caso da interpretação de leis estatutárias, além da estrutura semântica de tais instrumentos legais. Some-se a isso o fato de ser tão importante para o judiciário evitar envolver-se em decisões políticas que em casos de incerteza, quando opções tinham de ser inevitavelmente feitas, estas deviam sê-lo mais na base da coerência lógica do que em alguma base manifestamente "extralegal", como o propósito social, a moralidade, a justiça ou a conveniência.

Os limites da legislação judicial

Essa abordagem, embora não isenta de influência, mesmo nos dias de hoje, nunca foi efetivamente seguida pela simples razão de que é não só irrealista e impraticável, mas baseada numa falácia. O papel que os juízos de valor desempenham na tessitura e no desenvolvimento da lei já foi analisado[7], bastando por isso reiterar aqui que as escolhas que envolvem valores formam uma característica essencial de um razoável número de tomadas de decisões. Os juízes, como outros seres humanos, não podem se divorciar dos padrões de valor que estão implícitos na sociedade ou grupo a que pertencem, e nenhuma soma de imparcialidade conscienciosamente aplicada ou ausência judicial de passionalismo conseguirá eliminar a influência de fatores desse gênero. Se, por exemplo, considerarmos como, em tempos modernos, vários campos do direito foram gradualmente moldados por legislação judicial, num esforço para adaptá-los às necessidades sentidas num novo tipo de sociedade industrial, voltada para o bem-estar social, poderemos perceber como pode avançar

---

7. Ver p. 60.

de decisão em decisão, numa lenta e gradual progressão no sentido de pôr em vigor um padrão alterado de valores[7a].

Desenvolvimento do direito de negligência

Esse tipo de desenvolvimento pode ser ilustrado pelo surgimento do nosso moderno direito de negligência. Este resultou de princípios jurídicos formulados antes da Revolução Industrial, quando havia pouco sentido estipular qualquer obrigação social para reparar danos causados fortuita e não intencionalmente, salvo em casos de cometimentos ou relações especiais, como no caso de um cirurgião que realiza negligentemente uma operação ou de um motorista que foi negligente na condução de seu veículo de passageiros. Gradualmente, ao longo dos últimos cem anos, esse repertório de obrigações especiais foi substituído pela aceitação geral do princípio de que deve haver a obrigação de reparação sempre que são infligidos danos por negligência. Numa sociedade como a nossa, há uma exposição constante ao risco de danos em virtude da vasta extensão do uso de maquinaria em todos os aspectos da vida cotidiana e, por isso, desenvolveu-se um forte sentimento de que o bem-estar humano requer, até onde seja praticável, uma distribuição do impacto desse risco a fim de impedir que ele recaia exclusivamente sobre aquele que teve a infelicidade de sofrer o dano. Com efeito, em numerosos casos, os tribunais também estabeleceram a obrigação legal de ressarcir a vítima, mesmo quando não houve falta ou negligência da parte do acusado. Esse princípio foi aplicado não só para escapar a coisas perigosas, como substâncias tóxicas ou explosões resultantes da

---

7a. Para um exemplo recente, ver *Lynch v. D.P.P. of N.I.* [1975], 1 All E.R. 913.

acumulação de tais substâncias ou a realização de operações perigosas, mas, o que é mais importante, a todo o campo da responsabilidade indireta. Um empregador é hoje tido como responsável por atos negligentes de seu empregado, ainda que o próprio empregador possa estar inteiramente inocente.

Essa extensão da lei serve para demonstrar não só o modo como novas diretrizes podem ser gradualmente injetadas na substância do direito, mas também os limites dentro dos quais tal processo pode funcionar. O surgimento do Estado de bem-estar contém o pressuposto de que muitos dos riscos sociais e econômicos resultantes dos desgastes da existência hodierna devem ser tão amplamente distribuídos quanto possível e não se permitir que recaiam somente sobre o infortunado. A idéia de uma época anterior caracterizada por um individualismo mais rígido (quando o infortúnio era quase igualado à responsabilidade do sofredor, que era, portanto, nada mais do que um objeto de caridade a ser aliviado da penúria, mas sem nenhuma reivindicação legal de amparo) foi substituída por uma tentativa parcial de proporcionar direito legal a uma subsistência razoável em relação a muitas das principais contingências da vida humana. Tal medida foi tomada para os casos de doença, acidentes industriais, velhice e a morte de arrimo de família que deixe dependentes sem o seu habitual ganha-pão. Entretanto, é óbvio que, por muito favoravelmente que os tribunais possam desejar reagir em relação a essa mudança geral de atitudes, não compete a eles, mas ao legislativo, introduzirem programas importantes de segurança social, a fim de garantirem os cidadãos contra infortúnios imerecidos.

Além disso, mesmo no contexto daqueles campos do direito em que os tribunais têm margem para ajustar a lei a novas situações, seu âmbito de ação continua algo limitado. Se tomarmos uma das principais atividades dos tribunais ingleses atuais, que é o julgamento de ações instauradas para ressarcimento de danos decorrentes da condução negligente de veículos motorizados em auto-estradas, cumpre ter em mente que todo esse ramo do direito só se tornou tolerável nos tempos modernos graças à intervenção legislativa que impôs a todos os motoristas o seguro obrigatório contra riscos a terceiros. Pois, na ausência de tal seguro, grande parte da indenização cobrável em ações desse tipo não poderia ser paga. Além disso, subsiste a grave lacuna na lei vigente de que tal responsabilidade requer prova de negligência e, portanto, depende de uma avaliação dos fatos em cada caso, até onde possam ser apurados, girando freqüentemente a decisão em torno de uma opinião quanto à interpretação desses fatos, a qual pode diferir substancialmente de um juiz para outro. Poder-se-á argumentar que o que se faz necessário, nesse caso, é uma espécie de seguro social contra os infortúnios dos acidentes de trânsito comparável ao que já existe no campo dos acidentes industriais[7b]. De fato, poderiam ser apresentadas alegações contrárias à idéia geral de ações por danos e prejuízos que, em alguns casos, ascendem a vastas somas que só podem ser satisfeitas por grandes empresas ou uma companhia de seguros. O seguro social deve e pode fornecer uma razoável subsistência em todos os casos; a compensação por lesões sérias ou perda da capacidade de ganhar a vida poderia ficar a cargo de uma modalidade especial do seguro privado, como já ocorre em considerável medida. O argumento de que a possível responsabilidade por graves danos é um importante dissuasor contra a condução descuidada nas vias públicas não chega a convencer, já que as pessoas que não são dissuadidas pelo pensamento de sofrer a morte ou graves ferimentos por uma condução imprudente dificilmente serão influenciadas pelo risco financeiro provocado por sua conduta. Também pode ser dito que é mais

---

7b. Ver p. 181.

função do direito penal do que do direito civil atuar como dissuasor, visto que, à parte tudo o mais, a punição pode ser aplicada para ajustar-se ao crime, ao passo que na ação cível por danos a terceiros, o dano sofrido, pelo qual uma indenização seria arbitrada, não tem relação alguma com o grau de culpabilidade.

Seja como for, uma coisa está perfeitamente clara e é que não cabe no poder ou na função dos tribunais avaliar todas essas considerações e decidir a substituição ou não de um código de responsabilidade baseado na reparação por danos e perdas resultantes de negligência pela criação de um sistema de seguro social. Na verdade, tampouco é desejável que os tribunais sejam investidos de qualquer dessas funções, pois não estão equipados para avaliar grandes programas de reforma social enquanto se dedicam a decidir pleitos cotidianos entre partes. Entretanto, existe margem para introduzir importantes mudanças na lei por meio de decisões judiciais, como já vimos no caso da vasta ampliação dos critérios legais de negligência e de responsabilidade indireta. Os tribunais poderiam, caso tivessem se interessado, ter levado a legislação muito mais além. Por exemplo, se decidissem que os veículos motorizados eram perigosos e impunham estrita responsabilidade aos seus usuários sem prova de negligência, ou estabelecendo que não cabe a uma pessoa acidentada provar que o motorista foi negligente, mas, pelo contrário, que recai sobre o motorista o ônus de estabelecer que estava conduzindo adequadamente e com todo o cuidado devido. Se tais mudanças na lei seriam desejáveis é claramente passível de discussão; o nosso objetivo aqui é meramente sublinhar que existem muitas maneiras em que os tribunais têm liberdade de fazer certas opções de caráter importante, opções essas que são suscetíveis de serem muito afetadas pela visão que os juízes tenham das finalidades sociais do direito e do modo como essas finalidades podem ser mais bem alcançadas.

Nos dias atuais, os critérios de negligência encontram-se num estado incerto de desenvolvimento no que se refere ao grau em que a lei deve estipular compensação para prejuízos meramente financeiros, em contraste com os danos físicos. Suponhamos, por exemplo, que um perito fizesse a avaliação de uma certa propriedade sabendo que ela seria usada por alguém como base para decidir se investiria ou não seu dinheiro. Essa avaliação seria feita de modo tão negligente que exageraria substancialmente o valor da propriedade e, por conseguinte, o investidor perderia dinheiro. Num caso típico[8], foi sustentado que, na ausência de um contrato entre o perito avaliador e o investidor, nenhuma ação será cabível, embora o lorde-juiz Dennin, num parecer discordante, exprobrasse vigorosamente a timidez das atitudes judiciais que tolhiam o caminho do que ele considerava ser um desenvolvimento socialmente desejável da lei, no âmbito da legislação judicial. Um outro aspecto dessa decisão envolveu a questão sobre se, em qualquer eventualidade, o critério legal de negligência abrangia declarações, orais ou escritas, opostas à conduta que resultara concretamente em lesões físicas. Também neste caso se percebe que o judiciário está diante de uma possibilidade definida de escolha entre sustentar que a responsabilidade se estende ou não a palavras negligentes, em oposição a outra conduta. Em que base pode ele escolher entre essas alternativas? É claro, como veremos, num sistema que aceita a regra do precedente vinculatório, uma sentença prévia de um tribunal superior pode ser decisiva. Isso, porém, equivale a dizer apenas que, nesse caso, não existe realmente escolha. Quando não existe tal precedente, ou os casos previamente decididos são de duvidosa amplitude e interpretação, o tribunal tem de deci-

---

8. *Candler v. Crane, Christmas & Co.* [1951], 2 K.B. 164.

dir de uma forma ou de outra[9]. Por que processo poderá ele chegar a tal decisão? Isto leva-nos de volta à questão sobre se a lógica ou a consistência lógica pode, de algum modo, resolver o problema sem necessidade de recorrer a qualquer espécie de considerações normativas. Como já arriscamos a opinião de que essa idéia se baseia numa falácia, resta dizer algo mais sobre a natureza geral do raciocínio jurídico, a fim de tentarmos justificar essa opinião.

A natureza do raciocínio jurídico

Comecemos por tratar do caso do tribunal que depara com o problema que acabamos de examinar, ou seja, que existe uma regra reconhecida segundo a qual uma pessoa é passível de compensar qualquer outra por danos pessoais resultantes de seus atos negligentes, mas que existem dúvidas sobre se essa responsabilidade abrange o uso de palavras negligentes, escritas ou faladas, ou a mera perda financeira, sem que qualquer dano físico tenha acontecido. De que modo um tribunal enfrentará problemas desse tipo? Em que sentido o seu modo de raciocinar lhe é peculiar? Em que medida o seu raciocínio se assemelha ao modo como todos nós raciocinamos em nossos assuntos cotidianos?

---

9. Foi sustentado, desde então, pela Câmara dos Lordes, desaprovando o caso *Candler*, que pode haver responsabilidade por declarações negligentes e por prejuízos puramente financeiros delas resultantes (ver *Hedley Byrne Ltd. v. Heller* [1964] A.C. 465). Foi reconhecido, entretanto, que não existia uma exata analogia entre "palavras" e "fatos", pelo que a responsabilidade pelos últimos teria de depender de considerações especiais em comparação, por exemplo, com a responsabilidade por artigos defeituosos. Além disso, embora o prejuízo puramente financeiro possa ser recuperável em tais casos, não foi sugerido que o prejuízo econômico tenha de receber sempre a mesma proteção que danos causados à pessoa ou propriedade. Ver também *Mutual Life Assurance v. Evatt* [1971] I AII E. R. 150.

Em primeiro lugar, é evidente que a mera lógica ou consistência lógica não pode, em si mesma, fornecer uma solução definitiva para esse tipo de problema. Nada existe na lógica que nos force a inferir que, pelo fato de uma regra impor a responsabilidade por *atos* negligentes, essa regra deva estender-se, portanto, a *declarações* negligentes; ou que uma regra que cria responsabilidade por negligência causadora de danos físicos deve necessariamente ampliar-se a danos pecuniários sem nenhum envolvimento físico. No máximo, poderemos dizer que o raciocínio jurídico, como o raciocínio cotidiano, apóia-se substancialmente no argumento por analogia. A mente humana possui uma disposição natural para tratar casos semelhantes de forma semelhante, e essa tendência, como já vimos, desempenha um importante papel no funcionamento dos princípios de justiça[10]. O que constitui casos semelhantes, porém, embora em alguns casos seja relativamente fácil de resolver, pode em outros dar azo a consideráveis dúvidas. Em relação à responsabilidade por atos negligentes, há pouca dificuldade em aceitar o fato de que a regra se aplica à condução de um veículo de qualquer tipo ou a pôr qualquer máquina em movimento. O fato de que esses são "atos" parece óbvio para esse propósito e virtualmente ninguém o discute. Mas o que dizer das *omissões*, ou seja, das *ausências* de atos ou inexistência de ação? Por exemplo, vejo alguém preparando-se para escalar um caminho íngreme que sei ser perigoso, mas não o aviso do perigo que corre. Ou sou um bom nadador e vejo uma criança afogando-se num tanque cheio de água, mas nada faço para salvá-la. Este tipo marginal de problemas não pode ser resolvido simplesmente mediante o exame das implicações lógicas ou semânticas da palavra "ato", ou mesmo pela tentativa de avaliar se existe qualquer analogia

---

10. Cf. pp. 140-1.

decisiva entre conduzir negligentemente um carro ou deixar negligentemente de salvar uma criança que se afoga. Pois tanto a lógica quanto a semântica não podem ditar que inferência deveremos aduzir ou como aplicaremos palavras a casos duvidosos, e a mera analogia pouco nos ajuda em casos que são tão díspares que sua óbvia semelhança não causa um impacto imediato em nossas mentes[11].

Isso significa que, em todos esses numerosos casos de dúvida e incerteza que surgem na aplicação de regras legais, os tribunais têm realmente livre escolha na matéria e chegam a decisões meramente arbitrárias? Quem estudar as sentenças elaboradamente argumentadas de tribunais ingleses deve ficar surpreendido, se não chocado, ao ler que estigmatizamos como arbitrárias essas conclusões tão cuidadosamente ponderadas. Elas não são mais arbitrárias, e usualmente, na verdade, são muito menos do que as decisões que tomamos em outros assuntos não jurídicos da vida cotidiana. Se examinamos quem deveríamos nomear para um determinado cargo ou aonde ir em nossas férias de verão, podemos colocar uma porção de nomes em vários pedaços de papel num chapéu e retirar apenas um, a fim de obter a resposta. Tal procedimento seria indubitavelmente considerado arbitrário na plena acepção da palavra, uma vez que a nossa escolha é simplesmente deixada à seleção aleatória. Na prática, é mais provável que examinemos o leque de escolhas que estão razoavelmente ao nosso dispor e tentemos avaliar os méritos e deméritos de cada alternativa possível em face das demais, à luz dos fatos e experiência prévia que possuímos, além de sermos guiados pelos objetivos que desejamos alcançar. E embora no final seja feita uma escolha definitiva

---

11. O direito inglês recusa-se a impor qualquer obrigação geral de resgatar ou ajudar uma pessoa em perigo, mas muitos outros sistemas jurídicos reconhecem tal obrigação.

e, num certo sentido, continuemos livres depois que todos os argumentos foram esmiuçados para aceitar qualquer candidato ou rumar para qualquer estação de veraneio do globo, na prática um procedimento desse tipo é o inverso de arbitrário, já que envolve uma investigação racional de alternativas, culminando, freqüentemente, numa decisão bastante clara em favor de uma alternativa em lugar de qualquer outra[12].

Portanto, em termos gerais, o modo como os advogados argumentam seus casos obedece a um padrão semelhante ao da vida cotidiana, e isso não pode causar surpresa, pois o direito é uma ciência prática que lida com problemas cotidianos e se expressa e é argumentada na linguagem comum. É certo que os advogados, como outros profissionais ou grupos de especialistas, tendem a criar no interior dessa linguagem um certo jargão esotérico próprio. Essa criação de um jargão especialista é uma ferramenta necessária de qualquer ciência que queira alcançar um maior grau de precisão e definição do que a vida corrente exige, embora possa também produzir conseqüências perniciosas, sobretudo na esfera que se ocupa dos problemas cotidianos. Pois o perigo é de que certas soluções irreais e meramente terminológicas possam desenvolver-se em relação a situações em que podem ser levados em conta outros fatores. Daremos mais adiante alguns exemplos ilustrativos disso, quando passarmos a examinar em maior detalhe a influência do pensamento conceptual sobre problemas jurídicos[13].

O advogado aplica à solução de seus problemas uma terminologia especializada que freqüentemente o habilita a examinar com mais precisão o processo de diferenciação e

---

12. Ver C. Perelman, *The Idea of Justice and the Problem of Argument* (1963), e J. Wisdom, *Philosophy and Psycho-Analysis* (1953), especialmente pp. 157-8 e 249-52. Cf. *Home Office v. Dorset Yacht Co.* [1970] A. C. 1004.

13. Ver p. 373.

escolha que funciona geralmente na tomada de decisão. Mas o advogado também domina outros e igualmente valiosos auxiliares para chegar a decisões. Ele possui um procedimento elaborado que é regido por regras estritas, por meio das quais as decisões finais num caso podem ser rigorosamente definidas, e as matérias irrelevantes excluídas, todos os argumentos pertinentes pró e contra uma certa decisão podem ser ordenados de forma sistemática, e todos os pontos de vista diferentes podem ser apresentados, se for necessário ou desejado, por representantes legais peritos na arte de reunir argumentos e apresentá-los da maneira mais persuasiva.

Analogias e juízos de valor

Além disso, quando se trata de decisões sobre pontos da lei, existe na maioria dos sistemas jurídicos um vasto repertório de casos previamente decididos e documentados, com o raciocínio usado para essas decisões sistematicamente exposto nos arquivos judiciais. Esses casos podem não fornecer sempre uma resposta à altura para o problema que o tribunal enfrenta agora, mas propiciam freqüentemente pistas ou diretrizes quanto às considerações necessárias para serem levadas em conta e os tipos de solução disponíveis.

No exame dessas decisões anteriores, os advogados prestarão a maior atenção às analogias que podem ou não apresentar para o caso que o tribunal está considerando agora. E, ao convidarem o tribunal a ponderar essas analogias, aqueles que argúem o caso em nome das diferentes partes litigantes procurarão explorar as implicações do tratamento semelhante de casos semelhantes, se essas analogias foram aceitas ou rejeitadas. A finalidade de tal advocacia pode ser, por exemplo, mostrar que, se uma certa analogia é aceita, ela poderá acarretar conseqüências lamentáveis em outros casos nem fácil nem racionalmente distinguíveis do caso em pauta. Assim, no caso *Candler* a que já nos referimos[14], todos os recursos e expedientes jurídicos foram usados para defender a tese de que uma sentença em favor do queixoso poderia ter o efeito de impor responsabilidade a um cartógrafo que cometeu um erro em uma de suas cartas náuticas pela perda de um transatlântico, na qual o piloto confiara. Este argumento parece ter tido algum peso na sentença final por maioria nesse caso. Cumpre ter em mente, porém, que se é considerado desejável responsabilizar ou não o cartógrafo é um juízo de valor que depende de uma avaliação dos fins sociais e padrões éticos. É por essa razão que nenhuma soma de apresentação racionalizada do chamado argumento lógico pode eliminar a necessidade de opções a fazer, as quais podem depender e, com freqüência, dependem largamente de tais avaliações, sejam elas conscientes e deliberadas ou não.

Os tribunais procuram muitas vezes minimizar ou esconder o elemento de escolha consciente que envolva juízos de valor em suas decisões. O motivo dessa atitude não é um desejo de mistificação ou uma tentativa de aparentar que o direito é uma ciência completamente racional e concreta, capaz de resolver todos os problemas mediante pura inferência lógica. O que é sentido com razoável vigor pela maioria das profissões jurídicas criadas nas tradições do racionalismo ocidental é que existem – e devem existir – limites muito definidos para a amplitude em que juízes e tribunais devem ser tratados como livres para alterar a lei, direta ou indiretamente, sob o disfarce de a desenvolver ou redefinir. A existência nos países ocidentais de legislativos regularmente constituídos faz com que a divisão entre o ato de legislar e a interpretação judicial da lei pareça inteligível e justificável, e

---

14. Ver p. 336.

pensa-se que o exercício da circunspeção judicial é conducente à preservação da independência do judiciário. Por conseguinte, mesmo quando os tribunais estão manifestamente fazendo lei por suas decisões, eles tendem a furtar-se a confessar abertamente demais o que estão fazendo, no temor de serem acusados de usurpar as funções do legislativo. Daí uma tendência por parte dos tribunais a minimizar o elemento de escolha consciente em suas decisões e a expor seu raciocínio e argumentação na forma de deduções lógicas com base em regras já bem estabelecidas. De qualquer modo, a forma inexorável como a legislação de origem judicial mudou e se desenvolveu de geração em geração revela que isso constitui, em grande parte, uma fachada de continuidade. Contudo, também contém uma importante verdade, a saber, que por sua própria natureza, lidando com litígios esporádicos à medida que eles surgem, a legislação feita por juízes é, necessariamente, um processo muito gradual e que funciona não mediante reformas amplas e de grande alcance, mas, na frase de Holmes, "intersticialmente", ou seja, realizando pequenas inserções aqui e ali, de tempos em tempos, no vasto e intricado edifício do sistema jurídico.

O efeito da "política pública"

Tão inabalável é a relutância dos juízes em admitir que sua função esteja, de algum modo, poluída por decisões políticas – uma vez que sua obrigação é dizer o que a lei é e não o que devia ser – que o leigo pode surpreender-se ao encontrar o uso ocasional do conceito de "política pública" em casos de lei comum, ou de seu equivalente aproximado[15],

---

15. Ver Dennis Lloyd, *Public Policy: A Comparative Study in English and French Law* (1953).

"moral e ordem pública", em decisões de juízes cíveis. Entretanto, a própria cautela com que esses conceitos são empregados, especialmente nas juridições de lei comum, demonstra à sociedade a relutância profundamente sentida em exibir poderes legiferantes judiciais. Na Inglaterra, por exemplo, essa idéia de política pública é principalmente usada como um meio muito limitado de aliviar o tribunal da obrigação de fazer respeitar contratos que são formalmente válidos, mas ofendem consideravelmente o sentido de moralidade ou justiça do tribunal, embora não envolvam nenhuma ilegalidade real. A doutrina tem sido aplicada a acordos que envolvem imoralidade sexual, assim como um certo número de outros tipos de casos, sendo talvez os mais importantes os acordos de restrição indevida à livre concorrência, por exemplo, uma cláusula num contrato de emprego que impõe uma excessiva e ilegítima restrição a um empregado de aceitar um cargo numa empresa concorrente depois que seu emprego tenha cessado.

A política pública foi descrita por um juiz do começo do século XIX como "um cavalo muito rebelde que pode levar seu cavaleiro sabe-se lá para onde[16], e esta sentença, somada à advertência mais recente de que isso é "uma base muito instável e perigosa para construir até que se obtenha segurança por decisão"[17], vem sendo regularmente repetida na maioria dos casos modernos em que essa doutrina é invocada. Além disso, em alguns dos casos existem expressões judiciais de opinião de que as categorias de política pública estão agora encerradas para sempre e de que o tribunal não pode, ainda que quisesse, criar uma nova vanguarda da política. Propomo-nos agora examinar em maior detalhe essa

---

16. Burrough, J., em *Richardson v. Mellish* (1824) 2 Bing., p. 252.
17. *Janson v. Driefontein Consolidated Mines* [1902] A.C. 484, p. 507, por lorde Lindley.

O PROCESSO JUDICIAL 345

controvérsia algo estéril, a qual gravita claramente em torno da questão sobre até que ponto as categorias existentes são suscetíveis de definição exata. Pois como outras formas de legislação judicial, a extensão dessas categorias não pode, como vimos, ser resolvida por demonstração puramente lógica ou semântica. O que se destaca com suficiente clareza é a atitude judicial de hostilidade em relação a qualquer sugestão de que esse campo comparativamente secundário da política possa ser usado como um meio de ampliar, em qualquer grau significativo, a função judicial.

É claro, pode ser validamente sublinhado que, num certo sentido, sempre que um tribunal cria uma nova regra ou estabelece uma nova aplicação de uma antiga, essa decisão, na medida em que se assenta num juízo de valor quanto ao que a necessidade social ou a justiça exige, é realmente uma exposição da avaliação do tribunal das necessidades de política pública. Isso continua sendo um testemunho do forte sentido de comedimento que motiva a maioria dos tribunais, o fato de essa doutrina só muito raramente ser invocada em tais casos e, mesmo assim, principalmente nos casos em que o elemento público e social é extremamente forte, como, por exemplo, em ações matrimoniais.

A força vinculatória do precedente

Até aqui, partimos do princípio de que os tribunais reportar-se-ão inevitavelmente e tomarão em consideração decisões passadas, mas sem qualquer implicação de que eles estejam necessariamente obrigados a seguir tais decisões. É aí que encontramos uma característica nítida do sistema de direito consuetudinário, ou seja, que, em certos casos, as decisões prévias são realmente vinculatórias para tribunais que têm de julgar subseqüentemente processos semelhantes.

Isto está em nítido contraste com os sistemas de direito civil da Europa continental, os quais não tratam a lei baseada em prévias decisões judiciais como vinculatória para processos subseqüentes. Neste ponto, algo precisa ser dito a respeito das razões para essa diferença de abordagem; o modo de funcionamento dos dois sistemas; e seus respectivos méritos e deméritos.

A abordagem de direito consuetudinário

As razões para a diferença de abordagem são predominantemente históricas. O sistema inglês de direito consuetudinário desenvolveu-se como uma compacta tradição profissional dentro das Escolas de Direito, cujos membros eram os repositórios de toda a aprendizagem jurídica que a profissão podia reunir. Desde os tempos mais recuados, os juízes régios eram considerados as verdadeiras fontes e os expositores do princípio e suas sentenças, devidamente arquivadas, na decisão de ações judiciais, desfrutavam de uma auréola de venerabilidade e autoridade peculiares. No começo, não era traçada uma distinção clara entre sentenças que eram vinculatórias e outras que eram meramente persuasivas, mas, gradualmente, foi desenvolvida a doutrina, sobretudo quando um modo mais científico de expor casos se desenvolveu no século XVIII e começo do século XIX, segundo a qual, em certas circunstâncias, as sentenças proferidas eram totalmente vinculatórias em casos subseqüentes. Além disso, essa duradoura tradição de tratar as opiniões judiciais como pronunciamentos jurídicos peremptórios coloriu toda a atitude dos tribunais e advogados de direito consuetudinário em relação ao desenvolvimento da ciência jurídica. Assim, em países de direito consuetudinário, a exposição e o desenvolvimento de princípios jurídicos são considerados dentro da alçada específica dos tribunais superiores e esse processo é auxiliado pelo comparativo detalhe e apuro dos acórdãos sobre pontos de lei, tal como são lavrados em jurisdições sob a égide do direito consuetudinário. Assim, desenvolveu-se a prática, quando surgem novos pontos, de o tribunal apresentar uma completa exposição da lei, incluindo um cuidadoso reexame crítico de anteriores decisões judiciais pertinentes, explicando, distinguindo ou aplicando tais decisões ao caso *sub judice*. E até mesmo os pareceres judiciais, quer sejam casualmente expressos como *obiter dicta* quer mais cuidadosamente ponderados, revestem-se de um alto grau de autoridade persuasiva sob o sistema inglês. Por outro lado, a exposição da lei por autores especializados em tratados ou em revistas recebe muito menos atenção e, de fato, até data recente, era virtualmente ignorada pelos tribunais, exceto no caso de meia dúzia de livros que se tornaram sacrossantos por sua antiguidade e pelo elevado prestígio de seus autores. Cumpre reconhecer que, em anos mais recentes, surgiram indícios de alguns ventos de mudança soprando de uma ponta à outra do sistema, sobretudo em conseqüência do desenvolvimento, em tempos modernos, de uma tradição erudita de estudos jurídicos nas universidades do mundo de direito consuetudinário. Isso acarretou um grande progresso no caráter científico dos compêndios e tratados de direito comum, e o desenvolvimento de uma extensa literatura jurídica em revistas especializadas de direito. Desse modo, foi dada uma definida, ainda que limitada, contribuição à apresentação científica e ao desenvolvimento do direito por fontes extrajudiciais, embora essa tendência tenha progredido muito mais nos Estados Unidos, com seu grande florescimento de faculdades de direito, do que na Inglaterra ou na Comunidade em geral.

A abordagem do direito civil

Na Europa continental, por outro lado, o direito desenvolveu-se a partir de seus alicerces no direito romano, por intermédio de uma tradição erudita e de raízes universitárias. Embora os pronunciamentos de alguns tribunais de grande autoridade pudessem ser considerados especialmente influentes – por exemplo, os do antigo *Parlement de Paris*, sob a monarquia francesa –, de um modo geral a exposição e o desenvolvimento de princípios legais foram considerados a província dos eruditos professores e autores de direito e não dos tribunais, aos quais cabia muito menos a tarefa de expor e desenvolver o direito do que a de aplicar a lei a casos particulares. Só em época relativamente moderna é que os informes regulares sobre as decisões em casos judiciais começaram a ser introduzidos nos sistemas europeus de direito civil e ainda hoje as sentenças de tribunais europeus tendem a ser breves, com pouca exposição ou citação de autoridades anteriores, embora isto se aplique mais aos países que adotam o modelo francês do que àqueles que adotam o alemão. Além disso, em todos os países do continente europeu, as sentenças de tribunais, exceto em suas instâncias mais altas, não desfrutam da espécie de reverência que um pronunciamento de sentença judicial desperta *eo ipso* numa jurisdição de direito consuetudinário. E mesmo no sistema moderno, a profissão jurídica ainda recorre aos comentários eruditos e tratados de direito para a exposição científica de princípios legais e, portanto, eles continuam desfrutando de um *status* de autoridade excepcional, mesmo em face de decisões concretas de tribunais. Entretanto, também nessa área existem certos sinais de mudança, e a tendência na maioria dos países de direito civil, se não em todos, é para que sejam relatados cada vez mais casos e para que um peso crescente seja atribuído às decisões judiciais como expressões competentes dos princípios jurídicos suscetíveis de serem aplicados em outros casos.

O "status" dos juízes

Acrescente-se que grande parte da autoridade desfrutada pelo precedente no direito consuetudinário promanou do elevado *status*, independência e substanciais salários conferidos ao judiciário em países de direito consuetudinário. Isso também contrasta com a posição social acentuadamente mais baixa de que os juízes gozam, percebendo salários relativamente modestos mesmo no nível supremo da magistratura, em países de direito civil[17a], o que inevitavelmente tende a desvalorizar o *status* de autoridade de seus pronunciamentos, mesmo quando proferidos *ex cathedra*. Não se pode deixar de reconhecer que o *status* excepcionalmente elevado do judiciário na Inglaterra é muito mais facilmente mantido em conseqüência do número muito pequeno de membros do judiciário nas instâncias mais altas, ao passo que nos países de direito civil os juízes são muito mais numerosos. Essa situação excepcional é possibilitada pelo grande montante de questões judiciais conduzidas na Inglaterra por juizados leigos ou por tribunais especiais. Nos Estados Unidos, por outro lado, em virtude das dimensões do país e de sua jurisdição separada em cada estado da União, além da jurisdição federal, o judiciário é muito numeroso e, por conseguinte, não atinge uniformemente o

---

[17a]. Em resultado de circunstâncias econômicas no Reino Unido, os níveis judiciais de salários (sobretudo se considerados líquidos deduzidos os impostos) já não são tão conspicuamente superiores, em termos relativos, quanto eram antes.

mesmo prestígio em toda a sua escala hierárquica, mesmo nas instâncias superiores. Isso, somado ao enorme volume de casos americanos relatados, explica, sem dúvida, em grande medida, o declínio na reverência conferida às decisões judiciais *per se* e a crescente influência de tratados e outras exposições e comentários científicos sobre o desenvolvimento do direito norte-americano.

Como funciona o sistema de direito consuetudinário

Algumas palavras devem ser agora ditas acerca do funcionamento do sistema de precedente. Na Inglaterra, foi desenvolvido um sistema bastante rígido com a consolidação da hierarquia dos tribunais no decorrer do século XIX. Em traços largos, as principais regras em prática são as seguintes: uma decisão de um tribunal superior é vinculada para todos os tribunais de instância inferior na hierarquia[17b]. Além disso, a divisão cível[17c] do Tribunal de Apelação trata suas próprias decisões como vinculatórias em si mesmas e estas só podem ser revogadas pela Câmara dos Lordes. A própria Câmara dos Lordes, embora seja o supremo tribunal do país, também sustentou (até 1966, quando mudou de idéia) que estava vinculada às suas decisões antecedentes. Excetuando isso, qualquer pronunciamento judicial por qualquer dos tribunais superiores (mesmo de um único juiz da Corte Suprema com assento na primeira instância) é considerado merecedor da maior atenção e só será posto de lado após cuidadosa análise das razões para tanto – e mesmo

---

17b. Ver *Cassells v. Broome* [1972] A.C. 1027.

17c. O antigo Tribunal de Apelação Criminal (hoje a divisão criminal do tribunal de Recursos) era menos rigoroso.

assim com hesitação. Uma atitude analogamente estrita em relação ao precedente predomina em outros países da Comunidade britânica, mesmo naqueles que, como a África do Sul, não receberam o direito consuetudinário como tal – embora, neste último caso, o supremo tribunal sempre se tenha atribuído o poder de revogar suas decisões anteriores. Nos Estados Unidos, a atitude em relação ao precedente é mais flexível, embora as decisões de tribunais superiores sejam consideradas geralmente vinculatórias para os de instâncias inferiores na hierarquia. Por outro lado, o Supremo Tribunal Federal reivindica o direito, que freqüentemente exerce, de rever suas decisões anteriores e de se afastar delas se lhe parecerem mais tarde erradas ou inadequadas às novas condições em que a lei tem de funcionar.

A "ratio decidendi" de um caso

O fato de que os tribunais de lei consuetudinária, em certas circunstâncias, consideram os precedentes vinculatórios, torna obrigatório para eles apurar que elemento particular de uma decisão anterior é vinculatório, para que ele possa ser distinguido de outros elementos que podem ser meramente persuasivos. A parcela da decisão que é vinculatória é referida, por vezes, como uma *ratio decidendi*, isto é, a razão para decidir. A idéia subjacente é que todo o caso que aplica a lei a um dado conjunto de fatos é animado por um princípio legal que é necessário para chegar à decisão, e esse princípio é que constitui o elemento vinculatório no caso. Por exemplo, suponhamos que um tribunal tem de decidir pela primeira vez se a entrega de uma carta no Correio equivale à aceitação válida de uma oferta, de modo a criar um vínculo contratual em lei entre o remetente e a repartição, mesmo que a carta se extravie no Correio e nunca chegue ao seu destinatário. O tribunal sustenta a validade do contrato, tratando a postagem da carta como uma aceitação. Essa decisão envolve a proposição jurídica de que uma oferta pode ser efetivamente aceita ao ser postada uma carta e essa proposição é *necessária* à decisão, sem a qual o tribunal não poderia ter sustentado a validade do contrato. Por conseguinte, deve ser considerada a *ratio decidendi* do caso. Isso não significa necessariamente que a *ratio* seja sempre encontrada no enunciado da regra que se apresenta na sentença do tribunal como a aplicada a um determinado caso. Pois também é um outro princípio estabelecido que os casos só são vinculatórios em relação a outros casos que sejam exatamente semelhantes. Em outros casos que não são precisamente semelhantes, o tribunal terá de optar entre estender ou não a analogia a outras circunstâncias que não correspondem exatamente àquelas sobre que se lavrou uma sentença anterior, de acordo com as diretrizes já discutidas anteriormente neste capítulo[18]. Portanto, um tribunal subseqüente poderá concluir, após um exame minucioso da sentença anterior, que o princípio orientador foi enunciado de maneira incorreta, ou amplamente demais, ou limitadamente demais, e poderá ter ele próprio de elucidar qual era, de fato, a *ratio* orientadora do julgamento anterior. Esse processo poderá tornar-se muito complexo e difícil quando o julgamento prévio foi em apelação, com três ou mais pareceres distintos, cada juiz enunciando em termos diferentes o que em seu entender é o princípio jurídico orientador no caso.

    Além disso, muito pode depender da atitude do tribunal da instância superior em face da decisão anterior. O tribunal subseqüente pode adotar um ponto de vista favorável ao princípio consubstanciado num caso anterior e estar dispos-

---

18. Ver p. 341.

to a aplicá-lo amplamente em quaisquer situações análogas. Foi isso que aconteceu depois que a decisão majoritária da Câmara dos Lordes, em 1932[19], estabeleceu a obrigação de um fabricante de produtos de ter razoável cuidado em assegurar que os seus produtos não se encontrassem em condições suscetíveis de acarretar danos aos consumidores potenciais. Esse caso envolveu tão claramente uma regra judiciosa que ela foi tratada como possuidora da mais vasta aplicação. Portanto, foi rapidamente consagrada como expressão da essência do critério legal de negligência, ao impor uma obrigação geral de cuidado sempre que se possa prever razoavelmente, pela conduta de qualquer pessoa, a possibilidade de causar danos físicos a outrem. Por outro lado, se o resultado de uma decisão vinculatória for mais tarde visto de modo desfavorável, os tribunais subseqüentes podem empenhar-se em limitá-lo rigorosamente aos "seus próprios fatos" e assim, mediante algumas distinções sutis (que o leigo e, na verdade, muitos advogados, encaram como "bizantinismo"), darem ao caso anterior um campo muito limitado de operação ou tirá-lo virtualmente de circulação. Desse modo, por exemplo, duas incursões maciças foram feitas em duas doutrinas estabelecidas, mas impopulares, do antigo direito consuetudinário, ou seja, as regras segundo as quais numa ação por negligência, qualquer grau de negligência pelo próprio acusado que contribuísse para o acidente invalidaria a totalidade de suas alegações, e que um patrão não é responsável pelos danos causados em seu empregado por negligência de um colega deste último. Não obstante, essas duas doutrinas ainda mantiveram um papel ingrato, embora declinante, por muitas décadas, até que o Parlamento finalmente aboliu ambas há poucos anos.

---

19. Em *Donoghue v. Stevenson* [1932] A.C. 562.

O ponto de vista "realista"

Já fizemos referência ao ponto de vista dos realistas norte-americanos de que o que importa em lei é menos o que os tribunais *dizem* do que o que *fazem*[20]. Esta abordagem ganha certa plausibilidade quando se estuda o modo como os tribunais se esforçaram por evitar o que consideram as implicações mais infelizes de decisões anteriores. E embora esse processo seja certamente ilustrado com maior facilidade pela literatura jurídica norte-americana do que pela inglesa, não é difícil encontrar alguns exemplos em casos ingleses. Tampouco a regra mais rigorosa de precedente vinculatório na Inglaterra elimina esse processo, já que os tribunais retêm sempre o poder de distinguir um caso de um outro, e os pleitos judiciais, tal como a natureza, raramente se repetem em termos idênticos. Além disso, mesmo no caso de precedentes vinculatórios, os tribunais reconhecem uma doutrina de ressalva, segundo a qual o caso anterior pode ter passado por alto algum ponto contido numa lei ou num outro precedente vinculatório, de modo que a decisão original foi lavrada *per incuriam* e, portanto, ainda está sujeita a revisão[21]. Todo um repertório de regras e sutis distinções foi montado sobre essa base e, por conseguinte, proporciona aos tribunais novos caminhos de evasão, em alguns casos em que a estrada principal parece estar cortada por sólidas barricadas.

Como funciona o sistema de direito civil?

Passando agora ao funcionamento do sistema de precedente em países regidos pelo direito civil[22], subsiste geral-

---

20. Cf. pp. 266-7.
21. Ver *Young v. Bristol Aeroplane Co.* [1944], K. B. 718.
22. A contribuição de autores jurídicos para o desenvolvimento do direito é reconhecida muito mais livremente em países de direito civil do que nos de direi-

mente o princípio teórico de que as decisões, em casos individuais, não são em si mesmas vinculatórias, mas apenas constituem uma linha de decisões que coloca um princípio acima de controvérsia. Além disso, o grande número de tribunais e juízes nos países da Europa continental tornaria inteiramente inviável, em qualquer caso, traduzir a atitude rigorosamente hierárquica do direito consuetudinário, uma característica que também transformou a atitude norte-americana em relação ao precedente, apesar de suas origens no direito consuetudinário. Entretanto, não convém exagerar essas distinções teóricas, pois fortes tendências estão agindo nos sistemas de direito civil no sentido de tratar os precedentes judiciais, se não como absolutamente vinculatórios, pelo menos como contendo opiniões autorizadas que outros tribunais, especialmente os de instância inferior, se mostrarão relutantes em ignorar. Isso também se conjuga com a acentuada disposição de tratar uma decisão de um tribunal superior, como a *Cour de Cassation* na França, como completamente vinculatória para todos os outros tribunais. Entretanto, o que os sistemas de direito civil não estão preparados para aceitar é que os tribunais de apelação sejam impedidos de rever suas próprias sentenças anteriores.

Crítica da doutrina de direito consuetudinário

Este último ponto leva-nos a considerar que mérito pode ser discernido na regra estrita de precedente desenvolvida pelo direito consuetudinário. O principal argumento a seu favor é que ela confere certeza à aplicação da lei, mas, mesmo sem as investidas dos realistas, podemos reconhecer

---

to consuetudinário (com exceção dos Estados Unidos). De fato, porém, mesmo na Inglaterra, tem sido muito mais significativa do que geralmente se supõe.

que tal certeza é algo ilusória, tendo em vista a habilidade dos tribunais para "distinguir" suas decisões das lavradas por seus predecessores. Os argumentos contrários à adoção do precedente vinculatório assentam principalmente na inconveniência de tribunais superiores, especialmente o mais alto de todos, como a Câmara dos Lordes, estarem rigidamente obrigados a aderir às suas próprias decisões anteriores, por mais equivocadas ou indesejáveis que elas pareçam agora ser. De fato, é muito duvidoso até que ponto uma leve certeza adicional adquirida pela retenção de um mau precedente – leve, porque até os casos da Câmara dos Lordes podem caracterizar-se por terem caído virtualmente no esquecimento[23] – pode compensar o dano causado pela perpetuação de uma regra inteiramente discutível, mas estabelecida. Tampouco a história da reforma do direito na Inglaterra sugere que a viabilidade de reforma por Ato do Parlamento seja sempre um substituto eficaz. O Parlamento levou praticamente um século para introduzir as mudanças muito simples acarretadas pela abolição das duas doutrinas bastante perniciosas (a que já nos referimos) da negligência contributiva e do emprego comum.

Códigos e interpretação estatutária

Um contraste notório entre os sistemas de direito consuetudinário e os de direito civil é que estes últimos, em tempos modernos, apoiaram-se substancialmente numa codificação racionalizada dos princípios básicos de direito, ao passo que a lei consuetudinária ainda considera a codifica-

---

23. Ver, por exemplo, o tratamento dado a *Elder Dempster & Co. v. Paterson, Zochonis & Co.* [1924], A.C. 552, no caso subseqüente de *Scruttons Ltd. v. Midland Silicones Ltd.* [1962], A.C. 446.

ção estranha às suas tradições de desenvolvimento gradual e empírico. O direito civil iniciou-se com o código romano de Justiniano e sua tradição universitária favoreceu sempre a racionalização sistemática. Nos tempos modernos, o principal impulso proveio de um desejo de unificação das leis e da eliminação de variações locais em instituições e regras jurídicas no interior de um mesmo país. Napoleão deu o exemplo e o modelo com o seu famoso Código Civil de 1804 e, desde então, a maioria dos países civilistas basearam sua própria codificação no modelo francês ou no mais elaborado código civil alemão finalmente promulgado em fins do século XIX.

Alguns esforços esporádicos de codificação de tópicos específicos foram realizados na Inglaterra, mas limitaram-se na maioria dos casos a alguns ramos do direito comercial e o movimento exauriu-se, em grande parte, nos primeiros anos do século atual. Os advogados de direito consuetudinário atacam usualmente qualquer tentativa de codificação argumentando que ainda não chegou o momento oportuno ou que tal processo é extremamente rígido e impedirá o crescimento empírico que é considerado parte integrante do espírito da lei comum. O primeiro desses argumentos é difícil de ser levado a sério. Se o direito ainda não amadureceu o suficiente para que se desenvolva após seis séculos de crescimento, é muito improvável que chegue alguma vez a atingir esse estado. A experiência de codificação na Europa continental também desmente a sugestão de que os tribunais são incapacitados pelas disposições do código de desenvolverem o direito e o adaptarem a novas necessidades sociais. Não é despido de significado, por exemplo, que os tribunais franceses tenham desenvolvido uma doutrina sobre o abuso de direitos sem qualquer disposição expressa para esse efeito no código, ao passo que os tribunais ingleses são impedidos de o fazer por uma decisão da Câmara dos Lordes dada em 1892[24]. É claro, muito depende neste caso da forma de redação dos códigos de direito civil, os quais, de acordo com a prática eurocontinental, se expressam em princípios muito genéricos sem qualquer tentativa de elaboração antecipada de todos os detalhes. Isso deixa ampla margem para os tribunais desenvolverem as aplicações apropriadas dos princípios em relação a cada caso, à medida que eles surgem. A tradição inglesa de legislação muito detalhada, por outro lado, poderia criar obstáculos mais sérios se seguida em relação a qualquer codificação geral. Subsiste sempre, entretanto, a possibilidade de emendar um código por decisão legislativa, como no caso de qualquer outra legislação.

Sendo um código uma forma de legislação, muito dependerá do modo como os tribunais abordam o problema geral de interpretação da lei. Vasta soma de tempo judicial é hoje consumida pela interpretação do interminável caudal de legislação parlamentar ou subordinada. Teoricamente, os tribunais ingleses tentam dar eficácia à intenção do legislativo, mas isso é apenas fictício, uma vez que um novo ponto pode nunca ter ocorrido à mente dos legisladores quando uma nova lei é promulgada. Além disso, qualquer tentativa de atingir essa intenção através do exame de debates parlamentares ou de protocolos ou propostas preliminares introduzindo a legislação é rigorosamente tabu na prática inglesa, embora não o seja nos Estados Unidos. Os tribunais ingleses atêm-se primordialmente às palavras usadas na lei sancionada e estudam-nas no contexto em que elas se apresentam, procurando extrair um significado literal dessas palavras. Esse significado é aquele que então se passa a supor que as palavras contêm, a menos que isso resulte num

---

24. *Mayor of Bradford v. Pickles* [1895], A.C. 587. A doutrina do abuso de direitos estabeleceu que o exercício de um direito legal pode ser tratado como ilegítimo se for usado para fins impróprios.

absurdo. Também neste caso os tribunais ingleses não estão, em absoluto tão limitados quanto, por vezes, eles se declaram estar, pois é freqüente modificarem o significado literal em favor de uma interpretação socialmente mais justa ou racional, à luz do que consideram ser a finalidade suprema do instrumento legal. Essa abordagem mais sociológica da construção estatutária tem sido cada vez mais favorecida e é freqüentemente aplicada no moderno direito inglês, embora ganhe, por vezes, ásperas censuras quando uma usurpação da função legislativa é apontada em termos excessivamente francos[25].

Na Europa continental e nos Estados Unidos, o impacto da escola sociológica foi mais fortemente sentido e a finalidade da legislação moderna é respigada, sempre que possível, de qualquer material legislativo preliminar disponível ou dos *travaux préparatoires*[26], como relatórios ministeriais ou de comissões, ou de debates parlamentares. Agora que o Reino Unido já faz parte do Mercado Comum Europeu, algum recuo pode ser feito nas atitudes tradicionais sobre essa matéria, mas isto permanece no domínio da especulação. Esse fato também pode dar novo impulso à necessidade por largo tempo adormecida de codificar algumas partes do direito inglês[27]. Mas qualquer iniciativa

---

25. Assim, a admirável embora excessivamente franca declaração de lorde Denning, de que "Estamos aqui para apurar a intenção do Parlamento... e fazemos isso melhor preenchendo as lacunas e dando nexo às leis promulgadas do que nos entregando a críticas destrutivas", foi denunciada por lorde Simond como "uma deslavada usurpação da função legislativa, sob o tênue disfarce de interpretação". Ver *Magor and St. Mellons R.D.C. v. Newport Corporation* [1952], A.C. 189, p. 191.

26. Ver *Black-Clawson v. Papierwerke Waldhof* [1975], I All E. R. 810.

27. A *Law Commission*, criada em 1965, como órgão permanente, para assessorar sobre reformas jurídicas, está trabalhando na codificação do direito penal, mas arquivou sua anterior proposta para tentar codificar o direito contratual e as relações jurídicas entre proprietários e locatários. A *Law Commission* publicou recentemente um relatório sobre interpretação estatutária que não foi imple-

dessa natureza tem poucas probabilidades de ser coroada de êxito se não for acompanhada por uma considerável modificação da abordagem tradicional em relação às regras do precedente vinculatório e da construção estatutária em geral.

---

mentado. Uma de suas recomendações era para o efeito de permitir a referência a relatórios em que a legislação estava baseada, para fins de interpretação, mas essa modesta proposta não foi bem recebida.

Capítulo 12
Pensamento conceptual em direito

A linguagem humana, qualquer que fosse a situação na humanidade pré-histórica, não consiste unicamente ou mesmo em grande medida na aplicação de determinados nomes a determinados objetos físicos. Sua mais notável realização é, antes, a criação de um grande número de conceitos gerais que fornecem as ferramentas essenciais da reflexão, comunicação e decisão humanas[1]. Basta considerar a complexidade e inviabilidade de uma língua que precisasse de um "nome" separado para cada "coisa" específica (concreta ou abstrata) a que quiséssemos nos referir para nos darmos conta dos enormes benefícios obtidos pela posse de palavras que denotam não apenas indivíduos mas também classes, como pessoa, cão, gato, riqueza ou clima. Tais descrições generalizadas de termos, ordens ou classes são todas abstratas no sentido de que não se referem a nenhum objeto reconhecível específico, de qualquer modo enquanto não aceitamos a noção platônica de que elas se referem a alguma entidade ideal que, de fato, existe num plano de existência superior ao dos objetos individuais da classe em questão. Entretanto, à parte o idealismo platônico, que deixou de ser um

---

1. Diz-se que a língua chinesa é excepcional, a esse respeito, pela ausência de conceitos gerais; ver M. Granet, *La pensée chinoise* (1934), p. 31.

culto em voga nos dias atuais, os termos de classe diferem na medida em que os membros individuais da classe podem ser entidades ou fenômenos físicos, por um lado, ou meras abstrações, como desejo, crença ou grupo. (Podemos apontar para uma pessoa que, por sua fala ou comportamento, está expressando um desejo ou uma crença, mas não podemos apontar para o desejo ou crença.)

Os conceitos, portanto, genéricos ou específicos, parecem existir como idéias na mente humana, em vez de entidades concretas. Essa noção, entretanto, desde pelo menos o tempo dos filósofos antigos, despertou insatisfação ou hostilidade entre alguns pensadores. Por outro lado, existe uma forte tendência para tentar "objetivar" tudo o que seja capaz de ser o tema de pensamento e linguagem humanos. Essa abordagem pode levar à "codificação" de todas as concepções abstratas, seja de acordo com o modelo das "idéias" de Platão, seja pressupondo que tudo o que podemos remeter significativamente à linguagem deve ter algum tipo de referente num fato, embora seja matéria de viva controvérsia de que espécie é esse fato. Assim, as palavras são concebidas como um meio de denominar ou "colocar rótulos" em objetos, embora se reconheça que muitos dos objetos são de uma espécie peculiar, como os unicórnios, ou o atual rei da França ou *Mister* Pickwick. A tentação de tratar abstrações como entidades reais foi e continua sendo particularmente forte na área dos conceitos jurídicos e políticos, em que tais conceitos possuem uma elevada carga de várias implicações emocionais, como no caso de lei, Estado, justiça e assim por diante. Podemos, é claro, falar de "a vigilância da lei", de "o Estado onisciente" ou da "justiça cega", como meras figuras de retórica, com a plena compreensão de que não passa de um floreado verbal e sem que se faça acompanhar de nenhuma crença numa entidade real e subsistente. Para outros, porém, esse tipo de linguagem pode não ser mera forma de dizer, mas a consubstanciação de uma realidade viva. Essa linha de pensamento pode ir tão longe, que uma concepção abstrata é passível de ser tratada não apenas como uma entidade real, mas como uma superpersonalidade, mais real e mais sublime do que qualquer entidade ou pessoa física percebida. Essa disposição pode ser encontrada no modo como algumas religiões endeusaram concepções abstratas como justiça, a cidade ou o Estado e, até hoje, muitos monarquistas fervorosos encaram a "idéia" monarquista como, em certo sentido, mais real do que qualquer ocupante individual do trono. Tal abordagem atingiu seu ponto culminante (e alguns dirão sua *reductio ad absurdum*) na concepção hegeliana do Estado como a suprema realidade na Terra, uma espécie de superpessoa endeusada e mais real do que todos os seus membros componentes, que consubstancia os mais altos valores éticos e religiosos da humanidade.

O direito é uma espécie de jogo?

A tendência para personalizar ou codificar conceitos abstratos e os perigos e absurdos que esse processo gerou, especialmente no domínio da teoria do direito e da teoria política, redundaram, por outro lado, numa tentativa de rejeição de todos os conceitos do pensamento humano – ou, pelo menos, de todos aqueles cujos membros não correspondem a entidades físicas – como meras ficções metafísicas que não têm mais existência real que o unicórnio ou *Mister* Pickwick. Parece arriscado dizer isso quando se lida com um campo de atividade humana como a ciência jurídica, visto que parece sugerir que o objeto do direito nada mais é do que um jogo gigantesco em que fichas são empregadas em lugar de dinheiro, e em que as regras se referem a meros produtos da imaginação em vez de realidades concretas. Entretanto, também sabemos que, num outro sentido, o direito certamente não é mero jogo, mas está intimamente relacionado com a vida social humana, que participa de nossos cálculos cotidianos e que, para todos nós, possui uma realidade genuína e não mera existência fictícia. Como pode, então, ser resolvido esse paradoxo?

Por certo não será caindo na armadilha oposta de tentar tratar todos os conceitos ou "fichas" com que o direito opera, como Estado, direitos, deveres, contratos, danos, responsabilidade, negligência, pessoas e empresas, como se fossem "entidades" reais no sentido de corresponderem a alguns objetos identificáveis, embora intangíveis. Tampouco ajuda muito dizer que tais entidades existem apenas "na mente", já que isso pode ser igualmente dito de unicórnios ou de *Mister* Pickwick. O que precisamos ver, neste caso, é que, em certos aspectos, um sistema jurídico se assemelha muito a uma espécie de jogo e que isso não denigre necessariamente a natureza do direito. Ao mesmo tempo, também precisamos compreender o modo como um sistema jurídico difere de um jogo. Assim fazendo, poderemos obter então um entendimento mais sólido do papel do pensamento conceptual num quadro abstrato de referência, como um sistema jurídico, o qual, não obstante, está correlacionado com o comportamento e os fenômenos no mundo real da vida social humana.

Sem dúvida, o direito, num sentido que nada tem de depreciativo, assemelha-se a uma espécie de jogo. A característica de um jogo é possuir um sistema de regras próprias que fornecem um quadro de referência e um significado a certos tipos de disputa que pode ser travada até se chegar a um resultado final no âmbito desse quadro de referência. Qualquer jogo desse tipo emprega um certo número de conceitos ou noções gerais, que são convencionais no sentido de que seu significado e função foram arbitrariamente definidos pelas regras do jogo, mas que podem funcionar de maneira perfeitamente significativa dentro desse particular contexto lingüístico. O peão ou o rei no jogo de xadrez não é apenas o nome de uma peça de madeira de formato especial, colocada sobre um tabuleiro axadrezado, mas é um conceito geral cujo significado é dado pelo estudo das regras específicas do xadrez. Um peão "existe" em algum outro sentido do que no de uma peça de madeira de um certo formato? Ou é mera ficção na mente de um enxadrista? Pode-se certamente dizer que a confusão, neste caso, consiste em aplicar a linguagem da existência a algo a que não é facilmente aplicável. Um peão não existe na acepção de ser uma entidade tangível no contexto de um jogo de xadrez. Nem é uma "ficção", no sentido comum da palavra. *Mister* Pickwick é uma ficção porque não é uma pessoa real, mas, para os fins do romance em que ele aparece, estamos preparados para tratá-lo como se fosse um ser humano de carne e osso. É por isso que o apelidamos de fictício, embora possa parecer mais real do que os nossos vizinhos reais. No caso do peão de xadrez, entretanto, não pretendemos que a peça em nosso jogo seja realmente um objeto de carne e osso que encontramos na vida real. Pois nesse caso não existe contraste entre realidade e ficção e a linguagem de ficção é totalmente inadequada. Sabemos que o xadrez é um jogo e que as peças só funcionam no âmbito desse jogo. Isso não implica, entretanto, que os conceitos do xadrez sejam, por conseguinte, superfluidades despidas de significado, de modo que o xadrez possa reduzir-se a nada mais do que duas pessoas sentadas defronte uma da outra e deslocando as peças de acordo com movimentos específicos. Pois o significado e a finalidade desses movimentos estão contidos no sistema de regras. O xadrez não pode ser reduzido a comportamento humano e reações psicológicas, e o sistema jurídico também não pode. Um, tal como o outro, é um sistema normativo dentro de cujo quadro de referência, embora possa ser lingüístico, o comportamento humano torna-se inteligível[2].

Direito e realidade

Todavia, como já indicamos, se o direito, como a própria língua, tem muitas características em comum com as regras de um jogo, isso não quer dizer que seja indistinguível desse tipo de atividade, mesmo que, no sentido de Stephen Potter, "estratagemas ardilosos" se apliquem tanto ao direito como a qualquer outra modalidade de esporte. Sem tentarmos enumerar aqui todas as diferenças, algumas das mais óbvias poderão ser mencionadas. A amplitude do direito acarreta um sistema imensamente mais complexo do que qualquer jogo, levando em conta as suas ramificações em toda a vida social da comunidade. Depois, o direito tem uma disposição criativa para se desenvolver e mudar, num constante processo de fluxo, seja por nova legislação ou pela gradual adaptação de regras administrativas ou judiciais consuetudinárias, das muitas maneiras que já examinamos. É verdade que certos jogos ou esportes estabelecidos, como críquete, futebol, tênis, golfe ou xadrez, possuem suas leis ou regras internacionalmente aceitas e até, em muitos casos, órgãos legisladores que podem emendar regras antigas ou decretar outras novas. Isso, porém, tem escassa relação com o constante processo cotidiano de elaboração de leis e adaptação de leis na mais larga escala, no quadro de referência de um sistema jurídico desenvolvido. Há também o elemento de coerção que a lei tem à sua permanente disposição. Num jogo, as sanções podem existir – e usualmente existem – na forma de desqualificação, suspensão e até a imposição

---

2. Cf. p. 274.

de multas. Essas sanções podem ser muito poderosas e normalmente funcionam nas modalidades esportivas muito bem regulamentadas com a mesma precisão e eficácia das sanções legais. Mas só poderão ser fisicamente impostas, em último recurso, invocando poderes de polícia ou outros modos de reparação, através dos mecanismos do sistema jurídico[2a].

Apesar de tudo isso, ainda não mencionamos a distinção entre um jogo e um sistema jurídico que é a mais significativa para os nossos atuais propósitos. Essa distinção é que as regras de um jogo, como o xadrez, e os movimentos efetuados de acordo com essas regras, não estão, de forma alguma, relacionados com a vida real, mas ocorrem exclusivamente em seu próprio contexto autônomo. O direito, por outro lado, se é um jogo, é um que funciona não com fichas ou peças independentes, mas com regras e conceitos que estão relacionados, direta ou simbolicamente, com questões e transações que ocorreram, estão ocorrendo ou é provável que venham a ocorrer na vida real. Por exemplo, se atentarmos para as regras do direito criminal referentes a matérias tais como homicídio e roubo, é inteiramente verdadeiro que são, em si mesmas, conceitos legais que só têm significado no contexto de regras jurídicas que se combinam para formar um sistema jurídico. Só podemos compreender o que se entende por homicídio se nos familiarizarmos com os componentes legais desse delito e como eles funcionam no sistema jurídico, tal como uma "falta" no futebol, conjuntamente com a sua penalidade adequada, só adquire significação pelas regras desse jogo. Neste ponto, entretanto, percebemos uma distinção significativa, pois enquanto a "falta" em futebol refere-se unicamente à conduta que tem lugar dentro

---

2a. Assinale-se que as regras de jogos, ao contrário da lei, aplicam-se apenas a participantes voluntários.

das próprias partidas de futebol, as regras referentes ao homicídio relacionam-se com a conduta na vida ordinária e têm a ver com as formas da morte infligida e os estados intencionais da mente que ocorrem no curso ordinário das coisas. Com efeito, coibir tal conduta e punir sua ocorrência é a própria finalidade das regras legais, de modo que o significado dessas regras não decorre apenas de sua própria estrutura interna, mas também de sua relação com situações concretas. Podemos, se quisermos, de acordo com o verso de Shakespeare de que "o mundo é todo ele um palco, e os homens e mulheres são meros histriões", tratar a própria vida como um jogo, mas, mesmo assim, a analogia não vinga, pois o "jogo da vida" não é, em todo o caso, exclusivamente regulamentado por regras legais. Ele tem um número incontável de outros aspectos sobre os quais as regras legais incidem, aspectos esses que se situam, por vezes, no âmbito de outros sistemas normativos, como a moral, a religião ou a convenção social, ou que podem ser completamente "livres de normas", como, por exemplo, quando a conduta se baseia em emoções, sentimentos ou meros impulsos.

    O direito tem por tarefa, portanto, classificar e regulamentar tipos de transações que ocorrem na vida real. É uma característica da vida social as pessoas desejarem fazer promessas ou dar tarefas a outras, com a intenção de que elas sejam cumpridas. O direito intervém e, tendo proporcionado uma formulação mais precisa a essas promessas que tratará como válidas, acrescenta-lhes o elemento de validade legal, com todas as conseqüências que isso possa acarretar no âmbito do sistema jurídico. Além disso, as pessoas, no decorrer da vida cotidiana, costumam efetuar atos que podem resultar em danos físicos ou financeiros para outrem. Tais atos podem ir desde os relativamente grosseiros e diretos, como as agressões físicas, até as formas comparativamente indiretas e refinadas de causar danos, como não conservar propriedade em condições seguras e adequadas, ou privar uma outra pessoa de sua propriedade pelo uso de fraude ou dispondo indebitamente dela. Vemos uma vez mais a intervenção do direito e, ao definir e determinar as regras que governam a responsabilidade civil, constrói um complexo de regras nas quais essas classes de atividades podem ser ajustadas e controladas.

Não se deve pensar, entretanto, que o direito se interessa meramente pela tarefa de traduzir todas as ocorrências cotidianas em termos legais. A inter-relação entre direito e fato possui um caráter muito mais complexo do que isso. Pois, em primeiro lugar, a amplitude, o significado e a definição de transações cotidianas carecem usualmente, se não invariavelmente, da precisão requerida para habilitar a lei a lidar com isso de um modo sistemático e regular. Precisamos saber, por exemplo, não apenas que, de um modo geral, as pessoas fazem promessas com a intenção de respeitá-las, mas o que se entende por uma promessa, definindo-a com a maior precisão possível; que espécie de promessas devem qualificar-se para reconhecimento jurídico e quais não se qualificam; que circunstâncias podem tornar as promessas inoperantes, como equívocos, deturpações, etc. Portanto, o direito precisa construir um grande repositório de conceitos administráveis que forneçam um quadro de referência viável para pôr em vigor acordos e promessas, e é esse complexo de conceitos e regras que está contido no direito contratual. Acresce que as pessoas sabem, de um modo geral, o que querem dizer quando falam sobre homicídio e podem distinguir com bastante facilidade homicídio acidental e premeditado. O direito, por outro lado, necessita conceituar essas e outras idéias afins muito mais precisamente, antes que possa operar um sistema de direito penal de um modo racional e sistemático. Precisa definir com muita precisão as classes exatas de atos que são ilegais; os estados mentais precisos que precisam ser estabelecidos para tornar esses atos criminalmente puníveis como homicídio; as espécies de defesas à disposição de uma pessoa acusada, incluindo a insanidade e outros defeitos mentais; e qual pode ser o efeito de determinadas defesas quando absolvem completamente o acusado ou meramente diminuem a gravidade do crime e assim por diante.

O elemento criativo em conceitos jurídicos

Além disso, existe um outro aspecto do conceptualismo jurídico que é muito importante, sobretudo para o direito moderno. Numerosos conceitos jurídicos fundamentais são, em elevado grau, criações jurídicas independentes, cotadas de vitalidade própria, as quais podem deflagrar uma cadeia de reações sociais e econômicas de muito maior alcance do que os impulsos sociais iniciais que ajudaram no nascimento desses conceitos. Algo poderia ser dito aqui acerca das origens de alguns dos mais fundamentais de todos os conceitos jurídicos, como direitos e obrigações, propriedade e posse. Pois seria lícito argumentar que conceitos como esses resultam inicialmente do desenvolvimento de regras que definem, por exemplo, em que circunstâncias na sociedade primitiva um homem podia reivindicar a exclusão de outros do uso de certas terras ou bens (ou até, na verdade, seres humanos), ou podia desfrutar dessas coisas (ou pessoas) exclusivamente para seu próprio uso ou de sua família, e ter direito a protegê-las por violência física, se necessário, sem que tal violência resulte numa vendeta. Entretanto, sem entrar em problemas controvertidos de história do direito e antropologia, a atenção pode concentrar-se em outras concepções jurídicas mais recentemente desenvolvidas. Podemos dar como exemplo a instituição inglesa da custódia.

Isso foi indubitavelmente inspirado na Idade Média pelo desejo dos chanceleres ingleses em dar proteção legal nos casos em que as pessoas tinham confiado propriedade a outras, no entendimento de que estas últimas usariam a propriedade de certas maneiras (por exemplo, para fins caritativos) ou a reteriam para benefício não delas mesmas, mas de terceiros. Em certa medida, portanto, isso equivalia a uma reação legal a certas espécies de necessidades sociais sentidas, mas, ao mesmo tempo, a lei das curadorias que se desenvolveu a partir dessa situação era algo de amplitude e significado muito maiores e que, até os dias atuais, tem tido uma imensa influência sobre as disposições sociais e econômicas predominantes na Inglaterra e em outros países de direito consuetudinário que o derivaram da Inglaterra em data ulterior. A esse respeito, basta citar a enorme influência de doações de propriedade por meio de custódia confiada a uma família por toda a vida, entre as classes abastadas; o efeito da custódia como fator vital na formulação da moderna legislação tributária e do direito fiscal; e o modo como associações sem personalidade jurídica puderam florescer isentas de intervenção ou controle governamental pelo uso do instrumento de custódia, agindo como curadores de bens de outrem[3].

Outros exemplos são fáceis de encontrar. Um dos mais notáveis entre eles é a companhia comercial de responsabilidade limitada. Esta foi também criada em conseqüência de certas necessidades que passaram a ser agudamente sentidas pela comunidade comercial inglesa na primeira metade do século XIX, de modo que a companhia pode ser considerada resultante de uma necessidade econômica. Mas a resposta dos advogados ao criarem esse novo conceito sem preceden-

---

3. Ao conferir a propriedade do clube a curadores, a continuidade pode ser preservada sem a necessidade de incorporação. Cf. p. 389.

tes de responsabilidade limitada levou ao desenvolvimento de um novo e vasto mundo jurídico dominado pela concepção de uma companhia distinta dos seus acionistas. Pode-se dizer quase sem exagero que essa criação jurídica deu origem, ou, de qualquer modo, tornou possível em sua forma atual todo o edifício do comércio e da indústria modernos, com seu tremendo complexo de companhias inter-relacionadas e interligadas, sem o que todos os desenvolvimentos, para melhor ou para pior, do capitalismo moderno teriam sido inconcebíveis.

Entretanto, outros exemplos podem ser encontrados nos conceitos de direitos de patente, direitos autorais (*copyright*) e marcas registradas. Certamente, esses conceitos também surgiram para satisfazer necessidades sociais e econômicas. O inventor, o autor e o fabricante reclamaram, com inteira razão, a proteção para seus diferentes produtos, mas a criatividade jurídica que, em resposta a essas reivindicações, gerou novas formas de propriedade, como as patentes e o direito autoral, deu uma vez mais origem a campos inteiramente novos de atividade humana que tiveram uma influência imensa sobre a moderna vida social e econômica. Além disso, esses conceitos jurídicos converteram-se em campos gigantescos e ramificados de direito que contêm um enorme volume de regras sutis e refinadas que parecem proliferar, uma vez criado um fecundo conceito jurídico, "compactas como folhas em Vallombrosa". A este respeito, basta-nos mencionar a complexidade da idéia de "originalidade", tal como foi elaborada em inúmeros casos na lei de patentes, e a variedade de modos em que a lei permite que o conjunto de direitos constituídos pelos direitos autorais sobre uma obra sejam divididos e parcelados para muitos e diferentes proprietários. Assim, os direitos de publicação em forma de volume de um romance podem pertencer a uma pessoa, os direitos de publicação em seriado a uma outra, os direitos de filmagem a uma terceira, os direitos de televisão a uma quarta e assim por diante; e todos esses direitos podem ser concedidos por prazos limitados a outros, assim como existe uma margem quase ilimitada para a concessão, por cada um desses proprietários parciais do *copyright*, de licenças para se realizarem certos atos em relação à obra (por exemplo, para exibição em público), e para esses licenciados concederem sublicenças, e assim por diante. Na verdade, pode-se dizer que de uma simples idéia o direito constrói um mundo.

Os perigos de um conceptualismo rígido

Entretanto, nessa mesma fertilidade espreitavam certos perigos, dos quais o próprio advogado talvez nem sempre esteja suficientemente cônscio. Diz-se que, no domínio da criação literária, o autor descobre que, tendo insuflado vida em seus personagens, estes desenvolvem uma espécie de impulso próprio que arrasta consigo o autor, pela própria força de sua criação. Algo desse gênero pode ocorrer – e ocorre – também na esfera da criatividade jurídica. Quando os homens de lei insuflam significado e propósito em seus conceitos jurídicos e concluem que eles são bons, a tendência desses conceitos é desenvolverem uma vida própria, que pode levá-los por muitos e inesperados caminhos, graças à sua própria vitalidade e ao que se considera serem as leis de sua própria lógica inerente. Já nos referimos a essa tendência a respeito de alguns excessos da chamada abordagem analítica do direito[4]. É desnecessário repetir o que aí foi dito, bastando enfatizar agora dois pontos principais.

---

4. Ver p. 129.

Em primeiro lugar, tentar rejeitar toda a idéia de que os princípios jurídicos podem ser desenvolvidos por análise sistemática e racional é, com efeito, confundir o essencial com o acessório. É verdade, como já enfatizamos, que a lógica, como tal, não resolverá problemas jurídicos[5], mas isso está muito longe de afirmar que os princípios não podem ser sistematicamente explorados, analisados e desenvolvidos de acordo com diretrizes racionais, compatíveis com os modos jurídicos de raciocínio (levando em conta que esses modos são apenas uma forma mais intensa e sistematizada do raciocínio humano comum). Pois rejeitar esse tipo de abordagem é realmente sugerir que a sistematização racional a respeito dos assuntos humanos é impossível e está excluída *ab initio* – pois se o direito não pode chegar a tal sistema, então que outros mecanismos poderiam? É claro, afirmar o valor ou utilidade dessa abordagem não significa estabelecer a sua funcionalidade. A utilidade da sistematização racionalizada parece indiscutível, no que se refere ao direito, já que uma de suas finalidades vitais é proporcionar à vida social e econômica do homem uma medida tolerável de segurança e previsibilidade. Recorde-se também que o sociólogo do direito, Max Weber, colocou na vanguarda da ciência jurídica ocidental, como parte do moderno desenvolvimento social e jurídico do ocidente, a consecução da racionalidade jurídica[6]. E, quanto à viabilidade de conseguir isso, a própria existência e funcionamento dos modernos sistemas jurídicos, apesar de suas imperfeições, são prova cabal de que esse objetivo, se não inteiramente atingível num sentido ideal, está longe de ser ilusório. A análise sistemática, de acordo com modos estabelecidos de raciocínio e pro-

---
5. Cf. p. 337.
6. Ver p. 259.

cedimentos jurídicos, poderá não atingir algo como a plena certeza ou precisão, mas produz um elevado grau de sistematização racional e de previsibilidade em inúmeros casos, sem o que um sistema jurídico dificilmente seria digno desse nome. Isto leva-nos, entretanto, ao nosso segundo ponto, que consiste em apresentar o outro e mais sombrio aspecto do quadro. Já foi assinalado que os conceitos jurídicos, tal como outros símbolos da criatividade do homem, são capazes de possuir uma vitalidade própria, a qual é capaz de arrastar seus autores em vez de ser conduzida por eles. Pode-se dizer que os conceitos são excelentes servidores, mas nem sempre são bons amos. Uma vez cristalizados o significado e o âmbito de importantes conceitos no seio de um sistema jurídico, especialmente em um que, como o direito consuetudinário, adere a um estrito sistema de precedente, isso pode resultar em que os tribunais decidam novos casos na base do que concebem ser a natureza e as exigências lógicas de determinados conceitos jurídicos. Isso é suscetível de causar uma espécie de endurecimento das artérias do corpo do direito; uma rigidez e incapacidade indevida para adaptar-se a novas situações sociais; e uma tendência para adotar a atitude de que os tribunais não têm outra opção senão elaborar as rigorosas implicações lógicas das regras, sendo preferível deixar ao legislativo os contratempos ou outras conseqüências sociais indesejáveis que possam advir. Já vimos que isso envolve alguns equívocos e concepções errôneas, assim como uma restrição desnecessária do âmbito apropriado do processo judicial, sendo apenas conveniente acrescentar aqui um ou dois exemplos ilustrativos do modo como essa atitude poderá frustrar o desenvolvimento judicial do direito.

Alguns exemplos de "lógica jurídica"

Assim, no campo do direito contratual, o direito inglês tem sido desde longa data dominado pela noção de que a natureza essencial de um contrato, como um acordo entre partes para criar novos direitos e obrigações *inter se*, elimina inevitavelmente a possibilidade de conferir benefícios exeqüíveis a terceiros, que não são parte do contrato. Isso impôs uma severa e socialmente inaceitável limitação ao moderno direito contratual, não encontrada nos sistemas de direito civil[7]. Além disso, o direito inglês comprometeu-se largamente com a doutrina de que nenhum contrato está completo sem valiosa consideração[8], de modo que uma promessa sem consideração deve ser inevitavelmente inexeqüível e despida de efeito legal. É digno de nota, como um exercício de funcionamento de lógica jurídica, que, embora ainda se aderisse a essa abordagem, uma importante inovação foi realizada em anos recentes, devida quase inteiramente à perspicácia jurídica e à energia do juiz (hoje, lorde) Denning. Essa inovação foi que o efeito de que uma promessa feita sem consideração, mas de acordo com a qual uma outra parte agiu, pode ser válida em direito como defesa de uma reivindicação que, caso contrário, seria sustentável na ausência da promessa[9]. Ao mesmo tempo, é preservada a honra da lógica jurídica ao manter-se a recusa em permitir que a alguém que mova uma ação baseada em promessa sem suporte, em contraste com o seu

---

7. O direito norte-americano também é muito menos rígido neste ponto. Assim, os fabricantes de artigos defeituosos foram considerados responsáveis com base numa garantia implícita para com terceiros que sofreram danos físicos. Isso evita a necessidade de provar negligência.

8. Isto é, algo de valor material feito ou prometido em troca da promessa ou iniciativa da outra parte.

9. Essa doutrina foi formulada pela primeira vez em *Central London Property Trust Ltd. v. Righ Trees House Ltd.* [1947], K.B. 130.

uso como forma de defesa[10]. Para quem não é advogado, o resultado poderá não parecer artístico, nem lógico, nem socialmente defensável, mas o exemplo fornece uma notável ilustração tanto da rigidez do conceptualismo quanto da maneira como os tribunais podem, por vezes, ser suficientemente astutos, se houver força de vontade, para contornar esses obstáculos autocriados.

A área do direito de propriedade fornece numerosos exemplos de conceitos que provam ser mais amos do que servidores. A diferença entre um direito meramente pessoal e um direito de proprietário, válido contra todo o mundo, está na raiz de muitas análises jurídicas, como, por exemplo, a distinção entre o direito de servidão conferido a um proprietário para que atravesse as terras de uma outra pessoa, e uma licença meramente pessoal. A partir dessa posição, pensava-se ser possível deduzir, por uma questão de lógica jurídica, que uma simples licença, no caso de um não-proprietário, poderia sempre ser revogada, embora à custa, possivelmente, de uma ação por perdas e danos, caso a licença fosse contratual. Entretanto, uma vez mais, a arte e o engenho jurídicos foram postos para trabalhar sobre essa simples dicotomia e a posição está hoje consideravelmente transformada pelo reconhecimento do fato de que, em certas circunstâncias, poderia ser obtido um interdito para restringir a ameaça de retirada, ou a retirada prematura, da licença de servidão[11]. Do mesmo modo, na esfera da legislação sobre direitos autorais, a rígida distinção conceptual entre uma cessão de propriedade na forma de *copyright* e uma simples licença conferindo apenas um direito pessoal contra o próprio cedente foi, em certa medida, superada no caso de uma licença

---

10. Ver *Combe v. Combe* [1951] 2 K.B. 215.
11. Ver, por exemplo, *Hurst v. Picture Theatres Ltd.* [1915], 1 K.B.; e *Errington v. Errington* [1952], I K.B. 290. Cf. p. 410.

exclusiva, embora tenha sido preciso uma lei estatutária recente para colocar um licenciado exclusivo em posição substancialmente comparável à de um cessionário do próprio *copyright*[12]. Por outro lado, foram criadas dificuldades no moderno direito inglês pela tentativa de tratar todas as formas de concorrência desleal como invasões dos direitos de propriedade, de modo que a pergunta a fazer, em cada caso, é que direito de propriedade do queixoso foi infringido. Esse tipo de raciocínio é peculiarmente despropositado em relação a muitas situações, no mundo comercial moderno, por exemplo, quando um anunciante, sem permissão, imita a voz ou a aparência de um ator famoso, a fim de promover a venda de um produto. Perguntar, como às vezes tem sido feito nesse tipo de casos[13], se um homem pode ter a "propriedade" de sua própria voz ou aparência física, dir-se-ia ser um exercício singularmente estéril de conceptualismo.

Um último exemplo pode ser aqui citado, no domínio da responsabilidade civil. O direito inglês, em sua lei de negligência, tem insistido em estabelecer em cada caso que o acusado devia uma obrigação de cuidado em relação a um queixoso. Isso significa que o queixoso deve ter sido uma pessoa viva na data em que o dano foi infligido por negligência? Suponhamos então que uma mulher grávida é envolvida num acidente de trânsito, ou, para dar um exemplo de forte atualidade, que ela toma uma droga como a talidomida durante a gravidez, e o bebê nasce subseqüentemente deformado em resultado dessa medicamentação. Pode uma ação por danos ser instaurada em nome do bebê deformado?

---

12. *Copyright Act*, 1965, seção 19. Um licenciado exclusivo é aquele a quem se concede um direito com a exclusão de outros, por exemplo, um direito exclusivo para filmar uma certa obra. Para os fins da seção 19, a licença deve ser por escrito.

13. Ver *Sim v. Heinz Ltd.* [1959], I All E. R. 547.

Ou suponha-se que em resultado da exposição de uma pessoa à radiação nuclear, o filho ainda não concebido venha a nascer sofrendo de defeitos congênitos. A resposta a este tipo de questão está muito longe de ser simples e teve, em última análise, de ser resolvida por estatuto no direito inglês[14]. Mas basear a solução no caráter "lógico" da obrigação de cuidado, a qual estipula que nenhuma obrigação pode ser devida a uma pessoa que não exista na data do acidente, dificilmente pode ser considerado um modo socialmente satisfatório de chegar a uma decisão que envolva escolhas dependentes de muitos fatores – sociais, morais e econômicos.

Conceitos jurídicos como "símbolos incompletos"

Já dissemos o suficiente para indicar, de um modo geral, a maneira como funcionam os conceitos jurídicos. A finalidade do capítulo seguinte será selecionar um ou dois conceitos importantes no direito moderno para indicar como eles funcionam e examinar, sucintamente, alguns dos problemas por eles suscitados. Uma última palavra precisa ser dita ainda sobre a natureza desses conceitos, os quais são tão centrais para a estrutura de um sistema jurídico.

Já nos esforçamos por demolir o argumento de que eles são meras entidades fictícias ou criações metafísicas da imaginação jurídica. Mas um outro ataque mais sutil e inteligente foi desferido contra esse baluarte jurídico. O que se diz é o seguinte. Veja-se, por exemplo, a concepção de propriedade legal. Esta é considerada uma espécie de direito jurídico que uma pessoa tem em relação a certa propriedade. Mas, na realidade, não existe absolutamente esse direito co-

---

14. Ver *Law Commission Report on Injuries to Unborn Children*, 1974, e *Congenital Disabilities (Civil Liability) Act*, 1976.

mo tal. A propriedade nada mais é do que uma expressão abreviada para designar todo um conjunto de regras, dentro do sistema jurídico, que concorrem para as várias formas de observância compulsória e proteção de que um proprietário pode desfrutar ou estar apto a reclamar em relação a essa propriedade. Em outras palavras, por uma espécie de redução analítica, sugere-se que o conceito de propriedade pode ser dissipado e resta-nos apenas a única realidade genuína, que é um intricado conjunto de regras que governam toda a multidão de relações possíveis[15].

Ora, não pode ser negado que existe um elemento de verdade nesse ponto de vista, dado que, na medida em que a propriedade é um conceito jurídico, este deve subentender que é um ponto focal ou expressão simbólica de um complexo de regras jurídicas. Mas isso acarretará, portanto, que a mesma propriedade nada mais é, realmente, do que um feixe de regras? Aqueles que adotam esse ponto de vista admitem, geralmente, que existe uma imperativa necessidade prática de usar conceitos tais como o de propriedade para descrever esse complexo de regras, mas insistem em que é mera ilusão supor que existe algo mais, alguma espécie de núcleo residual, que é a própria propriedade, acima e além das regras para as quais ela serve como descrição abreviada.

Na medida em que esse ponto de vista tem por objetivo rejeitar a idéia de que a propriedade é uma espécie de entidade metafísica com vida inerente e natureza própria, podemos considerá-lo plenamente justificável. Mas devemos ainda observar que esse ponto de vista também ignora ou minimiza dois outros aspectos essenciais de um conceito como o de propriedade. Em primeiro lugar, como já vimos, o direito não é apenas uma coleção estática de regras identificáveis, por meio das quais podemos, a qualquer momento,

---

15. Ver A. Ross, *On Law and Justice* (1958), capítulo 6.

analisar todas as implicações e relações legais que um determinado conceito pode acarretar. Pelo contrário, o direito é um grande complexo de regras, preceitos, normas e princípios num processo de fluxo contínuo, embora lento. Entre as características centrais desse complexo estão certos conceitos-chave, de caráter não rigidamente fixado nem de número definitivamente determinado – pois novos conceitos podem surgir, como o direito à privacidade. Sem dúvida, esses conceitos podem, a qualquer hora, ficar reduzidos, em grande parte, a um modelo de regras e princípios, mas sempre haverá ainda uma certa área de indefinição, uma esfera dentro da qual podem ser dados novos e nem sempre previsíveis usos e aplicações ao conceito. Para esse fim, o conceito possui uma certa função simbólica dentro do direito, como o ponto focal para um determinado tipo de atitude ou abordagem, e o seu significado vai além, portanto, de qualquer padrão de regras identificáveis em um dado momento. Além disso, esse núcleo simbólico no sistema jurídico não é e nunca pode ser um órgão que, depois de seu pleno crescimento, atinja o desenvolvimento definitivo. Poderá comparar-se, talvez, ao que os lógicos modernos designam por "símbolo incompleto"[16], e nesse inacabamento reside a sua utilidade fundamental como instrumento de desenvolvimento jurídico.

Em segundo lugar – e talvez isto seja apenas um aspecto do ponto anterior – o esquema reducionista analítico parece também não dar importância à função normativa que os conceitos jurídicos, à semelhança dos morais, desempenham no padrão de seus respectivos sistemas. Um conceito essencial, como o de propriedade, tem uma função unificadora, ao assinalar um padrão de comportamento aprovado. Isso

---

16. Ver F. C. S. Northrop, *The Complexity of Legal and Ethical Experience* (1959), capítulo 3.

age não só como um estímulo psicológico para a submissão a todo o código de preceitos legais e morais que a própria idéia de propriedade suscita no espírito do homem em sociedade, mas também funciona como um símbolo da finalidade do próprio direito, como um meio de preservar a paz e a boa ordem na comunidade e uma certa medida de segurança, sobre a qual deve, em última instância, assentar toda a planificação humana para o futuro.

Capítulo 13
Alguns importantes conceitos jurídicos

I. Pessoas, incluindo empresas

Poderá parecer estranho, à primeira vista, que a idéia de uma "pessoa" se coloque entre os conceitos jurídicos. Entretanto, se nos lembrarmos de que conceitos jurídicos estão geralmente relacionados com fenômenos da vida real, embora se aplique a estes um grau de precisão, assim como muitas características distintas requeridas para fins legais, então a aparente extravagância de tratar pessoas como conceitos jurídicos pode dissipar-se.

É claro, a noção de individualidade que associamos ao ser humano como pessoa dá origem a muitas dificuldades de caráter filosófico, embora sejam, aparentemente, muito simples para o homem comum. O advogado, talvez sensatamente, tende a evitar ou a furtar-se às profundezas filosóficas em favor do ponto de vista geral do homem comum, embora tente refinar esse ponto de vista de modo a fornecer soluções para problemas não previstos pelas pessoas comuns. Assim, o advogado precisa contar com decisões a partir do momento em que, por assim dizer, um ser humano vem ao mundo; os meios de estabelecimento da identidade de um indivíduo no transcurso de sua vida; e a fixação do momento de sua morte. Tais matérias não esgotam, em absoluto, a gama de problemas, como se compreenderá se considerarmos as implicações legais de fenômenos como a mudança de sexo, irmãos siameses, etc. Dedicaremos aqui a atenção, porém, ao ser humano que ingressa na existência.

Personalidade humana

Suponhamos, por exemplo, que a lei estipula, como na Inglaterra, que a morte intencional de um ser humano constitui o crime de homicídio. Um bebê por nascer é uma pessoa existente para esse fim? E, caso contrário, a criança só se considera nascida quando é inteiramente retirada viva do ventre materno? Quando se ouve ela chorar? Ou quando foi cortado o cordão umbilical? Ou em que fase? Os advogados precisam fornecer respostas para interrogações desse tipo e, por arbitrárias que pareçam ser, num certo sentido, importantes questões de política social podem estar envolvidas, como, por exemplo, a atitude em relação ao aborto ou em relação à mãe que destrói seu bebê recém-nascido. Esse tipo de problema tampouco está limitado ao direito criminal. No direito de propriedade, questões de título podem muito bem envolver se uma pessoa teve filhos vivos, de modo que a fixação do momento do nascimento pode ser de extrema importância para tal fim. E já nos referimos à embaraçosa questão sobre se poderá haver responsabilidade para pagar danos por negligência a respeito das lesões causadas a uma criança por nascer, quando o procedimento que causou as lesões foi sistemático[1].

---
1. Ver p. 379.

"Personalidade coletiva"

Entretanto, de muito maior complexidade no direito moderno é a atribuição de personalidade não apenas ao ser humano individual mas também a grupos ou associações. É uma característica familiar da vida social que os seres humanos tendem a reunir-se em grupos, alguns permanentes e outros meramente transitórios ou efêmeros. Tais grupos podem surgir ou para fins limitados ou específicos, como no caso de uma companhia comercial ou um clube social, ou para fins mais amplos e gerais, como é claramente o caso do Estado territorial nacional, mesmo que não se vá tão longe quanto Burke, ao considerar isso "uma participação em toda a ciência; uma participação em toda a arte; uma participação em todas as virtudes e em toda a perfeição"[2].

Na linguagem comum, é usual personificar muitos desses grupos: tratá-los como pessoa, dotados de prerrogativas próprias, detentores de continuidade e de uma identidade separada das dos indivíduos que podem compô-los em qualquer momento dado. Assim, falamos de morrer "pelo nosso país"; de política "da companhia"; da opinião "do clube"; ou da combatividade "dos sindicatos". Além disso, seja qual for a subestrutura sociológica ou psicológica desse fenômeno, parece claro que, em muitos casos, isso é mais do que linguagem metafórica, uma vez que o grupo pode representar – e, de fato, representa – um conjunto permanente de atitudes, políticas ou valores que possuem um grau de continuidade e auto-suficiência não completamente identificável com os membros existentes.

Alguns juristas e, em particular, o eminente advogado alemão Otto von Gierke insistiram em que essa personalidade resultante de grupos deve ser reconhecida pelo direito

---

2. *Works* (ed. de 1910), vol. II, p. 368.

como uma entidade real, tão real quanto a personalidade humana individual; portanto, qualquer grupo tem direito a ser tratado como uma pessoa separada, do mesmo modo que um ser humano, com todas as implicações que isso possa acarretar, acerca do que voltaremos a falar mais adiante. Essa abordagem foi encorajada, sem dúvida, pela doutrina hegeliana do Estado como pessoa supra-real, representando uma realidade superior à dos cidadãos que o compõem[3], mas o próprio Gierke e muitos dos seus seguidores pretendiam, sobretudo, preservar a autonomia de grupos no interior do Estado. Na realidade, o argumento deles equivale a afirmar que qualquer grupo, dentro do Estado, seja uma igreja, uma fundação educacional ou filantrópica, uma companhia para fazer lucros, uma associação profissional, um sindicato ou até um mero clube social, uma vez organizado de modo a tornar manifesta a sua entidade separada como instituição distinta dos seus membros, tem direito a reivindicar o reconhecimento legal de sua personalidade, sem necessidade de qualquer outorga ou concessão de personalidade jurídica. Isto contraria a abordagem geral da maioria dos sistemas jurídicos, a qual sustenta que o grupo ou personalidade "jurídica" só pode adquirir existência por expressa concessão, certificado ou alvará do Estado, visto que a personalidade jurídica é considerada um privilégio legal e somente o Estado pode, portanto, criar uma companhia.

Os adeptos da teoria realista[4] da personalidade coletiva defrontam-se, porém, com duas dificuldades. Em primeiro lugar, mesmo que seja aceito que a personalidade emergente de grupos é uma realidade sociológica (como, de fato, o grande sociólogo francês Durkheim insistiu que era), nem por

---

3. Cf. p. 251.
4. Essa teoria "realista" de companhia (*corporation*) nada tem a ver com o realismo jurídico analisado no capítulo 9.

isso deixa de ser verdade que a sua personalidade social não é idêntica, em absoluto, à personalidade psicossomática do ser humano individual. No máximo, poderá haver uma suficiente analogia entre as duas para justificar o uso da mesma palavra "personalidade", mas só pode redundar em confusão tratar a personalidade do grupo como uma espécie de entidade emergente precisamente comparável à entidade física de um ser humano. Por conseguinte, embora o argumento de que "os semelhantes devem ser tratados como semelhantes"[5] possa ter alguma força lógica, não existe correspondência exata entre um grupo, por um lado, e uma pessoa individual, por outro, que leve irresistivelmente à conclusão de que a ambos deve ser concedido tratamento idêntico. Para fins legais, talvez um ser humano seja muito parecido com um outro e, portanto, devam ser todos tratados igualmente, se bem que mesmo essa tese nunca tenha recebido plena aceitação e, de fato, como vimos, só nos tempos modernos começou a ganhar algo como um reconhecimento efetivo[6]. Os grupos, por outro lado, diferem muito em dimensões, caráter, composição e finalidade, pelo que não se segue de forma alguma, como uma questão de lógica, sociologia ou mesmo senso comum, que a todos deva ser concedido reconhecimento semelhante, com base na duvidosa analogia com a pessoa humana individual.

Em segundo lugar, o fato de que, no caso do indivíduo, a personalidade jurídica é atribuída a uma entidade humana reconhecível e distinta, torna o problema de apurar quem possui tal personalidade comparativamente simples, exceto na espécie de casos marginais já discutidos. No caso de um grupo, entretanto, não existe tal entidade identificável a ser estabelecida e, conseqüentemente, alguma prova teria de ser

---

5. Cf. pp. 141 e 337.
6. Ver p. 170.

estabelecida para habilitar a lei a dizer, ou, pelo menos, a aceitar que tivesse nascido uma determinada personalidade coletiva. Além disso, mesmo que, o que está longe de ser o caso, a sociologia contasse com algum modo garantido e coerente de decidir essa questão, não se segue que ele seria necessariamente adequado ou conveniente para fins jurídicos. Pois, assim como a lei pode considerar necessário ou desejável aplicar seus próprios critérios de insanidade, mesmo que eles não coincidam com as classificações psiquiátricas de louco, também a lei precisará formular, que mais não seja nos interesses da precisão, seus próprios critérios específicos de existência de grupo. Isso significa, com efeito, que algum órgão do Estado terá, de qualquer modo, a tarefa de aplicar aqueles critérios a fim de decidir se um grupo possui ou não personalidade jurídica. A diferença, portanto, reside nisto: em vez da necessidade de um certificado preliminar de incorporação, o grupo estaria habilitado a estabelecer sua personalidade demonstrando, subseqüentemente, que satisfez os apropriados critérios legais.

Modos de incorporação

A maioria dos modernos sistemas jurídicos do modelo democrático ocidental tornou essa distinção de escasso significado, ao habilitar a criação de novas empresas por métodos muito simples, rápidos e baratos. No direito inglês, é um procedimento externamente fácil e barato criar, sob o *Companies Act*, uma nova companhia que possua uma distinta personalidade jurídica própria. Contudo, nada existe no direito inglês que obrigue todo e qualquer grupo a incorporar-se desse modo e, de fato, a cena social inglesa está repleta de grupos e associações não incorporados que, por preferência, apatia ou ignorância, não requereram nem obtiveram *status* jurídico.

Os clubes sociais são o exemplo mais comum, mas há muitos outros, como igrejas, associações comerciais e profissionais, clubes esportivos, sociedades culturais, etc. À parte as facilidades do *Companies Act*, as companhias inglesas podem ser criadas mediante alvará régio ou sob alguma lei especial do Parlamento, mas somente entidades de um tipo muito especial são incorporadas desse modo. Quanto àquelas associações que se abstêm de optar pela incorporação, o direito inglês, adotando uma classificação rigidamente conceptual, recusa-se a tratá-las, para os fins legais, como outra coisa senão um nome coletivo para os próprios membros ou sócios individuais. Isto significa que qualquer transação legal tem de ser considerada como sendo promovida por todos os seus membros, ou, em alguns casos, por somente alguns deles, como uma comissão executiva.

Conseqüências da incorporação

Antes de discorrermos mais longamente sobre as dificuldades dessa situação, cumpre dizer algo quanto às conseqüências jurídicas da incorporação de um grupo. Em poucas palavras, o direito trata uma companhia como uma pessoa jurídica separada dos membros e isso significa que, com exceção daqueles atos que são obviamente inaplicáveis – uma companhia, evidentemente, não pode casar –, a companhia pode em seu próprio nome e por sua própria conta efetuar todas as transações ordinárias previstas na lei. Assim, pode possuir propriedade; pode estabelecer contratos; pode nomear e ser representada por agentes; pode processar e ser processada judicialmente; suas responsabilidades são próprias e distintas das de seus membros, que não podem ser processados a respeito de dívidas da companhia. Além disso, uma companhia pode até ser processada por qualquer delito que é punível por multa e, em tal caso, a multa será pagável com os bens patrimoniais da companhia.

É flagrante, pois, o contraste com uma associação não incorporada. Uma associação não pode ter propriedade em seu próprio nome, não pode firmar contratos, não pode processar ou ser processada, e não tem dívidas ou responsabilidades distintas das de seus membros. No direito inglês, a inaptidão de tal entidade para possuir propriedade em seu nome foi largamente superada pelo instrumento de custódia. Isto significa que a propriedade pode ser confiada a curadores, em nome dos membros existentes e assim, para fins legais e práticos, as instalações de um clube e seus fundos comuns podem ser conservados distintos da propriedade separada dos membros individuais. Outras dificuldades jurídicas, entretanto, não provaram serem fáceis de resolver – e, em particular, a dificuldade processual de habilitar um clube ou associação não incorporados a acionar ou ser acionado judicialmente no tocante aos direitos, obrigações ou responsabilidades do clube. Eis, portanto, um exemplo flagrante de como uma abordagem analítica do direito pode resultar em conseqüências socialmente indesejáveis, pois a recusa do direito inglês em reconhecer a "processabilidade" legal de um clube porque carece de personalidade jurídica envolve uma inferência lógica da natureza desse conceito, o que poderá parecer muito pouco convincente para o sociólogo do direito. Desse ponto de vista, mesmo que rejeitemos os argumentos teóricos daqueles que insistem na natureza "real" da personalidade de grupo, ainda assim subsiste uma forte alegação a favor de conferir aos tribunais o poder de tratarem uma entidade não incorporada como detentora de, pelo menos, alguns dos atributos de personalidade jurídica quando essa entidade conduziu seus negócios como grupo, e quando os contratempos resultariam de uma recusa em reconhecer um certo grau de entidade jurídica separada. Desse modo, por exemplo, um comerciante que fornece bens ou serviços a "um clube", sem investigar – como dificilmente se poderia esperar que fizesse – o *status* jurídico preciso de tal entidade, poderá ser autorizado pelo tribunal a processar o clube em seu próprio nome, obtendo em juízo uma indenização contra os fundos comuns dessa agremiação. A adoção dessa solução parece ser muito mais favorecida do que a manutenção dos rigores da "lógica jurídica", apesar da injustiça que isso poderá produzir[7].

Algumas tentativas foram feitas no direito inglês para quebrar a rígida linha de demarcação entre companhias e entidades não incorporadas. Isso só pode ser conseguido por um Ato do Parlamento[7a]. Assim, uma sociedade, que no direito inglês é tratada como não incorporada, possui o poder estatutário de processar e ser processada em nome da sociedade. Também os sindicatos, embora não sejam incorporados, têm recebido, quando registrados, sob os *Trade Union Acts*, alguns dos poderes e características de entidades incorporadas. Esse *status* intermediário, que é por vezes classificado como o de "quase-companhia", habilita um filiado de um sindicato registrado, como foi sustentado num importante acórdão da Câmara dos Lordes a processar o próprio sindicato e a receber indenização através dos fundos sindicais, por ter sido excluído dos seus quadros em violação do contrato de filiação que ele fizera com o sindicato[8]. Do mes-

---

7. No direito inglês, uma ação contra a totalidade de membros individuais gera consideráveis dificuldades processuais, sobre as quais não podemos entrar aqui em detalhes, sobretudo quando há mudanças de membros, como é suscetível de ocorrer.

7a. O caso de *Willis v. Association of Universities of British Commonwealth* [1965], I Q.B. 140, revela uma tendência para reconhecer um organismo não incorporado como uma "entidade" separada do estatuto.

8. *Bonsor v. Musicians' Union* [1956] A. C. 104. Para um exame do significado desse difícil caso, ver um artigo por este autor sobre "Damages for Wrongful Expulsion from a Trade Union", em *Modern Law Review*, vol. 19 (1956), p. 31.

mo modo, um sindicato registrado poderia também ser processado por danos causados a terceiros[9], não fosse um Ato do Parlamento de 1906 que isenta os sindicatos de qualquer responsabilidade desse tipo[10]. O *Industrial Relations Act* de 1971, agora rejeitado, estabeleceu que, pelo registro, um sindicato tornou-se incorporado, mas também permitiu que fosse instaurado processo judicial contra um sindicato não registrado e, portanto, não incorporado.

A separação da personalidade jurídica

O moderno direito de companhias incorporadas, ou constituídas em pessoa jurídica, está ancorado na muito conhecida decisão da Câmara dos Lordes no processo *Salomon v. Salomon Ltd.*[11] Nesse caso, o sr. Salomon detinha virtualmente todas as ações no que era uma companhia de um só dono. Ele emprestou dinheiro à companhia quando esta era perfeitamente solvente, recebendo em troca a garantia de "debêntures", uma espécie de hipoteca sobre os bens patrimoniais de uma companhia que conferia prioridade aos direitos do portador de debêntures sobre os demais credores. Mais tarde, a companhia tornou-se insolvente e o sr. Salomon reclamou o pagamento de seu débito na íntegra, invocando sua prioridade sobre os outros credores. Foi sustentado que, como a companhia era uma entidade inteiramente separada do sr. Salomon (embora este fosse o seu único acionista e exercesse o completo controle das operações da companhia),

---

9. *Taff Vale Ry Co. v. A.S.R.S* [1901], A.C. 426. Ver também *Knight and Searle v. Dove* [1964], 2 All E. R. 307, referente a um *Trustee Savings Bank* não incorporado.
10. *Trades Disputes Act*, 1906, seção 4.
11. [1897] A.C. 22.

ele tinha o direito de ser integralmente pago, como no caso de qualquer outro portador de debêntures completamente independente.

O desenvolvimento da companhia comercial como entidade jurídica distinta, com a responsabilidade dos acionistas limitada às chamadas para integralização de suas participações acionárias, teve uma imensa influência sobre a estrutura social e econômica da sociedade industrial inglesa. Pois não só isso forneceu os instrumentos para levantar enormes somas destinadas a investimento de capital, mas também propiciou os meios, através de agrupamentos complexos de companhias interligadas, geralmente controladas por uma ou mais companhias *holding* (detentoras do controle acionário das companhias subsidiárias), para a construção de empresas industriais e comerciais de uma escala até então nem imaginada. As ramificações desse processo foram enormes nos sistemas jurídicos dos modernos países comerciais. Para darmos um exemplo, a questão do "domicílio" de uma companhia, do ponto de vista das leis fiscais dos países onde a companhia e suas subsidiárias podem operar, é de importância crucial, e resultou num fluxo de ações judiciais em todos os países do mundo ocidental. O espaço, entretanto, só nos permitirá aflorar aqui um problema geral de interesse para a teoria do direito, um problema de gênero peculiarmente desconcertante.

A pretensa regra no caso *Salomon*[12] foi equiparada a uma espécie de véu ou cortina jurídica colocada entre a companhia e seus membros, os acionistas[13]. Entretanto, será uma

---

12. Ver p. 392.

13. Do ponto de vista sociológico, pode-se considerar que os membros (digamos) de uma grande companhia pública (sociedade anônima) industrial ou comercial, cujas ações estão em poder de uma vasta seção do público, consistem na administração (incluindo a diretoria suprema), pessoal de escritório e operários nela empregados. A lei, entretanto, considera os acionistas os únicos membros e o controle legal da empresa está com aquele membro ou membros que detiverem a maioria das ações com direito de voto.

"cortina de ferro" inteiramente impenetrável e a ser rigidamente mantida a todo o custo, ou poderá ser afastada em certos casos e, se assim for, quando? Este tipo de problema é passível de se apresentar especialmente no caso da chamada companhia de "um homem", sob o controle de um único acionista, ou no de uma companhia subsidiária cujas ações pertencem total ou substancialmente a uma outra companhia que a controla. Assim, o problema resume-se a saber se o tribunal estará disposto, em certas circunstâncias, a furar o véu jurídico e a tratar a companhia como sendo nada mais do que um outro nome para aqueles que controlam suas atividades.

De um modo geral, os tribunais ingleses mostraram uma relutância marcada em reconhecer quaisquer exceções ou restrições ao princípio *Salomon*[14]. Essa decisão pode ser claramente considerada como tendo por fundamento a política de que é do interesse geral de uma sociedade comercial que não haja intromissões no caráter inviolável da entidade jurídica separada. Assim, foi sustentado no caso de uma companhia cem por cento subsidiária da *Transport Commission* que os serviços fornecidos por aquela não podiam ser considerados, pela comissão, como fornecidos, para os fins legais de concessão de transportes[15]; e que os negócios realizados por uma companhia, na qual uma só pessoa era detentora de todas as suas ações, não podiam ser considerados como efetuados por essa pessoa, de modo a habilitá-la a uma renovação do arrendamento das instalações da companhia, sob o *Landlord and Tenant Act* [a lei que regula as relações entre proprietário e inqui-

---

14. Problemas semelhantes surgiram nos sistemas jurídicos da Europa continental. Ver Cohn e Simitis, "'Lifting the Veil' in the Company Laws of the European Continent", em *Int. and Comp. L. Q.*, vol. 12 (1963), p. 189.
15. *Ebbw Vale U.D.C. v. Wales Licensing Authority* [1951], 2 Q.B. 366.

lino] de 1954[16]. Não faltam, porém, as decisões em sentido contrário. Assim, para determinar se uma companhia registrada inglesa possuía "caráter inimigo" em tempo de guerra, o tribunal tinha de considerar onde se situava a sede de controle[17]. E o local de estabelecimento de uma companhia *holding* pode ser decisivo na fixação das responsabilidades fiscais de uma companhia totalmente subsidiária daquela[18]. Além disso, quando uma autoridade concessionária de serviços de transportes comprova que uma subsidiária está sob o controle total ou majoritário de uma outra companhia a ponto de formarem juntas uma unidade comercial, a autoridade pode ignorar a personalidade separada da subsidiária, de modo a impedir que a companhia *holding* use aquela para obter uma vantagem a que não tem direito[19]. Além disso, quando, antes da conclusão de uma venda de terreno, o vendedor revendeu a uma companhia sob o seu controle exclusivo, a fim de tentar evitar que o comprador receba uma ordem do tribunal para efeito de que o vendedor deva transferir o terreno, o tribunal concedeu, não obstante, a execução específica do contrato de venda contra a companhia[20].

Estes exemplos fornecem excelentes ilustrações do modo como princípios e conceitos jurídicos estabelecem um amplo quadro de referência que estipula as diretrizes gerais de enfoque que o tribunal estará disposto a adotar, sem privá-lo necessariamente de toda a liberdade de manobra em casos particulares. Do atual ponto de vista, contudo, a importância da abordagem conceptual reside em que o tribunal

---

16. *Tunstall v. Steingman* [1962], 2 All E. R. 417. Mas ver *Willis v. Association of Universities* [1965], I Q.B. 140.
17. *Daimler Ltd. v. Continental Tyre Co. Ltd.* [1961], 2 A.C. 307.
18. *Bullock v. Unit Construction Ltd.* [1959], I All E. R. 591.
19. *Merchandise Transport Ltd. v. B.T.C.* [1961], 3 All E.R. 495.
20. *Jones v. Lipman* [1962], I All E. R. 472.

parte de uma forte disposição para avançar numa determinada direção, como, por exemplo, a manutenção da natureza separada da entidade jurídica. Isso significa, inevitavelmente, que as exceções só serão aceitas em casos muito esporádicos[20a] e, mesmo assim, sem admitir usualmente que esses casos são excepcionais, mas, pelo contrário, procurando justificá-los em alguma base distinta, de modo a deixar intato o edifício da lógica jurídica. Assim, o tribunal dirá que o "caráter inimigo" suscita uma questão inteiramente diferente daquela da personalidade jurídica, ou que uma companhia cem por cento subsidiária de uma outra nada mais é do que uma "capa" ou "impostura". Esse tipo de explicações não esconde inteiramente, porém, o fato de que o tribunal está realmente encontrando razões especiais para não aderir com excessiva rigidez a uma doutrina.

Que existem vantagens em aderir a um quadro conceptual de referência desse tipo é evidente, pois sem ele faltariam coerência e consistência à lei. O perigo só surge quando o tribunal deixa de reconhecer que ainda retém alguma liberdade de ação dentro desse quadro de referência e que é uma questão de orientação até que ponto essa liberdade é exercida ou não. A experiência mostra que existe em todos os sistemas jurídicos uma tensão constante entre o conceptualismo rígido e uma filosofia mais livre e mais flexível de ajustamento a novas necessidades sociais, e é essa espécie de tensão que transmite ao direito grande parte de sua vitalidade.

20a. Mas ver *D.H.N. v. Tower Hamlets* [1976], I All E.R. 462, que parece favorecer uma abordagem mais ampla ao ignorar a separação de uma subsidiária que faz parte de um grupo de empresas.

II. Direitos e deveres

Logo que um sistema jurídico chega à fase de desenvolvimento em que pode ser submetido à análise dos juristas, verificar-se-á que os conceitos de direitos e deveres formam o ponto central da estrutura dos mecanismos legais pelos quais o sistema é habilitado a desempenhar suas funções sociais. A própria idéia de uma norma legal parece conter em si o corolário de que aqueles a quem é dirigida estão, em certo sentido, "obrigados" por ela ou sujeitos a alguma espécie de "obrigação". É essa idéia de estar obrigado a agir (ou não agir) de uma certa maneira que se expressa na terminologia de dever, se bem que, como já vimos, os deveres impostos por lei tenham de ser cuidadosamente distinguidos dos deveres derivados de outras fontes normativas, como a moral, religião ou convenções sociais. Subsiste, entretanto, um fato sociológico de alguma importância, o qual consiste em que a lei e a moral empregam a mesma terminologia de dever e obrigação e, assim fazendo, levam em conta não apenas o aspecto externo da lei e da moral ao imporem regras *ab extra* àqueles que, por uma razão ou outra, lhes estão submetidos, mas também o aspecto vital interno, na medida em que essas pessoas se sentem, numa acepção muito concreta, obrigadas por esses deveres. A importância disso, do ponto de vista dos deveres legais, é que o cidadão deve sentir-se no compromisso de obedecer, não meramente de maneira formal por estar dentro da jurisdição da lei, nem apenas por temer que uma violação do seu dever possa acarretar-lhe uma punição, mas porque o próprio império da lei é uma parte vital da moralidade social de sua comunidade.

O vínculo entre dever legal e moral é sublinhado ainda mais pelo uso da terminologia de "direitos". A palavra "direito" tem uma conotação moral e uma implicação emocional que comportam um forte sentido de justificação que vai além de qualquer autorização meramente formal, sob um sistema técnico de regras jurídicas. Esse ponto é, talvez, mais claramente ressaltado naquelas línguas européias em que a própria palavra para direito (*Recht*, *droit*, *diritto*) significa também um direito moral, enquanto que em inglês se faz a distinção entre *law* e *right*, significando a primeira um direito legal e a segunda um direito moral. O fato de que, dentro do quadro de referência de um sistema jurídico, uma pessoa afirme ter um "direito" a fazer ou deixar de fazer alguma coisa, a exercer o controle sobre alguma propriedade ou a excluir outros dela, a convocar o serviço de uma outra ou a reivindicar que algo lhe seja entregue ou um pagamento lhe seja feito, contém em si mesmo um sentimento de justificação e qualificação que exerce peso tanto moral quanto legal no espírito dos envolvidos. Assim, a própria terminologia e o quadro conceptual de referência do direito conseguem despertar no espírito das pessoas um forte sentimento de direito e obrigação moral em resultado do que a tarefa da ordem jurídica em dirigir e canalizar o comportamento humano é notavelmente facilitada. Se esse aspecto da ordem jurídica é ou não essencial do ponto de vista analítico, subsiste claramente como fator sociológico de primeira grandeza.

A ligação entre direitos e deveres

Alguns juristas argumentaram que não só os mecanismos de direitos e deveres são uma característica necessária de um sistema jurídico, mas que esses dois conceitos estão logicamente interligados de forma essencial. Diz-se que direitos e deveres são "correlativos", ou seja, que são simplesmente os pólos opostos de uma relação jurídica, e que essa relação bilateral deverá invariavelmente existir. Se

Antônio deve a João uma soma de dinheiro, então dizemos que João tem direito ao pagamento dessa soma por Antônio, enquanto Antônio tem o dever de pagar a João. Eles são, portanto, as duas faces da mesma medalha. Outros, porém, como Kelsen, assinalaram que a conjunção de direito e dever, embora bastante comum, não é necessária, porquanto existem muitos deveres que são impostos sem conferir direito nenhum, como, por exemplo, no caso de muitos deveres públicos e de bem-estar social. Isso também se aplica a boa parte (se não à totalidade) do direito criminal e administrativo. Pode existir um dever de não publicar literatura obscena ou de fazer uma declaração de renda à apropriada autoridade fiscal, mas tais deveres não criam direitos correspondentes em favor de outras pessoas. As tentativas para resolver esse ponto, afirmando que existem deveres em todos esses casos, em favor do Estado ou de algum órgão do Estado, leva a um resultado sumamente artificial, pois será muito difícil desejarmos dizer que o Estado tem o "direito" de que os seus cidadãos não publiquem matérias obscenas; e quanto ao poder do Estado para invocar o processo judicial a fim de suprimir tais publicações (o que pode ser considerado análogo ao direito de João de recorrer a um processo judicial para cobrar a dívida de Antônio), isso é mais da natureza de um dever do que de um direito. Além disso, se todo o dever tem um direito a ele associado, isso parece levar à insólita conclusão de que o criminoso condenado tem o "direito" de ser enforcado. Por essas razões, Kelsen e outros sugeriram que o dever é realmente o conceito fundamental de um sistema jurídico, e que um direito é algo que lhe pode estar ou não vinculado, segundo esse sistema esteja disposto a conferir a algum indivíduo o poder de decidir se porá em marcha o mecanismo judicial para impor o cumprimento de um dever. Tal complexo de direitos individuais é considerado, portanto, uma característica distinta de uma sociedade baseada na instituição da propriedade privada, em que as reclamações legais assumem normalmente a forma de uma afirmação de algum interesse dos proprietários ou de algo capaz de ser avaliado em dinheiro.

Direitos primários e corretivos

Essa concepção dos direitos legais como um poder para impor a lei, entretanto, parece ignorar ou obliterar uma outra distinção freqüentemente feita por juristas, ou seja, a que existe entre direitos primários e corretivos ou sancionadores. Essa distinção corresponde, em certa medida, ao contraste entre direito substantivo e direito processual ou adjetivo. O direito substantivo é considerado aquele que estipula todos os vários direitos e deveres que governam as pessoas em todas as suas relações legais e existentes antes de qualquer violação concreta do dever. O direito processual, por outro lado, entra em ação somente quando ocorreu uma infração do dever e a parte lesada recorre a um processo judicial para obter algum remédio ou alívio. Nesta fase, portanto, os direitos da pessoa lesada podem expressar-se em termos das reivindicações que ela pode ter para apresentar ao tribunal numa determinada espécie de ordem, por exemplo, pode ter direito a um interdito ou a ressarcir-se por danos sofridos.

Assim, no caso de um proprietário, este é tratado como tendo direito na lei a realizar muitas classes de atos a respeito de sua propriedade, como usar ou dispor dela, e todas as outras pessoas têm o dever de se abster de cometerem quaisquer atos que infrinjam os direitos do proprietário. Também uma pessoa conduzindo um automóvel numa estrada está sob o dever de tomar razoável cuidado pela segurança dos outros usuários da estrada, mas, enquanto ele tiver esse cuidado ou enquanto nenhum acidente ocorrer, nenhum desses usuários tem nenhum direito ou reclamação que possa impor mediante processo judicial. Por outras palavras, o direito cria um mecanismo gigantesco de direitos e deveres que podem ser corretamente considerados primários, na medida em que visam a controlar o comportamento das pessoas em geral, delimitando e demarcando aquelas classes de atos que elas devem fazer ou abster-se de fazer no decurso de sua vida cotidiana. Parece haver todos os motivos, de senso comum, utilidade e prática jurídica, para descrever essas relações básicas em termos de direitos e deveres, distintos, embora intimamente relacionados com eles, dos subseqüentes direitos e deveres corretivos de caráter processual que só surgem depois que ocorreu uma infração que possa resultar na pessoa lesada ou ofendida pôr a lei em ação a fim de levar a efeito sua reclamação.

A divisão entre direitos e deveres primários e corretivos tende também a ser toldada pela concepção penalista extrema do direito, de acordo com a qual nada pode ser classificado como dever legal se não for capaz de observância compulsória, com o que se quer significar alguma ordem de um tribunal impondo uma sanção ou penalidade ao réu. Isso representa, porém, uma posição insustentável, não só porque muitos deveres são *de facto* inexeqüíveis (por exemplo, porque o acusado desapareceu ou está sem meios), mas também porque existem numerosos casos em que o direito distingue um impedimento substantivo de um meramente processual para obter a observância de um direito legal. Exemplos do segundo são as dívidas excluídas por estatuto, certos contratos em que se requer testemunha por escrito ou uma reclamação contra pessoa que goza de privilégio diplomático. Em tais casos, faz perfeito sentido para o direito tratar o dever primário como subsistente, embora sujeito de momento a um impedimento processual. Assim, por exemplo, se o acusado deixa de ser membro do serviço diplomático, perde automaticamente sua imunidade e pode ser então processado a respeito de qualquer reclamação que subsista. Um outro ponto adicional é que os tribunais lavram freqüentemente uma sentença na forma de uma declaração quanto aos direitos e deveres legais das partes, embora nenhuma outra assistência possa beneficiar o queixoso nas circunstâncias particulares. Um tribunal pode declarar que uma pessoa está ou não qualificada para ser membro de um sindicato[21], ou que uma pessoa foi impropriamente privada do seu direito de exercer uma determinada função[22], mesmo que nenhum outro corretivo, como uma indenização por danos ou um interdito, possa ser concedido no caso.

A análise de Hohfeld de direitos e deveres

A análise jurídica, porém, não parou na diferenciação entre direitos substantivos e processuais. Uma importante contribuição para a moderna teoria do direito foi feita, neste ponto, pelo jurista norte-americano Hohfeld. Ele demonstrou que o modelo jurídico tradicional de direitos e deveres esconde um certo número de situações diferentes que precisam ser cuidadosamente distinguidas para fins de análise jurídica. Sublinhou Hohfeld que a terminologia jurídica vigente já contém a maior parte, se não a totalidade, dos termos requeridos para efetuar essa diferenciação, mas que essa terminologia precisa ser desdobrada de um modo mais exato e sistemático.

---

21. Ver *Boulting v. Association of Cinematograph Technicians* [1963], I All E. R. 716.
22. Cf. *Davis v. Carew Pole* [1956], I W. L. R. 833; e *Byrne v. Kinematograph Renters' Society* [1958], I W.L.R. 762.

Em poucas palavras, Hohfeld divide o tradicional modelo de "direito-dever" em quatro pares distintos e correlatos. São eles: direito-dever; liberdade-"não-direito"; poder-passividade e imunidade-incapacidade. Vê-se que unicamente o termo "não-direito" é um neologismo, uma vez que a linguagem jurídica não criou até agora um termo que se ajuste a esse conceito preciso.

A proposta de Hohfeld é que os correlatos "direito-dever" devem limitar-se à situação em que uma pessoa está autorizada, por processo judicial, a obrigar uma outra pessoa a agir de um certo modo, por exemplo, quando João pode obrigar Antônio ao pagamento de uma dívida. Contudo, muitos dos chamados "direitos" legais não correspondem a essa situação simples. Por exemplo, um proprietário pode ter o direito de caminhar em sua própria terra, ou qualquer pessoa pode ter o direito de fazer um testamento dispondo sobre a sucessão de seus bens. Nessas duas situações não existe nenhum dever correspondente imposto a outrem, no sentido de que tal pessoa possa ser forçada pelo detentor do direito a agir de uma certa maneira. Na primeira situação, o que corresponde ao direito do proprietário de passear em sua própria terra é a conseqüência legal de que ninguém tem o direito de interferir com o exercício do privilégio do proprietário. Assim, a dicotomia "liberdade-não-direito" é aplicada como a expressão jurídica dessa situação. Quanto à posição da pessoa que tem o direito de dispor por testamento de seus bens, após sua morte, isso representa, em substância, um poder legal de produção de uma mudança nas relações jurídicas de outras pessoas, as quais, portanto, são "passivas" de ter suas relações jurídicas mudadas desse modo. Hohfeld descreveu isso como uma relação "poder-passividade". Finalmente, o quarto par de correlatos visa a cobrir a situação em que uma pessoa está livre de ter uma dada relação jurídica alterada pelo ato de outrem. Por exemplo, ao efetuar uma declaração no decorrer de um debate parlamentar, o orador desfruta de absoluto privilégio que o isenta de ser processado, por mais difamatória que sua declaração possa ser. Essa posição envolve, portanto, "imunidade" para instauração de processo, com a correspondente "incapacidade" por parte da pessoa difamada, uma vez que está legalmente incapacitada de mover ação.

Dois exemplos hipotéticos

O principal argumento a favor dessa terminologia revista é que ela ajuda a esclarecer a análise jurídica e evita a confusão entre diferentes situações legais que podem ter diferentes conseqüências legais. Consideremos dois exemplos hipotéticos para esse fim.

(1) *Uma licença irrevogável*: No primeiro exemplo, Silva compra uma entrada de teatro para um lugar reservado, a fim de assistir a uma representação no teatro de Lopes. Se, em matéria de lei, Lopes não tem condições de excluir Silva de tomar seu lugar, isso corresponde à concessão do que se chama em direito "uma licença irrevogável". Silva, neste caso, tem a liberdade de entrar no teatro e ocupar sua poltrona, cabendo a Lopes o "não-direito" de interferir na liberdade de Silva. Suponha-se, porém, que antes de iniciar a representação, Lopes pretende cancelar a permissão de Silva de ingressar em seu teatro. A lei poderá dizer que, embora Lopes tenha agido erradamente, Silva não pode obrigar legalmente Lopes a deixá-lo entrar, de modo que Silva não tem alternativa senão processar Lopes por perdas e danos resultantes da quebra de contrato. Isto significa, portanto, que Silva não tem liberdade de entrar, mas apenas o direito a instaurar um processo por danos.

Suponhamos agora que Silva entrou realmente no teatro e ocupou seu lugar, mas que, durante a representação, por algum motivo injustificado, Lopes lhe diz para sair e, em face da muito correta recusa de Silva, este é expulso à força. Evidentemente, Silva pode também, neste caso, processar por danos decorrentes da violação do contrato. Mas poderá também reclamar danos pelo delito de agressão e, por conseguinte, reclamar talvez uma indenização mais elevada? Neste ponto, a lei poderá dizer que Silva tem o direito de não ser agredido por Lopes, e que Lopes está, portanto, sob o dever positivo de não praticar nem autorizar nenhuma agressão a Silva. É verdade que Silva só está no edifício do teatro com licença de Lopes, mas, como Lopes não tinha o direito de anular essa licença, Lopes não pode, ao pretender erradamente anular essa licença, tratar Silva como se este fosse um "penetra" que entrou de maneira ilícita em seu teatro. Assim, pode-se sustentar que Lopes, ao ordenar que Silva fosse expulso à força, cometeu uma violação do direito de Silva de não ser agredido, o que é muito distinto de sua liberdade de usar seu bilhete com a finalidade de assistir à representação e corresponde a uma violação de dever pela qual os danos são legalmente ressarcíveis, independentemente de qualquer responsabilidade pela quebra de contrato em virtude da revogação prematura do bilhete de Silva.

Podemos acrescentar que o exemplo acima representa em linhas gerais o resultado obtido no direito inglês[23], mas ao se chegar a esse resultado, consideráveis dificuldades foram experimentadas por sentir-se que o único "direito" de Silva era processar por quebra de contrato se o seu bilhete foi inadequadamente revogado. Portanto, poderá ser argumentado que uma precisa terminologia analítica que permi-

---

23. Para um exame do complicado processo de lei inglês sobre este tópico, ver Salmond, *Torts*, 16ª edição (1973), § 23. Cf. p. 376.

ta traçar uma linha divisória entre a licença ou "liberdade" de Silva para ver a representação e seu "direito" isolado de não ser agredido ajuda a esclarecer as diversas questões suscitadas num caso desse gênero, em vez de adotar o curso tradicional de descrição das relações das partes como representando direitos com deveres correlativos.

(2) *O direito de compra compulsória*: Um outro e mais breve exemplo pode ser dado para mostrar como as relações jurídicas entre partes podem vitalmente diferir em fases distintas de uma transação legal ou sob condições diversas. Se todas elas forem, portanto, englobadas numa classificação uniforme de direitos e deveres, a confusão pode facilmente insinuar-se, redundando em análise defeituosa e até, possivelmente, em sentenças injustas. O exemplo é o de um poder de compra compulsória exercível a respeito de terras de propriedade privada, em nome de alguma autoridade governamental. O procedimento normal, neste caso, é a autoridade iniciar a compra apresentando formalmente o que se designa por "aviso para entrar em negociações". Num caso, portanto, em que esse procedimento é aplicável, uma autoridade, antes de apresentar o competente aviso, tem o "poder" de compra compulsória em relação à terra pretendida e o próprio é a parte "passiva", na medida em que se encontra exposto ao possível exercício desse poder. Portanto, se o poder é realmente exercido e seguido de outras formalidades (as quais podem ser ignoradas para os nossos atuais propósitos), a autoridade obterá então um "direito" de transferência da terra e o proprietário terá o "dever" de proceder à transferência. Por outro lado, se o proprietário puder estabelecer que os poderes legais da autoridade não abrangem essa terra, nesse caso pode-se dizer que o proprietário desfruta de "imunidade" em relação a esse procedimento e a autoridade está sob uma "incapacidade" correlativa a respeito dessa transação.

A inversão de hábitos tradicionais tende a encontrar resistência mais forte na Inglaterra do que nos Estados Unidos, de modo que os argumentos favoráveis à introdução de terminologia analítica mais precisa, de acordo com o modelo de Hohfeld, causaram escassa reação entre os advogados ingleses. Contudo, algum avanço foi realizado nos Estados Unidos. A realização mais notável, a esse respeito, foi indubitavelmente a adoção da nova terminologia nas várias *Reformulações* dos ramos do direito pelo *American Law Institute*. Essas *Reformulações* (*Restatements*), embora carecendo de autoridade no sentido formal acima discutido[24], são extremamente influentes e citadas com grande freqüência nos tribunais norte-americanos; e, portanto, é lícito supor que exerçam uma contínua influência, não só quanto às regras substantivas nelas contidas, mas também a respeito de sua forma e padrão analítico.

Os advogados de tendência sociológica podem insistir em que o elemento fundamental com que direitos e deveres estão preocupados é o reconhecimento e a classificação dos "interesses" humanos que esses conceitos se propõem proteger[25]. É possível dizer, por exemplo, que a mera análise formal nada nos pode informar que nos habilite a identificar ou reconhecer interesses que concorram por proteção e, em particular, não pode proporcionar nenhum critério pelo qual novos interesses (como o chamado "direito à privacidade")[26] obtenham reconhecimento. Sem dúvida, existe alguma força nessa asserção, mas o que nunca deve ser esquecido é que fatores sociológicos, por muito importantes que sejam, têm de ser expressos e apresentados, para fins legais, num quadro conceptual de referência sem o

---

24. Ver p. 346.
25. Cf. p. 262.
26. Cf. p. 262.

qual é impossível conferir-lhes significado como elementos num sistema jurídico. Esse quadro conceptual de referência tem a tríplice função de permitir que se dê expressão às regras legais vigentes; de fornecer instrumentos que permitem o amplo desenvolvimento racional dessas regras ou a criação de novas regras; e de propiciar um meio para dirigir ou canalizar o comportamento humano, criando na mente das pessoas o sentimento de que estão ou não justificadas ao fazerem ou deixarem de fazer certas coisas ou formularem certas reivindicações. Portanto, a importância do aspecto conceptual das regras legais não é diminuída por nenhuma referência a isso como mero formalismo jurídico. Pois é da interação da estrutura formal do pensamento e da linguagem jurídicos com os fatos sociológicos das atividades humanas que decorre o significado conferido ao corpo vivo do direito.

III. Propriedade, direito de propriedade e posse

Uma parcela tão grande dos sistemas jurídicos é ocupada pela proteção da propriedade que dificilmente causará surpresa encontrarmos o conceito de direito de propriedade desfrutando de uma posição-chave entre os diversos direitos beneficiados pelo reconhecimento jurídico. Entretanto, nem a mais sutil e refinada análise jurídica logrou produzir quaisquer critérios claramente estabelecidos pelos quais o direito de propriedade possa ser identificado, embora muito se tenha feito para dissipar certas confusões e concepções errôneas.

Propriedade ("property") e direito de propriedade ("ownership")

Em primeiro lugar, é necessário distinguir o próprio direito de propriedade e o objeto desse direito. Nesse ponto, o uso da palavra "propriedade" gerou alguma confusão. Pois, um terreno, um livro ou um automóvel, são tratados pelo leigo e o advogado como formas de "propriedade" na acepção de objetos físicos capazes de pertencer a um proprietário e também como parte do patrimônio de determinados proprietários e, portanto, como uma coleção de direitos sobre essas coisas. É necessário compreender, porém, que embora a palavra "propriedade" (*property*) seja freqüentemente usada desse modo impreciso, referindo-se ou à própria coisa ou aos direitos a essa coisa, o conceito de direito de propriedade (*ownership*) é muito distinto de quaisquer coisas tangíveis com que possa estar relacionado, pois nada mais é do que a expressão de uma relação legal resultante de um conjunto de normas jurídicas. Esse ponto torna-se manifesto quando se percebe que existem muitos tipos de "propriedade" no direito moderno que não têm nenhum objeto tangível com que possam ser relacionados. São exemplos os direitos de patente e os direitos autorais (*copyright*), os quais meramente representam o direito de um primeiro inventor ou autor a fabricar sua invenção ou publicar sua obra (o direito de propriedade sobre qualquer produto físico de tal manufatura ou publicação é, evidentemente, uma questão distinta). Também um certificado de ações numa companhia pode ser considerado como envolvendo o direito de propriedade do pedaço de papel, mas, de fato, os direitos importantes que ele transfere, do ponto de vista pecuniário, relacionam-se com matérias inteiramente intangíveis, tais como a potencialidade de recebimento de uma parcela de lucros por meio de dividendos, de tempos em tempos e, numa acepção fundamental, uma participação no valor potencial de liquidação forçada do ativo da companhia menos o seu passivo. De qualquer modo, não deve ser esquecido que o direito de propriedade de uma coisa física, como terra ou mercadorias, é tão "intangível" quanto o direito de propriedade de uma patente, uma vez que ambos são meramente tipos de direitos legais, seja qual for o seu respectivo objeto.

Propriedade de "direitos"

Igualmente confuso é o emprego do conceito de propriedade tal como é aplicado a todos ou a qualquer outro tipo de direitos. Assim, pode ser dito de qualquer direito, seja ele o de propriedade no sentido que lhe dá o proprietário ou não, que o direito é "detido" por uma determinada pessoa ou transferido de uma pessoa para outra. Por exemplo, é lícito afirmar que uma reclamação contratual em torno de uma dívida ou de uma licença para publicar um livro concedida pelo detentor do *copyright* é retida pelo credor ou o licenciado e pode, possivelmente, ser transferida por eles a outros proprietários. Isto não pretende sugerir que todos os chamados direitos legais podem ser transferidos para outros, pois alguns são, por sua própria natureza, obviamente intransferíveis, como o direito de uma pessoa à sua própria reputação, e freqüentemente os direitos, na base da política pública ou por outras razões, podem ser insuscetíveis de transferência, como, por exemplo, no caso de um direito a reclamar perdas e danos (como por terem sido causadas lesões pessoais em resultado de negligência). Se ignorarmos o caso dos direitos intransferíveis, aos quais a concepção de direitos de propriedade não é geralmente aplicada[27], continua sendo verdadeiro

---

27. Assim, uma chamada "locação estatutária", que é protegida na Inglaterra pelos *Rent Restrictions Acts*, mas não é transferível, é tratada como sen-

que os direitos, de um modo geral, podem ser e freqüentemente são tratados como suscetíveis de serem objeto de propriedade. O que essa terminologia implica, entretanto, é simplesmente que os direitos são exercíveis por certas pessoas e que tais pessoas podem, portanto, ser descritas como detentoras desses direitos[28]. A referência a um proprietário nesta acepção geral nada nos diz quanto à natureza do direito específico que é detido por uma pessoa e não deve ser confundido com aquela espécie particular de direito de propriedade que é descrito pela expressão "direito de propriedade" no sentido que está sendo agora analisado. Com efeito, a confusão que resulta do uso do termo "proprietário" nesse duplo sentido é claramente revelada quando se assinala que, se aplicado universalmente, teríamos de falar do proprietário de um direito de proprietário como o "proprietário" do "direito de propriedade". Esse absurdo é, de fato, evitado, mas subsiste a dificuldade de não existir uma palavra conveniente que possa ser encontrada para descrever a pessoa que está habilitada a exercer qualquer direito. São empregadas, por vezes, as palavras "detentor" ou "possuidor" de um direito, mas o uso lingüístico impõe freqüentemente "proprietário" como a designação mais natural.

Portanto, se pusermos de lado as confusões que surgem pela tentativa de tratar o direito de propriedade como se

---

do nada mais que um direito pessoal do locatário para residir nas instalações. Esse direito, porém, até onde alcança, dá ao locatário o direito a proteção legal de sua ocupação contra o senhorio e contra as pessoas em geral.

28. Alguns juristas sustentaram que não pode existir tal coisa como um direito "sem dono". Isso, entretanto, parece não ser mais do que um exemplo da jurisprudência de conceitos (cf. p. 379). De fato, os sistemas jurídicos tratam em geral os direitos como estando temporariamente suspensos e inativos, como, por exemplo, no caso do *hereditas jacens* no direito romano, o qual surge no momento da morte até o dia em que o herdeiro toma posse da sucessão da propriedade do falecido.

fosse tão-somente um direito intangível a uma coisa tangível, ou como uma descrição da relação de uma pessoa com qualquer direito que ela possa exercer, resta-nos o problema de tentar isolar os critérios específicos dessa classe de direitos de proprietário que são mais adequadamente designados como formas de direito de propriedade.

A propriedade é um direito absoluto a "uma coisa"?

Uma abordagem desse problema constituiu-se em tratar a propriedade como envolvendo um direito absoluto a alguma coisa que pode ser tangível ou intangível. Duas objeções a isso apresentam-se imediatamente. Em primeiro lugar, a idéia de uma coisa intangível como objeto de propriedade é meramente uma tentativa de evitar a dificuldade criada por casos tais como a propriedade de patentes ou de direitos autorais. De fato, porém, como já vimos, não existe aí objeto identificável, além dos próprios direitos legais e, portanto, essa definição equivale a dizer apenas que existe um direito absoluto a direitos legais, o que é um pleonasmo para "direitos legais absolutos". Em segundo lugar, a noção de absoluto é introduzida para indicar o caráter ilimitado do direito do proprietário (ele pode fazer o que quiser com a coisa)[29]. Este critério falha por duas razões óbvias, a saber, porque a propriedade pode ser virtual e completamente desprovida dos elementos de fruição e controle e, mesmo assim, continuará sendo propriedade e, além disso, porque em lei não existe nada a que se possa chamar um direito ilimitado, pois a lei imporá inevitavelmente restrições ao uso ou

---

29. Cf. o Código Civil francês, art. 544, que define propriedade como "o direito de usufruir e dispor de coisas da maneira mais absoluta, desde que não se faça delas uso proibido pela lei ou por regulamentos".

ALGUNS IMPORTANTES CONCEITOS JURÍDICOS 413

transmissão de propriedade. Em sistemas mais antigos, a principal restrição seriam os grilhões impostos pelo direito penal, mas, em tempos modernos, o gigantesco desenvolvimento do aspecto de direito público da propriedade confinou-se dentro dos limites muito estreitos das liberdades potenciais do detentor de propriedade. Para dar apenas um exemplo, a extensão em que um proprietário rural é limitado, no tocante ao seu modo de uso, controle e disposição atual ou futura da terra, por uma exigência superior de planejamento urbano, regulamentos de construção e possíveis poderes de aquisição compulsória da terra por várias autoridades, enfatiza suficientemente que o direito de propriedade é menos uma liberdade geral de um homem para fazer o que quiser com o que é dele do que uma espécie de direito residual que fica depois de todos os outros direitos e restrições importantes devidamente descontadas.

Direitos "in rem"

Ainda uma outra abordagem do direito de propriedade é considerar menos o conteúdo do próprio direito do que o seu âmbito. Isso é destacado na terminologia tradicional (ainda muito usada pelos advogados) que distingue direitos *in rem* e direitos *in personam*. A idéia subjacente nessa distinção é que certos direitos somente são exercíveis contra uma determinada pessoa ou um grupo de pessoas precisamente definido, ao passo que outros direitos podem ser exercidos contra qualquer um. Uma dívida contratual ou uma reclamação por danos só pode ser acionada contra o próprio devedor ou culpado, enquanto que um direito de proprietário é exercível contra o mundo inteiro. Isto constitui certamente uma distinção de considerável valor, mas não serve *per se* como um meio efetivo de definição de propriedade.

Pois, por um lado, existem alguns direitos que não se qualificariam como direitos de proprietário na lei, mas que, não obstante, são exeqüíveis contra todos, inclusive o seu próprio detentor. Um exemplo é uma licença exclusiva concedida pelo detentor de um *copyright*[30]. Por outro lado, até os direitos de propriedade podem não ser universalmente exeqüíveis, como, por exemplo, no caso da venda ilícita dos bens de uma outra pessoa por um "agente mercantil"[31] ou uma venda "em mercado aberto"[32]. Deste ponto de vista, é particularmente embaraçoso o fato de que, no direito inglês, existem há séculos duas espécies distintas de proprietários, conhecidos como proprietários legais (*legal owners*) e proprietários custodiais (*equitable owners*), sendo estes últimos decorrentes do que se designa por "custódia". A instituição de uma custódia, que é uma característica essencial do moderno direito de propriedade em todas as jurisdições de lei comum, permite que o título legal à propriedade seja concedido a um curador ou a curadores, mas em condições tais que eles detêm a propriedade em nome de um beneficiário que possui o interesse usufrutuário e é, com efeito, o real proprietário. Entretanto, sob esse arranjo, os curadores têm plena propriedade legal e o direito do beneficiário dos bens custodiais é suscetível de ser derrotado se a propriedade for vendida pelos curadores a um comprador que lhe dá consideração valiosa e efetua a compra em boa-fé, sem conhecimento da existência da custódia.

---

30. Ver *Copyright Act*, 1956, seção 19.
31. Um "agente mercantil" é uma pessoa que tem autoridade para vender artigos no curso normal de seu negócio. Tal pessoa pode, em certas circunstâncias definidas no *Factors Act*, 1889, dar um título válido a artigos deixados em sua possessão pelo proprietário, mesmo que não tivesse autoridade para vendê-los.
32. Isto refere-se a uma venda num mercado reconhecido. Tal venda pode transmitir um bom título que é vinculatório para o verdadeiro dono, mesmo no caso de os artigos serem roubados.

O fato é que os direitos de propriedade, embora um dos mais importantes conceitos conhecidos em direito, não podem ser reduzidos a uma simples idéia central. Com efeito, são tão amplas as suas implicações legais e tão complexos os seus refinamentos no direito moderno, que eles só podem ser plenamente compreendidos se analisarmos todas as regras jurídicas interligadas que constituem o direito de propriedade de um dado sistema jurídico[33]. Entretanto, isso não quer dizer que certas classificações dessa massa desordenada de regras não possa produzir uma melhor apreensão do conceito subjacente do próprio direito de propriedade.

Propriedade como "um feixe" de direitos

Para esse fim, pode-se afirmar que a propriedade não é uma categoria singular de "direito" legal, mas um feixe complexo de direitos, cujo caráter preciso variará entre diversos sistemas jurídicos. Em termos gerais, esse feixe de direitos divide-se em duas categorias ou aspectos, sendo uma relacionada com o que podemos designar por "raiz do título" (*root of title*), e a outra a propriedade "usufrutuária" (*beneficial ownership*). Das duas categorias, pode-se dizer que a primeira é mais fundamental. A noção é que um certo direito, que tem um objeto específico (mas não necessariamente material), é que é suscetível de ser tratado como um interesse pecuniário ou de valor pecuniário, e que também é suscetível de ser exercido contra o público como um todo, pode ser considerado como detido pela pessoa que pode reivindicar o direito ao núcleo fundamental do título a essa

---

33. Para uma tentativa de análise das detalhadas implicações desta abordagem do direito de propriedade, ver "*Tu-Tu*", oir A. Ross, em *Scandinavian Studies in Law*, vol. I (1957), p. 139.

"coisa" ou objeto. Se todo o possível direito desse gênero fosse submetido a um sistema de cadastro, então o proprietário original poderia ser considerado a pessoa cujo nome figura em primeiro lugar no cadastro, e o proprietário atual a pessoa que agora se indica no cadastro como tendo adquirido o título daquela pessoa por algum meio legítimo de aquisição, seja através de venda, doação, herança, etc. Entretanto, como nenhum sistema jurídico teria a possibilidade de, na prática, organizar um cadastro universal desse gênero (embora o registro do título de propriedade da terra e de algumas outras espécies de propriedade, como as ações de companhias, tenha sido geralmente estabelecido em tempos modernos), a lei tem de recorrer a algum outro meio de identificação da raiz de um título. É por esse motivo que a idéia de posse desempenha um papel tão importante no direito de propriedade, pois os sistemas jurídicos tendem a considerar a posse como boa prova de título legítimo[34]. Daí a doutrina *"possession vaut titre"* [a posse vale o título], ou, em linguagem popular, "a posse vale nove pontos na lei".

No entanto, a posse não pode, como o cadastro, ser considerada prova concludente de um bom título, mas deve ser sempre relativa às circunstâncias em que foi adquirida. Por essa razão, o advogado distingue posse real ou posse física e "o direito à posse". Se, por exemplo, uma pessoa está na posse de propriedade e uma outra pessoa lha usurpa por meios físicos, a segunda pode assim adquirir a posse real, mas o direito à posse ainda cabe à primeira, que terá direito a reclamar a propriedade num tribunal, com base em sua posse anterior.

---

34. A posse também pode levar à aquisição do título pela passagem de tempo (prescrição), assim como conferir o direito a recuperar a posse por meio de uma ação "possessória" na qual o "título" ou propriedade não está em questão.

Propriedade usufrutuária

A noção de propriedade em usufruto, por outro lado, está vinculada às várias maneiras como um proprietário pode exercer certos poderes ou "liberdades" legais em relação ao seu objeto. Esses poderes incluem uma vasta gama de atividades tais como o uso, disposição, transmissão ou alienação da propriedade, ou exclusão de seu uso por outros, ou mesmo a destruição da própria coisa física. Tais poderes, embora possam ser centrais para a concepção popular de direito de propriedade, podem ser normalmente separados da raiz do título à coisa, pelo que o proprietário legal pode ser virtualmente desprovido de qualquer interesse usufrutuário. Esta é a situação de um curador que detém a propriedade em custódia para algum beneficiário com um interesse de propriedade absoluta nela, como é igualmente a situação de um proprietário que concede um arrendamento por 999 anos a um locatário, por um aluguel básico insignificante. Com efeito, é uma característica distinta dos sistemas de direito consuetudinário facilitar a divisão do aspecto usufrutuário da propriedade legal desse modo, e isso proporcionou grande flexibilidade, se bem que, inevitavelmente, também muita complexidade, ao direito inglês de propriedade. O chamado "assentamento escrito" (*strict setlement*), sob o qual a propriedade da terra é dividida entre uma sucessão de inquilinos vitalícios e outros interesses futuros, desempenhou um importante papel na formação histórica da sociedade inglesa, embora sua retenção nos dias de hoje deva mais a considerações de ordem tributária do que à antiga preocupação em manter a terra sob controle familiar. Os sistemas de direito civil, por outro lado, foram propensos a adotar o modelo do direito romano de tratar a propriedade como algo menos facilmente divisível. O moderno direito civil ignora a curatela como tal do direito inglês e trata um arrendamento não como uma forma de direito de propriedade, mas como uma espécie de direito contratual. Onde, porém, o direito civil provou ser notoriamente mais flexível em sua abordagem do conceito de propriedade foi em seu reconhecimento de uma variedade de possíveis tipos de direitos compartilhados de marido e mulher na propriedade conjugal, em contraste com a concepção bastante rígida do direito consuetudinário de que a propriedade de cada cônjuge está virtualmente separada para todos os fins e propósitos[35]. Mas esse é um tópico demasiado extenso e especializado para tratarmos aqui[36].

---

35. Isto é o resultado do moderno direito estatutário inglês. O mais antigo direito consuetudinário conferia ao marido, no casamento, a propriedade ou o controle da propriedade da mulher.
36. Para um exame detalhado, ver *Matrimonial Property Law* (1959), ed. organizada por W. Friedmann. Cf. Kahn-Freund, "Matrimonial Property, Where We Go from Here?" (1971).

Capítulo 14
Conclusão: alguns problemas para o futuro

> *O Direito, como o viajante, deve estar pronto para o dia seguinte. Ele deve ter um princípio de crescimento.* (Juiz Benjamim N. Cardozo)

Iniciamos esta investigação com uma pergunta e este capítulo final não contém, de fato, uma conclusão, mas formula uma série de questões a respeito de alguns dos problemas a que a idéia de lei pode ter de se ajustar no futuro imediato. Excetuadas aquelas vozes esporádicas que afirmam ter o direito produzido pouco mais do que conseqüências maléficas para a humanidade e que prefeririam vê-lo desaparecer completamente da cena humana, a discussão precedente pode ter servido para recapitular alguns dos modos em que a idéia de lei provou ser um dos fatores civilizadores verdadeiramente fundamentais no desenvolvimento da sociedade humana. Os sistemas conceptuais a cuja sombra o homem tem interpretado o mundo e o lugar que nele ocupa a sociedade humana constituem uma característica essencial de sua cultura e ajudam a diferençá-lo dos animais superiores. Os modos específicos como o homem pode ver o mundo e o lugar da sociedade humana nesse mundo refletir-se-ão em todos os diferentes tipos de sistema conceptual: sua religião, seu esquema moral, suas idéias quanto ao âmbito e finalidade da lei espelharão todos, de várias maneiras, sua perspectiva básica e seus pressupostos fundamentais; e, além disso, devemos esperar descobrir uma sutil e complexa interação entre todos os diferentes aspectos e manifestações da cultura do homem.

Além disso, assim como não é possível discernir um acordo universal quanto à natureza, significado e propósito da religião ou da moralidade social, em virtude das tremendas variações no desenvolvimento e nas perspectivas culturais e tecnológicas entre diferentes povos e em diferentes períodos, também não causará surpresa que não tenha surgido um padrão universalmente aceito da idéia de lei, a partir de um estudo da sociedade humana em todos os seus diversos estágios de desenvolvimento. Cada sociedade verá inevitavelmente suas leis, tal como verá seu Deus, à sua própria imagem e semelhança; e, mesmo dentro da mesma sociedade, haverá um processo constante de fluxo e desenvolvimento, embora não necessariamente de acordo com a orientação do progresso social, como nossos predecessores vitorianos acreditavam tão firmemente. Assim como uma determinada sociedade muda, também a imagem que ela criou ou acalentou de sua estrutura jurídica tende a ser reformulada, embora geralmente num ritmo mais lento. A idéia de lei é notoriamente conservadora e, numa sociedade progressista em rápido desenvolvimento, como uma democracia social, a reformulação dessa idéia tende a atrasar-se em relação aos movimentos que vão gradualmente surgindo na própria sociedade.

Entretanto, a enorme importância da idéia de lei como fator na cultura humana apenas serve para demonstrar como é grande a obrigação daqueles a quem cabe expô-la, assim como aplicá-la na prática, de se esforçarem continuamente por reavivar essa imagem, conservá-la brilhante e sujeitá-la à constante reanálise, a fim de mantê-la em contato com as realidades sociais do período. Isto não significa que o jurista esteja unicamente preocupado com o futuro, pois, no fim de contas, um dos elementos fundamentais do direito consiste em fornecer um sólido alicerce para a sociedade e isso só pode ser feito concedendo peso substancial aos valores e tradições representados nessa sociedade em sua história passada, pelo menos na medida em que esses valores e instituições são importantes para as necessidades do presente. Uma sutil transformação de concepções passadas à luz das necessidades atuais representou uma importante função do advogado, com vistas à manutenção da continuidade social. Mas, por muito importante que esse aspecto do direito possa ser, ele não requer especial ênfase, pela simples razão de que tal abordagem é uma característica quase inevitável do conservadorismo e do tradicionalismo inerentes aos juristas e ao pensamento jurídico em geral.

É nesse contexto, portanto, que será feita, neste capítulo final, uma tentativa de indicar sucintamente, à luz da análise precedente, quais são alguns dos problemas de natureza mais geral que podemos esperar ver sobressaírem no horizonte jurídico do futuro imediato da humanidade, carregado como está de grandes esperanças e de perigos sem precedentes.

Democracia e império da lei

Já se fez referência à imensa complexidade do problema de tentar formular e elaborar a interpretação detalhada daqueles valores fundamentais de uma sociedade democrática suscetíveis de serem expressos em termos de normas jurídicas e que também se prestem a ser compulsoriamente cumpridos mediante o emprego da maquinaria legal regular. O crescimento nos tempos modernos de constituições escritas e de consolidadas declarações de direitos levou a uma crença muito profunda na necessidade de dar efeito legal a sistemas de valores democráticos. A antiga idéia, associada ao regime de *laissez-faire*, de que, salvo para um certo número de proibições essencialmente penais, a vida econômica e social da humanidade deve resolver seus próprios problemas sem recurso à regulamentação legal, foi virtualmente abandonada em favor da idéia de que o direito deve fornecer as garantias essenciais para todas aquelas liberdades que são tidas por vitais para a "vida adequada" numa democracia social. Esse processo foi tão longe que podem ser razoavelmente alimentadas dúvidas sobre se a sociedade moderna não se deixou arrebatar por uma certa dose de entusiasmo quando cedeu à crença em que o homem pode ser educado e seu progresso social assegurado exclusivamente através de legislação. Por certo, como os gregos sabiam muito bem, a legislação pode comprovadamente ser um fator educativo muito importante, mas isso está muito longe de significar que a mera promulgação de leis pode efetuar da noite para o dia uma mudança fundamental de ideologia ou fornecer uma varinha mágica, graças à qual os preconceitos e as atitudes emocionais enraizadas em uma sociedade se dissipem instantaneamente. Pelo contrário, como foi dolorosamente revelado pelo Executivo e o Judiciário federais norte-americanos, na grande luta em torno da segregação, um imenso abismo pode surgir quando as decisões legais formais, até de supremos tribunais, colidem com a resistência obstinada de uma ideologia humana implacável, solidamente enraizada na "cultura popular e tradicional" da sociedade em questão.

Entretanto, isso não significa certamente que a lei deva abdicar em face de tão poderosa resistência social. O direito exerce, por si mesmo, uma espécie de autoridade moral e não pode haver dúvidas de que as pressões persistentes das normas legais, ainda que inadequadamente respeitadas, ou mesmo ostensiva e deliberadamente sofismadas, podem servir, apesar de tudo, como fermento vital na criação gradual de um clima de opinião em que podem ser realizados importantes avanços na implementação de valores democráticos.

Os perigos de monopólio

Mas há mais coisas envolvidas além da mera questão de cumprimento adequado da lei. Na complexa teia de nossa estrutura social e econômica, a qual tende a colocar os órgãos vitais de expressão e opinião pública nas mãos de um punhado de indivíduos ou das próprias autoridades públicas, existe a necessidade constante de assegurar que a essência dos valores democráticos não seja erodida em suas próprias raízes. É realmente praticável criar um clima de opinião e discussão genuinamente livres dentro de um quadro de controle retido por minúscula minoria de indivíduos ou grupos poderosos? Como lorde Radcliffe observou recentemente, "Os censores serão muito poderosos, mas não serão sequer identificados como censores"[1], pois o que possa ser permitido vir à tona nesses vários órgãos de opinião dependerá do que os donos e editores de jornais e os produtores de programas de rádio e TV considerem adequado aos olhos e ouvidos do público. Assim, no futuro, a idéia de lei não deve restringir-se a lidar com o problema técnico de fazer vigorar valores humanos através da maquinaria legal, mas deve ponderar sobre que meios podem ser criados a fim de garantir que a corrente de pensamento livre não seque em seu manancial em decorrência de um controle monopolístico.

Opiniões minoritárias

Ainda um outro aspecto dos valores democráticos é que o próprio estabelecimento de um cânone de valores, que se espera ser aceito por todos, contém em seu bojo certos perigos inerentes que são, em si mesmos, inimigos da democra-

---

1. *Censors* (1961).

cia. Pois aqueles mesmos valores, especialmente quando foram interpretados de forma peremptória por órgãos legislativos e judiciais, e passaram a ser aceitos pelas autoridades educacionais e institucionais do Estado, podem facilmente ser convertidos numa espécie de sistema dogmático não dessemelhantes em alguns aspectos, embora diferentes em repercussão e conteúdo, de uma forma de teologia dogmática. A tendência, na atual época de comunicação de massa, para produzir um elevado grau de conformismo poderá facilmente levar a uma situação em que a opinião minoritária e os ataques ou críticas à "teologia" institucionalizada poderão ser tão severamente reprimidos que o pensamento independente e a crítica construtiva tornem-se impossíveis. Uma autêntica democracia social, como John Stuart Mill argumentou de modo tão convincente há um século, deve garantir que grupos minoritários não sejam profundamente oprimidos pelo peso da opinião majoritária. É claro, isso suscita de um modo agudo o problema de como o Estado lidará com aqueles segmentos da opinião minoritária que visam deliberadamente a subverter os valores democráticos essenciais da sociedade, por exemplo, incitando o preconceito contra determinados grupos de cidadãos, em razão de sua raça ou cor. Não parece haver uma resposta fácil para esse tipo de problema[2], que exigirá todo o idealismo do moralista conjugado ao discernimento profundo dos melhores cérebros jurídicos para que seja adequadamente resolvido em nossa sociedade futura.

O direito e as necessidades da sociedade

Enquanto se considerou que ao direito dificilmente cabia qualquer papel maior do que preservar a segurança da

---

2. Cf. pp. 185-7.

vida e da propriedade no Estado, e habilitar as pessoas a confiarem em seus compromissos solenes, na convicção de que, se fosse necessário, um processo de lei faria com que fossem respeitados, era muito natural encarar a ciência jurídica como algo inteiramente autônomo que, portanto, pouco ou nada teria de se preocupar com os outros domínios do conhecimento humano. O moderno Estado de bem-estar, por outro lado, apresenta um quadro muito diferente, em que alguma forma de regulamentação jurídica se infiltrou em quase todos os aspectos concebíveis das atividades sociais e econômicas do homem. Entretanto, o advogado ainda está autorizado a reivindicar uma certa medida de autonomia, no sentido de que os processos altamente técnicos de um moderno sistema jurídico exigem um grau especial de experiência jurídica, treinamento e discernimento, o que só pode ser adquirido e efetivamente demonstrado por profissionais da lei altamente qualificados, incluindo o judiciário. Os advogados, por exemplo, possuem uma experiência ímpar e as qualificações requeridas para a redação de documentos, avaliação de provas e condução de inquéritos e processos, de um modo calculado para chegarem a conclusões racionais, na base de uma cuidadosa e imparcial filtragem e avaliação de provas e argumentos.

O direito e as ciências sociais

Ao mesmo tempo, um moderno sistema jurídico produz impacto em inúmeros pontos com as preocupações cotidianas das pessoas comuns ou de grupos especiais de pessoas, e está longe de ser um fato, como alguns advogados gostam de imaginar, que o treinamento e a experiência jurídica sejam, por si só, guias seguros para o verdadeiro caráter dos problemas sociais e econômicos com que o direito tem de estar em contato e para os quais tem de encontrar soluções. O mero fato de que promotores e juízes estão constantemente lidando com julgamentos criminais não lhes dá um discernimento ímpar ou especialmente valioso do caráter da delinqüência ou da mente dos criminosos; na verdade, pode-se afirmar que a concentração contínua em um aspecto da vida de pessoas acusadas, ou seja, seu comportamento e suas atitudes durante um julgamento, e o relato de suas malfeitorias passadas com que o tribunal será provido, com base nos registros policiais, pode muito bem tender para criar um quadro muito unilateral e passível de ser altamente enganador. Também os casos matrimoniais envolvem assuntos que são de enorme importância tanto para a comunidade quanto para os indivíduos que estão implicados em litígios particulares perante os tribunais, mas, também neste caso, os advogados, os juízes e magistrados que tratam desses assuntos têm escassa oportunidade para explorar as inferências mais profundas de tais litígios e suas conseqüências para a sociedade como um todo. Em tais matérias, portanto, existe um vasto campo para a investigação imparcial e cientificamente conduzida dos fatos básicos e da verdadeira natureza dos problemas que o direito se empenha em resolver. As ciências sociais como a criminologia, psiquiatria e sociologia estão, sem dúvida, em sua infância e, portanto, são incapazes de proporcionar respostas e soluções positivas para todas as indagações que poderiam ser-lhes endereçadas. Entretanto, progressos suficientes já foram efetuados para mostrar que esses campos de estudo podem fornecer importantes contribuições para a compreensão e o funcionamento do sistema jurídico e para o seu aperfeiçoamento no futuro[2a].

2a. A *Law Commission* enfatizou a necessidade de recorrer às ciências sociais (ver 7º Relatório Anual, 1972, § 2).

O direito e as relações industriais

Não serviria a nenhum propósito útil tentarmos aqui apresentar um catálogo dos tipos de problemas sobre os quais o direito poderia estabelecer proveitoso contato com investigações na área de outras disciplinas. Entretanto, um ou dois merecem breve menção. No campo do direito industrial e trabalhista, é evidente que qualquer tentativa pelo direito para regulamentar matérias como as práticas restritivas que são empregadas tanto pela indústria quanto pelos sindicatos é suscetível de se mostrar singularmente inábil se não forem levadas em conta as pesquisas e provas acumuladas por economistas e sociólogos. É significativo que o Tribunal de Práticas Restritivas recém-criado na Inglaterra marcou uma inovação nesse tipo de matéria, já que é um tribunal presidido por um juiz, mas assessorado por numerosos leigos experientes; deu ampla oportunidade para a apresentação de provas a serem submetidas ao tribunal por peritos em economia; e não vinculando o exame de tais provas às regras altamente técnicas que regem a apresentação de provas em julgamentos normais.

A resolução de reclamações referentes a salários ou condições de emprego pelo processo de negociação coletiva exige uma exploração cuidadosa das bases econômicas dos tipos de litígios que podem surgir, assim como uma investigação penetrante dos vários tipos de procedimento que poderiam ser empregados para resolvê-los. O estudo comparativo de diferentes tipos de procedimentos usados em vários países e do grau em que eles permitem sua eficaz implementação poderia ser comprovadamente de imenso valor num país como a Inglaterra, onde a abordagem desses problemas ainda é algo perturbada por uma idéia restrita de lei, de acordo com a qual as disputas industriais não são questões sujeitas a julgamento em tribunal, mas envolvem assuntos de natureza política que é preferível confiar à negociação entre as partes ou à arbitragem voluntária. O fato de que muitos outros países desenvolvidos, como a Austrália, Suécia e Alemanha, consideram perfeitamente possível regulamentar essas disputas através dos mecanismos judiciais ou quase-judiciais e estão convencidos de que existem critérios objetivos para resolvê-los adequadamente é, sem dúvida, uma indicação suficiente de que matérias desse tipo precisam ser muito repensadas na Inglaterra. O *Industrial Relations Act* de 1971, agora revogado, embora evitasse a arbitragem compulsória, introduzia o controle legal sobre virtualmente todo o campo restante das relações industriais. A atmosfera envenenada que desse modo foi criada parece hostil a qualquer forma bem-sucedida de arbitragem compulsória nos dias de hoje. E todo o problema da representação dos trabalhadores em conselhos de administração continua por ser enfrentado.

A reforma do processo judicial

Nem mesmo em questões que possam ser consideradas como decisivamente pertencentes à esfera da própria profissão jurídica – como a forma que pode ser adotada por vários tipos de julgamento; o uso de júris[2b]; a introdução de diferentes tipos de provas testemunhais e sua avaliação – justifica-se necessariamente que os advogados considerem que essas matérias devam ser determinadas exclusivamente por eles, à paz de sua experiência e discernimento jurídicos. Parece não haver razão alguma por que tais matérias não se prestem a uma investigação esclarecida de fatos, na forma de pesquisas conduzidas por sociólogos, ou, possivelmente,

---

2b. Ver Cornish, *The Jury* (1971), e McCabe e Purves, *The Shadow Jury at Work* (1974).

por equipes mistas de sociólogos e juristas. É de se esperar, portanto, que nenhuma parte do sistema jurídico seja considerada tão sacrossanta que a tratem como território fechado, fora do alcance da investigação por estranhos, e os advogados não deveriam indignar-se com investigações inteiramente apropriadas desse tipo, como se elas fossem uma forma de intromissão intolerável em seus feudos.

O papel das universidades

Evidentemente, uma coisa é dizer que o direito deve empenhar-se cada vez mais em estabelecer elos com outras disciplinas; uma coisa muito diferente é indicar como isso pode ser conseguido na prática.

As universidades parecem apresentar a mais promissora perspectiva de cooperação entre essas diferentes disciplinas[2c]. As ciências sociais gozam de uma posição consolidada nas universidades norte-americanas há considerável tempo, e seu prestígio e importância estão começando a crescer e a obter reconhecimento tanto na Inglaterra como em outros países europeus. Embora em algumas universidades norte-americanas, como Yale e Chicago, esse tipo de fecundação cruzada já tenha realizado importantes progressos, ainda há espaço para muito desenvolvimento, de acordo com essas linhas, nas universidades inglesas. Tais estudos podem ser e, em alguns casos, já estão sendo ajudados pelo estabelecimento de instituições especiais para certos campos específicos de estudo, como a criminologia, em que as investigações jurídicas e sociológicas podem ser realizadas de mãos dadas. Com a ênfase crescente em educação jurídi-

---

2c. Em 1972, foi criado em Oxford um novo Centro de Estudos Sociojurídicos.

ca sobre os aspectos mais vastos e as inúmeras implicações do sistema jurídico e seu impacto nas instituições sociais, não parece improvável que a idéia de lei que predominará entre os advogados num futuro próximo será aquela que enfatiza menos o caráter auto-suficiente do direito do que a sua função como instrumento de coesão e progresso sociais.

O papel do direito na esfera internacional

Nesta era nuclear, a idéia de lei tem uma contribuição crucial a dar na resolução pacífica de disputas e na eliminação da guerra. Uma característica distinta de uma forma desenvolvida de direito, em comparação com uma mais primitiva, é a existência de tribunais encarregados da tarefa de decidir questões em litígio, cuja jurisdição é compulsória e que têm à sua disposição suficiente força organizada para se assegurarem de que suas sentenças são, pelo menos na generalidade dos casos, obedecidas. Embora alguns progressos tenham sido indubitavelmente feitos na esfera internacional, no sentido de criar tribunais com suficiente prestígio para pronunciarem sentenças revestidas de autoridade em litígios jurídicos, subsistem alguns problemas fundamentais. Esses problemas relacionam-se principalmente com a questão de jurisdição compulsória e também com a de fazer respeitar suas decisões.

Tribunais internacionais

No que se refere à jurisdição, o papel do direito internacional ainda é prejudicado pelo sentimento profundo entre dirigentes de Estados, cujos vitais interesses podem estar envolvidos em disputas internacionais, de que existem certos tipos de litígios que não estão sujeitos a julgamento em tribunais, no sentido de que essas matérias são consideradas de natureza mais política do que jurídica e, portanto, não são objeto apropriado para decisão por um tribunal de justiça. É em harmonia com esse ponto de vista que a Carta das Nações Unidas deixou a cada membro a decisão de aceitar ou não o princípio de jurisdição compulsória. Em conseqüência disso, sob a chamada "Cláusula Optativa", numerosos Estados comprometeram-se a submeter certas categorias definidas de disputas legais ao Tribunal Internacional de Justiça. Mesmo esses compromissos limitados foram decisivamente restringidos por ressalvas, como, por exemplo, no caso dos Estados Unidos, que excluem "disputas a respeito de matérias que estão essencialmente dentro da jurisdição nacional dos Estados Unidos da América, tal como é determinado pelos Estados Unidos da América". Isso significa, com efeito, que o critério final sobre se aceitar ou não a jurisdição cabe ao Estado signatário que adicionou uma ressalva desse caráter à sua assinatura.

Já foi assinalado que a distinção entre litígios de natureza jurídica e política ou entre disputas sujeitas ou não a julgamento por tribunal não é uma das que se prestam a análise aceitável[3]. Subsiste o fato de que existe aí uma consideração política que sobreleva todas as outras e que nenhuma soma de teoria jurídica pode jamais esperar superar, só podendo ser erodida por um reconhecimento gradual de que os interesses nacionais serão mais bem servidos a longo prazo pela aceitação de julgamentos judiciais independentes e imparciais em todos os litígios por mais vitais que os interesses afetados possam ser, em vez de reservar aos Estados sua própria liberdade final de ação para man-

---

3. Ver p. 389; e também G. Marshall, "Justiciability", em *Oxford Essays in Jurisprudence*, ed. org. por A. G. Guest (1961), p. 265.

ter seu ponto de vista, pela força se necessário. Vimos em outras esferas, como a das relações trabalhistas, que essa relutância em reconhecer os julgamentos judiciais para todas as disputas potenciais que possam surgir na esfera trabalhista provou ser um obstáculo em alguns países para a solução de disputas industriais de maneira imparcial e legalista; mas, não obstante, foi gradualmente reconhecido que nada existe de sacrossanto nesse tipo de disputa que a torne imprópria para a arbitragem legal. Seria desnecessário dizer que na esfera internacional a humanidade defronta-se com um problema muito mais árduo, e cumpre reconhecer que, em virtude da atual instabilidade da política mundial, envolveria um considerável ato de fé por parte dos grandes Estados, como os E.U.A., renunciarem à sua independência para submeterem todas as disputas a um tribunal independente.

O cumprimento de sentenças internacionais

O cumprimento das sentenças de um tribunal internacional, mesmo se lavradas numa questão sobre a qual possui jurisdição compulsória, suscita problemas de uma ordem muito mais importante, uma vez que a questão de fazer cumprir uma sentença contra Estados inteiros, em contraste com indivíduos ou mesmo grandes empresas privadas, é de enorme complexidade. Já demos atenção à natureza desse problema e ao fato de o direito internacional, no contexto da história do mundo atual, não poder ser abordado do mesmo modo que o direito nacional dos Estados, ou seja, como um conjunto de regras que é capaz, sem provocar efetiva resistência violenta, de ser imposto a qualquer pessoa ou organismo, por mais poderoso que seja. Na prática, existem muitos casos, inclusive na esfera interna, em que é impossí-

CONCLUSÃO: ALGUNS PROBLEMAS PARA O FUTURO 433

vel impor o respeito à lei, ou por causa da intensa resistência de uma parcela substancial da população, como nos estados sulistas norte-americanos a respeito da integração dos negros, ou no caso de cidadãos ou grandes companhias superpoderosas que, pela força ou pela corrupção, podem subverter o competente processo de lei. Teoricamente, porém, não existe nenhuma razão inatacável pela qual, quando um sistema jurídico se tornou plenamente desenvolvido numa sociedade bem regulamentada, a lei não possa ser imposta contra qualquer um, por mais poderoso que seja. Não é essa, evidentemente, a situação na esfera internacional, pois nenhuma força internacionalista organizada é suscetível de ser eficaz contra Estados que constituem poderosas organizações militares. À parte isso, as conseqüências na era nuclear de usar a força contra Estados talvez fossem precipitar em vez de evitar um holocausto. Em alguns casos, as formas de imposição que ficassem aquém da coerção final poderiam ser comprovadamente eficazes na esfera internacional, por exemplo, aplicando vários tipos de pressão econômica. Mas devemos ter sempre em mente que o objetivo do regime jurídico é preservar a paz e não iniciar ações que possam provocar a reação violenta do Estado cuja conduta está sendo impugnada, com resultados repletos de perigos para o mundo em geral. Além disso, um sistema em que a imposição pode ser viável em relação a Estados pequenos e militarmente ineficazes, mas pode ser ignorada pelas grandes potências, é tão incompatível com as considerações gerais de justiça já discutidas[4], que seria pior do que um sistema desprovido de qualquer forma de coerção.

---

4. Ver capítulo 6.

Crimes contra a humanidade e "genocídio"

Não é este o lugar adequado para tentar analisar alguns dos problemas que assediam de forma tão premente a humanidade em suas relações internacionais, mas, pelo menos, alguma referência deve ser feita a um ou dois deles. Novas e desconcertantes são muitas das questões suscitadas pelo tráfego aéreo internacional, mas o lançamento de mísseis e depois de homens (e mulheres) ao espaço exterior demonstra o modo como a idéia de lei será chamada a desenvolver-se e adaptar-se a domínios além da imaginação de gerações anteriores. Mas, limitando-nos à esfera restrita das relações internacionais na superfície do nosso planeta, permanece suficientemente evidente a existência de uma área cada vez maior em que a idéia de lei terá um importante papel a desempenhar na cena mundial. Na esfera dos direitos humanos fundamentais, já assinalamos alguns dos esforços incipientes até hoje realizados no sentido de ampliar o reconhecimento desses direitos a todas as nações e até de criar algum tipo de instrumento legal por meio do qual indivíduos possam procurar proteção no caso de injustiças cometidas contra eles por Estados estrangeiros e por seu próprio Estado nacional.

Ainda um outro aspecto dos direitos humanos é o reconhecimento não só de crimes contra indivíduos, mas contra a humanidade em geral, por medidas de destruição racial, como os que foram perpetrados pelos nazistas durante a II Guerra Mundial e que passaram a ser descritos como "genocídio". Os julgamentos de Nuremberg, após a última guerra, contra os criminosos de guerra nazistas, mostraram a necessidade de alguma forma de direito criminal internacional associado a um mecanismo judicial adequado e a um modo de punição e imposição da lei que impedisse esses culpados de crimes em escala maciça de escapar ao braço do castigo

CONCLUSÃO: ALGUNS PROBLEMAS PARA O FUTURO   435

legal em virtude da pura enormidade de suas ações criminosas. Embora tenham sido expressas dúvidas em alguns setores responsáveis quanto à legalidade de tais julgamentos, elas certamente se baseavam apenas na noção de que o direito é essencialmente estático, não podendo por isso desenvolver-se para enfrentar novas situações[5].

Cumpre admitir, entretanto, que podem ser feitas certas restrições com fundamento em que o crime de genocídio teria sido imposto retrospectivamente aos que eram acusados de o praticar, o que constitui um princípio discutível de direito. Por outro lado, a analogia entre direito na esfera internacional e direito no Estado nacional não pode ser exata, e parece razoável sublinhar que o direito internacional num mundo civilizado deve reconhecer a capacidade de desenvolvimento e também a existência de algumas formas de atividade que são de caráter tão abominável e ultrajante, e ofendem tão fundamentalmente as normas estabelecidas da sociedade civilizada que o direito deve estar capacitado para reconhecer sua ilegalidade, mesmo que tais atividades não tenham sido até então colocadas expressamente fora de lei. Alguns podem ver nesse tipo de argumentação uma tentativa de ressuscitar uma espécie de princípio do direito natural e, de fato, alguns dos adeptos dos julgamentos de Nuremberg procuraram estabelecer sua legalidade em bases de direito natural. Contudo, o reconhecimento dos padrões morais predominantes numa determinada comunidade, ou, na verdade, para alguns fins, na comunidade mundial, numa fase particular do desenvolvimento humano, não tem por que assentar necessariamente na aceitação de imutáveis funda-

---

5. Seria desnecessário acrescentar que a questão de "genocídio" é apenas um aspecto do problema global de um direito criminal internacional, tema espinhoso e controvertido que não pode ser explorado nos limites do presente livro. Ver G. Schwarzenberger, "The Problem of an International Criminal Law", em *Current Legal Problems*, 3 (1950), p. 263.

mentos no direito natural. Cabe também mencionar aqui que, no célebre caso Eichmann, em Israel, um Estado nacional reivindicou o direito de julgar e, após a sentença, punir um acusado do crime de genocídio. A lei aplicada nesse julgamento foi baseada no direito nacional do próprio Estado de Israel e, portanto, a legalidade do processo pôde ser considerada uma decorrência lógica dos princípios estabelecidos de soberania nacional. Ao mesmo tempo, como já vimos, a doutrina de soberania não é facilmente reconciliável com o estabelecimento de direitos humanos fundamentais, e pode ser afirmado, portanto, que a validade do julgamento de Eichmann teria sido consideravelmente fortalecida se ficasse demonstrado que condizia com princípios jurídicos internacionais estabelecidos.

Unificação do direito comercial

Finalmente podemos mencionar, na esfera internacional, que muitas tentativas estão sendo feitas para introduzir uma certa medida de uniformidade e racionalização no direito comercial dos vários países do mundo. O comércio é um daqueles aspectos da vida social do homem que está estreitamente vinculado às formas de regulamentação jurídica, e um caos de leis nacionais conflitantes nessa esfera não facilita a tarefa daqueles que aspiram à expansão do comércio internacional[6]. A finalidade de um código comercial uniforme não envolve em si mesma a criação de alguma organização supranacional, mas, nos tempos modernos, pre-

---

6. Considere-se também o esforço da Organização para a Cooperação e o Desenvolvimento Econômico (OCDE) a fim de assegurar o acordo internacional para proteger empresas estrangeiras contra a ação discriminatória ou a expropriação sem justa compensação.

senciamos a criação e o desenvolvimento de organizações desse caráter. Dessas, talvez, a mais conhecida e a mais controvertida é a Comunidade Econômica Européia, mais usualmente citada como o "Mercado Comum". Essa forma de cooperação econômica e jurídica entre um grupo de nações européias é de caráter permanente e envolveu a criação de um certo número de órgãos supranacionais com poderes de legislação. Os agrupamentos dessa espécie parecem suscetíveis de adquirir crescente evidência em várias partes do mundo e de favorecer de forma substancial uma nova mentalidade acerca de alguns alicerces tradicionais da jurisprudência ocidental, como a doutrina de soberania e a relação entre Estados, tanto a respeito de seus próprios cidadãos quanto dos cidadãos de outros Estados, e também *inter se*.

Que a idéia de lei deu no passado uma contribuição indispensável à cultura humana parece difícil de negar. As tensões do mundo moderno deixam claro que, se quisermos que a civilização sobreviva, exigências ainda maiores serão provavelmente feitas a esse conceito fundamental. Por essa razão, se outras não houvesse, uma abordagem criativa da idéia de lei parece mais imperativa na época atual do que em qualquer época passada.

Bibliografia adicional

A literatura do objeto de estudo desse livro é muito extensa e seria inadequado numa obra desse caráter fornecer uma bibliografia detalhada. Algumas indicações acerca de onde pode ser encontrado o material para leitura mais profunda estão contidas nas notas de rodapé. Além dessa informação, a seguinte lista de livros pode ser útil a um leitor que deseje explorar em maior profundidade alguns dos numerosos tópicos abordados neste livro. A lista limita-se a obras em língua inglesa.

ALLEN, C. K., *Law in the Making* (7.ª edição, 1964).
DEVLIN, SIR PATRICK, *The Enforcement of Morals* (1965).
FREEMAN, M. D. A., *The Legal Structure* (1974).
FRIEDMANN, W., *Legal Theory* (5.ª edição, 1967); *Law in a Changing Society* (2.ª edição, 1972).
GINSBERG, M. (coord.), *Law and Opinion in England in the 20th Century* (1959).
GUEST, A. G. (org.), *Oxford Essays in Jurisprudence* (1961).
HART, H. L., *The Concept of Law* (1961); *Law, Liberty and Morality* (1963).
KELSEN, H., *General Theory of Law and State* (1954).
LLEWELLYN, K. N., *Jurisprudence: Realism in Theory and Practice* (1962).
LORDE LLOYD OF HAMPSTEAD, *Introduction to Jurisprudence* (4.ª edição, 1979).
PATON, G. W., *A Textbook of Jurisprudence* (4.ª edição, 1973).

POUND, ROSCOE, *Interpretations of Legal History* (1930); *Philosophy of Law* (edição revista, 1954).
RAWLS, J., *A Theory of Justice* (1971). Trad. bras. *Uma teoria da justiça*, Martins Fontes, São Paulo, 1997.
ROSS, A., *On Law and Justice* (1958).
STEIN, P. e SHAND, J., *Legal Vallues in the Western World* (1974).
WEBER, MAX, *Law in Economy and Society* (ed. org. por Rheinstein, 1954).

Impresso nas oficinas da
Gráfica Palas Athena